Shannon

Iowe

독쵸

정령왕 엘퀴네스

이환 판타지 장편소설

11

dream books
드림북스

정령왕 엘퀴네스 11

초판 1쇄 인쇄 / 2017년 2월 6일
초판 4쇄 발행 / 2021년 11월 11일

지은이 / 이환

발행인 / 오영배
책임편집 / 편집부
펴낸 곳 / (주)삼양출판사 · 드림북스

주소 / 서울시 강북구 도봉로 173
대표 전화 / 02-980-2112 팩스 / 02-983-0660
편집부 전화 / 02-980-2116 팩스 / 02-983-8201
블로그 / blog.naver.com/dreambookss

등록번호 / 제9-00046호
등록일자 / 1999년 3월 11일

ISBN 979-11-283-9027-2 (04810) / 978-89-542-4481-7 (세트)

* 지은이와 협의하에 인지는 생략합니다.
* 잘못된 책은 구입한 곳에서 바꾸어 드립니다.

이 도서의 국립중앙도서관 출판시도서목록(CIP)은 서지정보유통지원시스템홈페이지
(http://seoji.nl.go.kr)와 국가자료공동목록시스템(http://www.nl.go.kr/kolisnet)에서
이용하실 수 있습니다. **(CIP제어번호: 2017002907)**

정령왕
엘퀴네스
개정판
이환 판타지 장편소설
11
dream books
드림북스

정령왕 엘퀴네스 11

Contents

제1화

1.

바람이 몹시 심하게 부는 날이었다. 세찬 공기가 지날 때마다 들판은 온통 몸살을 앓았다. 고개조차 제대로 기울이지 못하는 풀꽃은 거대한 횡포에 차마 맞서지 못하고 납작하게 엎드리는 쪽을 택했다.

널찍한 언덕에 서서 그 광경을 내려다보던 남자는 풀꽃의 꼴이 꼭 지금의 저 같다고 생각했다. 그러나 굴욕적이지는 않았다. 명예도 권력도, 스스로 원했던 건 하나도 없었다. 그가 처음부터 바랐던 건 온전한 평화였다. 이 눈부시게 아름다운 세상을, 사랑하는 사람들을 지켜보면서 너그럽고 고요하게 살고 싶었다. 단지 그것을 가장 이해해 주길 바란 사람에게서 이해받지 못했을 뿐이다.

흉포해진 바람은 집요하게 그를 할퀴려 달려들었다. 그 거친 풍랑 안에서 저를 구해내기 위해, 그의 소중한 친우가 무엇을 각오했는지 알고 있었다. 고작 엎드리는 것으로 모두의 목숨을 부지할 수 있다면 오히려 싸게 먹히는 일이었다.

"형님!"

멀찍이서 들려오는 음성에 남자는 빙긋 웃었다. 한참 떨어진 언덕 아래, 금발의 소년이 힘차게 손을 흔들고 있었다.

"세즈."

"또 이런 곳에 계셨어요?"

걸을 때마다 소년은 치렁치렁한 의복에 발이 걸려 휘청거렸다. 발등까지 덮는 하얀색 의상은 활동성을 몹시 제한한 형태로, 실외에서는 특히 거추장스러웠다. 남자도 소년과 같은 의복을 걸치고 있었기 때문에 뒤뚱거리는 걸음을 우습게 여기지 못했다.

"오늘 식사에서도 독이 나왔다지요? 죄송해요. 제가 신경을 썼어야 했는데."

"별말을 다 하는구나. 네 탓이 아니다."

"그래도 벌써 다섯 번째잖아요. 정말 너무해요. 왜 매번 형님을 이렇게 못살게 구는 거래요? 형님은 아무 짓도 안 했는데."

"윗대로부터 쌓아 둔 감정이 많아서 그런 거다. 시간이 지나면 괜찮아지겠지. 그분을 너무 원망하지 말거라."

"형님은 항상 그렇게 느긋한 말씀만 하신다니까요. 이렇게 맹한 분이라는 걸 그분이 얼른 알아보셔야 하는데. 그럼 지금까지 애썼던 게 허무해서 고개를 들고 다니지도 못하실걸요."

노골적으로 빈정거리는 말에도 기분 상하지 않았다. 소년이 저를 걱정해서 하는 말이라는 걸 잘 알고 있었기 때문이었다. 가장 미천한 모친의 몸에서 가장 약하게 태어난 막내. 그렇기에 더 애틋하고 마음이 쓰였다. 동복의 형제만큼, 아니, 그보다도 더 아끼며 챙겨 주었다. 소년 또한 자신을 귀여워하는 형을 따르고 신뢰했다. 그가 다정하게 머리를 쓰다듬어 주자 소년은 기분 좋은 얼굴로 웅석을 피웠다. 두 사람은 서로를 마주 보며 웃었다. 이 시리고 황량한 곳에서 유일한 한편. 어느 순간일지라도 선뜻 뒤를 맡길 수 있는 존재였다.

그래서 소년이 건네주는 과일도 의심 없이 받아들였다.

"……!"

삼키는 순간 곧바로 속이 타들어 가는 고통이 느껴졌다. 울컥 터져 나오는 핏물을 한 손으로 받아낸 채, 그는 경악한 표정을 지었다. 주위에서는 앓는 소리가 가득했다. 그와 함께 과일을 나눠 먹은 자들이 모두 똑같은 증상을 호소하며 바닥에 쓰러져 있었다. 그 혼란함 가운데 유일하게 멀쩡히 서 있는 건 그가 아끼는 소년뿐이었다. 소년은 고요한 얼굴로 그를 응시하고 있었다.

"죄송해요, 형님."

"세즈, 너……."

몸에서 힘이 빠르게 빠져나갔다. 비틀거리며 주저앉는 중에도 그는 소년에게서 시선을 떼지 못했다. 지독한 통증이 온몸을 뒤덮고 있는데 이상하리만치 현실감이 느껴지지 않았다. 그것을 받아들이면 소년의 배신을 인정해야 했기 때문이다.

"많이 놀라셨죠? 실은 그동안 형님의 음식에 독을 탔던 것도 저였어요. 가급적이면 누가 한 일인지 모르시게 하고 싶었는데 매번 운 좋게 피해 가시더라고요. 결국 이렇게 되고 마네요."

"네가 어째서……."

"아시면서 물으시는군요."

그 말에 포함된 의미를 해석하지 못할 만큼 그는 아둔하지 않았다. 물론 파악했다고 해서 이 상황을 이해할 수 있는 건 아니었다. 그 의문을 읽어낸 듯, 소년이 서글프게 웃었다.

"저만 죽는 건 괜찮아요. 하지만 제 사람들을 지켜야 했어요. 그분의 뜻에 따른다는 증거를 보여야 했죠."

몰랐던 사실에 남자의 얼굴이 굳어졌다. 소년에겐 별다른 지지 세력도, 기반도 없었다. 자신에게나 '그'에게나 어느 면에서도 보탬이 되거나 위협이 될 만한 상대가 아니었다. 그 역시 소년을 측은하게 여기며 아낀다고 알고 있었다. 그가 시린 칼을 뽑아 드는 건 늘 자신을 향할 때뿐이었다. 그의 성정이라면 소년만큼은 내버려 둘 줄 알았다. 건드리지 않을 거라고 생각했다. 그런데 그게 아니었단 말인가.

"그분은 형님과 관계된 일이라면 한없이 잔인해질 수 있는 분이죠."

그 의문을 읽은 듯이 소년이 대답했다. 탓하는 어조는 아니었지만 남자에게는 그것이 원망하는 소리처럼 들렸다. 어째서 그 점을 알아주지 않았냐고. 그가 미리 알아챘더라면 이 모든 비극을 막아낼 수 있었을 것이라고.

"걱정하지 마세요, 형님. 이제 모든 게 끝날 거예요."

이윽고 소년이 장검 하나를 꺼내 들었다. 눈앞에 드리워지는 새파란 칼날을 남자는 내심 허탈한 기분으로 바라보았다. 평생 무력과 거리가 멀다고 생각했던 소년이었건만, 검을 쥔 폼이 어색하지 않았다. 꽤 오랫동안 검술을 익힌 숙련자에게서나 볼 수 있는 여유가 소년에게서도 느껴졌다. 남자는 얼굴을 일그러트렸다. 그를 이루고 있던 것들이 조금씩 무너지는 소리가 들려왔다. 지금까지 자신은 무엇을 보고 무엇을 보지 못했던가. 보이는 일부에 안주하는 동안 얼마나 많은 것들을 놓치고 있었던 걸까.

'죽어도 할 말이 없군.'

자신만 굽히면 된다고 생각했다. 너무 안이한 판단이었다. 결국 그 안일함 때문에 주변의 모두가 비극을 택했다. 평생 한 점 부끄러움 없이 천신처럼 빛나던 친우는 그를 살리기 위해 심판이 기다리는 나락으로 떨어졌고, 이슬처럼 순결하고 깨끗했던 소년은 이제 그 손에 형제의 피를 묻힐 것이다. 자신이 다른 길을 택했다면, 어쩌면 일어나지 않았을 일인지도 몰랐다. 이제 와서는 무엇 하나 의미 없는 생각일 뿐이었지만.

소년이 점점 가까워졌다. 평소와 완전히 다른 표정, 서늘한 살기를 느끼면서도 그는 눈을 떼지 않았다. 저항하거나 몸을 피하려는 생각은 하지 않았다. 어차피 중독된 상태에선 멀리 달아나지도 못할 터였다. 무엇보다 소년에게 보이는 마지막 모습을 그런 볼썽사나운 형태로 남기고 싶지 않았다. 그럴 바에는 차라리 당당하게 죽음을 맞으리라. 그가 그렇게 각오를 다졌을 때였다. 소년과의 거리가 이제 호흡을 나눌 수 있을 정도로 가까워졌다. 몸을 굽힌 소년은 그 검을 찔러 넣는 대신 손잡이를 돌려 그의 손에 쥐어주었다. 반대로 돌아간 검 끝 이 자연스럽게 소년 쪽을 향했다.

"……무슨……!"

예상치 못한 행동에 당황한 남자가 눈을 부릅떴다. 명석한 두뇌는 이번에도 그 의미를 단번에 파악했다. 그러나 그가 행동을 옮기는 것보다 상황이 벌어지는 것이 더 빨랐다. 소년이 그에게 손잡이를 쥐어준 상태 그대로 스스로의 몸에 검을 찔러 넣은 것이다.

푸욱!

피부가 꿰뚫리는 소리와 함께 살을 파고드는 뭉툭한 감각이 손끝으로 전해졌다. 순식간에 뚫고 들어간 검 끝이 소년의 등 뒤에서 튀어나왔다. 경악한 남자가 눈을 부릅뜨는 것과 동시에 몸을 굽힌 소년이 각혈했다.

"세즈!"

그의 앞에서 소년의 몸이 급격하게 허물어졌다. 남자는 황급히 팔을 뻗어 소년을 받아냈다. 필사적으로 끌어안은 몸이 부들부들 떨렸다. 신뢰하던 소년이 그에게 독을 먹였고, 배신한 줄 알았던 소년이 이번엔 제 몸을 찔렀다. 돌아가는 상황을 받아들일 수가 없어서 정신을 차리기가 힘들었다. 굳어 있는 그와는 달리 창백한 얼굴의 소년은 매우 평온해 보였다. 그가 손을 들어 제 형제의 뺨을 쓸었다. 그게 뺨 위에 묻어 있는 제 피를 닦아내는 행위였다는 걸, 남자는 조금 늦게 깨달았다. 눈이 마주치자 소년은 희미하게 웃었다.

"그것…… 봐요, 형님. 금방…… 끝나는 거 맞죠?"

"세즈……."

"형님이 드신 독…… 한 시간 안에 해독제만 먹으면…… 괜찮아져요. 제 주머니……허억! 주, 주머니…… 안에 있어요."

"……! 무슨! 대체 무슨 말을 하는 거냐! 세즈, 왜! 대체 왜 이런 짓을!"

"이렇게 해야…… 크윽, 제가…… 형님을 암살하려다가…… 실패한 것처럼 보일 테니까요."

"……!"

"죄송…… 죄송해요, 형님. 형님과 모두를…… 살릴 수 있는 방법이…… 이런 것밖에…… 떠오르지 않아서……."

맑게 웃는 소년의 두 눈에 눈물이 차올랐다. 하얗게 질려 있던 안색이 파리해지면서, 눈동자의 초점이 점차 흐려지기 시작했다. 그 현상이 뜻하는 바는 명백했다. 사신의 낫이 소년을 향해 기울어지고 있었다.

"안 돼. 세즈, 안 돼."

남자는 식어가는 소년의 손을 부여잡고 머리를 흔들었다. 태어나 지금 이 순간만큼 무언가를 간절하게 애원해 본 적이 없었다. 날 때부터 고귀한 혈통. 모두를 지배하는 위치에 있는 신분. 그 무릎은 고귀한 것이라 신과 황제 앞이 아니고서는 꿇지 말아야 한다고 배웠다. 하지만 지금 이 순간, 그는 소년이 살아날 수 있다면 시궁창을 기어 다니는 벌레에게라도 엎드려 빌 수 있을 것 같았다. 아아, 마신이여, 죽어가는 당신의 종을 돌아보소서! 약해서 이용당할 수밖에 없었던 제 동생을 불쌍히 여겨 살려주소서!

"해독제…… 꼭 드세요. 형님은…… 살아남으셔야 해요. 바, 반드시…… 저를, 위해서라도……."

"안 돼, 세즈! 제발!"

"못난 아우를…… 용서……하시길."

소년의 호흡이 잦아들었다. 천천히 감긴 눈에서 도르륵 눈물이 떨어져 내렸다. 남자는 믿을 수 없다는 표정으로 제 품 안에서 싸늘하게 식어 가는 소년을 바라보았다. 붙잡고 흔들어도, 아무리 애타게 불러도 다시 그 눈이 떠지는 일은 없었다.

파사삭—

그리고 그를 이루고 있던 것들도 완전히 부서져 흩어졌다.

"허억!"

꺼지는 듯한 감각과 함께 비명에 가까운 호흡이 터져 나왔다.

두 눈을 부릅뜬 그를 가장 먼저 반긴 건 새카만 어둠이었다. 쥐 죽은 듯이 고요한 공간에 겨울 특유의 시린 냉기가 흐르고 있었다. 창문 밖에 비치는 희미한 달빛을 보고서야 그는 자신이 현실로 돌아왔다는 사실을 깨달았다.

"나쁜 꿈을 꾼 모양이지?"

"……."

아니, 어쩌면 이 또한 악몽의 연속일지도 모르지.

귓가에 들려오는 음성에 남자—유카르테는 피식 웃으며 머리를 쓸어 넘겼다. 식은땀을 많이 흘렸는지 축축하게 묻어나는 물기가 기분 나빴다. 자주 겪는 일인데도 좀처럼 이 감각엔 익숙해지지 않는다. 평소대로라면 일단 씻으러 갔을 텐데, 그걸 조금 뒤로 미뤄야 한다는 사실도 달갑지 않았다. 그러나 그는 불쾌감을 표시하는 대신 내색 없이 몸을 일으켰다. 상대는 초대를 받지 않아도 아무 때나 방문이 허락된 손님이었다. 그 시간이 모두가 잠든 새벽이라거나, 자신이 악몽에서 깨어난 직후라는 건 아무런 문제가 되지 않았다.

"이번에도 그날의 꿈인가?"

"뻔한 걸 뭘 물으십니까."

"흐음. 매번 그렇게 시달려서야 힘들겠군."

마음에도 없는 위로에 유카르테는 피식 웃었다. 힘들겠군, 이라니. 그가 힘들다는 것이 어떤 건지 알고는 있을까? 아마 세상에서 가장 그와 어울리지 않는 문장일 것이다. 필요하기에 건네는 말일 뿐, 실질적으로 공감하는 게 아니라는 건 알고 있었다. 하지만 형식적으로나마 그런 말을 해 주는 것도 그뿐이었다. 그래서 그가 내미는 손을 잡았다. 불구덩이라는 것을 알면서도 기꺼이 뛰어들었다. 좀 더 빨리 택했어야 했다는 안타까움은 있을지언정 그 일을 후회해 본 적은 한 번도 없었다. 특히 오늘처럼 잊지 못할 기억이 선명히 되살아나는 날에는.

"불편하긴 하지만 못 견딜 정도는 아닙니다. 오히려 적당히 자극이 되어 줘서 괜찮습니다. 제게 그날의 다짐을 잊지 않게 해 주거든요."

"내가 높이 사는 것도 바로 너의 그런 점이지. 쓸모없는 것들은 늘 금방 나약해지거든."

그건 물론 지난 경험을 다분히 내포한 말이었다. 오늘에 이르기까지 몇백 명의 계약자가 그를 거쳐 갔다고 했던가. 그중 대다수가 계약 조건을 끝까지 견뎌내지 못했다. 죄의식에 사로잡혀 자결하거나, 반대로 너무 심취하는 바람에 분별력을 잃고 날뛰다 죽음을 맞이하거나. 소극적인 형태이든 적극적인 형태이든, 몇 년 이내에 결국 미쳐버린다는 결과는 같았다. 10년이 넘는 세월 동안 꾸준히 계약을 유지하고 있는 건 유카르테가 유일했다. 하지만 그런 그도 자신이 어느 정도는 미쳐 있다고 생각했다. 아니, 사실은 완전히 미쳐 있었다. 그러지 않고서는 할 수 없는 일이기도 했다.

"이번 준비 분입니다."

머리맡에 있는 은밀한 공간을 연 그는 이 순간을 위해 마련해 두었던 것을 조심스럽게 꺼냈다. 그 손에 들려 나온 건 여러 개의 유리병이었다. 안에 담겨 있는 검붉은 액체가 움직이는 진동에 맞춰 찰랑거렸다.

"이번엔 평소보다 더 많이 마련해 봤습니다."

"흐음."

마개를 열자 비릿한 냄새가 코를 찔렀다. 안에 들어 있는 것이 무엇인지 누구라도 한 번에 정체를 알아챌 수밖에 없는 냄새였다. 그러나 병을 받아든 남자는 아무런 내색 없이, 당연하다는 듯 그것을 입에 가져갔다. 꿀꺽꿀꺽 삼키는 소리가 적나라하게 울리는 동안 그 광경을 지켜보는 유카르테의 표정도 변함이 없었다. 하나씩 비워지기 시작한 유리병이 완전히 동 나는 데까진 그리 오랜 시간이 걸리지 않았다. 입가를 닦아낸 남자는 어딘지 불만족스러워 보였다. 유심히 지켜보던 유카르테의 얼굴이 실망으로 흐려졌다.

"효과가 없습니까?"

"아주 조금 낫긴 하군. 하지만 이걸로는 안 되겠어."

"역시 금제가 문제입니까? 곤란하군요. 이 이상 재료 양을 늘리는 건 저도 어렵습니다. 슬슬 눈치채는 자들이 생기고 있는 중이라서요."

"알고 있다. 세르피스를 잃은 게 새삼 아까워지는군. 아직은 때가 아니었는데 말이야. 숨어 있는 마신관들을 좀 더 찾아낼 수 있었을 텐데."

혀를 차는 남자, 카류안의 음성에 아쉬움이 짙게 묻어났다. 유카르테는 얼마 전의 상황을 상기했다. 어느 날 카류안이 격렬하게 진노한 적이 있었다. 그가 이성을 잃고 화를 내는 모습을 본 것은 그때가 처음이었다. 마신에게 봉인되었다가 탈출해 왔을 때도 그렇게 흥분한 상태는 아니었다.

바로 그날이 세르피스가 죽은 날이었다. 그녀가 쓸 만한 수족이긴 했지만 죽었다는 사실에 충격을 받을 정도는 아닐 텐데. 이상할 정도로 감정적이 된 그가 의외라고 생각했었다. 역시나 사정을 알고 보니 다른 이유가 있었다. 새로운 마왕이 나타났다던가. 마신 카노스가 그를 버리고 다른 왕을 세운 것이다. 이미 모든 계획이 발각된 상황이니 충분히 예측 가능한 일이었다. 카류안이 마왕이란 자리에 딱히 애착을 가지고 있었던 것도 아니었다. 그 정도에 만족하는 자였다면 이런 일을 벌이지도 않았을 터였다. 그럼에도 그는 새 마왕이 세워졌다는 사실에 불쾌감을 감추지 못했다. 유카르테의 시선엔 그가 이상할 정도로 그 부분에 집착하고 있는 것처럼 보였다. 물론 그 점을 솔직하게 지적할 수는 없었지만.

"서두를 생각은 없었는데 생각보다 시간이 더 걸리니 달갑지 않군. 재료의 질을 높여야겠다. 이제부터는 순도 높은 피만 가져와라. 양질의 힘이 깃들어 있는 피로만 말이야."

"흠, 이능자의 피만 모으란 말씀이십니까?"

"그래. 하지만 불순물이 섞인 건 안 돼."

"……그러니까 이능자 중에서도 조건을 갖춘 걸 찾아야 한다는 거군요. 요즘 감시자들이 늘어 곤란하다고, 바로 조금 전에 말씀드린 걸로 압니다만. 당신께서 제 고초에는 하나도 관심이 없으시다는 건 아주 잘 알겠습니다. 제게 정말 너무하신 거 아닙니까?"

투덜거리는 유카르테의 말에 카류안은 그저 피식 웃을 뿐이었다. 저렇게 말해도 그가 어떻게든 해낼 거라는 걸 알고 있었기 때문이었다. 지금까지 늘 그래 왔던 것처럼. 노골적으로 불만을 드러내는데도 느긋하게 웃기만 하는 카류안을 보며 유카르테는 깊은 한숨을 내쉬었다.

"농담이 아닙니다. 마법이든, 검기든, 어릴 때는 이능력이 발현하는 경우가 많지 않아서 찾아내는 게 어렵단 말입니다. 설령 일찍 능력이 발현하더라도 그 단체의 보호를 받기 때문에 빼돌리는 것도 쉽지 않습니다."

"그래도 불가능하다는 말은 하지 않는군."

"그거야, 빈틈이야 어디든 있기 마련이니까요. 그 정도도 노리지 못해서야 감히 대업을 꿈꿀 수 있겠습니까?"

"하하, 역시 넌 마음에 들어."

"그것참 감사한 말씀이시군요. 마음에 드신 만큼 처우도 개선해 주신다면 더 바랄 것이 없겠습니다."

"물론. 네 노고는 아주 잘 알고 있다. 지금 고생하는 것만큼, 아니, 그 이상으로 달콤한 포상이 널 기다리고 있을 거다."

"포상도 좋지만 말입니다……."

"전하, 카리브디스입니다. 들어가겠습니다."

그때 고요한 공간을 가르고 낮은 목소리가 들려왔다. 하려던 말을 멈추고 입을 다문 유카르테는 천천히 열리는 문을 차분한 시선으로 돌아보았다. 당연히 잠들어 있을 거라고 생각한 듯, 조심스럽게 안으로 들어서던 카리브디스가 그와 눈이 마주치자 당황한 표정을 지었다.

"이런 시간에 깨어 계셨군요."

"아아. 잠이 별로 오지 않아서. 무슨 일이지?"

질문을 건네는 유카르테의 표정은 태연했다. 이미 카류안의 모습은 사라져 있었다. 냄새는 물론 공기의 온도까지, 조금 전까지 그가 누군가와 함께 있었다는 흔적은 어디에도 남아 있지 않았다. 유카르테 그 자신조차 꿈을 꾸었다고 여겨질 정도이니 들킬 염려는 할 필요가 없었다.

"죄송합니다. 궁을 경비하는 중에 잠시 돌아보러 들렀을 뿐입니다. 오늘따라……."

"느낌이 좋지 않아서?"

웃으며 묻는 말에 카리브디스는 머쓱한 얼굴을 했다. 유카르테는 속으로 살짝 혀를 찼다. 기실 이런 일이 벌어진 게 이번이 처음은 아니었다. 누가 소드 마스터 아니랄까 봐 그는 귀신같이 감이 좋았다. 밀회는 항상 모두가 잠든 새벽 중 은밀하게 이뤄지는데도, 그때마다 카리브디스가 약속한 듯이 방문했다. 갑자기 이상한 기분이 든다는 이유에서였다. 그는 적의 습격을 우려했을 뿐이지만, 모든 사실을 다 알고 있는 유카르테의 입장에서는 마치 일부러 훼방을 놓는 것처럼 느껴져 그리 달갑지 않았다.

"그대는 지나치게 성실해."

"해야 할 일을 하는 것뿐입니다."

"그러니까, 그렇게 대답하는 점까지 포함해서 하는 말이야."

무뚝뚝한 남자는 뭐가 문제인지 모르겠다는 표정을 짓고 있었다. 유카르테는 이마를 짚은 채 가벼운 한숨을 내쉬었다. 잠시 짜증이 치밀긴 했지만 그건 곧 어쩔 수 없다는 감정으로 바뀌었다. 혼란과 파국만이 가득한 시대, 그래도 제 편에 서서 충성을 맹세한 우직한 신하였다. 저도 인간인지라 자신을 위하는 사람에겐 관대한 기분이 들 수밖에 없었다. 혹자는 그런 그를 향해 따르는 개를 예뻐하는 것에 불과할 뿐이라고 비아냥댔지만, 그게 문제라는 생각은 들지 않았다. 올곧게 자신을 따르는 존재를 아끼는 것이 뭐가 문제라는 말인가? 어차피 그렇게 비아냥거리는 자도 저와 같은 입장에 서면 별반 다르지 않을 게 분명했다.

"휴식은 제대로 취하고 있는 건가? 잠은? 설마 또 관사에서 대충 지내는 건 아니겠지."

"아닙니다. 요즘은 특별한 경우가 아니면 가능한 한 자택으로 귀가하고 있습니다."

"그래? 좋은 변화로군. 잘된 일이긴 한데, 어쩐 일로 생각을 바꾼 거지? 내가 항상 권했지만 제대로 지킨 적 없었잖아."

"……기다린다고 해서."

"뭐? 아아."

무슨 말이냐고 되물을 필요는 없었다. 유카르테는 그 대답 안에서 생략된 존재가 누군지 바로 파악했다. 얼마 전 카리브디스가 양자로 들였다는 소년에 대한 것이리라.

'아이가 기다리니 저택으로 돌아간다는 건가?'

유카르테는 묘한 시선으로 카리브디스를 바라보았다. 어릴 때부터 곁에 두고 지켜봐 왔기에 그에 대해서 모르는 부분은 없다고 생각했었다. 실제로 대부분 유카르테가 알고 있는 모습에서 벗어난 적이 없었다. 그런데 그 소년에 관해서만은 항상 의외의 모습을 보여 주고 있었다. 양자로 들인 것도 갑작스러웠는데 생각보다 정을 더 깊이 주고 있는 것 같았다. 평생 다른 곳에 눈을 돌린 적이 없었건만, 역시 그도 나이가 든 것일까. 가져본 적이 없던 평범한 일상에 대한 동경 같은 것일지도 모르겠다. 지금껏 쉼 없이 내달려오기만 했으니 그럴 만한 시기였다. 딱 한 번 마주쳤을 뿐이지만 아이의 모습은 지금도 똑똑히 기억했다. 이름이 레이라고 했던가. 커다란 눈을 깜빡이던 얼굴이 제법 귀엽게 생겼었다. ……그리고 그 주위를 춤추듯 맴돌고 있던 작은 정령의 모습도. 정말이지 여러 가지 의미에서 꽤나 흥미로운 아이였다.

"그래. 그러고 보니 가까운 곳에도 하나 있었지."

"예?"

"아니, 아무것도."

돌아보는 얼굴에 화사한 웃음이 피어났다. 갑자기 기분이 좋아진 듯한 유카르테의 모습을 보고 카리브디스는 움찔했다.

"파이, 그대는 내 편이지? 나를 위해 모든 걸 다 바칠 수 있다고 했었던 것 같은데. 아직도 그 생각에 변함이 없나?"

"……? 네, 물론입니다."

"그래. 몹시 기쁘군. 하지만 염려하지 마라. 지금의 그대가 나로 인해 무언가를 잃는다면 훗날 몇십 몇백 배로 넘치도록 보상해 줄 테니까."

"당치…… 않습니다. 그런 걸 바라지는 않습니다."

"욕심이 없는 건 변하질 않는구나."

대견한 아이를 칭찬하듯, 유카르테가 웃으며 카리브디스의 뺨을 가볍게 두드렸다. 카리브디스는 다시 움찔했지만 내색하지 않았다. 심장이 빠르게 뛰기 시작했다. 기쁨이나 설렘 따위의 감정으로 인한 것은 아니었다. 오히려 아슬아슬한 낭떠러지 앞에 서서 곧 다가올 추락을 연상하는, 그런 아찔한 느낌과도 비슷했다.

왜일까. 그와 닿을 땐 늘 따뜻하고 포근한 기분이 들었었다. 그런데 지금은 피부에 닿는 감각에 온 신경이 곤두섰다. 차가운 얼음이 예고 없이 몸 안을 파고든 것 같았다.

겨울이긴 하지만 실내의 온도는 늘 같았다. 혈색이나 호흡이 평소와 다름없는 걸 보면 실제로 그의 체온이 낮아진 것은 아닐 터였다. 그저 갑작스러운 접촉에 놀란 탓이리라. 아니, 어쩌면 그동안 어린아이의 뜨거운 체온에 너무 익숙해졌기 때문인지도 몰랐다. 최근엔 그보다 레이와 함께 지내는 시간이 더 많았으니까. 카리브디스는 머릿속으로 여러 가지 그럴듯한 이유를 가늠해 보았다. 이런 식으로 납득하기 위한 이유를 찾으려는 것 자체가 자신답지 않다는 건 미처 인지하지 못한 상태였다.

그래서 그는 계속해서 변명을 거듭했다. 아무래도 전시다 보니 요즘 지나치게 예민해진 게 분명했다. 그러니까 그저 단순한 착각일 뿐이다. 순간적으로 감각이 어긋나 두뇌가 판단 이상을 일으킨 거다. 처음 이 방문을 열었을 때, 어디선가 피 냄새가 난다고 느꼈던 것처럼.

"……."

두리번거리려는 충동을 견디느라 목에 힘줄이 섰다. 카리브디스는 복잡한 기분을 속으로 감추며 꾹 움켜쥔 자신의 주먹을 내려다보았다.

그저, 자신의 착각에 불과해야 했다.

2.

며칠째 교전이 벌어졌다.

첫 접점은 황제군이 스텔스 영지를 떠나 다시 진군하기 시작한 지 몇 시간도 되지 않아서 일어났다. 그것도 상당히 뜬금없는 방식이었다. 기마병으로만 이뤄진 소수의 부대가 불쑥 나타나더니, 그대로 밀고 들어와 후미를 친 것이다. 그리곤 당황한 황제군이 대열을 정비하고 나자 기다렸다는 듯이 후퇴해서 달아났다. 그 일련의 과정에 걸린 시간이 불과 몇 분이었다. 신속하게 치고 빠지는 적의 작태에 얼이 빠진 황제군은 추격할 생각도 하지 못하고 사라지는 뒷모습을 멍하니 바라보기만 했다.

그게 시작이었다. 처음엔 한 부대의 돌발 행동인가 싶었으나 그게 아니란 건 금방 다시 알게 됐다. 몇 시간 후 똑같은 방식으로 또 다른 부대가 나타나 습격했기 때문이다. 이번에는 선두를 노렸고, 마법사와 궁수들을 포함한 원거리 부대의 공격이었다. 그들 부대 역시 마찬가지로 우리가 제대로 대응하기 시작하자 흔적도 없이 달아났다.

그날 이후로 시작된 같은 패턴의 공격이 지금까지 수도 없이 이어지고 있는 중이었다. 기습이라곤 해도 교전 시간 자체가 워낙 짧았고, 인지한 이후로는 우리 쪽도 충분히 대응하고 있었기 때문에 부상자는 거의 나오지 않았다. 그런데도 상대는 멈추지 않고 이 무의미한 짓을 계속했다. 아무래도 신경을 예민해지게 만들어 분위기를 흐리려는 목적인가 싶었다. 어떻게 보면 꽤 효과적인 전술이긴 했다. 평범한 인간들의 정찰 범위에는 한계가 있고, 이능력자라고 해도 매시간 능력을 써서 주위를 살피지는 못한다. 언젠가는 반드시 빈틈이 생길 텐데, 이런 실수들이 겹쳐 피해가 속출하면 군 전체의 사기가 크게 떨어질 터였다.

단지 저들이 실수한 게 있다면 이 부대 안에 탈 인간 급의 존재가 여러 명 있다는 사실을 계산하지 못했다는 점이랄까. 특히 내 경우엔 매시간 주위를 살피고 있어도 피로감을 전혀 느끼지 못한다. 이건 내 일부와 같은, 숨 쉬는 거나 다름없는 능력이라 딱히 계약자의 도움이 필요하지도 않다. 게다가 이 능력을 드러내 놓고 활용할 수 있는 적당한 핑계거리도 있었다. 알리사가 예지력으로 읽어냈다고 하면 되니까.

처음엔 긴가민가해도 정확하게 맞히는 일이 반복되면 믿고 안심하게 된다. 습격 방향은 물론, 부대의 형식, 숫자와 규모까지 알아맞힌다면 더욱더 그렇다. 그래서 수차례의 교전에도 불구하고 황제군의 분위기는 내내 평온했다. 어느 정도 상황에 적응하고 나서는 그들의 습격을 역으로 이용하기도 했다. 적들이 오는 쪽 방향에 따로 매복한 부대를 두고 양쪽 방향에서 친다거나, 반대로 습격해 오기 전에 앞서 기습을 가하는 식이었다. 덕분에 우리 쪽 피해는 미미한 반면, 적들의 피해는 점점 커지고 있었다. 어느 면에서 봐도 상대만 헛발질하는 꼴이었다.

"후퇴! 후퇴해라!"

불리해진 전황을 느낀 적들이 신속하게 물러나기 시작했다. 이번 교전은 두 차례 연속으로 이어졌다. 1차 습격을 막아내기 무섭게 다른 방향에서 제2차 습격이 일어난 것이다. 아무래도 습격 간격을 좁혀 허를 찌르려는 작전이었던 것 같은데, 유감스럽게도 이 또한 이미 파악해 둔 바라 그다지 큰 타격은 없었다. 적들은 위풍당당하게 달려들던 기세 그대로 고스란히 당하기만 했다.

"추격하지 마라! 그냥 달아나도록 내버려 둬!"

기세를 타 쫓아가려는 병사들을 지휘관들이 진정시키는 소리가 여기저기서 울려 퍼졌다. 사방이 아직 혼란한 가운데 알리사가 나를 돌아보는 것이 느껴졌다. '어때?' 바라보는 시선에 담긴 질문을 읽은 나는 대답으로 고개를 살짝 저었다. 우리끼리의 은밀한 신호를 받은 그녀가 옆에 있던 마커스 백작에게 뭔가 말을 전달했다. 아마 이제 더는 공격이 없을 거라는 이야기일 터였다. 예상대로 마커스 백작이 모두를 향해 소리쳤다.

"적들이 완전히 물러갔다! 경계를 풀어도 좋다!"

"와아아!"

그제야 완전히 안심한 병사들이 환호성을 질렀다. 단숨에 긴장이 풀리면서 날카로웠던 공기도 한층 차분해졌다. 사방에서 알리사를 향한 찬가가 울려 퍼지는 건 이미 일상이 된 일이라 새삼스럽지도 않았다.

"스피어의 딸이시여!"

"알리사 님!"

여기저기서 연호하는 소리에 알리사도 익숙하게 손을 들어 화답했다. 그녀와 시선이 마주치는 곳마다 환성이 더욱 커지는 게, 마치 유명한 아이돌의 콘서트를 지켜보는 듯한 기분마저 들었다. 처음 이런 현장을 목격했을 때 당황하던 이사나의 얼굴은 지금도 잊히지 않는다. 서면으로 보고를 받아왔으니 이곳의 분위기는 대충은 알고 있었겠지만, 실제로 확인한 기분은 사뭇 다른 듯했다.

그러니 얼결에 합류한 라온휘젠 황태자 일행이 받은 충격은 굳이 설명할 필요도 없을 것이다. 틈만 나면 알리사에게 접근해 안전한 장소를 권하던 황태자는 병사들 사이에서 그녀의 인기를 실감한 이후로는 말을 아끼게 됐다. 완전히 물러난 건 아니었지만 분위기를 파악하는 눈치 정도는 있는 것 같았다.

“휘유. 알리사 님의 인기는 볼 때마다 놀랍네요. 이렇게 되면 중군으로 빠지는 것도 힘들긴 하시겠어요.”

아셀이 감탄하며 중얼거린 말에 곁에 있던 라온휘젠 황태자가 말없이 눈을 부라렸다. 그가 이곳 분위기를 헤아려 자중하는 것과는 반대로, 일행들(특히 아셀)에게서 그의 기분은 별로 배려받지 못하고 있었다. 쓸데없는 소리를 한다는 표정이 역력한 얼굴을 앞에 두고도 아셀은 기죽지 않고 어깨를 으쓱였다.

“어쩔 수 없잖습니까. 억지로 묶어둔 것도 아니고, 본인의 참전 의지가 확고하신데요. 사람들의 믿음과 신뢰를 저버릴 수 없기 때문이겠죠. 아직 어려도 책임감이 남다른 분이세요. 역사에 기록된 반려성들의 행적을 봐도 모두 어릴 때부터 남다른 기재를 발휘하셨죠. 평소 전하께서 바라시던, 실로 그린 듯한 반려성 아닙니까?”

“……나도 알고 있다. 반려성의 정계 활동을 나쁘게 보진 않아. 이게 그녀가 태어난 본국에서의 활동이었다면 나도 문제 삼지 않았을 거다.”

“뭐, 알리사 님은 이미 여기서 작위도 받으신 것 같던데요. 그럼 이미 이 제국 사람이라고 쳐도…… 아아, 알겠습니다. 잘 알겠으니 그렇게 노려보지 마세요. 무서워서 무슨 말씀도 못 드리겠네.”

곧바로 혀를 내두르는 아셀을 라온휘젠 황태자가 지긋이 응시했다. 그 눈빛에 서려 있는 추궁의 기색을 읽은 아셀이 필사적으로 시선을 피하는 것이 훤히 보였다.

“아셀, 너. 요즘 이곳에 지나치게 호의적이 된 것 같은데. 내 기분 탓인가?”

“제가 그랬습니까? 뭐, 좋은 사람들을 만났으니까요. 그리고 호의적이 되면 좀 어떻습니까. 적국도 아닌데요.”

“적이 될 수도 있는 나라지.”

“헉! 제정신이십니까? 누가 들으면 어쩌시려고요!”

기겁한 아셀이 냉큼 두 손으로 라온휘젠의 입을 틀어막았다. 일국의 태자를 대하는 것치고는 꽤 거침없는 행동이었지만 하는 쪽도 당하는(?) 쪽도 별로 신경 쓰지 않는 태도였다. 심지어 다른 수행원들도 다들 그러려니 하는 걸 보니 한두 번 있는 일들이 아닌 모양이었다.

“조심 좀 해 주십시오. 저희는 배려를 받아 이곳에 있는 겁니다. 내전이 한창인 군대에 타국의 손님이 눌러앉아 있다니, 좀처럼 있을 수 없는 일이죠. 그런데 아무도 우리를 나쁘게 대하지 않아요. 이사나 폐하가 그만큼 신경 써 주시고 계신 거잖습니까. 호의에 굳이 먹칠을 하실 건 뭡니까?”

“……아라드었으이까 이어 이워(알아들었으니까 이거 치워).”

오래 그러고 있을 생각은 없었는지 아셀은 바로 손을 떼어냈다. 황태자는 매우 불만스러운 얼굴로 그를 노려보았다.

“대체 뭐가 문제지?”

“뭐가 말입니까?”

"아셀, 넌 내 보좌관이야."

"……정확히는 임시 보좌관이죠. 아카데미에 있을 동안만 한시적으로 맡은 보좌니까요."

"졸업한 이후에도 달라지는 건 없어. 내가 궁으로 돌아갈 땐 너도 함께일 거다."

"그건 태자 전하의 희망 사항이고요. 황궁에 제 소문이 어떻게나 있는지 다 아시잖습니까. 황태자의 측근에 정신병자가 있다는 말 들으시려고요?"

"병증은 이제 다 나았잖아. 많이 좋아졌다고 들었는데? 그럼 된 거 아닌가?"

뭐가 문제냐는 태도에 아셀의 얼굴이 잠시 굳어졌다. 그는 복잡한 얼굴을 했다가 이내 한숨을 내쉬었다.

"그런 건 의미가 없습니다. 중요한 건 제가 그런 의혹을 받는 사람이라는 거죠. 황궁에서 평판이 얼마나 중요한지 잘 아시는 분이 왜 이러십니까. 심지어 저는 귀족도 아닌 평민입니다. 지금이야 학창 시절의 한때로 치부하니까 내버려 두시는 것뿐이지. 절 정식으로 곁에 두는 걸 폐하께서 가만히 두고 보시겠습니까?"

"폐하는 상관없어. 내게 필요한 사람은 내가 정할 거다."

"정말 못 말릴 고집이네요. 그럼 이것도 알아두십시오. 제가 있을 곳도 제가 정합니다."

"아셀, 너……."

"전하, 보는 눈이 많습니다. 다음에 말씀하시죠."

한창 당겨진 실처럼 팽팽해진 두 사람 사이에 다른 이가 끼어들었다. 둘의 분위기가 험악해짐에 따라 조마조마한 시선을 보내고 있던 세리엄이었다. 그 말에 얌전히 입을 다문 황태자가 잠시간 아셀을 노려보았다. '나중에 두고 보자.' 그 눈빛에 담긴 의미가 멀리서 지켜보는 내게까지 선명히 와 닿았다. 그리고 아셀은 이번에도 시선을 회피하는 것으로 대답을 대신했다.

그때 고개를 돌리던 아셀이 나를 발견했다. 빙긋 웃으며 손을 흔들자 잠시 멍하게 있던 얼굴이 뭔가를 깨달은 듯 급격히 굳어지더니 천천히 창백한 빛을 띠기 시작했다. 그가 일행들에게 양해를 구하고 서둘러 이쪽으로 달려오는 것을 나는 느긋한 마음으로 지켜보았다.

"에, 엘 님."

"네. 왜요, 아셀?"

"혹시 저희를 계속 보고 계셨습니까? 언제부터 지켜보신 건지 여쭤 봐도 됩니까?"

"아셀이 알리사를 보면서 휘파람 불 때부터요?"

"……처음부터 보셨다는 말씀이시군요. 저희가 나눈 대화도 다 들으셨다는 말씀이시구요."

"미안해요. 딱히 들으려고 한 건 아닌데. 이 정도 거리는 아무리 작게 말해도 들려서 어쩔 수 없네요."

"대체 청력이 얼마나 좋으신 겁니까……."

어처구니없다는 듯 중얼거리면서도 그는 딱히 불쾌해하는 기색은 아니었다. 워낙 기상천외한(그의 입장에서는) 일들을 많이 보여줘서 그런가. 이미 나에 대해서는 어느 정도 이해하기를 포기한 것 같기도 했다.

"황태자가 아셀을 많이 아끼는 것 같던데요."

"뭐어. 겉으로는 딱딱해 보여도 사실은 잔정이 많으신 분입니다. 제 사람들을 잘 챙기려고 하시죠."

"그런데 아셀은 그게 부담스럽고요?"

장난스럽게 건넨 말에 아셀의 눈이 동그래졌다. 당혹감을 숨기지 못하고 드러내던 그가 이내 어쩔 수 없다는 듯이 웃었다.

"엘 님께도 제가 그렇게 보였습니까?"

"지금 황태자의 곁에 있는 것도 자의가 아닌 것 같았어요."

"으음, 그 정도입니까? 그렇지는 않은데……. 제 의지로 보좌하고 있는 건 맞습니다. 아카데미 생이긴 하지만 전 신분도 낮고, 정신 병력까지 있어서 좋은 일자리가 들어올 가능성이 희박하거든요. 하물며 태자 전하를 곁에서 모시다니 과분한 영예죠. 무척 영광스럽게 생각하고 있습니다."

"흠, 그냥 선택의 여지가 없었다는 말처럼 들리는데요."

"그…… 좋은 기회가 왔는데 굳이 거절할 사람도 없잖습니까?"

"뭐, 그것도 그렇네요. 그런데 다른 건 몰라도 하나는 틀리지 않아요?"

"네?"

"아셀, 정신병 아니잖아요."

숨을 크게 삼키는 소리가 울렸다. 나로선 당연한 지적을 한 건데 아셀에겐 그렇지 않았던 모양이다. 지난 내내 증거를 확인하고 경험했으면서도 아직 실감하기에 부족했던 걸까. 그는 불시에 얻어맞은 사람처럼 멍한 얼굴을 했다.

"뭐, 원래 나는 정신 질환이 있어도 치료만 잘 받으면 괜찮다고 생각하긴 하는데요. 아셀은 애초에 그냥 정신병이 아니에요. 본인도 이제 전부 알고 있잖아요. 왜 스스로 질환이 있는 것처럼 말해요?"

"어, 으음, 그래도 주위에는 그렇게 알려져 있으니까요."

"그래서 아셀도 그런 취급에 그냥 순응하려고요? 사실이 아닌데도? 그건 이상하지 않아요?"

"……."

"그러지 말아요. 당당하게 행동해요. 혹시 누가 뭐라고 그러면 상대를 무식한 사람 취급해요. 그쪽이 뭘 몰라서 그러는 거니까."

"……그래도 되는 걸까요."

"당연하죠. 말이 나온 김에 하는 말인데, 아까 전에 황태자가 병증이 다 낫지 않았냐고 했을 때 왜 그냥 가만히 있었어요? 나은 게 아니라 애초에 아픈 게 아니었다고 정정해 줬어야죠."

아셀이 다시금 숨을 크게 삼켰다. 성가신 잔소리에 불쾌해진 건가 했는데 표정을 보니 그건 아니었다. 나를 응시하는 그는 무척 후련하게 웃고 있었다.

"엘 님은 정말 여러 가지로 절 놀라게 만드시는 분입니다."

"뭐가요?"

"저, 실은 그때 그렇게 말하고 싶었었거든요. 제 마음 속을 들여다보신 건가 해서 찔끔했습니다."

"푸하핫! 그랬어요?"

"민망하니 너무 웃지 마십시오. 노파심에 묻는 건데, 설마 속마음을 읽는 능력도 있으신 건 아니죠?"

"안심해요. 그런 능력은 없으니까."

내 가족한테는 있지만.

뒷말을 삼키며 씩 웃어 주자 아셀은 노골적으로 안도감을 드러냈다. 나중에 트로웰을 만나게 되면 어떤 상황이 벌어질까 궁금해질 만큼, 짓궂은 기대심리를 자극하는 표정이었다.

"아셀은 꿈이 뭐예요?"

"꿈이요?"

"아카데미를 졸업한 후에 하고 싶은 일이요. 황태자의 보좌관은 임시직이라면서요. 따로 정해둔 진로가 있나요?"

"음, 저는 그냥 좋은 세상을 만들고 싶습니다. 모든 사람을 완벽하게 만족시키는 정책은 없겠지만, 적어도 불합리한 상황을 겪는 사람들이 갈수록 줄어들기를 바랍니다. 세상에서 소외된 자들, 약자들이 안전하게 살아갈 수 있었으면 합니다. 그런 나라를 만들어 가는 일에 일조하고 싶습니다."

"멋지네요. 그럼 정계로 가긴 해야겠어요. 지금처럼 황태자와 계속 함께하는 게 좋지 않아요? 황태자 쪽에서도 적극적으로 권하고 있는데.”

“글쎄요. 그게 가장 이상적인 그림이긴 합니다만, 솔직히 잘 모르겠습니다. 제국엔 이미 훌륭한 대신들이 많거든요. 제가 그들 사이에서 할 수 있는 일이 있을지 모르겠습니다.”

희미하게 웃는 그의 얼굴엔 짙은 그늘이 드리워져 있었다. 수많은 복잡한 감정을 속으로 삼킨 사람의 얼굴이었다. 황태자와 대화할 때도 꼭 저런 표정을 지었었다. 대답은 겸손하게 했지만 실상 그는 거대한 벽 앞에 마주 서 있는 걸지도 몰랐다. 오직 그만에게만 적용되는 높은 현실의 벽이.

그러고 보니 그를 곁에 둔다는 이유만으로 황태자의 평판을 우려할 정도였지. 내가 생각하는 것 이상으로 그에 대한 소문이 나쁜 건지도 모르겠다. 아무리 그 스스로 당당해진다 해도 사람들 사이에 들어찬 선입견을 부수는 게 쉬운 일은 아닐 터였다. 어린 시절부터 오랫동안 쌓아온 선입견이라면 더욱더. 언젠가는 나아지겠지만 그때까지는 그가 향하는 곳마다 가시밭길이 펼쳐질 거라는 게 훤히 보였다. 그 전에 아셀이 먼저 지치지 않으리라는 보장이 없었다. 그래서 나도 모르게 불쑥 묻고 말았다.

“거기서 할 일이 없으면 이쪽은 어때요?”

“예?”

“여기 스왈트 제국이요. 이사나는 앞으로 해야 할 일이 태산이거든요. 지금도 정신없는 상황이지만 전쟁이 끝나면 더 바빠지질 거예요. 곁에서 도와줄 사람이 많이 필요해요. 서로 나이도 비슷하고, 내가 보기엔 둘이 꽤 잘 맞을 것 같은데."

"아……."

충동적으로 건네긴 했는데 막상 말을 뱉고 보니 정말 나쁘지 않았다. 황궁에 돌아가게 되면 이사나는 곁에 둘 자와 쳐낼 자를 구별해야 한다. 이미 중앙 귀족 대부분이 대공에게 넘어가 있는 상황이니 앞으로 새롭게 시작할 제국에서 그의 곁에 남을 수 있는 자는 몇 되지 않을 거다. 비워질 공백만큼 그 자리를 채워 줄 새로운 인재가 있어야 했다. 친위기사들은 좋은 사람들이긴 하지만 정책을 꾸려 가는 부분에서 의지할 수는 없을 거다. 클모어 공작이 열 일 제치고 수도에 머물러 있을 수만도 없었다. 조금 더 적극적으로 곁에 붙어 그를 도울 수 있는 조력자가 필요했다. 그게 외국에서 온 사람이라도 뭐 어떤가 싶었다.

나는 새삼스러운 기분으로 아셀을 살펴보았다. 아카데미에 다닐 정도면 꽤 수재라는 소리고, 황태자를 보좌할 정도로 유능하다. 인품에 결함이 있는 것도 아닌 데다가 오히려 무던하니 좋은 편에 속했다. 이상향을 들어봐도 이사나가 바라는 제국에 걸맞은 인재가 될 것 같았다.

'보면 볼수록 괜찮은데?'

아셀은 조금 얼떨떨한 표정을 짓고 있었다. 내심은 알 수 없으나, 지금까지 한 번도 생각해 보지 못한 제안인 것만은 분명해 보였다.

"내전으로 황폐해진 나라를 재건하는 일에 흥미 없어요?"

그러나 이 말에 눈빛이 반짝이는 것만은 막지 못했다. 자기도 모르게 화색이 된 얼굴로 고개를 든 그가 이내 화들짝 놀라 빠르게 표정을 수습했다. 내가 기척에 예민해서 그렇지, 평범한 사람은 잘 눈치채지도 못할 만큼 한순간의 변화였다. 흥미가 생겼으면서도 언제 그랬냐는 듯 금방 평온해진 얼굴을 보니 외교를 해도 잘할 것 같았다. 나는 피식 웃었다.

"그냥 이런 길도 있다는 거니까 한번 생각은 해 봐요. 꼭 태어난 나라에서만 죽을 때까지 살라는 법은 없잖아요. 꿈을 펼치고 싶다면 더 넓게 생각해 봐도 좋지 않겠어요?"

"……."

수면에 파문이 이는 것처럼, 그의 녹색 눈동자가 천천히 일렁거렸다. 내가 던진 것이 작은 돌인지 커다란 바위인지는 모르겠지만, 그에게 어떤 형태로든 감화를 준 것만은 분명했다.

왠지 좋은 예감이 들었다.

3.

옛말에 쇠뿔도 단김에 빼랬다고, 아셀과 헤어진 길로 나는 곧장 이사나를 찾아갔다. 손뼉이란 마주쳐야 소리가 나는 법. 한쪽에 여지를 주었으니 다른 한쪽에도 연결 고리를 만들어 둘 필요가 있었다.

도착했을 때 이사나는 마침 사람들을 물리고 혼자 있는 상태였다. 그는 서류에 시선을 고정한 채 한창 일에 열중해 있었다. 발밑에는 이미 검토한 것으로 보이는 서류 더미가 한가득 놓인 채였다. 그럼에도 탁자 위에 아직도 처리하지 못한 수많은 서류들이 쌓여 있었다. 그 모습이 언젠가 엘뤼엔의 궁처에서 봤던 장면을 떠올리게 만들었다. 탑처럼 쌓인 서류 더미가 거대한 공간 안을 가득 채우고 있던, 보기만 해도 숨이 턱하고 막히던 그 아찔한 광경을 말이다. 이런 걸 보면 높은 자리도 정말 아무나 감당할 수 있는 게 아닌 것 같다. 정령왕에겐 문서 작업이 없어서 정말 다행이야. 속에서 깊은 안도감이 솟아올랐다.

"이사나, 많이 바빠?"

"음? 아아, 아냐. 괜찮아, 엘. 어서 와."

말을 걸고서야 내 방문을 깨달은 이사나가 손에서 서류를 내려놓았다. 그가 탁자 위를 허둥지둥 정리하는 동안 나는 권하는 의자에 앉아 천천히 주위를 둘러보았다. 사실 둘러본다고 해 봤자 서너 평 남짓의 작은 공간에 큰 탁자와 의자, 침낭이 전부인 구조라 달리 볼 것도 없었다. 이사나의 막사에 들른 게 오늘이 처음은 아니지만 올 때마다 너무 단출한 것 같다는 생각은 버릴 수 없었다. 일반 병사들이 쓰는 막사 구조와 크게 다르지 않은 형태다 보니 당연하다면 당연한 일일까. 누가 보더라도 이런 곳이 황제의 막사라고는 생각하지 못할 거다. 단지 이사나 본인이 바란 일이라 누굴 탓할 수가 없다는 게 문제였다.

원래는 시벨리우스가 그가 쓸 텐트도 만들어 줄 예정이었으나 이사나 쪽에서 거절했다. 성이나 저택에 들르게 될 때는 주인의 체면을 생각해서 좋은 방을 쓰지만 이동 중 사용하는 막사만큼은 가장 단출한 것을 원했던 탓이다. 적어도 이번 전쟁에서만큼은 편하게 지내고 싶지 않다는 이유에서였다. 숙부와 본격적으로 겨루고 있는 만큼 여러 가지로 생각이 많을 시기였다. 아마도 그 나름대로 복잡한 심경을 털어내는 방법인 듯 보였다.

"미안해. 안이 너무 지저분하지?"

"아니야. 근데 무슨 서류가 이렇게 많아?"

"그냥 회의 가결안들을 정리한 거랑 이것저것. 그나마 아직까지는 보고서만 검토하는 정도라서 부담스러울 정도는 아니야. 지금 진짜 고생하는 건 형님과 클모어에 있는 누님일 거야. 전쟁 예산이며 뭐며 산더미처럼 몰려들고 있을 테니까."

"흠, 이건 그 형님이 보낸 거네?"

마침 눈앞에 놓여 있는 문서 말미에 공작의 이름이 적혀 있는 것이 보였다. 무심코 집어 들어보다가 실수했다는 생각이 스쳤다. 기밀문서일지도 모르는데 내가 함부로 들여다봐선 안 될 거다. 나는 황급히 종이를 다시 내려놓았다.

"미안, 이사나. 나도 모르게……."

"응? 뭐가?"

"문서 내용, 볼 뻔해서."

"그게 왜? 그냥 봐도 괜찮아. 다른 사람도 아니고 엘인데."

아무렇지 않게 돌아오는 대답에 숨이 저절로 멈췄다. 나는 잠시간 가만히 눈을 감았다가 떴다.

"어…… 그냥 봐도 된다고?"

"응. 내가 가진 것 중에서 엘이 봐서 안 되는 게 어디 있겠어. 그게 사적인 것이든, 공적인 것이든. 내 허락 같은 거 없어도 보고 싶은 건 전부 다 봐도 돼."

"그, 그래도 돼?"

"당연하지. 엘이잖아."

"……."

"엘?"

"아…… 아냐. 아무것도."

얼른 웃어 보이면서도 속으로는 정신이 하나도 없었다. 타인의 것이 내게 그냥 용인된다는 것. 일전의 세상에서는 꿈도 꿔본 적이 없는 일이었다. 그곳에선 내게 그냥 주어지는 권한 같은 건 없었다. 형제들에게는 당연히 허가되는 거실도, 그들이 제 방처럼 들락거리는 부엌과 부모님의 침실도. 심지어 욕실과 화장실까지. 주변에 있는 모든 것들이 감히 함부로 침범할 수 없는 금역들뿐이었다. 그래서 지금 이 순간이 몹시 생경하게 느껴졌다. 이걸 뭐라고 표현해야 할까. 한마디로는 설명할 수 없을 만큼 굉장히 이상한 기분이 들었다.

그때와는 처한 처지도 상황도 달라지긴 했지만 내 본질 자체는 변하지 않았다. 이런 내가 누군가로부터 무한한 신뢰를 받는다는 사실이 믿어지지 않으면서도 감격스러웠다. 단지 인간 세상을 여행해 보고 싶어서 바랐던 소환 계약이었는데 이렇게 따스한 안정감과 소속감을 느끼게 될 줄은 몰랐다. 속이 간질간질해지는 기분을 감추기 위해 나는 얼른 문서 쪽으로 시선을 돌렸다. 정령왕이라 표정을 능숙하게 갈무리할 수 있어서 참 다행이었다. 내가 인간이었다면 얼굴이 토마토처럼 새빨개졌을 게 뻔했다.

"어, 으음. 중군으로 돌아오라는 내용이구나. 원래는 이쪽에 잠시만 들르려고 했던 거였지?"

"응. 생각보다 이쪽 일정이 길어지니까 형님이 불안해진 모양이야. 요즘엔 중군 쪽도 돌발 습격이 꽤 잦은 것 같거든. 테일즈 성 방벽이 단단해서 큰 피해는 없는 것 같지만."

"중군은 아직도 테일즈 성에 있는 거야? 그럼 합류 일정에 차질이 생기지 않나?"

"이쪽도 진군이 느려져서 문제는 없을 것 같아."

"아, 하긴."

느려지다 뿐인가. 최근엔 거의 멈춰 있는 거나 다름없는 상태였다. 그 탓에 며칠 안으로 중군에게 따라잡힐 거라 예상하는 사람들이 많았다. 그런데 오히려 그쪽까지 덩달아 느려졌다고 하니 그럴 일은 없을 모양이다. 결국 전체적으로 일정 자체가 늦춰지는 셈이다. 전쟁이란 게 본래 계획한 일정에 맞아 떨어지는 경우가 더 드문 편이니 딱히 새삼스러운 일도 아니긴 했다. 거기까지 생각하고 있으려니 갑자기 찜찜한 기분이 들었다.

'왠지 뭔가 놓치고 있는 것 같은…….'

"그런데 엘, 내게 무슨 할 말 있는 거 아니었어? 그냥 놀러 온 건 아닌 것 같은데."

"응? 아……!"

무언가가 떠오를 것 같았는데 때마침 들려오는 목소리가 생각을 가로막았다. 그러고 보니 잠시 넋을 잃는 바람에 이곳에 찾아온 용건을 완전히 잊고 있었다. 나는 자세를 바로 하고 본래 하고자 했던 이야기를 꺼내 들었다.

"있잖아, 이사나. 아카데미 학생이면 우수한 인재라는 말이겠지?"

"음, 아무래도 그렇지. 보통 수재들만 들어갈 수 있는 곳이니까."

"그럼 그 인재 중에서 일자리를 찾는 사람이 있다면 어때? 성격도 좋고 이상도 매우 바람직한데, 본인의 나라에서는 뜻을 펼칠 수 없는 상황이라거나."

"흠, 가능하다면 내 사람으로 만들고 싶을 것 같아. 나랑 맞는 사람이면 곁에 두고 하려는 일들을 다 지원해 줄 수도 있을 거고."

"역시 그렇지!?"

"응, 근데 엘이 말하는 사람이 혹시 아셀이란 사람이야?"

"헉! 그걸 어떻게 알았어?"

깜짝 놀라서 나도 모르게 눈이 부릅떠졌다. 이제부터 본격적으로 운을 떼어 보려는 참인데 이렇게 곧바로 알아차리다니, 이게 대체 무슨 일인지 모르겠다. 당황한 나를 보며 이사나는 당연한 질문을 한다는 듯이 웃었다.

"그거야, 엘이 요즘 접할 만한 사람 중에서 아카데미 학생은 황태자와 그 보좌관밖에 없잖아. 설마 황태자는 아닐 테니까 보좌관 쪽이겠거니 했지."

"허어……."

"그리고 아셀이란 사람은 유니콘의 후예랬지? 엘이 신경 쓸 만한 사람이라고 생각했어."

느긋하게 답하는 그에게서 평소 접해 보지 못한 위엄이 느껴졌다. 소년의 성장은 무섭다더니(?) 원래 이사나가 이렇게 눈치가 빠른 편이었나 싶다. 아니면 내가 너무 파악하기 쉬운 건가? 혼란스러운 기분을 감추지 못하고 있는데 이사나가 질문을 건네 왔다.

"그런데 그 사람이 진로 고민을 하고 있어? 좀 의외인걸. 황태자가 그를 꽤나 아낀다고 봤거든. 내가 잘못 판단했던 건가?"

"으응? 어, 아냐. 그건 네 판단이 맞아. 황태자 쪽에선 아셀을 쭉 곁에 두고 싶어 하는 것 같았어."

"그럼 좀 이해가 안 되는데. 이변이 없는 한 그 황태자가 카터스 제국의 차기 황제가 된다는 건 기정사실이야. 탄탄대로인 길을 눈앞에 두고 망설이는 이유가 있어?"

"그게 생각만큼 탄탄대로는 아닌가 봐. 유니콘은 평범한 사람이 볼 수 없는 걸 보잖아? 아셀도 그렇거든. 지금은 제어할 수 있게 됐지만 예전엔 그러지 못해서 그동안 여러 가지로 오해가 있었던 것 같아.”

“흐음. 그렇구나. 대강 어떤 사정인지는 알겠어.”

가볍게 고개를 끄덕인 이사나는 그대로 생각에 잠겨 들었다. 제법 흥미가 생겼는지 꽤 진지하게 숙고하는 얼굴이었다. 그 모습이 벼린 칼날처럼 날카로워 보여서 나는 또 놀라야 했다.

항상 수줍은 어린아이 같기만 하더니, 언제부터인가 그는 황제의 얼굴을 하는 날이 더 많아지고 있었다. 갑자기 훌쩍 커버린 기분이랄까. 그러고 보니 그사이 키도 더 크고 어깨도 넓어졌다. 골격도 단단해졌고, 전에는 없던 근육도 붙었다. 예전엔 어디를 가도 나보다 동생처럼 보였는데 이젠 형이라고 해도 믿을 것 같았다. 미처 알아보지 못한 차이가 제대로 살펴보니 확실하게 보였다. 지금까지 몰랐던 게 이상했을 만큼.

“이사나. 너 키가 더 컸네.”

“어, 그런가? 안 그래도 요즘 다리가 좀 아팠어.”

반가운 화제였는지 이사나의 얼굴이 금방 환해졌다. 이런 모습은 또 영락없는 소년이라 나는 피식 웃었다.

“성장통인가 보다. 이런 속도면 라피스 키도 금방 따라잡겠는걸?”

“정말? 그랬으면 좋겠다. 난 많이 크고 싶거든. 적어도 아버님만큼은 컸으면 좋겠어.”

“아버지 키가 몇이셨는데?”

“정확히는 모르지만 라피스 님보다 더 크셨던 것 같아. 그런데 아버님은 어릴 때부터 풍채가 좋으셨다고 했거든. 그에 비해서 나는 작은 편이라…….”

“뭐, 지금 잘 자라는 걸 보면 괜찮을 것 같은데? 너무 걱정하지 않아도 될 거야.”

“응. 고마워, 엘.”

언제나처럼 부드럽게 웃는 얼굴도 분위기가 한층 깊어지니 예전과는 사뭇 다른 느낌으로 와 닿았다. 확실히 그는 바람직한 방향으로 성장하고 있었다. 아마 지금보다 더 많이 자라도 내가 그를 동생 취급하고 과보호하는 건 변하지 않을 것 같지만, 적어도 사람들 앞에서는 자중해야 하는 걸지도 모르겠다. 그게 몹시 흐뭇하게 여겨지면서도 아주 조금은 섭섭했다.

4.

아셀과 이사나의 관계는 이후로도 크게 달라지지 않았다. 서로 두드러지게 관심을 표하는 일도 없었고, 이전보다 특별히 접점이 더 늘어나지도 않았다. 어차피 나는 추천을 한 것일 뿐 결정은 전적으로 그들이 내려야 할 몫이었다. 첫술에 배부를 수는 없으니까, 서로 의식할 계기를 마련해 준 것만으로 족하다고 생각했기 때문에 별다른 진전이 없는 걸 딱히 아쉽게 여기진 않았다.

그런데 사실은 이미 그때부터 변화가 시작되고 있었던 모양이다. 어느 날 이른 아침부터 자잘한 소음이 들려 왔다. 나가 보니 진영 앞으로 몇백 명 정도의 사람들이 몰려와 있었다. 모두 무장하지 않은 일반인들이었다.

"저기, 무슨 일이에요? 저 사람들은 누구죠?"

가까운 곳에 있던 병사를 붙잡고 물었더니 그가 순순히 상황을 알려주었다.

"근방에 있던 난민들입니다. 이곳에 황제군이 주둔하고 있다는 말을 듣고 찾아온 모양입니다."

"아."

대강 어떻게 돌아가는 상황인지는 금방 파악됐다.

공성에서 패전하는 일이 반복되자 대공군은 악수를 쓰기 시작했다. 황제군이 도착하기도 전에 진로 안에 있는 마을이란 마을의 곳간과 식량고를 모두 짓밟고 불태워서 아무도 쓰지 못하게 만드는 방식이었다. 그 탓에 기존 마을에서 살던 주민들이 대거 쫓겨나 난민으로 전락한 상태였다.

그렇게 발생한 난민들은 식량을 구하기 위해 황제군을 찾아오곤 했다. 군대 때문에 잃은 식량을 군대로부터 구해야 하는 게 참 아이러니한 일이었으나 그들로선 어쩔 수 없는 선택이었다. 전쟁 중에 꾸준히 식량을 보급하고 있는 곳은 군대밖에 없었으니까. 그리고 그때마다 황제군은 항상 곤경에 빠졌다. 굶주린 난민들은 질서 없이 몰려들 때가 많았고, 규모와 형태도 일정하지 못했다. 황제군은 최대한 그들을 수용하려고 했지만 항상 통제가 잘되지 않았다. 군대가 써야 할 식량을 전부 내어 줄 수도 없는 노릇이라 늘 적정한 수준을 정해야 했는데 그것 역시 말처럼 쉬운 일이 아니었다. 그래서 난민이 찾아오는 날은 또 다른 전쟁이 벌어지는 날이나 다름없었다. 그날이 바로 오늘인 듯했다.

'오늘도 정신없겠네.'

심지어 이번에 몰려온 난민들은 지금까지 중에서 규모가 가장 컸다. 한 차례 거대한 폭풍이 일겠구나, 내심 혀를 찬 후 나는 상황을 살펴볼 겸 근처를 기웃거렸다. 그런 나를 맞이한 건 생각보다 꽤 정돈된 쾌적한 현장이었다. 당장 시장통을 방불케 하는 대규모의 아비규환이 일어나 있을 줄 알았는데 뜻밖에 다들 질서 있게 줄을 잘 맞춰 서 있었다. 이게 웬일인가 했더니 병사들이 분주하게 돌아다니며 현장을 지휘하고 있는 것이 보였다. 가만히 지켜보니 그저 순서대로 줄만 세우는 것이 아니었다. 두서없이 섞인 집단을 특정 기준에 맞춰 분리하고, 그 안에서 또 세분화해서 체계적으로 나누고 있는 것 같았다. 그리고 나는 그들 틈에서 의외의 얼굴을 발견할 수 있었다.

"어? 아셀?"

"아! 엘 님, 나오셨습니까?"

한창 병사들과 대화를 나누고 있던 아셀이 날 발견하고 방긋 웃었다. 내가 알리사의 호위라는 걸 알아본 자들도 정중하게 경례해 왔다. 마주 경례해 준 다음 나는 아셀에게 얼른 다가섰다.

"여기서 뭐 해요?"

"아아, 사람들이 한꺼번에 몰려 곤란을 겪으시는 것 같기에 조언을 드리고 있었습니다."

"사람들을 줄 세우게 한 게 아셀 생각이었어요?"

"이렇게 하면 좀 더 효율적이지 않을까 싶어서요."

"허어……?"

"이분 정말 굉장합니다. 정신이 하나도 없었는데 이분 말씀대로 하니까 금방 질서가 잡히지 뭡니까?"

곁에 있던 병사가 자기 일을 자랑하듯이 말했다. 벌써 꽤 친해졌는지 아셀을 대하는 태도가 상당히 친근했다. 다른 병사들도 마찬가지였다. 아셀이 넉살이 좋아 사람들과 금방 친해지는 편이라는 건 알고 있었지만 왠지 그들 사이에선 그보다 좀 더 깊은 유대감 같은 게 느껴졌다. 적어도 오늘 처음 말을 섞은 분위기는 아니었다. 알고 보니 요사이 아셀이 진영을 돌아다니며 이것저것 병사들의 일을 돕고 있다는 것 같았다. 원래 아셀은 외부인이라는 입장을 의식해서인지 이곳의 사정에는 어떠한 관심도 보이지 않았었다. 사람들과 두루 친하게 어울려도 보이지 않는 선을 두고 거리를 지켰다. 그가 어떤 식으로든 이쪽 일에 관여하는 건 전에는 없던 일이었다. 갑자기 달라진 태도 변화가 무엇 때문인지 모를 수가 없었기에 기대심이 차올랐다.

"나쁘지 않군요. 무슨 기준으로 나눈 겁니까?"

그때 등 뒤에서 귀에 익은 목소리가 들려왔다. 돌아본 곳엔 무장한 기사들을 대동한 금발의 소년이 서 있었다. 이사나와 친위대들이었다. 그 또한 난민이 찾아왔다는 소식을 듣고 상황 파악을 위해 나와 본 것 같았다. 갑작스러운 황제의 등장에 주위가 술렁거렸다. 아셀도 놀란 표정을 감추지 못했으나 곧 차분한 표정으로 돌아와 설명했다.

"각 출신 지역별로 분류한 후에 그 안에서 가족별로 다시 묶고, 또 그 안에서 나이와 성별 순으로 나눠 서게 했습니다. 이렇게 하면 규모를 파악하는 게 빠르니 배급량을 정하기도 더 수월해질 거라 생각했습니다. 외부에서 들어온 사람을 파악하기도 쉬워질 거고요."

"흐음. 그렇지 않아도 난민 중에 첩자가 섞여 들어오는 걸 우려하던 중이었죠. 그 부분까지 파악해 두고 있었던 모양이군요."

"그저 혼란한 틈에는 불순물이 끼기 쉬울 거라 생각했을 뿐입니다."

성정을 대변하는 듯이 침착한 대답이었다. 그를 응시하는 이사나의 시선이 깊어졌다. 길어지는 침묵이 불편했는지 아셀이 힐끔 고개를 들었다가 이사나와 눈이 마주치자 얼른 시선을 내리깔았다. 그때까지 무표정하던 이사나의 얼굴에 살짝 미소가 떠올랐다.

"얼마 전에 꽤 흥미로운 보고가 올라왔더군요. 이번 전쟁의 전사자와 부상자들에게 주어져야 할 보상과 유족들의 복지 방향을 다룬 내용이었죠. 발의한 자가 누구냐고 물었더니 외국에서 온 귀빈이었다고 들었습니다. 혹시 그 발의를 한 사람이 그대입니까?"

"화, 황송합니다. 제가 주제넘게 나섰습니다."

"아닙니다. 꽤 마음에 들었습니다. 제시한 방향이 적절한 것 같아 그대로 시행하라고 지시해 둔 참입니다."

"황공합니다."

아셀이 상기된 얼굴로 고개를 숙였다. 수줍음을 감추지 못하는 반응에 이사나의 미소가 더 짙어졌다.

"아셀. 이렇게 불러도 되겠습니까?"

"그…… 말씀을 더 편하게 해 주십시오."

"그러지, 아셀. 그대의 도움에 감사한다. 카터스 제국이 출중한 인재를 키워냈군. 혹시 앞으로도 필요한 일에 자문을 구해도 되겠나?"

"과, 과찬이십니다. 저 같은 자의 머리라도 괜찮으시다면 얼마든지."

"고맙다."

빙긋 웃은 뒤 이사나는 나와 가벼운 시선을 교환한 후 이내 자리를 떠났다. 멀어지는 그의 뒷모습을 응시하는 아셀의 표정이 멍했다. 한참 동안 시선을 떼지 못하던 그가 여전히 멍한 표정으로 중얼거렸다.

"엘 님. 폐하께서 제게 고맙다고 하셨습니다."

"그게 왜요?"

"황족이 저 같은 사람한테 고맙다고 말씀하시다니. 저런 분은 처음 뵈었습니다."

도움을 준 입장에서는 당연히 받아야 하는 인사였다. 엄청난 보상을 받은 것도 아니고, 고작 그 한마디에 이렇게까지 감동하다니. 이럴 땐 확실히 이곳이 신분제가 존재하는 계급 사회라는 것을 뼈저리게 느끼게 된다. 나는 쓰게 웃다가 그가 더 기뻐할 만한 말을 건넸다.

“아셀이 꽤 마음에 든 것 같던데요.”

“예, 예?”

“이사나 말이에요. 말 편하게 하라고 해서 바로 편하게 하는 경우는 거의 못 봤거든요. 자기 사람이 아니면 대부분 지나칠 정도로 예의를 차리는 편이라서요. 아셀에겐 쉽게 마음을 여는 걸 보니 굉장히 좋게 본 것 같아요.”

아무리 다른 나라 사람이라도 까마득히 높은 존재에게 호의를 받는 건 기분 좋은 일일 거다. 예상대로 아셀의 눈동자가 크게 흔들렸다. 생각보다도 감동이 컸는지 조금 먹먹해 보이기까지 한 모습이었다.

그날 이후로 자신이 붙었는지 아셀은 조금 더 이쪽 일에 과감하게 관여하기 시작했다. 진영 안의 상황을 살피는 것을 넘어 평소 염두에 두고 있던 생각들을 정리해서 이사나에게 직접 제안서 같은 걸 보내기도 하는 것 같았다. 그런 날은 둘만의 자리를 마련해 한참 동안 긴 대화를 나누곤 했다. 교류를 굳이 감추려고 하지도 않았기 때문에 내가 따로 알아보지 않아도 소식이 알아서 들려올 정도였다.

“요즘 아셀과 자주 어울린다며?”

한번은 궁금해서 물어봤더니 이사나가 전에 없이 흡족한 얼굴로 웃었다.

"이곳과 다른 환경에서 자라서 그런지 참신한 관점이 많아. 덕분에 내가 알게 모르게 지니고 있던 고정관념을 전환하는 데 많은 도움을 받고 있어."

"그렇구나. 잘됐네."

"응, 그리고 아셀이 별점도 봐줬어."

"별점?"

아아, 그러고 보니 점성술사라고 했었지. 언젠가 듣고 꽤 놀랐던 기억을 떠올리며 나는 고개를 끄덕였다. 그들 일행이 이곳까지 올 수 있었던 것도 그가 친 별점 덕분이었다고 들었다. 황태자씩이나 되는 자가 무작정 신뢰해서 길을 맡길 정도면 상당히 뛰어난 점성가라는 소리였다. 실제로 제대로 찾아왔으니 그 실력을 의심할 여지가 없었다.

"내 별은 남쪽에 있대. 남쪽 별 아래 태어나는 사람은 대체로 성정이 온화하고 인내심이 강한 편이랬어. 별의 위치는 대지의 축복을 받는데, 내가 태어난 날짜는 바람의 기운이 강하게 깃드는 시기라 오히려 물의 기운을 불러들인다나 봐."

"허어? 그거 뭔가 상당히 그럴듯한데?"

"그렇지? 내가 자라면서 큰 사건을 겪었던 시기랑 그해의 강수량과 곡식 수확량 같은 것들도 맞췄어. 우리 제국에선 점성술이 보편적이지 않아서 제대로 접해 볼 기회가 없었는데 정말 굉장한 것 같아. 다음에는 애정운이랑 자녀복도 봐준대. 거사를 치루기에 가장 적합한 기일도 알아봐 준다고 했어."

"하하, 정말 많이 친해진 모양이네?"

"보면 볼수록 마음에 들어."

선뜻 답하는 이사나에게선 여느 때와 같은 수줍음이 보이지 않았다. 단 한 번도 머뭇거리는 법 없이, 이렇게 적극적으로 호감을 표하는 그를 보는 게 처음이라 내심 신기한 기분까지 들었다.

"정말 마음에 안 들어."

물론 이 상황을 몹시 불쾌하게 여기는 사람도 있었다. 툴툴거리는 목소리의 주인공은 바로 알리사였다. 이사나가 아셀과 어울리는 일이 잦아지자 그녀는 노골적으로 경계심을 드러냈다. 단지 친한 친구를 뺏겼다는 시기심만은 아니었다. 갑자기 나타나 물밀 듯이 영향력을 미치는 그가, 그간 전우로서 쌓아온 자신의 자리를 위협한다고 여긴 것 같았다. 이건 어느 정도는 내 탓도 있었다. 전투에 공헌할 때마다 알리사에게 공로를 전부 몰아준 것이, 그녀로서는 제힘으로 이룬 것이 아니라는 자책감을 남기게 된 모양이었다. 그에 비해 아셀은 자기 능력으로 이사나의 눈에 든 셈이라 경쟁심이 피어난 것이다.

차마 대놓고 방해하러 가지도 못하고 텐트 안에서 씩씩거리기만 하는 알리사를 보고 나는 어색한 웃음을 지었다. 그녀의 품에는 이 상황과 무관한 아스만 애꿎게 안겨 있었다. 마음의 안정이 필요하다는 이유로 알리사에게 강제로 선택된 희생양이었다.

"……알리사아. 나 답답해."

"조금만 참아. 귀여운 걸 안고 있어야 기분이 나아지는 것 같아."

"나, 안 귀여운데. 많이 컸는데."

"나한테는 그래도 귀여워."

"……그럼 언제까지?"

"내 기분이 완전히 좋아질 때까지!"

저항의 시도가 수차례 반복되었으나 조금도 통하지 않았다. 얼굴이 급격하게 흐려진 아스가 내게 도움을 청하는 눈길을 보내왔다. 옆에서 시벨리우스와 데르온이 이쪽을 돌아보지 않으려고 필사적으로 애쓰고 있는 것이 느껴졌다(라피스는 어떤 일에도 관여하지 않으니 예외로 치겠다). 터져 나오려는 웃음을 참기 위해서였다. 두 사람을 응시하는 아스의 눈빛이 점점 살벌해진다고 느껴지는 게 비단 나만의 착각은 아닐 거다. 이러다 일 터지겠다 싶어 나는 급히 알리사를 달래기 시작했다.

"알리사, 늘 말했다시피 넌 중급 정령사야. 네 나이엔 이루기 힘든 성취라는 거 알잖아. 그것도 충분히 대단한 거야. 내가 꾸며내는 눈속임은 아무나 감당할 수 있는 건 줄 알아? 너라서 받쳐줄 수 있는 거라고."

"알아. 하지만 이사나 씨는 아셀과는 중요한 논쟁을 해도 나하고는 그런 얘기 안 하는걸."

"으음, 그건 네가 아직 어려서 그런 게 아닐까? 그리고 아셀과 너는 처지가 조금 다르니까."

"뭐가 다른데? 내가 여자라서?"

"아니. 아셀은 수족으로 삼을 상대로 보고 있지. 알리사 너는 친구이자 가족이나 다름없는 사람이고."

운명이 내정한 연인이기도 하다는 말은 속으로 삼켰다. 다행히 그 표현이 나쁘지 않았는지 잔뜩 구겨져 있던 얼굴이 조금 누그러졌다.

"친구이자 가족이니까 중요한 일들도 함께 나눠야 하는 거 아니야?"

"소중하니까 할 수 없는 것들도 있어. 그리고 말했다시피 넌 아직 너무 어려. 이사나는 네가 참전하는 것도 계속 반대했잖아. 그래서 더 깊게 관여하는 건 바라지 않는 거야."

"……내가 더 크면 이사나 씨도 날 좀 더 의지할까?"

"아마도 그러지 않겠어?"

"그때가 되면 나한테만 털어놓는 이야기 같은 것들도 있겠지?"

"그거야 당연하지."

고개를 끄덕였더니 알리사의 얼굴이 한층 더 편안해졌다. 확실하지도 않은 추측성 대답만으로도 마음에 안정을 얻다니. 새삼 이사나가 그녀에게 끼치고 있는 영향이 굉장하구나 싶었다. 이런 솔직한 기분을 이사나한테도 털어놓으면 좋을 텐데. 정작 본인에게는 한마디도 하지 못하면서 뒤에서만 끙끙거리는 게 안타깝기도 하고 귀엽기도 했다.

어쨌든 그 덕분에 아스는 자유를 맞았다. 풀려나자마자 후다닥 달아나 내 뒤에 달라붙는 아이를 잘 다독여 준 다음 나는 알리사에게 당부를 건넸다.

"네 기분은 이해하지만 아셀과도 잘 지내 줘. 앞으로 계속 얼굴 볼 사이가 될지도 모르는데 이왕이면 친하게 지내면 좋잖아."

"으으음, 생각해 볼게. 근데 그 사람이 정말로 이쪽으로 넘어오려고 할까?"

"글쎄, 어떨지 모르겠어. 그러면 좋을 텐데 말이야."

"엘, 너야말로 그 녀석을 상당히 마음에 들어 하는 것 같네?"

그때까지 듣고만 있던 시벨리우스가 대화에 끼어들었다. 굉장히 의외라는 표정이라 나는 어깨를 으쓱여 보였다.

"성격도 괜찮고, 이사나와 마음이 잘 맞잖아. 무엇보다 열심히 살아가는 자세를 가진 것 같아서 좋아. 시벨, 넌 안 그래? 몇 세대 거친 후손이긴 하지만 그래도 형님의 핏줄이잖아."

사실 나로서는 가장 이해할 수 없는 게 시벨리우스의 반응이었다. 아셀은 유니콘의 피를 이은 후계자였고, 좋게 보면 혈연이라 할 수 있는 존재였다. 더구나 곁에 두고 가르치고 있으니 나름대로 밀접한 관계를 쌓은 셈이었다. 그러나 시벨리우스가 아셀을 언급할 때의 태도에선 늘 일정 이상의 거리감이 느껴졌다. 그는 어려운 질문을 받은 사람처럼 난처한 표정을 지었다.

"으음, 글쎄. 핏줄이라곤 해도 벌써 많이 흐려졌는걸. 거의 인간이나 다름없어."

"그래서 아무런 관계도 없다고?"

"솔직히 말하면, 그래."

"그렇지만……."

"녀석이 처했던 상황이 안타깝기는 해. 하지만 그것뿐이야. 애초에 나는 동족이라 해서 딱히 애틋한 감정이 들지 않아. 오히려 싫어하는 편이라면 모를까. 아셀 녀석도 마찬가지야. 오히려 인간에 가깝기 때문에 그나마 호의를 베푸는 건지도 모르지."

"……."

말문이 막히는 바람에 나는 얌전히 입을 다물었다. 그가 일족을 싫어한다는 건 알고 있었지만 새삼 그 마음의 깊이를 확인한 기분이었다. 그건 생각보다 더 깊고 어두운 심연이었다.

"엘, 나는…… 핏줄은 아무런 의미가 없다고 생각해. 결국 떠나버리면 끝나는 관계인 건 똑같잖아. 그럼에도 버림받은 쪽은 더 비참해지지. 그런 불공정한 관계에 집착하고 싶지 않아."

그 말을 부정하지 못한 건 한때 나도 같은 생각에 시달린 경험이 있었기 때문이었다. 집착할수록 비참해지는 기분만 확인하는, 그런 불공평한 관계. 나 또한 지겨울 정도로 잘 알았다. 가끔은 소스라치게 두려웠다. 지금 이 순간이 꿈일까 봐. 그래서 눈을 뜨면 다시 차가운 아파트의 작은 구석방에서 초라한 현실을 맞이하게 될 것만 같아서. 그만큼 지독하게 아프고 괴로웠던 나날을 여전히 선명하게 기억한다. 그래서 더 슬퍼졌다. 그로 인한 공허함은 무엇으로도 채울 수 없다는 것 역시 잘 알고 있었으니까.

지금 내가 그를 어떤 시선으로 바라보고 있는 건지 모르겠다. 하지만 시벨리우스의 얼굴에 음울한 그늘이 드리운 것을 보면 그리 편한 표정을 하고 있는 건 아닌 것 같았다.

"대체 어디까지 가시는 겁니까?"

"……!"

때마침 바깥에서 들려온 음성 덕분에 자연스럽게 대화가 중단됐다. 양반은 아니라더니, 공교롭게도 아셀의 목소리였다. 시기가 시기였던지라 시벨리우스의 얼굴이 더 굳어졌다. 싫어서라기보다는 마치 먹을 걸 훔쳐 먹다 걸린 아이의 낭패감에 가까운 표정이었다. 정말 아무렇지 않았다면 이런 때도 반응하지 않았을 텐데. 겉으로 냉담한 척해도 다짐하는 만큼 단호하게 외면하지 못하는 모양이다. 그러고 보니 그는 의외로 마음이 약한 구석이 있었다. 가짜 엘이 나타나 한창 갈등을 빚고 있을 때도 내게 끝까지 모질게 굴지는 못했었지. 그다지 좋은 추억은 아니었지만 시간이 약이라고, 이젠 그때 일도 웃으면서 회상할 수 있게 됐다. 이렇게 보면 아셀과의 관계도 그리 걱정하지 않아도 될 것 같았다.

그러나 안심이 되는 것과는 별개로 아셀이 이곳에 있는 건 의아했다. 우리가 쓰는 막사는 시벨리우스가 편법으로 만드는 것이다 보니 진영과 거리를 두고 세우는 편이었다. 장소는 가장 으슥하고 인적이 드문 곳으로 정해졌다. 아셀 일행이 머무는 막사에서는 대체로 제일 멀리 떨어진 곳이었다. 즉, 특별한 용건 없이 그들이 올 일이 없다는 뜻이다.

느껴지는 기척은 다섯 정도. 황태자 일행 전원의 숫자에 해당했다. 거리가 점점 멀어지는 걸 보아 이곳 자체가 목적인 건 아니고 그저 지나쳐 가는 길인 듯했다. 어디 단체로 마실이라도 나가는 걸까. 슬슬 날이 저물어 어두워지는 때였다. 산책을 나가기엔 늦은 시간이었지만 사람에 따라서는 밤길을 더 선호하기도 하니 있을 법했다. 호기심을 참지 못하고 문을 열어보니 멀리서 빠르게 걸어가고 있는 무리가 보였다. 짐작대로 황태자와 아셀 일행이었다. 식후 운동과 같은 가벼운 분위기를 예상했는데 생각보다 표정들이 꽤 심각했다. 황태자는 어딘지 화난 것처럼 보였고, 그 뒤를 허둥지둥 따르는 아셀과 나머지 사람들은 매우 난처해 보이는 모습이었다.

"전하, 대체 어디까지 가시는 거냐니까요?"

재차 이어지는 아셀의 부름에도 황태자의 걸음은 멈추지 않았다. 빠르게 멀어지는 뒷모습들은 이내 더 으슥한 쪽으로 삼켜져 보이지 않게 됐다. 나는 오래 고민하지 않고 그들의 뒤를 쫓아가 보기로 했다. 그런 내 옆에 누군가 냉큼 따라붙었다. 시벨리우스였다.

"그냥. 무슨 일인지 궁금해서……."

쳐다보기만 한 건데 묻지도 않은 변명이 흘러나왔다. 정작 그러는 본인이 더 복잡한 표정이라 나는 일부러 별다른 내색 없이 고개를 끄덕였다. 머리 위로 안도의 한숨이 닿는 것도 모르는 척했다.

황태자 일행은 그들이 사라진 방향에서 조금 더 걸어 들어간 곳에서 멈춰 있었다. 보급품 중 중요도가 낮은 일부를 보관하는 용도로, 엉성하게 판자를 둘러쳐 둔 곳이었다. 그 밑으로 땔감용 나무가 한가득 쌓여 있었다.

"너 요즘 뭘 하는 거지?"

"뭐가 말입니까?"

"무슨 말인지 이미 알고 있잖아."

낮게 울리는 황태자의 목소리는 으르렁거리듯이 사나웠다. 추궁하는 듯한 어조며 탐색하는 시선이 아셀을 달갑지 않게 훑어 내리고 있었다. 대충 어떤 상황인지는 알 만했다. 아무래도 최근 이루어지고 있는 교류가 문제인 모양이었다. 그러나 불타는 듯이 형형한 기색을 감추지 못하는 황태자와는 다르게 그를 응시하는 아셀의 표정은 차분하기만 했다. 그가 대수롭지 않게 대답했다.

"가만히 있는 것도 무료하고 해서 이곳 일을 돕고 있었습니다."

"네 본분은 나를 보좌하는 걸 텐데?"

"제가 맡은 일을 소홀히 한 적은 없습니다. 전하를 보필하고 남는 시간에 하는 겁니다. 제 자유 시간까지 참견받을 이유는 없습니다만."

"그래서 그 시간에 황제의 환심을 사기로 했나? 요즘 같이 어울려 다닌다는 소문이 파다하더군."

"너그러우신 황제께서 제 미천한 생각들에 관심을 기울여 주시는 것뿐입니다. 그걸 감히 어울려 다닌다고 할 수는 없지요. 이곳에 결례가 되는 표현은 삼가 달라고, 전부터 당부 말씀드렸는데 또 잊으셨군요."

"지금 그걸 말이라고 해!"

콰앙!

황태자의 인내심은 길지 않았다. 마침내 소리를 높인 그가 주먹으로 옆에 세워진 판자를 내리쳤다. 그리고 그건 비극적인 사태로 이어졌다. 요란한 소리와 함께 쌓여 있던 땔감들이 우르르 터져 나온 것이다. 임시로 얼기설기 묶어 둔 것이다 보니 강하게 내리쳐진 충격을 이겨내지 못한 것 같았다.

"전하!"

갑작스럽게 벌어진 상황에 당황한 세리엄과 호위들이 급히 몸을 나섰다. 황태자도 꽤나 놀란 듯 눈을 깜빡이다가 곧 낭패한 얼굴을 했다. 나뭇가지와 줄기들이 볼품없이 굴러다니면서 바닥이 엉망으로 변해 있었다. 다시 정리해 두려면 꽤 시간이 걸릴 모습이었다.

"젠장!"

엎친 데 덮친 격이 되자 황태자는 울분을 터뜨렸다. 모두 우왕좌왕하기만 할 뿐 이렇다 할 수습을 하지 못했다. 가볍게 혀를 찬 아셀이 허리를 굽혀 흩어진 가지들을 정리하기 시작했다.

"내버려 둬, 아셀."

신음을 삼킨 황태자가 한 손으로 피로해진 얼굴을 쓸었다. 그러나 아셀은 그에게 한 번 시선을 던졌을 뿐, 하던 일을 멈추지 않았다.

"그냥 내버려 두라고 했어! 내 말이 들리지 않는 거냐?"

더는 무시하기 힘들었는지 아셀이 푹 한숨을 내쉬었다.

"사고를 쳤으면 수습을 해야지요. 이걸 어떻게 그냥 내버려 둡니까? 전하께서는 이만 막사로 돌아가 계십시오. 전 다 정리하고 가겠습니다."

"내버려 두면 누군가가 와서 발견하고 치우겠지! 네가 할 필요 없는 일이야!"

"아뇨. 전하는 모르시겠지만 이곳에 쌓아둔 땔감은 내일 쓸 것들입니다."

"그게 뭐가 어쨌다는 거야?"

"이 현장을 발견할 사람이 내일 아침에나 온다는 소리입니다. 밤새 이대로 방치되면 서리를 맞을 거고, 그럼 못 쓰게 되겠죠. 겨울에 마른 장작 구하기가 쉬운 일인 줄 아십니까?"

"이따위 나무 조각 따위가 뭐라고!"

타박하는 목소리만큼이나 반박하는 목소리도 높아졌다. 홧김인지 황태자가 자신의 옆쪽에 기울어져 있던 마른 나무줄기 하나를 홱 뽑아 들었다. 판자 안쪽에 깔린 탓에 가려져 있던 마른 몸뚱이가 흙먼지와 함께 딸려 올라왔다. 그런데 그 순간, 아셀의 입에서 요란한 비명 소리가 터져 나왔다.

"으아아악!"

내내 분노를 주체하지 못하던 황태자가 움찔해서 물러설 정도로 날카로운 비명이었다. 세리엄과 호위들도 모두 깜짝 놀라 검을 움켜잡았다.

"아셀?"

"그, 그거 저리 치우십시오!"

"뭐?"

"손에 들고 계신 그거 말입니다! 히이익! 제발! 제발 저 멀리 던져버리세요! 부탁입니다!"

점점 더 거세지는 비명에 황태자가 자신의 손을 내려다보았다. 정확히는 그 손에 쥐어진 비틀어진 나무줄기를. 다른 이들의 시선 역시 그것에 고정되었다. 이미 생명이 다해 바짝 마른 나무는 금방이라도 부서질 듯이 연약해서 몽둥이로도 쓰일 수 없을 것 같았다. 모두의 얼굴에 황당해하는 표정이 떠올랐지만 나는 아셀이 저러는 이유를 이해했다. 나무줄기 한쪽에 짙은 사념이 서려 있었다. 아마도 누군가가 그 나무에서 자살이라도 한 모양인데, 이후에 말라비틀어진 걸 땔감으로 여겨 가져온 듯했다. 하필이면 골라도 그런 걸 집어 든 거다.

마찬가지로 돌아가는 상황을 눈치챈 시벨리우스가 옆에서 나직하게 혀를 찼다. 방어 주술을 익힌 후로 아셀은 웬만한 사념엔 영향을 받지 않게 됐지만, 그래도 아직은 초보자이다 보니 일정 이상 강한 힘에는 여전히 취약했다. 수련이 깊어질수록 나아지는 부분이니 갈수록 횟수가 줄어들긴 하겠으나 꽤 오랫동안은 벗어나기 힘들 터였다. 이 점은 수업을 시작할 때부터 시벨리우스가 미리 경고한 부분이었고, 본인도 충분히 숙지하고 있었다. 그러나 안다고 해서 덤덤히 넘어갈 수 있는 건 아닌 모양이다. 하기야 시각적인 자극을 그렇게 쉽게 무시할 수 있다면 공포 영화가 만들어지지도 못할 거다. 단순히 정신력을 탓할 수는 없는 일이었다.

얼마나 놀랐는지 그는 두 손으로 얼굴을 가린 채 눈도 제대로 뜨지 못했다. 황태자가 그런 아셀과 나무줄기를 한동안 번갈아 바라보더니 이내 어쩔 수 없다는 얼굴로 한숨을 내쉬었다. 이윽고 그가 팔을 힘껏 들어 나무를 멀찍이 내던졌다. 묵직한 것이 바닥에 닿는 둔탁한 소리가 들리고 나서야 아셀은 겨우 고개를 들었다.

“치, 치우셨습니까?”

“그래, 버렸다.”

핏기 없이 창백하던 얼굴에 겨우 혈색이 돌았다. 그러나 안심한 표정은 그다지 오래가지 못했다. 황태자의 손에 시선이 닿자 그의 얼굴이 재차 얼어붙었다.

“전하, 손을…….”

“이번엔 또 뭐지?”

“손을 씻으셔야겠습니다. 지, 지저분한 게 묻었습니다.”

묘한 표정을 지은 황태자가 다시금 자신의 손을 내려다보았다. 약간의 먼지가 묻긴 했지만 씻어내야 할 정도로 지저분한 상태는 아니었다. 물론 평범한 사람의 눈으로 봤을 때의 이야기다. 실제로는 사념 덩어리의 일부가 그 손에 옮겨붙어 있었다. 그게 보여주는 환각의 내용이 뭔지는 몰라도, 아셀의 얼굴이 토할 것처럼 일그러지는 걸 보면 꽤 구역질 나는 광경인 듯했다. 그래도 이성이 돌아오긴 했는지 조금 전처럼 속수무책으로 혼란에 빠지진 않았다. 환각이 주는 효과는 여전할 텐데도 견디는 걸 보니 나름대로 장족의 발전이었다. 그러나 이런 사실을 알 리가 없는 황태자는 복잡한 시선으로 파리해진 아셀을 응시할 뿐이었다.

"너, 병증이 다시 도진 모양이군."

"예, 예?"

"또 이상 증세를 보이고 있잖아. 한동안 괜찮은 것 같더니. 역시 아직은 치료가 더 필요한 모양이다."

"아니, 이건……."

"이만 막사로 돌아가자. 네가 좋아하는 술을 준비하게 하지. 마시고 잠들면 좀 나아진다고 했었지? 술동무가 되어 주진 못하겠지만, 자리를 지켜주는 것 정도는 해 줄 수 있어."

아셀이 뭐라고 답하기도 전에 황태자는 이미 걸음을 돌리고 있었다. 당황해서 머뭇거리던 아셀이 이내 무슨 생각을 했는지 입을 다물었다. 동요의 눈동자가 가라앉고 표정이 차분해졌다. 그가 시선을 들어 황태자를 똑바로 응시했다.

"아닙니다."

"차라리 넌 이쯤에서 그냥 귀국하는 편이…… 뭐라고?"

말을 이어가던 황태자가 멈칫해서 돌아보았다. 평소와는 다른 점을 느꼈는지 조금 굳은 얼굴이었다. 아셀은 그 시선을 피하지 않았다.

"정신병이 아닙니다."

"……."

"전 아픈 게 아닙니다, 전하."

어둠속으로 침잠하는 밤. 고요한 공기를 가르고 당당한 선언이 울렸다. 한 치의 주저함 없이 올곧게 서 있는 아셀의 모습에 가슴이 뭉클해졌다. 당신은 아픈 게 아니니까, 물러서지 말고 당당해지라고 했던 내 말을 기억한 게 분명했다. 그가 이제는 참지 않고 맞서 싸우기를 택한 것이다.

그러나 이후의 일들은 생각만큼 즐거운 전개로 흘러가진 않았다. 황태자는 한동안 아셀을 가만히 바라보기만 하다, 깊게 한숨을 내쉬었다. 땅이 꺼질 듯한 무거운 울림에 아셀의 어깨가 움찔거렸다.

"……그래. 넌 늘 그렇게 말하긴 했지. 항상 그 빌어먹을 혈통 때문이라고."

"네, 맞습니다. 그러니……."

"그렇게 말해야 네 마음이 편하다는 건 알아. 하지만 솔직히 이것만큼은 맞춰 주기가 힘들군. 우긴다고 다 되는 게 아니라는 건 너도 잘 알고 있을 텐데?"

"전하, 저는……."

"넌 총명한 녀석이야, 아셀. 스쳐 지나가는 것도 전부 세세히 기억할 정도로 뛰어난 기억력에, 쓸 만한 직관력과 통찰력을 가졌지. 천재에게는 하나둘씩 결함이 있기 마련이고, 난 그걸 나쁘게 보지 않아. 벌써 몇 번이나 말한 걸로 아는데. 왜 아직도 그 사실에 집착하는 거지?"

"……저는, 정말 병이 아니라서……."

"그렇게 말하려면 좀 더 능숙하게 병증을 숨기는 법을 익히도록 해. 그럼 믿는 시늉이라도 해 줄 수 있을 테니."

"……."

그건 마치 거대한 벽이 세워지고 그 앞에서 떠밀쳐지는 듯한 광경이었다. 흐려진 얼굴이 절망으로 일그러져 가는 게 선명히 보였다. 주먹을 움켜쥐고 입술을 악문 아셀을 두고 다른 일행들이 어색한 표정을 주고받았다. 하지만 아무도 그를 두둔해 주거나 위로하려고 하지 않았다. 그나마 그를 이해해 주는 것 같았던 세리엄조차도.

나는 속으로 크게 숨을 삼켰다. 지금까지 그가 어떤 상황에서 홀로 견디며 싸워 왔는지 알 것 같았다. 맞부딪치는 게 싫어서 쉽게 체념했던 게 아니었다. 주위에서 강제로 체념할 수밖에 없게 만들었던 거다. 터져 나오려는 화를 억지로 참아 누르는데 옆에서 부들거리는 느낌이 전해졌다. 시벨리우스가 주먹을 꾹 움켜쥐고 있었다. 표정은 여느 때처럼 담담했지만, 눈빛이 이미 차갑게 식어 있어 감정을 가리기엔 역부족이었다. 아무리 화가 나도 옆에서 거드는 사람이 더 크게 화를 내면 진정하게 되나 보다. 그 살벌한 기운을 보고 났더니 오히려 나는 마음이 가라앉았다. 게다가 화가 난 건 그 하나만이 아니었다.

"네가 등장할 시기 같지 않아?"

웃으며 돌아보자 뒤쪽에 서 있던 소년과 시선이 마주쳤다. 황태자가 아셀을 다그치고 있을 때쯤 다가오던 기척이 있었는데, 그 주인공이 때마침 시기적절하게 장소에 이른 참이었다.

"이사나."

굳은 얼굴을 하고 있던 이사나가 내가 부르는 소리에 반응해 어색하게 웃었다. 그를 호위하고 있는 친위대들도 거의 비슷한 표정을 하고 있었다.

"누구냐!"

그제야 이쪽의 기척을 감지한 황태자의 호위들이 주변을 경계하며 소리쳤다. 그러나 날카롭게 쏘아보던 시선은 우리 쪽을 확인하곤 곧 당혹감으로 변했다.

"화, 황제 폐하."

황태자와 아셀의 표정도 굳어졌다. 이사나는 잠시 어떻게 해야 할까 고민하는 얼굴을 했다. 결정은 오래 걸리지 않았다. 그가 입가에 부드러운 미소를 띠고 앞으로 걸어 나갔다.

"늦은 시간에 꽤 재밌는 이야기가 오가고 있군요."

"폐하께서 이곳까지 무슨 일로……."

"안에 있는 게 답답해서 잠시 걷던 중이었습니다. 근방에서 큰 소리가 들리는 것 같아서 와 봤는데…… 오길 잘한 것 같네요."

많은 의미를 담은 시선이 아셀을 향했다. 그가 마치 죄를 지은 사람처럼 고개를 숙이자 이사나의 표정이 더 가라앉았다. 돌아가는 상황을 경계하듯 지켜보던 황태자가 눈썹을 꿈틀거렸다. 그가 무어라 입을 열려고 할 때였다.

"아셀, 진로를 고민 중이라고 들었다. 내 곁에서 일해 보지 않겠나?"

"……!"

다가온 기회 앞에서 이사나는 구태여 시간을 끌지 않았다. 서론을 통째로 무시한 급작스러운 전개에 황태자 일행들이 벼락을 맞은 듯 눈을 부릅떴다. 그 경직된 분위기 사이에서 오직 아셀만이 침착했다. 그는 동요하지도 당황하지도 않았다. 마치 그가 그렇게 말할 줄 이미 알고 있었다는 듯이.

"송구합니다, 폐하. 곁에서 일해 보라는 것이 무슨 의미인지 여쭤 봐도 되겠습니까?"

"말 그대로의 의미다. 아셀, 그대가 가진 능력이 탐난다. 내 사람이 되어, 이 제국을 위해 일해 보지 않겠나?"

"기다려 주십시오, 폐하! 지금 이게 무슨……!"

"몇 가지 조건이 있습니다."

불쾌한 표정을 지은 황태자가 급히 나서려는데 아셀의 대답이 먼저 이어졌다. 황태자가 믿을 수 없다는 얼굴로 그를 돌아보았다. 일말의 재고도 없이 거절해야 할 그가 마치 응하는 듯한 대답을 할 거라고는 상상하지도 못했다는 표정이었다. 그러나 아셀의 시선은 이사나에게만 고정되어 있었다.

"조건이 뭐지?"

"먼저, 아카데미에 남아 있는 학기가 있습니다. 모두 수료하고 온전히 졸업하고 싶습니다."

"허가한다."

"제가 폐하께 어떤 간언을 드려도 무사할 거라는 확답이 필요합니다. 그에 관한 면책권을 주십시오."

"허가한다."

"폐하를 곁에서 모셔도 흠이 되지 않을 직위와 작위도 필요합니다."

"물론 허가한다."

"……마지막으로, 유니콘 일족이 실존한 종족이라는 것과 제 가문이 그 핏줄을 이었음을 황제의 이름으로 공증해 주십시오."

"……!"

빠르게 숨을 삼키는 소리가 연이어졌다. 전부 황태자 일행에게서 터져 나온 반응이었다. 대화가 이어지는 내내 굳어 있던 상태였지만 그들 모두 마지막 조건에서는 아예 넋을 잃은 모습이었다. 황제의 이름으로 공증한 문서는 그 자체로 효력을 가진다. 한마디로 아셀의 뜻은 명백했다. 유니콘의 혈통을 정식으로 인정받겠다는 의미였다.

"아셀, 너……!"

미쳤냐고 묻는 듯한 시선이 쏟아졌다. 이사나의 얼굴도 더불어 찌푸려져 있었다. 내내 의연하기만 하던 아셀의 안색이 처음으로 창백해졌다. 하지만 이사나가 얼굴을 찌푸린 건 그들과는 근본적으로 다른 이유 때문이었다.

"아까부터 당연한 것들만 조건에 넣는군. 욕심이 너무 없는 거 아닌가?"

"……예?"

설마 이런 반응이 돌아올 줄 몰랐다는 듯, 아셀이 멍하니 눈을 깜빡거렸다. 그에게 뭔가 소리치려고 했던 그들 일행 또한 모두 아연한 표정으로 돌아보았다.

"아니면 내 입장을 배려하는 건가? 내가 그런 배려를 받아야 할 만큼 못미더운 황제로 보이나?"

"다, 당치 않습니다! 그런 게 아니라……!"

"그게 아니라면 더 마음껏 요구해라. 난 내 사람을 얻는 값을 아낄 만큼 옹졸한 자가 아니다."

꿀꺽, 마른침을 넘긴 아셀의 눈동자가 크게 흔들렸다. 부드럽게 미소 지은 이사나가 잠시 후 팔을 들어 뭔가를 풀어냈다.

'어? 저건…….'

나는 한눈에 그게 뭔지 알아봤다. 언제였던가, 샴페인 용병단과 함께 다니던 시절 지나가던 길에 들른 마을에서 우연히 구입했던 호신용 마법 팔찌였다. 내가 사서 이사나의 팔에 채워줬던 것을, 이번엔 이사나가 같은 방식으로 아셀의 팔에 채웠다. 당황한 아셀이 눈을 크게 뜨는 것과 동시에 이사나의 말이 이어졌다.

"내가 소중한 사람에게 선물 받은, 내가 소유한 것 중에서 가장 아끼는 것이다."

"폐, 폐하."

"마음을 정하는 대로 언제든 와도 좋다. 그때까지 그 팔찌는 그대에게 맡기겠다. 돌려줄 것을 지니고 있으면 그대도 목표를 정하기가 좀 더 쉬워지겠지."

"황공, 황공합니다, 폐하!"

아셀이 급히 한쪽 무릎을 꿇고 부복했다. 한쪽 무릎을 꿇는 건 이 세계에선 황제나 주군 앞에서만 취하는 자세였다. 이사나가 황제이니 당연하다고 볼 수 있는 예의이긴 했지만, 지금 이 순간엔 후자의 의미로 와 닿는 건 어쩔 수 없었다. 그렇게 보인 게 나만은 아니었는지 분위기가 상당히 묘해졌다.

"잠시만 기다려 주십시오."

직후, 들뜬 공기를 종식하는 서릿발 같은 음성이 내려앉았다. 이 모든 상황을 경직된 시선으로 지켜보고 있던 라온휘젠 황태자였다. 다들 어쩔 줄 몰라 하는 얼굴로 황태자의 눈치를 살폈다. 그를 돌아보지 않는 건 이사나 앞에 무릎 꿇고 있는 아셀뿐이었다. 충격과 배신감을 담은 채 그 모습을 노려보던 황태자의 눈동자가 이내 차가운 한기를 안고 이사나를 응시했다.

"아셀은 제 보좌관입니다. 제 앞에서 제 사람을 데려가시겠다니, 아무리 황제라 하셔도 농담이 너무 지나치신 것 같군요. 폐하께서 저를 우습게 보신다는 건 잘 알겠습니다."

"귀빈께서는 말씀을 가리십시오. 황제 폐하 앞에서 이 무슨 무례한 언사입니까?"

이사나의 뒤에 서 있던 친위대장 케이가 사나운 목소리로 일갈했다. 다른 친위 기사들도 모두 날카로운 기세를 풍기기 시작했다. 그러자 황태자의 일행들 쪽의 분위기도 급변했다. 서로 험악한 분위기가 오가는 가운데, 이사나가 먼저 손을 들어 올렸다.

"계속 말하세요, 황태자."

투지가 달궈진 상태였기에 다들 조금씩은 흥분한 상태였다. 하지만 이사나만은 주위에 아무런 영향을 받지 않는 것처럼 여전히 초연했다. 그 담담한 얼굴에 더 화가 난 듯 황태자의 눈썹이 크게 씰룩거렸다. 입을 꾹 악물었는데, 그래도 저보다 윗사람 앞이라서인지 용케 이를 갈지는 않았다.

"폐하께 순진한 사람을 골리시는 취미가 있는 줄은 몰랐습니다."

"내가 그를 골린다고요?"

"너무 감쪽같이 속이셔서 저도 잠시 착각할 뻔했습니다. 마지막 조건은 수락하지 마시지 그러셨습니까? 그럼 정말 진심이라 생각했을 텐데요."

"그게 왜 그렇게 되는지 나야말로 이유가 궁금하군요."

"……황제의 이름으로 공증하면 적어도 이 스왈트 제국에선 유니콘이란 존재가 형식적으로나마 인정받을 겁니다. 하지만 온 대륙이 폐히를 비웃겠지요. 고작 사람 하나의 환심을 사기 위해 그런 수모를 감수하시겠다는 말씀이십니까?"

"수모라……."

"그냥 솔직하게 말씀하셔도 괜찮습니다. 제게 유감이 많아 그저 분탕질을 치고 싶었을 뿐이라고 말입니다."

마치 철부지 어린아이를 어르는 듯한 말투였다. 제국의 황제를 대한다고 할 수 없는 불손한 태도에 친위대의 기세가 험악해졌다. 하지만 황태자의 자신만만한 태도도 그리 오래가지는 못했다. 그를 빤히 바라보던 이사나가 피식 웃었기 때문이다. 그것도 상당히 가소롭다는 듯이. 우와, 이사나도 저런 식으로 웃을 줄 아는구나. 평소 표정 변화가 크지 않은 편이다 보니 지닌 의도가 더욱 명백하게 읽혔다. 저렇게 노골적으로 상대를 도발하는 그를 보는 건 처음이라 놀랍기보다도 재밌다는 감정이 앞섰다. 물론 당하는 황태자는 전혀 재밌지 않겠지만.

"뭔가 오해가 있는 것 같네요, 태자."

"오해라고 하셨습니까?"

"태자로서는 이 상황이 불쾌하게 여겨질 수 있다는 건 압니다. 하지만 상황은 분명히 해 두죠. 첫째, 난 태자에게 별다른 유감이 없습니다. 아셀이 내게 가치 있다 판단했고, 그 능력을 높이 샀기에 그가 좀 더 마음껏 활약할 수 있는 장소를 제공해 주고 싶은 것뿐입니다. 둘째, 아셀의 환심을 사기 위해 유니콘을 인정하겠다는 것도 아닙니다. 실제로 존재하는 종족이니 공증하는 데 아무런 문제가 없다고 판단했습니다."

"그게 무슨……."

"태자는 세상을 좀 더 넓게 볼 필요가 있을 것 같군요. 애초에 이 세계엔 수많은 종족들이 있습니다. 그들 중에서 인간의 수명은 고작해야 백 년 남짓이죠. 우리가 새긴 기록이 세상의 모든 것을 다 다루었다고 재단하는 건 인간의 오만이라고 생각하지 않습니까?"

"……하, 그래서 폐하께서는 정말로 유니콘을 인정하신다, 이겁니까?"

"물론 인정하고 있습니다."

"이제 보니 아무래도 폐하께서 뭔가 이상한 문학에 심취해 계셨나 봅니다. 곁에서 보필하는 자들이 무엇을 하는 건지 궁금해질 정도군요. 무조건 옳다고 따르는 것이 진정한 충심은 아닐 텐데 말입니다. 폐하야말로 주변을 좀 더 돌아보셔야겠습니다. 아무래도 주위에 간신들이 가득 차 있는 것 같으니 말입니다."

"이 무례한!"

듣다 못 한 케이와 친위 기사들이 검집을 움켜쥐었다. 황태자의 일행들도 그를 보호하기 위해 앞으로 나섰다. 서로의 기세가 맞부딪치는 일촉즉발의 순간이었다.

"아아, 더는 답답해서 못 봐주겠다."

흘러가는 상황을 묵묵히 지켜보고 있던 시벨리우스가 긴 한숨을 내쉬더니 머리를 벅벅 긁었다. 다소 큰 목소리였기 때문에 모두의 이목이 그에게로 집중됐다.

"이대로는 끝이 없겠어. 저런 멍청한 소리를 계속 듣고만 있는 것도 슬슬 지치고 말이야. 야, 분홍 머리. 이사나가 왜 저렇게 확신하고 있는지 내가 그냥 증거를 보여 줄게. 그럼 되겠어?"

"증거……라고?"

그의 거침없는 하대와 호칭에 눈을 부릅뜨던 황태자가 다음 말에 어리둥절한 표정을 지었다. 하지만 그 표정은 곧 그대로 얼어붙을 수밖에 없었다. 시벨리우스의 전신에서 새하얀 빛이 일기 시작하더니, 그의 몸이 천천히 공중으로 떠올랐기 때문이다.

"이게 뭐……!"

터져 나온 빛이 순식간에 시벨리우스의 몸을 집어삼켰다. 찰나만큼 짧은 시간, 눈꺼풀을 움직이기도 전에 벌어진 일이었다. 주위가 좀 더 밝아진 느낌이 든다 싶었는데 하늘에서 하얀빛의 무언가가 떨어져 내렸다. 나풀나풀 팔랑거리는 은빛은 신기하게도 깃털의 형태를 지니고 있었다.

다들 멍한 얼굴로 손을 들어 떨어지는 빛의 깃털을 받아냈다. 그리고 다음 순간, 기다리고 있던 본 막이 열렸다. 모두의 눈앞에 화사한 백마가 내려앉았다. 푸드득, 가볍게 펄럭이는 거대한 날개 사이로 달빛을 머금은 듯한 은백색 갈기가 출렁거렸다. 이마에 돋아나 있는 긴 황금색의 뿔은 어둑해진 공간에서도 찬란하게 빛나고 있었다.

"……."

"……."

사위에 깊은 침묵이 흘렀다. 황태자 측은 물론, 친위 기사들 역시 멍하니 입만 벌린 채 아무 말도 하지 못했다. 사실 이사나도 아직 그의 본 모습을 본 적이 없긴 했다.

"진짜 유니콘이다……."

누군가가 멍한 목소리로 중얼거리는 소리가 들렸다. 유니콘의 시리도록 푸른 눈동자가 황태자를 향해 돌아섰다. 숨도 못 쉰 채 굳어 있는 그를 향해 퉁명스러운 목소리가 전해졌다.

『자, 유니콘 실물이다. 이제 만족해?』

"……마법이, 아니군."

중얼거리는 황태자의 호흡이 거칠게 떨렸다. 제법 재능 있는 마법사라고 하더니, 시벨리우스의 모습이 마법으로 꾸며낸 형상이 아니라는 건 알아보긴 한 것 같았다. 그러나 스스로 말하면서도 믿을 수 없다는 표정이 역력했다. 마법이 아니면 그가 진짜 유니콘이라는 사실을 인정해야 할 테니 그럴 만도 했다.

『당연히 아니지. 보면 몰라?』

"어떻게……."

『어떻게는 뭐가 어떻게야? 내가 유니콘이니까 유니콘인 거지.』

"정말…… 유니콘이 존재한다고……."

『그러게 아까 이사나가 말했잖아. 인간의 짧은 지식으로 세상의 모든 걸 재단하려 들지 말라고 말이야.』

느긋하게 대꾸한 후 그가 어느 한쪽을 응시했다. 자연스럽게 모두의 시선이 그쪽을 향했다. 그곳엔 아셀이 서 있었다. 그는 얼빠진 얼굴로 서서 눈물을 줄줄 쏟는 중이었다. 이미 몇 번이나 확신을 거듭했으면서도 막상 실제로 유니콘의 본 모습을 확인하고 나니 충격을 다스리지 못하는 것 같았다. 시벨리우스가 어쩔 수 없다는 듯이 픽 웃었다(말 주제에 그 모습이 꽤 멋있었다).

『아셀, 타.』

"네, 네?"

뜻밖의 제안에 놀란 아셀이 눈을 휘둥그렇게 떴다. 시벨리우스가 기분 좋은 듯 가벼운 투레질을 했다.

『오랜만에 원래 모습으로 돌아온 김에 산책 좀 해야겠어. 너도 데려가 줄게.』

"그, 그래도 됩니까?"

『되니까 타라고 하지. 영광인 줄 알아. 내 등엔 아무나 태우지 않거든.』

푸르르, 가볍게 갈기를 흔든 그가 씩 짓궂은 웃음을 지었다. 두어 번 가벼운 준비 운동을 마친 순백의 날개가 양쪽으로 활짝 펼쳐졌다. 바람을 등지고 선 그는 온몸으로 빛을 내뿜는 것 같았다.

『따라와. 지금까지 한 번도 본 적 없던 경치를 보게 해 주지.』

여전히 울고 있는 상태에서도 아셀은 입가에 가득 터져 나오는 웃음을 참지 못했다. 그는 흐르는 눈물을 제대로 닦아내지도 않은 채 시벨리우스를 향해 힘껏 달려나갔다.

어둠을 뚫고 빛으로.

갓 날개를 펼친 새가 처음으로 하늘을 향해 날아가는 것처럼.

"예, 시벨리우스 님!"

제2화

1.

눈으로 보는 것만큼 명확한 증명은 없다. 시벨리우스가 본신을 드러냄으로써, 오랫동안 소리 없는 아우성으로 취급받던 아셀의 주장이 드디어 사실로 인정받았다. 그의 얼굴 또한 해묵은 때를 벗겨낸 듯이 환해졌다. 그래서일까. 밤새 시벨리우스와 산책을 다녀온 아셀은 이전의 그와는 완전히 다른 사람이 된 것처럼 보였다. 그저 표정이 조금 더 밝아진 것뿐인데, 눈빛이며 분위기며 전에는 느낄 수 없던 존재감을 풍기기 시작했다.

비유하자면 평범하기 짝이 없던 나무에 어느 날 갑자기 화려한 꽃이 피어나며 색이 더해진 것 같았다. 나무 자체는 그대로였지만, 이제는 누구도 그 나무를 보며 평범하다고 할 수 없을 거라는 건 분명했다. 아셀은 그 길로 황태자를 찾아가 오랫동안 긴 대화를 나눴다. 그들의 입장을 배려해서 일부러 도청하지는 않았는데, 결과가 꽤 의외였다.

"그 황태자가 사과를 했어요?"

"예, 지금까지 오해했던 부분이나 경솔한 발언에 대해 잘못을 인정하고 미안하다고 하셨습니다."

"흐음. 쉽게 인정할 줄은 몰랐는데 놀랍네요."

황족에게 사과를 받는 건 감사 인사를 듣기보다 더 힘든 종류일 거다. 고루하다고만 생각했던 황태자가 처음으로 다시 보였다. 물론 그런 판단도 그리 오래가지는 못했지만.

"그런데, 그 짐은 다 뭐예요?"

나는 천천히 아셀의 모습을 훑어 내리며 아까부터 느껴지는 위화감을 짚었다. 그는 등에 배낭을 짊어지고 있었다. 물통이며 비상식량까지 야무지게 다 챙긴 복장은 진군할 때마다 흔히 보던 모습이라 그리 생소하진 않았다. 단지 지금은 군대가 며칠째 한 장소에 주둔하는 상황이며, 당장 진군할 계획이 없다는 게 문제였다. 눈이 마주치자 그가 난처한 표정으로 웃었다.

"실은, 그거랑은 별개로 전하의 보좌관 자리에서는 해임되어서 말입니다."

"……헐."

"정말 염치없지만 한동안 이쪽에서 지내게 해 주시면 안 될까요? 이대로 혼자 귀국할 수는 없을 것 같아서요."

"……."

나와 일행들은 한동안 아무 말도 할 수 없었다.

그게 바로 오늘 아침에 벌어진 일이었다.

"나참, 진짜 황당하네. 아카데미 졸업하려면 아직 1년은 더 남았다면서요. 당장 여기서 살겠다고 한 것도 아닌데 하루아침에 사람을 자를 건 뭐래요? 심지어 미안하다고도 했다면서! 황태자 그 사람, 속이 진짜 좁아터졌네요."

설마 아셀을 해임할 줄이야. 그런 일들이 있었으니 한동안 어색해질 거라는 예상은 했었다. 그래 봤자 예전보다 서먹해지는 정도였지, 이런 식으로 곧장 관계를 단절하고 내보내는 결과를 예상한 건 아니었다. 아셀은 황태자를 위해 퇴학까지(어쩌면 사형까지) 각오하고 이 먼 여정을 함께한 사람이었다. 아무리 서운해도 이런 식으로 쉽게 내친다는 게 이해가 되지 않았다. 그나마 맨몸으로 쫓겨난 건 아니라서 여비는 넉넉하게 받긴 한 것 같지만. 고작 그런 거로 지난 헌신이 보상될 리가 없었다.

내가 한참을 투덜거리는 동안 내 앞에 자리 잡고 앉은 아셀은 어색하게 눈만 굴리고 있었다. 여느 저택과 비교해도 손색없는 내부가 신기한지 연신 움직임이 산만했다. 그나마 처음에 비해선 많이 나아진 빈응이었다. 막 이 안에 들어왔을 땐 경악한 나머지 숨도 제대로 쉬지 못했으니까. 엉성하게 지어진 천막 안쪽에 대궐처럼 안락한 공간이 펼쳐져 있다니, 누구라도 상상하지 못할 광경이긴 했다.

“하아, 아무리 봐도 정말 굉장합니다. 주술로 만들어진 집이라니. 여러분은 늘 상상하던 것 이상을 보여 주시네요.”

“……지금 그런 말을 할 때가 아닐 텐데요?”

딴소리 관두고 대화에 집중하라는 뜻에서 나는 아셀을 지긋이 응시했다(다른 일행들은 모두 멀리서 그런 우리를 구경하는 중이었다). 열심히 현실도피를 시도하던 그가 체념의 한숨을 내쉬었다.

“으음, 이런 모습들을 보였으니 할 말은 없습니다만. 생각하시는 것만큼 라젠 님이 그렇게 모질고 나쁜 분은 아닙니다.”

“하루아침에 실업자가 된 주제에 무슨 소리예요. 이 상황에서 황태자 편을 들어주고 싶은 마음이 생겨요? 아셀, 너무 착하게만 살면 안 돼요. 부당한 일엔 화내도 된다고요.”

“그, 그런 게 아닙니다. 라젠 님은 표현법이 다소 거칠다 보니 오해를 사는 경우가 많습니다. 황족이라 어느 정도는 권위적인 부분이 있는 것도 사실이고요. 그래도 많은 부분에서 공정하신 분입니다. 권력으로 사람을 강제로 굴복시키지도 않으시고, 타고난 신분으로 사람을 가리지도 않으시죠. 어디에서나 이단아 취급을 받던 제게 손을 내밀어 주신 유일한 분이셨습니다.”

“……그래요?”

“네, 제가 아무리 속이 없어도 무작정 두둔하는 사람은 아닙니다. 솔직히 말씀드리면 라젠 님은 어디로 튈지 모르는 분이라 모시기 편한 상사라고 할 수는 없습니다. 하지만 인간적으로는 좋은

면이 더 많은 사람이라고 생각합니다."

"하지만 그래도 아셀을 잘랐잖아요."

"사실 그것도 이유가 있습니다. 제가 대신 변명을 드리자면, 그건 라젠 님으로서도 어쩔 수 없는 부분일 겁니다. 오래된 나쁜 습관 같은 거라서요."

"자기가 사과할 일이 생기면 내치는 습관이요?"

"아, 아뇨. 그게 아니라…… 뭐라고 해야 할까요. 정확히 말하면 온전히 의지할 수 없는 사람은 곁에 두지 못한다고 해야 할까요."

"……?"

이건 또 무슨 소리인가 싶어 얼굴이 찌푸려졌다. 그걸 불쾌해하는 반응이라고 여겼는지 아셀이 다음 설명을 서둘렀다.

"원래 라젠 님은 충성 서약을 한 자만 곁에 두시는 분이거든요. 그런데 저는 아니었죠. 아카데미에서 우연히 얽히게 됐는데, 어느덧 정신을 차려보니 제가 그분의 일을 돕고 있더군요. 지금까지는 제가 딱히 다른 누군가를 섬길 마음도 없었기 때문에 문제 될 게 없었습니다만, 어제부로 상황이 달라진 겁니다. 제가 언제든 곁을 떠나 다른 사람에게로 갈 수 있게 됐다는 걸 인지하신 거죠."

"아직 완전히 마음을 정한 것도 아닌데……."

"그분에게는 큰 차이가 없습니다. 자신 외의 다른 주군을 섬길 수 있는 사람이라는 것. 그 자체를 견디지 못하시는 거라서요."

"으음, 그건 좀 이상한데요. 삐뚤어진 소유욕 같은 건가요?"

군신 간에 신의가 있어야 하는 건 맞겠지만 이런 식으로 나만 봐야 한다는 자세는 흔치 않을 거다. 안 그래도 좋지 않은 황태자의 인상에 묘한 설정까지 덧붙여지는 느낌이었다. 그게 표정에서도 드러났는지 아셀이 얼른 대답했다.

"소유욕이라기보다는 경계심이 너무 큰 탓일 겁니다. 이런 발언은 조심스럽지만, 살아온 환경이 그분을 그렇게 만든 거라고 생각합니다."

"살아온 환경이 왜요? 황태자잖아요. 거기다 마법의 재능을 일찌감치 꽃피워서 천재라고 칭송받았다던데. 그럼 어릴 때부터 탄탄대로를 걸은 거 아닌가요?"

"어느 정도는 맞는 말이긴 합니다. 지지하는 귀족들도 많고, 황후 폐하의 1황자인 데다 황실 특유의 머리색까지 타고나셔서 전통성도 확고하시죠. 더구나 제왕의 별 아래에서 태어나신 분. 날 때부터 다음 제위를 보장받으신 것이나 다름없었습니다."

"그런데요?"

아셀은 담담히 설명을 이어나갔다. 들을수록 황당해지는 내용의 전말은 이러했다. 라온휘젠 황태자의 부친이자 카터스 제국의 현 황제인 나르젠 황제는 평화를 추구하는 사람이었다. 그는 제국의 안정을 위해선 대귀족들과 결속을 다져야 한다고 생각했고, 그 방법으로 혼인을 택했다. 즉, 황후 외에도 수많은 비를 들였다. 그러다 보니 슬하에 태어난 자식들도 당연히 많았는데, 하필이면 카터스 황실은 예로부터 딸이 귀한 편이었다. 대부분 아들만 낳았다는 소리다. 황태자와 동복의 황자들만 세 명이고, 동년배 황자도 여러 명이라는 말에 나는 조금 당황해야 했다.

황후 못지않은 든든한 가문을 뒷배로 둔 황비들. 그들이 낳은 비슷한 또래의 아들들. 평화를 도모한 황제의 뜻과는 반대로, 그 구도는 시작부터 거대한 파란을 예고했다.

"그들에게 라젠 님의 존재는 그저 눈엣가시에 불과할 뿐이죠. 어떻게든 붙잡고 할퀴어서 밑바닥까지 끌어내려야만 하는. 그 탓에 어릴 때부터 여러 가지 일들을 많이 겪으셨습니다."

"여러 가지 일이라면……."

"생각하시는 것과 크게 다르지 않을 겁니다. 음식에서 독이 나오는 건 예사고, 암습을 받는 경우도 많았습니다. 생각지 못한 곳에서 돌발 사고가 일어나기도 했죠. 아카데미로 수학하러 가신 것도 그런 암투에서 조금이나마 피해 있기 위해서였습니다. 물론 그 안에서도 그다지 안전했다고 할 수는 없지만요. 제가 곁에서 지켜본 사례만도 상당했던지라."

"으음, 그랬군요."

"가장 악질적인 경우가 주위 사람을 포섭해서 배신하게 하는 거였습니다. 신임하던 사람이 별안간 태도를 바꿔 사람들 앞에서 모욕을 주거나, 심지어 암살을 시도하는 일도 있었던 듯합니다."

아, 그래서 경계심이라고 한 건가.

아셀이 말했던 의미를 이제야 제대로 알 것 같았다. 악조건에 연거푸 시달리다 보니 이제는 비슷한 상황이 생길 것만 같아도 지레 겁부터 먹고 피하게 된 거다. 일종의 외상성 신경증 같은 걸까.

"고생이 많았겠네요."

나도 모르게 중얼거리자 아셀이 냉큼 고개를 끄덕였다. 그를 못마땅하게 여기던 내게서 동조를 얻어낸 것이 퍽 기쁜 듯했다.

"이렇게 된 김에 말씀드리는 거지만, 라젠 님이 반려성을 찾는 것에 집착하신 것도 그런 이유 때문입니다. 정적들이 그분을 먼저 찾아내어 이용하기라도 하면 곤란해지니까요. 그 전에 찾아서 보호해야 한다고 생각하셨던 것 같습니다."

어쩐지 황태자의 신분으로 가출이라니, 굉장히 무모한 일정을 강행한 것 같긴 했다. 떠받들려 자란 탓에 대책 없는 성격으로 큰 건가 했는데 오히려 상당히 절박한 이유였었다. 도도할 정도로 꼿꼿하던 황태자의 모습이 떠올랐다. 자신감에 가득 차 있던 얼굴은 단 한 번도 굽혀 본 적이 없는 것처럼 당당하기만 했다. 날 때부터 사람을 부리는 것에 익숙한, 전형적인 지배 계급이라고 생각했다. 거친 풍파를 겪으며 살아온 것처럼 보이진 않았는데, 역시 사람은 겉모습만으로는 다 알 수 없는 모양이다.

"지금 이사나의 상황도 그렇고, 황위 다툼이라는 게 참 무섭긴 하네요."

"모든 권력의 정점이라고 할 수 있는 자리니까요. 온갖 추악한 탐욕과 더러운 집착이 향하는 곳이죠. 그래서 전 귀족은 부러워도 황족은 별로 안 부럽습니다. 주어지는 권력이 아무리 크면 뭐합니까. 그보다 더 막중한 의무와 책임이 짓누르는걸요. 사람은 사람답게 살아야 한다고 생각합니다."

아셀이 내뱉은 뼈 있는 말에 조용히 공감했다. 끊임없이 목숨을 위협받고, 늘 주위를 살피며 가까운 사람들을 의심해야 하는 환경이라니. 남의 인생을 함부로 재단하고 판단할 수는 없지만, 몹시 고되고 고통스러운 삶일 거라는 생각이 들었다.

"이사나한테 다른 형제가 없는 게 그나마 다행인 걸지도……."

그의 경우, 애초에 그런 상황을 방지하고자 선황 쪽에서 일부러 하나의 후계자만 뒀다고 했었다. 만약 지금 사태에 황자가 더 있었다면 전쟁의 형국이 상당히 다르게 흘러갔을 거다. 숙부가 조카를 치는 곳인데 형제들끼리 다투지 않으리라는 법이 없다. 어쩌면 이미 한참 전에 분열되어 스왈트 제국의 이름 같은 건 지나간 역사의 한 페이지로 남겨졌을지도 모르는 일이다. 그런 의미에서 선황에게 선견지명이 있었다고 할 수 있었다. 혼잣말로 중얼거리는데, 아셀이 곧장 동조해 왔다.

"이사나 폐하의 선대이신 카일 황제의 뜻이었죠. 후계자가 될 아들 하나만을 두고 다른 자식을 더 낳지 않는다니. 대륙 역사에 다시없을 파격적인 결정이었다고 생각합니다. 마음을 먹어도 실행하기 쉬운 일은 아닌데, 그걸 정말로 해내셨다는 점에서 더욱 대단한 분이시죠."

"맞아요. 정말 그런 것 같아요."

"카일 황제는 태자 시절부터 대쪽 같은 성정이셨다고 들었습니다. 과감한 판단도 잘하셨고, 결단력과 실행력도 좋으셨죠. 먼 지역까지 잠행을 자주 나가셨다고도 하더군요. 상당히 개방적이고 자유로운 분이셨던 것 같습니다."

"꽤 잘 아는 것 같네요? 아셀에게는 다른 제국의 일이었을 텐데."

막힘없이 술술 흘러나오는 정보들에 감탄하기보다 의아한 마음이 앞섰다. 통신 장치가 없는 건 아니지만, 아크아돈은 지구의 현대처럼 정보가 방대하지도 않고 공유가 자유로운 편도 아니었다. 며칠 거리의 마을끼리도 소식이 제대로 전해지려면 한참 걸렸다. 하다못해 몇 개월을 이동해야 닿을 수 있는 머나먼 제국 간의 사정은 말할 필요도 없다. 그럼에도 그가 이만큼 알 정도면 그야말로 작정하고 조사했다는 의미였다. 물끄러미 응시하는 눈길에 아셀은 어색하게 웃어 보였다.

"평소에 관심을 가지긴 했습니다. 스왈트 황실에서 벌어진 '피의 제전'은 상당히 유명했으니까요."

"피의 제전?"

"모르십니까? 황태자 책봉을 앞두고 벌어진 황자들의 전쟁이었습니다. 당시 1황자였던 카일 황제가 이복형제들을 전부 죽였고, 그 피를 밟고 올라 황태자가 되었죠."

"……아."

"애초에 그전부터 황자들 간 알력 다툼이 대단했었다고 들었습니다. 그게 태자 책봉을 앞두고 크게 터져버린 거죠. 그 당시 카일 황제의 상황이 지금의 라젠 님과 꽤 비슷한 부분이 많아서 유심히 알아봤었습니다. 훗날 카일 황제가 후계자를 하나만 둔 것도, 그 사건이 큰 영향을 미친 거라고 생각합니다."

"으음."

그래, 그러고 보니 그런 일이 있었다고 했었지. 그저 지나치듯 들은 이야기라 크게 관심을 기울이진 않았는데 그게 누군가에게는 현실이라고 생각하니 굉장히 묘한 기분이 들었다. 설명하는 아셀도 조금 서글퍼 보이는 모습이었다.

"아셀은, 라젠 황태자가 같은 전철을 밟을까 봐 걱정하는 건가요?"

"……아니라고는 말씀드리지 못하겠네요. 라젠 님은 가끔 극단적이 되실 때가 있거든요. 심지어 카일 황제는 인자한 성품이었죠. 그런 그가 피를 택했을 정도라면, 라젠 님도 그러지 마시라는 법이 없으니까요."

"혹시 황태자도 그 사건을 알고 있어요?"

"피의 제전 말입니까? 물론 알고 계십니다. 말씀드렸다시피 상당히 유명한 이야기였으니까요. 평소 알려진 카일 황제의 성정과 어울리지 않는 사건이다 보니 어느 모임마다 두고두고 거론됐습니다. 특히 4황자였던가, 5황자였던가. 막내 황자를 죽인 부분이 자주 화두에 올랐죠."

"막내 황자요?"

"네, 아마 이름이 세올리즈 황자일 겁니다. 나이도 어리지만 권력과는 상당히 동떨어져 있던 황자였습니다. 아주 어릴 때 신전으로 보내져서 그곳에서 쭉 자랐다고 하더군요. 카일 황제가 유일하게 친근하게 대하던 형제이기도 하고요. 그런 황자까지 무참히 죽인 거라 카일 황제의 인품을 논하는 사람들도 많았습니다. 저도 그 점은 그분답지 않은 일이었다고 생각합니다."

어라, 잠깐만. 신관이라는 막내 황자는 낙마 사고로 죽은 거 아니었나? 분명히 그렇게 들었었다. 게다가 그 사실을 내게 알려줬던 카이테인은 관련 사건 자체를 대공의 소행으로 의심하는 분위기였었다. 신관인 데다가 내 정체를 알고 있는 그가 일부러 거짓 정보를 알려 줄 이유가 없으니 대외적으로 그렇게 알려져 있다는 뜻이었다.

"……그 황자를 카일 황제가 죽인 거라구요?"

"그리 알고 있습니다. 직접 살해했는지까지는 모르겠으나 그의 죽음에 관여한 것만은 사실입니다. 그 일로 유카르테 황자, 지금의 대공이 크게 상심했을 겁니다. 그가 가장 아끼던 형제였다고 하더군요."

"……!"

"그래서 대공이 섭정하기 시작했을 때, 다들 스왈트 제국에 내란이 일어날 거라고 앞서 짐작하는 분위기였습니다. 그가 곧 숨겨두었던 발톱을 드러낼 거라고 생각했거든요."

"그리고 결국 그렇게 된 거네요."

"예, 생각했던 것보다 그 시기가 더 빠르긴 했습니다만. 일어나야 할 일이 일어났다는 점에서는 이견이 없다고 봅니다."

원한을 원한으로 갚은 셈인가. 대공과 선황제의 사이에 그런 배경이 있을 줄은 몰랐다. 그저 제위를 차지하려는 야심 때문이라고만 생각했는데, 사실은 더 복잡하고 어두운 이해관계에 얽혀 있었던 모양이다. 아마도 이사나 역시 이런 전후 사정은 모르고 있을 가능성이 컸다. 알았다면 마지막까지 대공에게 방심하다 도망치듯 황궁에서 달아나는 상황에 이르지는 않았을 테니까.

등잔 밑이 어둡다고 하더니, 오히려 내부에서보다 다른 나라 쪽에서 이곳의 사정과 맥락을 더 정확히 파악하고 있었던 것 같다. 하지만 굳이 이사나에게 이 사실을 알려주고 싶다는 생각은 들지 않았다. 모르는 게 약이라고, 굳이 들어서 좋을 게 없는 이야기다. 선황제는 대공에겐 나쁜 형제였을지 몰라도, 이사나에겐 티끌 한 점 없이 완벽한 아버지였다. 어머니가 생전에 대공을 도왔다는 사실을 알았을 때도 큰 충격을 받았던 이사나다. 실의에 빠진 나머지 식음까지 전폐하고 온종일 연무장에 처박혀 있었던 모습이 아직도 눈에 선했다. 겨우 충격에서 벗어나 마음을 다잡았는데 다시 그때처럼 괴롭게 만들고 싶지 않았다. 적어도 이 전쟁이 마무리된 후에야 알리는 게 좋을 것 같았다.

"저기, 엘. 심각한 대화를 하는 중에 미안한데, 잠시 저쪽을 봐야 할 것 같아."

"응?"

일행들에게도 미리 주의 주려는데 시벨리우스가 말을 건네 왔다. 조심스러운 어투만큼이나 왠지 난처해 보이는 표정이었다. 그가 가리키는 방향을 따라 고개를 돌리자마자 나는 헉하고 숨을 삼켰다. 언제 온 건지 문 앞에 이사나가 서 있었다.

"화, 황제 폐하."

마찬가지로 당황한 아셀이 허둥지둥 몸을 일으켰다. 너무 깊은 생각에 잠겨 있던 탓에 누가 들어왔다는 것도 모르고 있었다. 가장 들키지 말아야 할 사람에게 들켰다는 낭패감이 엄습했다. 혀를 차면서 반사적으로 그의 심박동부터 살폈다. 행여나 충격을 이기지 못하고 쓰러지지 않을까 싶어서였다. 그게 괜한 우려가 아닐 만큼, 망연자실하게 서 있는 이사나의 얼굴이 몹시 창백했다. 한참을 얕은 숨만 간신히 내쉬던 그가 떨리는 눈동자로 아셀을 응시했다.

"지금 그 이야기, 더 자세히 들어볼 수 있을까?"

2.

투둑.

차가운 감각이 두 뺨에 떨어졌다. 손을 들어 훑어 내리자 축축한 감각이 묻어나왔다. 고개를 들기 무섭게 뚝 떨어지는 물방울을 맞았다. 그 물방울의 정체가 뭔지, 소년은 잠시 고민해야 했다. 여러 가지 추론 끝에 가장 합당한 결론에 이르렀다.

—주인님. 울어요?

그래. 이건 눈물이었다. 소년이 건넨 질문에 그를 품 안에 끌어안고 있던 남자가 움찔거렸다. 아주 약간의 간격을 두고, 숨을 토해내는 듯한 답변이 이어졌다.

—응, 울고 있어.

—왜 울어요?

—천사님이 죽었거든.

—천사가, 죽어요?

—응. 죽어 버렸어.

꼭 끌어안는 손길이 강해졌다. 숨이 조금 막히는 것 같아서 소년은 살짝 얼굴을 찡그렸다.

—부질없이 떠나 버렸어. 그렇게 가면 안 되는 아이였는데. 나 때문에. 내가 지키지 못했어.

소리 내어 힘들다고 불평하지 못한 건, 어딘지 허탈하게 느껴지는 목소리 때문이었다. 평소와는 완전히 다른, 금방이라도 무너질 것처럼 처연하고 처절한 얼굴이. 너무나도 슬퍼 보여서.

—왜 내가 살아 있을까. 다들 나만 두고 멀리 가 버려. 너무 멀어서 쫓아갈 수도 없어. 내가 지키려는 건 다 사라져 버리는데, 이 삶이 무슨 의미가 있지?

—난 안 가요. 안 갈게요.

자기도 모르게 답해 버렸다. 흐려졌던 눈동자가 놀란 듯이 크게 떠졌다가 이내 천천히 휘어졌다.

—거짓말.

—정말이에요. 난 거짓말 안 해요. 내가 주인님을 지켜줄게요.

—그런 의젓한 말 하는 거 아냐. 꼬마 주제에.

피식 지어지는 미소는 비웃음보다 허무함에 더 가까웠다. 그게 더 참을 수가 없어서 속이 울렁거렸다. 배움이 지나치게 빠르다는 평을 받는 소년은 감정을 깨우치는 속도만은 느렸다. 이게 울고 싶은 기분이라는 걸 조금 뒤늦게 깨달았다.

—금방 클 거예요.

—그때가 되면 이런 건 다 잊어버릴걸.

—안 잊어요. 나 기억력 좋아요. 진짜예요.

—그럼 정말 날 지켜줄 거야?

—응.

—그러려면 내 기사가 되어야겠네.

—응. 나 주인님의 기사 될 거예요.

—좋아. 그럼 이제부터는 기사로 대우해 줘야겠는걸.

드디어 미소가 떠올랐다. 그의 웃는 얼굴은 소년이 가장 좋아하는 광경이었다. 그런데 지금은 그 표정을 봤음에도 전혀 기쁘지 않았다. 그는 여전히 울고 있었고, 여전히 무너질 것처럼 보였다. 힘껏 내보인 소년의 진심이 그에게는 조금도 위안이 되지 않았다는 걸 깨달았다. 그가 비틀거리며 몸을 일으켰다. 천천히 걸어가는 뒷모습에 손을 뻗다가 소년은 입술을 악물었다. 갈대처럼 휘청거리는 그는 금방이라도 쓰러져 내릴 것 같았다. 부축해 지탱하고 싶었지만, 그러기엔 소년의 몸이 아직 너무나 작았다.

—아아, 그래. 내 작은 기사에게 첫 번째 임무를 줘야지.

돌아보지 않은 상태에서, 그가 멍하니 중얼거렸다. 소년은 눈을 크게 깜빡거렸다. 맺혀 있던 눈물이 도르륵, 굴러떨어졌다.

—명령이다.

그 말을 하나라도 놓칠까 봐, 필사적으로 귀를 기울였다. 마르고 추워 보이는 등을 하염없이 응시했다.

—그대는 나보다 먼저 죽지 마라.

똑똑—

밖에서 울리는 소리에 카리브디스는 오랜 상념에서 깨어났다. 가볍게 감고 있던 눈을 뜨고 주위를 확인했다. 제 앞에는 긴 아치형의 소파와 테이블이, 볕이 깃드는 창가 아래쪽으로는 넓은 침대가 놓여 있었다. 자신의 침실이라는 사실을 인지한 후에야 정신이 조금 들었다.

"공작님. 저 루벤입니다. 들어가겠습니다."

나직한 음성과 함께 닫혀 있던 문이 열렸다. 조심스럽게 들어온 중년의 집사가 그를 향해 정중히 목례했다.

"채비를 전부 마쳤습니다."

"……그래."

그제야 상념에 빠졌던 이유가 떠올랐다. 고개를 끄덕인 카리브디스는 앉아 있던 몸을 천천히 일으켰다. 집사의 뒤를 따라 들어온 하녀들이 서둘러 다가와 그가 옷을 걸치는 걸 도왔다. 두꺼운 가죽을 덧대어 만든 단순한 형태의 무구 위에 짧은 외투를 입은 뒤 마지막으로 긴 망토를 둘렀다. 장신인 그에게 딱 맞춘 망토는 그 자체로 묵직한 소재인 데다 평균 기장보다도 훨씬 더 길어서 나가는 무게가 상당했다. 하녀 한 사람이 다 들을 수가 없어서 두세 명이 달라붙어야 했다. 그러나 정작 그걸 착용한 장본인의 움직임은 아무런 무게를 느끼지 못하는 사람처럼 깃털같이 가볍기만 했다. 그 모습에 감탄하는 한편으로 하녀들은 다른 이유 때문에 얼굴을 붉혔다. 검술로 단련된 데다가 타고난 체형이 워낙 좋다 보니 카리브디스는 아무거나 걸쳐도 눈에 띄는 편이었다. 그저 흔한 여행복 차림일 뿐인데도, 연회에 나가는 영식들의 화려한 차림보다도 화사해 보였다.

"오늘도 몹시 근사하십니다."

그를 아들처럼 여기는 집사 루벤의 얼굴이 자랑스러움에 벅차오르는 것도 무리가 아니었다.

카리브디스는 말없이 시선을 내려 제 몸을 내려다보았다. 그때 볼품없이 작았던 소년은 어느새 무럭무럭 자라, 이제는 그 주인보다 한 자는 더 커져 있었다. 예전에는 할 수 없었던 일들도 지금의 그에겐 전부 가뿐한 것들이 됐다. 아무리 크고 무거운 사람이라도 한쪽 팔로 지탱해서 일으켜 세울 수 있을 만큼 강해졌다. 그럼에도 그는 여전히 주인 앞에 서면 아무것도 못 하는 어린 꼬마가 된 것 같았다. 대하는 말투가 달라지고 호칭과 용어가 바뀌었어도 주인이 그를 바라보는 시선은 그때와 전혀 달라지지 않았다. 언제나 무력함을 체감하고, 매일같이 상실한다. 그것을 지치는 감정으로 받아들이게 된 건 언제부터였을까.

"인간은 뭐든지 쉽게 잊어버리지. 그래서 평생 한결같을 수 없어. 그러니 언젠가 찾아올 그때를 늘 염두에 두고 있어야 해."

언젠가 제게 그렇게 말해 줬던 이가 있었다. 그때는 그 이야기를 귀담아듣지 않았었다. 어차피 변심한 배반자의 말이었다. 비겁자가 자신을 두둔하기 위해 내세운 구차한 변명에 불과하다고 생각했다. 세상 모두가 다 변해도, 나만은 그렇지 않을 거라고. 그러니 괜찮을 거라 믿었다. 하지만 결국은 그도 하나의 인간이었다. 그저 남보다 조금 더 인내심이 좋고, 조금 더 끈기가 있는 것에 불과했을 뿐.

관계라는 건 한 사람의 일방적인 노력으로 유지되는 게 아니었다. 이미 많은 것들이 변했는데 그 혼자 이전과 같은 상태로 버티고 있는 건 불가능했다. 어떤 것을 취하고 어떤 것을 버려야 하는 건지 알 수 없어서 그는 혼란스러웠다. 조언을 했던 이도 이제는 세상에 없는 사람이라 찾아가 물을 수조차 없다.

그녀가 아직 살아 있었다면, 뭔가가 달라졌을까?

영원히 답을 알 수 없는 질문이 가슴 속을 공허하게 맴돌다 흩어졌다. 카리브디스는 치밀어 오르는 한숨을 삼켰다. 그가 사랑했던 광경에서, 그의 유일한 주인은 세상에서 가장 아름답고 고결한 사람이었다. 그 모습을 영원히 지키고 싶었기에 그의 기사가 되기를 자청했다. 그러나 정신없이 등만 보며 쫓아가던 동안 꽤 많은 것들을 놓치고 있었던 것 같다. 어쩌면 이제는 이미 늦어버린 건 아닐까.

—그렇다면, 다시 되돌리면 그만이지.

"……!"

순간 귓가를 스치는 음성에 카리브디스는 얼굴을 굳혔다. 그는 반사적으로 앞에 있는 사람의 팔을 움켜쥐었다.

"고, 공작님?"

"방금, 뭔가 말했나?"

"예?"

주인의 옷차림을 정돈해 주다 봉변을 당한 집사 루벤이 당황한 얼굴로 그를 바라보았다. 그 반응만 봐도 이미 대답을 들은 거나 마찬가지였다.

"……아니, 아무것도 아니다."

환청이었던가. 아니, 그러기엔 너무나 뚜렷했다. 또한 어디선가 들어본 음성인 것 같기도 했다. 카리브디스는 굳은 얼굴로 주먹을 움켜쥐었다. 허리 아래 고정해 둔 검집에 이상하리만치 신경이 기울었다. 어디에서나 볼 법한 평범한 검의 손잡이가, 오늘따라 요사스러운 기운을 풍기고 있는 것 같았다.

갑자기 날카로워진 주인의 분위기에 차림을 돕던 하인들이 서로 불안한 시선을 주고받았다. 기분이 좋지 않은 걸까, 그의 표정을 살핀 루벤이 조심스럽게 화제를 전환했다.

"그나저나 결국 공작님도 출정하시는군요. 이런 날이 올 거라는 건 알고 있었습니다만, 그래도 내심은 오지 않기를 바랐습니다."

내전이 길어지면서 평화롭던 수도에도 긴장감이 감돌기 시작했다. 오늘 아침, 카리브디스가 한동안 저택을 비울 거라고 했을 때 루벤은 드디어 올 것이 왔다고 생각했다. 직접 출정한다는 언급은 하지 않았지만 그가 향하는 곳이 전장일 거라는 확신이 들었다. 카리브디스도 부정하지 않았다.

"기사에게 전장은 숙명이다."

"예, 그거야 물론 알고 있지만 말입니다. 그래도 걱정이 되는 건 어쩔 수 없어서요."

"걱정? 별말을 다 하는군."

"정말입니다. 제 진심을 너무 몰라주시는군요. 이래 봬도 공작님의 안전을 위해 매일같이 기도드리고 있는데 말입니다."

투정부리는 듯한 말에 카리브디스는 자기도 모르게 피식 웃었다. 흔치 않은 그의 미소에 분위기가 잠시 가벼워졌다. 하지만 그 순간은 그리 오래 가지 않고 이내 다시 가라앉았다. 카리브디스의 머릿속에서 전날의 대화가 스쳐 지나갔다.

"전황이 너무 나쁘게 흘러가고 있어. 더는 그냥 두고 볼 수가 없을 것 같다. 카리브디스, 그대가 나서줘야겠다."

"하명하십시오."

전방에 나가 있는 세르피오 백작이 행하는 전술마다 실패를 거듭하고 있었다. 집사 루벤이 예감했던 것과 마찬가지로, 카리브디스 역시 대공이 이때쯤 저를 찾을 거라는 건 이미 예상한 바였다. 그러나 대공이 그에게 명한 건 군사를 이끌고 나가라는 것이 아니었다.

"그대가 해야 할 일은 간단해. 사람을 몇 붙여 주지. 전부 유능한 자들이니 그대가 다루기에도 쓸 만할 거야."

"무슨……."

"애초에 비빌 구석이 있으니 잡음도 나는 거 아니겠나. 원인을 제거하면 모든 게 간단히 해결될 테지. 가능한 한 마지막 장식으로 남겨 두려 했지만 이제 어쩔 수 없게 됐어. 기다리기에는 시간이 부족하단 말이야. 아무리 아까워도 더 큰 그림을 위해서는 포기하는 수밖에."

선뜻 이해할 수 없는 말들이었다. 의아하게 바라보는 카리브디스를 향해, 대공이 부드럽게 미소 지었다.

"이사나를 암살해라."

이미 지나간 일을 회상하는 것뿐임에도 심장이 서늘하게 식었다. 카리브디스는 숨을 깊게 삼켰다. 끝에 대해서는 생각해 본 적은 없지만, 언젠가는 겪어야 할 일이라는 건 알았다. 대공과 황제는 결코 같은 길 위에 서 있을 수 없는 관계. 어떻게든 파국을 맞을 운명이었다. 하지만 그의 입에서 황제를 죽이라는 명을 받는 건 조금 기분이 이상했다. 솔직히 말하면, 그가 정말로 황제를 죽일 수 있을 거라고는 생각해 보지 않았던 것 같다. 이사나는 선황의 핏줄이기도 했지만, 그녀의 하나뿐인 아들이기도 했으니까. 마지막까지 대공을 걱정하다 숨을 거둔 그녀—로아 황후의.

"도련님, 괜찮습니다. 이쪽으로 오십시오."

내면을 무겁게 짓누르던 공기가 사라진 건 잠시 후 이어진 음성 덕분이었다. 집사 루벤의 말에 카리브디스는 그를 괴롭히는 생각에서 벗어나 고개를 들었다. 문 쪽을 응시하자 그 뒤에서 기웃거리고 있는 작은 기척이 느껴졌다. 카리브디스는 저도 모르게 미소 지었다.

"레이."

그의 부름에 집사의 독려에도 용기를 내지 못하던 그림자가 흠칫 몸을 떨었다. 당황한 기색이 여실히 느껴지는 몸짓이었다. 곧이어 문을 부여잡고 빼꼼히 얼굴을 내미는 아이는 두 뺨이 잔뜩 상기되어 있었다. 그 수줍은 반응을 본 카리브디스의 표정이 더 풀어졌다.

"이리 오렴."

잠시 망설이던 아이가 이내 결심을 굳힌 얼굴로 걸음을 내디뎠다. 빠르게 달려와 안겨드는 아이를, 카리브디스는 능숙하게 품에 안아 올렸다. 처음엔 깃털처럼 가볍기만 하던 아이가 이제는 살이 올라 제법 무게가 나갔다. 그 점이 몹시 신기하면서도, 한편으로는 묘한 충족감이 들었다.

누가 이런 날을 상상했을까. 카리브디스 그 자신도 가끔은 당황스럽게 느껴질 정도였다. 제 손으로 거둔 아이가 행복해져 가는 모습을 지켜보는 것이 이렇게 즐거운 기분이 될 줄은 몰랐다. 그저 조사를 위해 데려온 것뿐이었는데, 이젠 저택 안에 아이가 없는 삶을 상상하는 게 어려웠다. 자신이 변하는 것은 두려웠지만, 이런 변화는 나쁘지 않은 것 같았다.

그런데 미소 짓는 그와는 다르게 레이의 표정은 침울했다. 사이가 가까워진 후로는 늘 담뿍 웃는 얼굴만을 보였는데 오늘은 기분이 좋지 않은 것 같았다. 카리브디스가 의아한 표정으로 아이와 시선을 맞췄다.

"레이, 왜 그러지? 무슨 일 있었나?"

"……아저씨."

"그래, 말해 보거라."

"아저씨, 떠나요? 사라지는 거예요? 이제 다시는 못 만나요?"

아이의 커다란 눈동자가 금방이라도 눈물이 차오를 것처럼 일렁거렸다. 카리브디스가 아이에게서 시선을 틀어 이 상황을 설명해 줄 사람을 찾았다. 훈훈한 시선으로 그 모습을 지켜보던 루벤이 기다렸다는 듯이 말했다.

“공작님이 한동안 떠나 계신다고 들으신 후에, 도련님이 많이 우울해하셨습니다.”

“……으음.”

카리브디스가 난처한 얼굴로 레이를 돌아보았다. 저택을 떠나 멀리 출타하는 건 그에게는 습관화된 일이었다. 그 자신도 그렇고, 고용인들도 모두 당연하게 여기는 부분이었던지라 누군가가 그 사실을 서운해할 거라고는 미처 생각하지 못했다. 그는 어색하게 아이를 달래기 시작했다.

“완전히 떠나는 게 아니다, 레이. 잠시 일이 있어 멀리 갔다 오는 것뿐이란다. 금방 다녀오겠다.”

“진짜요? 다시 돌아오는 거예요?”

“그래, 정말이다. 난 거짓말을 하지 않는다.”

“그럼 언제 돌아와요? 몇 밤을 자야 해요?”

“……몇 밤? 으음, 백 번 정도일까. 아니, 이삼백 번……?”

“……그렇게나요?”

희망으로 밝아졌던 아이의 얼굴이 다시 빠르게 굳어졌다. 그걸 그렇게 솔직하게 말하시면 어떡합니까! 이마를 짚은 루벤이 서둘러 상황을 수습하려 나섰다.

“말이 그렇다는 거지 그보다는 훨씬 빨리 돌아오실 겁니다. 그렇지요, 공작님?”

“설마. 오히려…….”

“하하하! 자, 공작님도 그렇다고 하시네요! 그것 보십시오, 도련님! 공작님은 금방 돌아오신다니까요. 이제 안심하실 수 있지요?"

루벤의 필사적인 눈총에 눈치 없이 대답을 이어가려던 카리브디스가 그대로 입을 다물었다. 레이가 기대 어린 눈으로 응시하는 것을 보고 그는 천천히 고개를 끄덕였다. 그제야 다시 아이의 얼굴이 환해졌다. 그 깨끗한 눈동자를 들여다보다, 카리브디스는 내내 망설이고 있던 결심을 굳혔다.

"다녀오면 네 이름 옆에 몇 가지가 더 붙게 될 거다."

"이름이요?"

"레이 드 카리브디스."

레이의 눈이 동그래지는 것과 동시에, 사방에서 숨을 삼키는 소리가 울려 퍼졌다. 모두가 그 의미를 알았지만 아직 어린아이만은 어리둥절한 표정을 지었다.

"카리브디스는, 아저씨 이름인데."

"그래. 그걸 너한테도 주마."

"저한테도요? 그래도 돼요?"

"물론이다. ……그땐 나를 아버지라고 불러 주겠니?"

이보다 더 명확할 수 없는, 노골적인 선언이었다. 고용인들이 다시금 숨을 크게 들이켰다. 출신도 알 수 없는, 그저 고아에 불과하던 꼬마 아이가 하루아침에 카리브디스 공작가의 어린 후계자로 인정받은 것이다.

집사 루벤은 솟아오르는 눈물을 연신 닦아내기에 바빴다. 얼마나 기다려 왔던 날이던가. 누구보다 강하면서도 늘 위태롭게만 보이던 그의 주인이 드디어 안정을 찾게 되려는 모양이었다. 오늘을 가문의 기념일로 제정하자는 건의를 드려야겠다, 그는 마음속으로 굳게 결심했다.

*　　*　　*

묵직한 소리와 함께 망토가 크게 펄럭거렸다. 이른 아침부터 불려 나온 흑마는 주인을 태우자 가벼운 흥분 상태를 보였다. 워낙 거대한 군마다 보니 투레질하는 것만으로도 상당히 위협적이었다. 애마를 잘 다독인 카리브디스가 저를 주시하는 시선들에 반응해 고개를 들었다. 배웅을 나온 집사와 식솔들을 차분히 돌아본 후, 마지막으로 그 앞에 서 있는 어린아이를 응시했다.

"그럼 레이, 잘 지내고 있으렴."

카리브디스가 현관을 나서서 말안장에 오르기까지, 하염없이 바라보고 있던 레이가 그 말에 천천히 고개를 끄덕였다. 울고 싶은 기분이 들었지만 그러면 다들 곤란해질 거라는 걸 알았다. 그래서 눈물을 꾹 참았다.

"이랴!"

고삐를 당기는 소리와 함께 힘찬 기합 소리가 울려 퍼졌다. 카리브디스를 태운 말은 자세를 바꾸기 무섭게 그대로 빠르게 달려 나갔다. 눈앞에 있을 땐 산처럼 거대하기만 하던 모습이 손가락 한 마디보다 작게 줄어드는 건 그야말로 순식간이었다.

"도련님, 너무 걱정하지 마십시오. 공작님은 무사히 다녀오실 겁니다."

뿌옇게 일어난 먼지가 가라앉은 후에도 자리를 떠나지 못하는 레이를 향해, 집사 루벤이 말했다. 이제는 명실공히 차기 공작으로 내정된 소년이었다. 본래도 친절한 편이었던 집사는 더 극진한 태도로 아이를 살피고 있었다. 그래도 레이의 표정은 여전히 어둡기만 했다.

"맛있는 간식을 내오라 할까요? 사과와 딸기를 곁들인 생크림 케이크와 아몬드가 박힌 초콜릿 쿠키를 준비하게 하겠습니다. 어떠십니까?"

능숙한 집사인 루벤은 침울해진 아이를 달래는 방법을 잘 알고 있었다. 평소 가장 좋아하는 간식들이 나열되자 레이의 눈동자가 바로 반짝거리기 시작했다. 다시 생기를 되찾은 아이의 표정을 본 루벤이 안도의 미소를 지었다.

"혹시 더 드시고 싶으신 건 없으십니까?"

"……코코아…… 우유도."

"네, 그럼요. 따뜻하게 데운 코코아 우유도 함께 준비하겠습니다. 지금 바로 주방장에게 말해 두지요. 방 안에서 기다리시겠습니까?"

자신과 함께 들어가겠냐고 묻는 말이었다. 레이는 잠시 고민하다가 고개를 저었다.

"정원에 있을래요."

"그러시겠습니까? 그럼 간식이 다 만들어지면 모시러 가겠습니다. 너무 멀리 나가 계시지는 마십시오."

레이가 평소에도 정원을 즐겨 찾는다는 걸 알고 있는 집사는 이상하게 생각하지 않고 곧바로 수긍했다. 알겠다는 의사 표시를 한 뒤 레이는 홀로 정원을 향해 걸어갔다. 아니, 엄밀히 말하면 혼자는 아니었다. 언제 어느 때나 항상 함께하는 존재가 있었으니까. 지금 레이가 누구보다도 가장 대화를 나누고 싶은 존재이기도 했다.

"그때는, 나를 아버지라고 불러주겠니?"

아쉬움과 서러움이 걷히고 나니 잊고 있던 목소리가 다시 가슴을 두드렸다. 걸음이 점점 빨라지기 시작했다. 너무 달려서 숨이 머리끝까지 올라올 즘이 되어서야 레이는 간신히 달리기를 멈췄다.

"린."

아무도 없는 걸 확인한 뒤 이름을 부르자 허공에서 인어의 모습을 한 아름다운 요정이 튀어나왔다. 차가운 물방울이 뺨에 튀었지만 레이는 아랑곳하지 않고 요정 앞에 얼굴을 들이밀었다.

"린, 나한테 아버지가 생길 것 같아."

반가워하던 요정이 눈을 동그랗게 떴다. 그 얼굴이 너무 귀여워서 레이는 소리 없이 웃음을 터트렸다.

"있잖아. 아저씨가 나한테 아저씨의 성을 주겠대. 그럼 나랑 아저씨가 가족이 되는 거래. 이제 아저씨가 내 아버지가 되는 거랬어. 굉장하지 않아?"

숨 가쁘게 이어지는 말들에 린의 눈이 더 동그래졌다. 어차피 대답을 기대할 수는 없었지만, 지금은 레이도 반쯤 흥분한 상태라 반응을 기다리지 않았다. 지금은 누구에게든 일방적으로 떠들고 싶은 기분이었다.

"……아버지."

왠지 이상한 울림이었다. 지금보다 더 어렸을 때에도 레이에게 아버지에 대한 기억은 없었다. 그에겐 늘 어머니뿐이었다. 아버지의 존재를 궁금해하지도, 곁에 없는 걸 이상하게 여겨본 적도 없었다. 아마 또래와 비교할 수 있는 환경이 아니었기 때문이겠지만, 그래서 레이에겐 처음 가져 보는 아버지라는 단어가 더 낯설게 느껴졌다.

"아버지."

익숙하지 않은 단어를 한 번 더 입에 담아 보았다. 가슴속이 간질간질했다. 거대한 물거품이 차올라 한계까지 부푼 것만 같았다. 이러다 팍 터져버릴까 봐 겁이 날 정도였다.

"어떡하지, 린? 굉장히 기뻐."

격정을 감추지 못한 아이의 두 뺨이 발그레하게 상기됐다. 아이의 기쁨은 곧 린의 기쁨이었다. 어린 친구의 흥분한 감정에 따라 춤을 추듯 주위를 빙글빙글 맴돌던 린이 방긋 웃으며 레이의 뺨을 두 팔 가득 포옹했다. 레이도 린의 작은 얼굴에 그 뺨을 한껏 비볐다.

그런데 잠시 후, 닿아 있는 감각이 갑자기 떨어져 나갔다. 허전해진 감각에 레이가 감고 있던 눈을 뜨고 의아한 표정을 지었다. 린이 어딘가를 무섭게 노려보고 있었다. 다정하던 분위기는 어느새 사라지고, 경계하는 고양이처럼 잔뜩 날카로워진 모습이었다.

"린?"

눈앞에 새하얀 옷자락이 보였다. 레이는 눈을 크게 깜빡거렸다. 누군가가 그 앞에 서 있었다. 꽤 키가 큰 사람이었는데, 햇빛을 등지고 선 탓에 얼굴이 잘 보이지 않았다. 쏟아지는 역광에 눈을 제대로 뜨지 못하는 레이와는 다르게, 상대방은 그가 비교적 잘 보이는 듯했다. 손을 들어 그늘을 만들고 나서야 간신히 눈이 마주쳤다.

"어……."

레이는 다시금 눈을 깜빡였다. 앞에 있는 사람이 누군지 알 것 같았다. 일전에 한 번 본 적이 있던 사람이었다. 화사한 금발 아래, 나른하게 가늘어진 남자의 푸른 눈동자가 웃음을 머금고 휘어졌다.

"안녕, 레이. 오랜만이구나."

3.

염려했던 것에 비해 이사나는 충격을 잘 다스렸다. 지난번 일도 있으니 충격이 더 클 거라 생각했는데 오히려 제법 덤덤히 받아들이는 모습이었다. 이미 한 번 거친 과정이라 담담했던 걸 수도 있고, 아셀 쪽의 이야기를 그저 떠도는 낭설 중 하나로 취급한 걸지도 모른다. 어쨌거나 의연하게 넘어간 것만은 사실이었다.

"하아, 하필 그 순간에 황제 폐하가 오실 줄이야. 정말 심장이 멈추는 줄 알았습니다."

좋지 않은 순간에 걸리는 바람에 매우 난처해졌던 아셀은 이사나가 별다른 말 없이 떠나자 가슴을 쓸어내렸다. 그 역시 들은 사실을 그대로 전한 것뿐이지만, 이 세상은 황실의 사정을 함부로 언급하는 것도 중죄로 취급했다. 아셀의 입장에서는 죽다 살아난 심정에 가까울 터였다.

물론 그런 것치고 그는 금방 아무렇지 않게 괜찮아지긴 했다. 놀랐던 건 놀랐던 거고, 목숨이 멀쩡하게 붙어 있으니 그걸로 됐다 싶어진 듯했다. 그러고 보면 아셀은 의외로 담대한 면이 있었다. 권력자를 존중하되, 그 힘에 굴종하지는 않는다. 일전에도 잔뜩 긴장한 주제에 이사나를 상대로 요구 조건은 야무지게 다 챙겼었지. 평소 황태자를 대할 때도 묘하게 격의 없는 태도였다. 일평생 워낙 비현실적인 환상에 시달려 와서 그런가, 오히려 사람에 대한 겁은 없는 것 같았다.

그리고 다음 날, 나는 그 사실을 새삼 실감하고 말았다. 아침이 되어 다 같이 막사를 나서는데 때마침 맞은편에서 걸어오고 있던 라온휘젠 황태자 일행과 마주쳤다. 기척을 느낀 황태자가 이쪽을 돌아보았고, 아셀과 시선이 닿았다. 그가 보좌관에서 해임된 이후로 이제 막 첫 밤이 지난 참이었다. 평소 각별하게 여겼던 수하였으니 뭔가 어색한 인사라도 오가지 않을까 싶었는데, 예상과는 달리 황태자는 그냥 그를 무시하고 지나갔다. 단순히 모르는 척을 넘어 아예 처음부터 본 적도 없다는 듯한 태도였다. 그 매몰찬 취급에 당황하는 나와는 반대로 정작 당사자인 아셀은 태연하기만 했다.

"괜찮아요?"

조심스럽게 물어봤더니 그는 대수롭지 않게 대답했다.

"뭐, 이 정도는 각오하고 있던 일이니까요. 아무튼 태자 전하도 참 소심하셔서 큰일입니다. 황제가 되시기 전에 저 성격은 좀 고치셔야 할 텐데 말이에요."

"……저게 소심하다구요?"

"소심한 거죠. 제 얼굴을 보기가 괴로워서 피하시는 거니까요. 아무렇지 않으면 굳이 피할 이유가 뭐가 있겠습니까?"

듣고 보니 확실히 틀린 말은 아니었다. 게다가 그 말은 즉, 반대로 생각하면 시선을 피하지 않은 아셀은 아무렇지 않다는 뜻이기도 했다. "전 잘못한 게 없으니까요." 실제로 그는 당당하게 대꾸해서 주변의 감탄을 샀다. 평범한 인간관계에서도 누군가가 자신을 꺼리면 잘못한 게 없더라도 일단 신경 쓰일 수밖에 없다. 하물며 황태자와 평민처럼 까마득한 신분 격차가 나는 관계에서는 무조건 한쪽이 굽히고 들어가는 게 일반적이었다. 그 당연하다면 당연한 관습을 완전히 무시하고 있는 아셀의 모습은 별종에 가까웠다. 그래도 그 강건한 자존감이 싫지 않았다.

"그보다 엘 님. 저 드디어 엘 님의 정체를 알 것 같습니다."

"내 정체요?"

어리둥절해져서 되물은 말에 아셀이 비장한 얼굴로 고개를 끄덕였다.

"늘 궁금하게 생각했거든요. 비현실적으로 화려한 그 외모하며, 뛰어난 청력과 시력. 지반을 뒤흔드는 엄청난 권능과 신관을 방불케 하는 치료 능력까지! 심지어 공간 이동도 하셨죠. 아무리 생각해도 이 조합이 평범한 건 아니잖습니까? 그런데 일행분들이 알고 보니 마족에, 유니콘이라니. 사실을 알고 나니 모든 답이 간단해지더군요. 엘 님도 인간이 아니라는 결론이 내려졌습니다."

"그래서, 뭐라고 생각하는데요?"

궁금해할 거라고 생각은 했지만 대놓고 정면 돌파를 시도할 줄은 몰랐다. 노골적으로 접근하는 게 나쁘진 않아서, 나는 즐거운 기분으로 그가 내릴 답을 기다렸다. 아스와 시벨리우스를 비롯한 다른 일행들도 전부 우리를 흥미진진하게 지켜보고 있었다.

"……정체를 알아봤다고 절 죽이시진 않을 거죠?"

"내가 사이코패스인 줄 알아요? 그런 걸로 사람을 죽이게."

"사이코패스? 그게 뭡니까?"

"아무튼 말해 봐요. 절대 뭐라고 하지 않을 테니까."

"그럼 말씀드리겠습니다! 엘 님의 정체는 바로……!"

"바로?"

"드래곤입니다!"

"풉!"

요란한 소리가 터졌다. 옆에서 물을 마시고 있던 —드래곤—라피스가 먹던 걸 그대로 뿜어내는 소리였다. 바로 근처에 있던 아스와 알리사가 기겁하며 옷과 머리를 털어내느라 부산을 떨었다. 한순간에 아수라장이 된 현장을 향해 혀를 쯧쯧 차준 다음 나는 다시금 아셀을 돌아보았다. 그는 자신만만하게 서서 눈을 초롱초롱 빛내고 있었다. 만화나 영화를 보면 진실을 밝혀낸 명탐정이 꼭 저런 표정을 짓고 있었던 것 같다.

"드래곤이라……."

뭐, 확실히 드래곤도 다 할 수 있는 일들이긴 하지. 마족과 유니콘에 이어서 자연스레 떠올릴 만한 조합이기도 했다. 실제로 진짜 드래곤이 섞여 있다는 점에서 더더욱. 거기까지 생각하고 보니 새삼 우리가 평범한 구성은 아니라는 자각이 들었다. 남들은 평생 가도 만나보기 힘들다는 희귀한 종족들을 한꺼번에 모아둔 조합이라니. 일부러 이렇게 모으려고 해도 모으기 힘들지 않을까 싶다. 덕분에 바람 잘 날이 없으니 마냥 좋다고 여길 수도 없지만.

"내가 드래곤인 것 같아요?"

"후후, 그렇습니다. 엘 님의 머리색과 눈동자 색이 푸른 것으로 보아 블루 드래곤이시라 사료됩니다. 덧붙여 왜 이사나 폐하 곁에 계신 건지도 알 것 같습니다."

"흐음. 계속 말해 봐요."

"실은 이곳에 건너오자마자 파다하게 퍼져 있는 소문 하나를 들었거든요."

"소문?"

"유카르테 대공의 기사이자 소드 마스터인 카리브디스 공작이 드래곤을 쓰러트렸다고 하더군요. '악룡을 쓰러트린 영웅 카리브디스!'라며 찬양하는 사람들이 어찌나 많던지요. 엘 님도 그 소식을 들으신 겁니다! 그래서 동족의 원수를 갚기 위해 그의 정적인 이사나 황제 폐하를 돕기로 하신 거죠!"

"……빌어먹을 메테."

얼굴을 왕창 찌푸린 라피스가 씨근덕거리는 소리가 들렸다. 아, 그 형님 이름이 메테인 모양이구만. 소문에 연루된 드래곤이 누구인지 모를 수가 없어서 나는 피식 웃었다. 한창 신나서 떠들던 아셀이 그런 나를 보고 이내 시무룩해졌다. 내가 이 상황을 그저 재밌어하는 걸 알아차린 모양이었다.

"……아닙니까?"

"글쎄요. 그럴 수도 있고, 아닐 수도 있고?"

"아, 정말 너무하신 것 아닙니까. 저 이러다 궁금해서 잠도 못 잘 겁니다."

"하하, 미안해요. 알려줘도 딱히 상관은 없는데 나 하나로 끝낼 문제가 아니라서요. 아셀이 말을 옮길 사람이 아니라는 건 알지만, 이건 나보다는 이사나한테 물어보는 게 좋겠어요."

"예? 왜 그걸 황제 폐하께…… 헉! 역시 그분과 계약한 관계인 거군요!? 설마 엘 님도 마족이신 겁니까?"

"그러니까 이사나한테 가서 물어보래두요."

거듭된 거부 표현에 아셀도 더는 조를 수 없었는지 매달리는 것을 포기했다. "그럼 저 정말로 폐하께 가서 여쭤볼 겁니다! 그래도 되는 거죠?" 대신 다른 의사를 확인하기에 그러라고 했더니 그걸로 만족한 것 같았다.

직후 아셀은 정말로 이사나에게 가서 물어보겠다며 사라졌다. 날 듯이 문을 나서는 그의 뒤를 알리사와 시벨리우스가 냉큼 뒤따랐다. 이사나 쪽에서 솔직하게 대답하든 그렇지 않든, 여러 가지로 복잡해질 그를 구경하고 싶어진 것 같았다. 몇 사람이 곁을 떠나자 시끄럽던 주위가 삽시간에 고요해졌다. 그래서일까. 무언가 텅 빈 것처럼 허전한 감각이 몰려들어 오기 시작했다. 왠지 무기력해지는 게 평소보다 유난히 나른한 것 같기도 했다.

"기분이 안 좋아 보이는데."

소파에 몸을 더 깊숙이 파묻고 있는데 라피스의 시선이 느껴졌다. 그가 지나가는 듯이 던지는 말을 처음엔 잘 이해하지 못했다. 나는 고개를 갸웃거리다 되물었다.

"누가?"

"너지 누구야."

"나? 별로, 아무렇지 않은데."

"그런 녀석이 얼굴은 왜 찌푸리고 있는 건데?"

"어? 그랬나?"

의식하고서야 얼굴이 굳어 있다는 걸 깨달았다. 누가 보면 충분히 화가 났다고 여길 수 있을 정도였다. 실제로 화가 나거나 불쾌한 상태인 건 아니니 감정 문제는 아니다. 전생의 경험으로 비추어 보건대 이건 건강이 나빠지면서 활력이 떨어졌을 때의 느낌과 가장 비슷했다. 그런데 정령왕도 건강이 상할 수가 있나? 그럴 리가 없다는 걸 알면서도 다른 이유를 설명할 수가 없어서 조금 당황스러웠다.

"대부, 기분 안 좋아?"

걱정하는 아스를 향해 나는 웃으며 고개를 저었다. 그의 부드러운 머리를 쓰다듬고 있으려니 축 처지는 감각이 조금은 나아지는 것 같았다. 그런 걸 보면 정말 그저 기분이 안 좋은 것뿐일지도 모르겠다. 왠지는 모르겠지만.

"으음, 그보다 언제까지 이곳에 있어야 하는 건지 모르겠네. 너무 오랫동안 한 곳에 발이 묶여 있는 것 같지 않아? 왠지 다른 의도가 있는 것 같아."

"지금 답이 나왔는데 뭘 궁금해해."

"답이 나오다니?"

"발 묶인 거 맞다고. 이쪽의 진군을 막는 것 자체가 목적이겠지."

시큰둥한 대꾸가 의미하는 뜻은 하나밖에 생각할 수 없었다. 나는 긴장한 채 라피스를 바라보았다.

“대공이 이사나와의 싸움을 뒤로 미루고 싶어 하는 건가?”

“글쎄. 내가 보기엔 이사나를 의식한 게 아닌 것 같은데?”

“이사나가 아니면?”

“당연히 너지 누구겠냐.”

“……어?”

생각지 못한 말에 나도 모르게 멍해지자 라피스가 혀를 찼다. 이런 간단한 걸 굳이 설명해야겠냐는 듯, 한심해 하는 기색이 역력한 얼굴이었다.

“지금 이쪽엔 정령왕이 있어. 대공도 그 사실을 알고 있을 거고. 그 녀석이 지금 이사나를 신경 쓰고나 있을 것 같아? 아예 이 전쟁 자체에 관심이 없을걸? 악신을 각성시키는 일에 혈안이 되어 있을 게 뻔하지.”

“으음, 하지만 그렇다면 너무 소극적으로 대응하는 거 아냐? 진군을 막아 봤자 나를 묶을 수 있는 건 아닌데.”

“그걸 모를 수도 있지.”

“그게 무슨 말이야?”

“인간이 정령왕에 대해 뭘 얼마나 알고 있겠어? 원래 정령은 계약자 옆에서 벌리 떨어지지 못하잖아. 너도 그런 거로 생각할 수밖에.”

“아…….”

"설령 그게 아니라도 이사나 쪽에 소란을 피우면 네가 그걸 무시할 수 있겠어? 실제로 요즘 이쪽 일에 네가 제일 바빠진 거 맞잖아."

구구절절 맞는 말들뿐이라 대꾸할 말이 없었다. 이걸 지금에서야 깨달은 것이 황당하게 느껴질 정도로, 모든 상황이 분명하게 보이기 시작했다. 그 수많은 기습이, 사실은 전부 내 시선을 교란하기 위해서였다는 건가.

"한마디로 말해서, 지금 그쪽에 내 시야를 피해야 하는 일이 있다는 말이네."

머릿속이 급속도로 차가워졌다. 대공의 상황은 늘 틈틈이 살피고 있었다. 바람의 검을 지닌 탓에 카리브디스와 접촉할 때면 잘 보이지 않긴 했지만, 대체로는 살피는 데 무리가 없었다. 그렇다고 생각했다. 그런데 지금 그 믿음이 송두리째 흔들리기 시작했다. 내가 생각했던 것보다 대공은 나를 견제하는 법을 잘 알고 있는 자였다. 그렇다면 지금까지 그가 아무 일도 하지 않는 것처럼 보였던 것도 그저 내 착각인 게 아닐까? 그럴듯하게 위장하고 있는 것뿐이고, 실제로는 지금도 어디선가 내 시선을 피해 여전히 제물을…….

쿠웅—

"……흡!"

그 순간, 갑자기 몸 안에서 뭔가가 내려앉는 듯한 기분이 느껴졌다. 바닥이 꺼지고 그대로 떨어져 내리는 것 같은 아찔한 감각이었다. 나는 급히 숨을 삼키고 가슴을 부여잡았다.

"대부!"

"뭐야, 왜 그래?"

깜짝 놀란 아스와 라피스가 내게 황급히 다가왔다. 질병과는 가장 거리가 먼 사람이 통증을 호소하는 듯한 동작을 취하니 당황한 것 같았다. 물론 가장 크게 당황한 건 나였다.

"으으. 몰라. 왜 이러지? 갑자기 기분이 이상해."

"기분이 이상하다니?"

"나도 어떻게 설명해야 할지 모르겠어. 심장이 마비되는 것처럼 뭔가가 억눌리는 느낌이……."

지금 이 순간에도 가슴 안을 압박하는 기운은 사라지지 않았다. 알싸한 통증이 느껴지는 것 같기도 하고, 나쁜 예감에 두근거리는 것 같기도 했다. 그런데 갑자기 아스와 데르온이 크게 숨을 삼켰다. 마치 봐서는 안 될 것을 본 것 같은 표정이었다. 어리둥절해하는데 라피스가 얼굴을 찌푸리는 것이 보였다.

"너, 지금 뭐하는 거야?"

"어? 뭐가?"

"울고 있잖아."

"……어?"

눈을 깜빡이는 순간 뭔가가 떨어지는 느낌이 들었다. 손을 들어 눈가를 어루만지자 그대로 축축한 느낌이 전해졌다. 방울방울 맺힌 눈물이 내 의지와는 상관없이 자꾸만 솟아나고 있었다.

"어, 이거 왜 이러지?"

자꾸 속에서 뭔가가 치밀어 오르는 것 같았다. 속이 타는 듯이 괴롭고, 역할 정도로 매슥거렸다. 그런데 이상하리만치 현실감이 느껴지지 않았다. 내가 우는 게 아니라 마치 다른 누군가가 울고 있는 것 같은…….

"아."

나는 멍하니 고개를 들었다. 쏟아지기 시작한 눈물이 기울어진 각도를 따라 주르륵 뺨을 타고 흘러내렸다. 어차피 멈출 것 같지 않아서 닦아낼 생각도 들지 않았다.

"정령이…… 울고 있어."

"뭐?"

"나이아스가 울고 있어. 아파서 괴로워하고 있어. 그 고통이…… 고스란히 전해져서……."

"……."

라피스의 눈빛이 차분히 가라앉았다. 아스와 데르온은 의미를 이해하지 못한 듯 어리둥절한 시선을 교환하고 있었다. 설명을 바라는 시선이 와 닿았지만 나는 가슴을 장악한 슬픔과 머릿속을 가득 맴도는 누군가의 모습을 진정시키느라 정신을 차릴 수가 없었다.

삐쩍 마른 팔다리, 두 뺨이 파이도록 수척했던 얼굴이 떠올랐다. 이사나가 날 소환하고 얼마 되지 않아서였던가? 의식이 없는 작은 꼬마를 소중하게 끌어안고 있던 여인. 훗날 그 여인에게 황성으로 찾아오라며 목걸이를 걸어주던 장면이 자연스럽게 연상되어 이어졌다. 지금 괴로워하는 정령은 그 목걸이 안에 넣어주었던 나이아스였다.

'아아, 그래. 그 아이가 죽었구나.'

눈앞을 가리고 있던 모든 것들이 선명해졌다. 손이 부들부들 떨려서 간신히 그러쥐어야 했다. 상실감이 차오르면서 온몸에서 힘이 쭉 빠지는 것 같았다. 라피스와 시선이 마주쳤다. 그는 아마도 몹시도 창백해졌을 내 얼굴을 빤히 들여다보고 있었다. 이어질 내 말을 이미 알고 있는 것처럼.

나는 천천히 눈을 감았다. 다시금 눈물이 쏟아져 내렸다. 이번엔 내 의지로 흘리는 눈물이었다. 가슴이 너무 아파서 힘들었다. 두 번 다시는 느끼고 싶지 않을 만큼, 괴롭고 끔찍한 기분이었다.

"황성으로 가야겠어. 내가 해야 할 일이 많을 것 같아."

제3화

1.

"공 각하를 뵙게 되어 영광입니다."

카리브디스는 제게 정중히 인사해 오는 무리를 바라보았다. 약속된 지정 장소에서 만난 자들은 머리부터 발끝까지 검은색 일색의 복장을 하고 있었다. 모두 어디선가 봤을 법한 무난한 인상들뿐이었는데, 실제로 아는 이는 한 명도 존재하지 않았다.

대공은 어디서 이런 자들을 구해 온 걸까. 그가 부리는 자라면 전부 파악하고 있었다. 그중에 이런 집단은 존재하지 않았다. 카리브디스의 시선이 묘해지는 이유를 알아차린 듯, 집단의 대장으로 보이는 자가 은근한 미소를 지어 보였다.

"저희에 대해 궁금하신 점이 많으실 줄로 압니다. 각하께서 보시기엔 저희가 못 미더워 보이시겠지만 염려하실 것 없습니다. 저희는 한 번도 맡은 임무를 소홀히 한 적이 없었으니까요. 기대 이상의 성과를 거두시리라 단언할 수 있습니다."

"……전하의 곁에 언제부터 있었지?"

"각하께서 짐작하시는 것보다도 더 오래되었을 겁니다. 공 각하가 전하의 빛이라면, 저희는 그분의 그림자였죠. 항상 공 각하를 동경하고 있었답니다. 오늘 이처럼 모실 수 있게 되어 얼마나 기쁜지 모릅니다."

"……."

너무 기가 막히면 오히려 웃음이 나오는 것일까. 카리브디스는 나직하게 실소했다.

평생을 대공의 그림자로서, 남들에게 말할 수 없는 추악한 일들을 도맡아 왔었다. 천하를 군림하는 자리는 수많은 위협이 도사리는 가시밭길이기도 해서 항상 양지로만 걸어가는 건 불가능했다. 주군의 고결함을 지키기 위해서는 반대로 제 손에 피를 묻혀야 했다. 그것이 누구의 것이든. 한 치의 흠 없이 무고한 사람이라도 그의 뜻에 방해가 되면 죽였다. 짓밟아 억누르고 뿌리까지 뽑아내어 전부 말살했다. 필요하다면 그 어떤 비겁한 방법도 가리지 않았다. 공작이라는 고상한 위치조차 그 힘을 효과적으로 누리기 위한 수단일 뿐이었다. 어느 날부터인가는 아무리 씻어도 몸에 밴 피비린내가 사라지지 않게 됐다. 타고난 천한 출생은 어쩔 수 없다고, 저만 보면 사람들이 수군거리는 말을 들어도 화가 일기보다는 공감했다. 그 자신도 청부업자와 다를 바 없다고 생각했었다. 그런 저더러 처음 보는 자들이 나타나 빛이라고 칭했다. 진짜 그림자는 자신들이었노라고.

"재밌는 말을 하는군."

그의 전신에서 사나운 한기가 흘러나왔다. 그러나 검은 복장의 남자들은 그 반응을 의연하게 받아넘겼다. 흐트러짐 없는 분위기를 보고 카리브디스는 머리가 다시 냉정해지는 것을 느꼈다. 과연 스스로 그림자라고 자부할 만큼 살기와 악의에 만성이 된 자들이었다. 반면에 그들에게선 아무런 기운도 느껴지지 않았다. 전문적으로 자신의 기척과 의도를 철저하게 감추는 훈련을 받았다는 증거였다.

"너희 같은 이들이 얼마나 더 있지?"

"그리 많지는 않습니다. 주력 인원은 지금 이곳에 있는 숫자만큼만 더 있다고 보시면 됩니다."

"삼십 명 정도라. 꽤 적긴 하군."

"훈련 과정이 고되어 살아남는 자들이 몇 되지 않았거든요."

그 말을 듣자 떠오르는 것이 있었다. 얼음처럼 냉정하기만 하던 카리브디스의 표정이 일순 풀어졌다.

선황이 아직 살아 있었을 때, 그의 견제로 위치가 고립되면서 대공은 섬섬 아무도 믿을 수 없게 됐다. 결국 그는 자신을 지킬 비밀 사병을 만들고자 했고, 어릴 때부터 충직하게 키워낼 생각으로 전국 각지에서 은밀히 아이들을 모아 왔다. 그러나 이후로 그 아이들이 어떻게 되었는지는 아무도 몰랐다. 대공에게 불려갔다는 갔다는 아이는 있는데 생존이 확인된 아이는 아무도 없었다. 그 때문에 한창 악의적인 소문이 돌기도 했었다. 그도 한때 직접 대공에게 확인하지 않았던가. 당시 대공은 아이들 대부분이 훈련 과정을 버티지 못하고 죽었다고 했었다.

"그럼 너희가……."

그런가. 그게 사실이었던가.

카리브디스는 자기도 모르게 얕은 숨을 내뱉었다. 내내 가슴 한구석을 무겁게 만들었던 찜찜함이 사라지고 안도감이 차올랐다. 대공을 의심했었던 것 같다. 아니, 의심했었다. 그가 책상 위에 펼쳐 둔 한 권의 책. 그 안에 적혀 있던 위험한 주술을 우연히 알게 되었던 바로 그 순간부터였을 것이다.

대공을 위해서라면 지옥이라도 기꺼이 걸어 들어갈 자신이 있지만, 그 주술은 그 혼자서 감당할 수 있는 게 아니었다. 무고한 사람들의 수많은 피와 신들의 저주 속에서 완성되는 끔찍한 주술이었다. 그런 걸 시도하면 대공은 영혼까지 파괴되어 영원히 구제받지 못할 것이 분명했다. 그것만은 아니길 얼마나 간절히 바랐던가. 그래서 그는 지금 이 순간이 진심으로 기뻤다. 내내 신경을 자극하고 있던 만남이 더는 불쾌하지 않을 만큼.

그가 경계심을 내려놓자 남자들의 얼굴에도 미미하게 화색이 돌았다. 태연함을 가장하고 있었으나 소드 마스터인 그가 내뿜는 기세에 긴장하지 않기란 쉬운 일이 아니었다. 서로 처한 상황과 걸어온 길은 달라도 결국 그들의 목적은 하나. 주군인 유카르테 대공의 뜻을 이루는 것이었다. 이왕이면 잘 지내는 편이 좋은 게 당연했다. 대장의 태도도 좀 더 호의적으로 변했다.

"저희에 대한 언질은 들으셨던 것 같군요. 하긴 전하께서 친히 오른팔이라 칭하실 만큼 신임하시는 분이니 당연하겠지요. 전하께서는 저희들을 '일리야'라고 부르십니다."

"일리야?"

"예, 저희 일리야는 크게 수색조와 사냥조로 나뉘어 있습니다. 저희는 사냥을 담당한 조입니다. 일리야의 실제적인 힘이라고 할 수 있지요."

이어지는 설명은 제대로 듣지 않았다. 그것보다도 카리브디스가 주목한 건 그들이 지닌 이름 그 자체였다. 왠지 낯익은 느낌이 어디선가 들어봤던 것 같았다. 속으로 곱씹어 보던 카리브디스는 곧 그 이름의 출처를 떠올렸다. 대공과 가장 친했던 형제, 세올리즈 황자가 아끼던 사냥개가 그런 이름을 갖고 있었다. 유난히 충직하던 개는 주인이 죽자 물 한 모금 입에 대지 않고 그대로 굶어 죽었다. 대공이 어떻게든 살려 보려고 애썼으나 끝내 다른 주인에게 눈을 돌리는 일은 없었다.

"……그런가. 일리야인가."

입 안을 맴도는 맛이 씁쓸했다. 이미 많은 시간이 흘렀고 많은 것들이 달라졌다. 하지만 대공은 여전히 그 시절에 그대로 머물러 있는 걸지도 모른다. 상념에서 벗어난 카리브디스는 다시금 눈앞의 남자들을 천천히 훑어 내렸다.

"그런데 일리야에는 다 너희 같은 불구만 모여 있나?"

처음엔 크게 관심을 두지 않았다. 하지만 그들이 대공이 직접 키워낸 병기라는 걸 알고 나니 스쳐 지나갔던 특징들이 눈에 밟히기 시작했다. 일리야의 인원들은 전부 하나씩 두드러지는 상흔을 지니고 있었다. 대장만 해도 한쪽 눈이 없는 애꾸였다. 귀가 잘려 있거나, 생김새가 기형인 자들도 있었다.

"하하. 그걸 직접적으로 언급하신 분은 각하가 처음이십니다. 다들 눈치만 보고 끝까지 물어보지는 못하던데 말입니다."

"훈련 중에 입은 부상인가?"

"아뇨. 대부분은 천성입니다. 후천적인 것이라도 모두 일리야가 되기 전에 생긴 것들입죠."

"그런가. 불편한 몸으로 훈련까지 견디려면 더 힘들었겠군."

"아닙니다. 오히려 이런 몸인 것이 저희에겐 행운이었지요. 덕분에 살아날 기회라도 얻은 셈이니까요."

"……살아날 기회?"

"아, 오해하지는 마십시오. 대공 전하께는 진심으로 충성하는 마음뿐입니다. 제 부모는 한쪽 눈이 없다는 이유로 절 헐값에 팔아넘겼죠. 대공 전하께서 모으시는 건 아무런 흠 없는 아이들뿐이라는 걸 모르고서 말입니다. 여기 있는 자들은 모두 그런 이들뿐입니다. 대공 전하께 저희는 그냥 죽였어도 상관없었을 쓰레기였을 겁니다. 그런 저희에게 가치를 부여해 주시고 구실을 하게 만들어 주신 은혜에 그저 감사하고 있습니다."

"……."

사병으로 키우기 위한 것이었으니 신체 건강한 아이들 위주로 선별하는 건 당연한 일이었다. 그런데 그 설명에서 왠지 모를 위화감이 들었다. 대공은 흠 없는 아이들을 모았다. 소문이 워낙 파다하게 퍼졌던 탓에 관심이 없었음에도 카리브디스 역시 그 조건은 알고 있었다. 어리고, 흠 없이 깨끗한. 미색이 뛰어날수록 좋다고 했었다. 그런데 지금 눈앞에 있는 자들이 기회를 얻은 건 '이런 몸'인 덕분이었다고 했다. 그리하여 살아날 수 있었으니 오히려 행운이었노라고.

"너희가, 제물을 모으는 일을 하고 있었나?"

질문을 한 건 다소 충동적이었다. 스스로 생각하기에도 몹시 두서없고 뜬금없는 말이었다고 생각했다. 상대가 전혀 이해하지 못할 거라고 여겼다. 그게 무슨 말이냐고 되물을 것이라고. 그러면 그저 아무것도 아니라고 변명할 예정이었다. 이후엔 아무 일도 일어나지 않은 것처럼 다시 평소의 그로 돌아갈 수 있을 것이다. 분명히 그럴 터였다. 그러나 돌아온 대답은 그의 기대를 가볍게 배신했다.

"무난한 것들은 교단의 일이고, 저희는 조금 더 특별한 제물을 담당하고 있습니다. 이능을 가진 자를 제물로 하면 효과가 더 크다는 거 알고 계십니까? 수색조가 대상을 선정해서 감별하고, 저희가 그걸 사냥하죠."

아아. 주군이여.

한순간 시야가 점멸했다가 원래대로 돌아왔다. 높은 곳으로 떠올랐다가 빠르게 추락한 것 같았다. 찬물을 맞은 듯이 정신이 번쩍 들었다. 요동치는 마음이 겉으로 드러나지 않도록 억지로 억눌렀다. 다행히 그에게 감정을 감추는 건 제법 쉬운 일에 속했다. 속내를 잘 표현하지 못하는 자신의 무뚝뚝한 얼굴을 오늘만큼 다행스럽게 여겨본 적이 없었다.

"……난 황제의 암살을 명령받았다. 그러나 너희들이 맡은 임무는 나와는 다른 것 같군. 뭘 하든 상관없지만, 내가 하는 일을 방해하는 건 곤란해."

대수롭지 않다는 듯이 대꾸하자 그를 은근히 살피고 있던 일리야의 대장이 안심한 표정을 지었다. 그가 한 대답이 합격점이었던 모양이다. 그가 무언가를 꺼내 들었다가 은밀하게 다시 감추는 것을, 카리브디스는 놓치지 않고 파악했다.

"걱정하지 마십시오. 대공 전하께서도 황제는 그냥 제거하라 하셨습니다. 그의 암살은 도울 겁니다. 다만 저희가 따로 진행하는 일들에 대해서도 미리 양해를 구해야 할 것 같습니다."

"역시 다른 임무도 맡았군."

"예. 황제가 데리고 있는 이능자들 말입니다. 그 곁에 어린 이능자들이 몇 있다지요? 카터스 제국의 황태자도 지금 그들 쪽에 있다고 들었습니다. 실은 그자는 오래전부터 저희의 표적이었거든요."

"황태자를? 하지만 그는……."

"염려하시는 만큼 제국 간에 분란이 생길 일은 없을 겁니다. 각하께서도 아시겠지만 대공 전하는 꽤 철두철미한 분이시죠. 그쪽 황실도 사정이 꽤나 복잡하더군요."

"……음."

"그 여신의 딸이라고 하는 계집아이도 정령사라고 들었습니다. 정령사를 잡아보는 건 처음이라 매우 기대가 큽니다."

그들을 확보하는 것은 맡겨 달라며, 일리야의 대장이 의기양양하게 웃었다. 한껏 들뜬 그의 얼굴엔 자신들의 공적을 자랑하고 싶어 하는 기색이 역력했다. 하지만 이미 카리브디스는 그의 말을 듣고 있지 않았다.

정령사.

척추를 타고 서늘한 기운이 흘렀다.

"정령사도…… 대상에 포함되나?"

"그야 정령술도 이능력이니까요."

그 당연한 대답에 불안한 기분이 스치는 것은 왜일까. 정령사라면 자신도 알고 있는 이가 하나 있었다. 처음엔 의무로 대했으나 이젠 너무나도 소중하고 소중해진. 그래서 헤어지자미자 벌써부터 그리워진 얼굴이.

"그러고 보니 가까운 곳에도 하나 있었지."

저를 보며 의미심장하게 웃던 얼굴이 떠올랐다. 그 기억이 착각이 아니라면, 레이에 대한 언급이 나온 직후에 대공이 지었던 표정이었다.

"파이, 그대는 내 편이지? 나를 위해 모든 걸 다 바칠 수 있다고 했었던 것 같은데. 아직도 그 생각에 변함이 없나?"

"……."

그때 자신이 뭐라고 대답했었던가. 평소와 다른 점은 느끼지 못했던가. 그가 바쳐야 하는 것에 대공은 어디까지 생각하고, 또 무엇을 계산했을까.

"각하?"

의아하게 바라보는 시선이 느껴졌다. 이미 그에겐 아무런 의미가 없게 된 시선이었다. 생각보다 몸이 움직이는 것이 더 빨랐다. 정신을 차렸을 때 카리브디스는 어느새 말 위에 올라타 있었다.

"각하! 지금 어디를 가시는 겁니까? 각하!"

일리야의 대장이 혼비백산해서 외치는 소리가 비명처럼 울려 퍼졌다. 다른 자들도 모두 당황해서 우왕좌왕하고 있었다. "뭐하는 거야! 당장 쫓아가! 놓치면 안 돼!" 바람결에 새된 목소리가 전해졌지만 그것도 곧 아득해졌다.

몇 시간을 족히 걸려 달려왔던 길을 이번엔 반대로 질주했다. 그러고 보니 대공이 일러준 지정 장소가 그의 자택에서 꽤 멀었다. 이제껏 그런 거리 따위는 한 번도 신경 써 본 적이 없었는데, 지금은 이상하리만치 초조했다. 그렇게 멀리 정해야 했을 이유가 따로 있는 건지도 모른다는 나쁜 예감이 들었다.

쉬지 않고 말을 달린 끝에 그는 예정보다 빨리 자택에 도착했다. 늦은 오후에 접어드는 시간, 일과를 거의 마친 고용인들이 저녁 식사 준비에 들어가기 전에 한숨 돌리는 때였다. 그게 아니라도 그의 저택은 번잡한 것을 싫어하는 주인의 취향에 맞춰 늘 고요한 편이었다. 그런데 지금은 그 앞이 온통 술렁거렸다. 사방에 흩어져 있는 사람들이 창백한 얼굴로 무언가를 찾아 헤매고 있었다.

"도련님! 도련님, 어디 계세요! 레이 도련님!"

"……."

들려오는 외침에 카리브디스는 느릿하게 눈을 감았다. 어쩌면 지금 자신은 악몽을 꾸는 게 아닐까. 전부 초조하고 절박한 마음이 만들어 낸 환상에 불과할 뿐, 사실은 이와 다를지도 모른다. 사실이 아니어야 했다. 그러나 다시 눈을 떠도 변하는 광경은 없었다. 그가 마주한 건 그토록 인정하고 싶지 않았던 현실이었다.

"고, 공작님!"

울 것 같은 얼굴을 하고 있던 집사 루벤이 말에 탄 채 우두커니 서 있는 그를 발견하고 크게 헛숨을 삼켰다. 근처를 배회하고 있던 다른 고용인들도 놀란 건 마찬가지였다. 그를 발견한 사람마다 사시나무처럼 몸을 떨었다. 카리브디스는 그런 반응에 굳이 관심을 두지 않았다. 그저 루벤을 내려다보며 나직하게 물었을 뿐이었다.

"레이가 사라졌나?"

"공작님, 그게……."

"언제부터?"

"오, 오전부터 보이지 않으셨습니다. 잠시 정원에 계시겠다 하셔서 나중에 모시러 가겠다 했는데……."

대체 왜 이런 일이 벌어진 걸까. 루벤은 눈앞이 캄캄해지는 것만 같았다. 출타하는 공작을 배웅하고 오전 업무를 마칠 때까지 그의 일상은 지극히 평화로웠다. 지시한 간식이 전부 준비된 것을 확인한 후 그는 기분 좋게 레이를 찾으러 나섰다. 그런데 아무리 돌아다녀도 아이의 모습이 보이지 않았다. 숲에 가까울 만큼 큰 정원이다 보니 처음엔 대수롭지 않게 생각했다. 그저 생각보다 멀리 나가 있는 거라고 여겼다. 공작저는 보안이 잘되어 있는 곳이니 설마 이 안에서 무슨 일이 생겼겠느냐는 마음도 있었다. 하지만 몇 시간째 찾아다니게 된 지금, 그게 얼마나 안이한 판단이었는지 그는 뼈저리게 깨달을 수밖에 없었다. 저택 안에서 아이가 실종되었다. 어디로 가버렸는지, 누구에게 무슨 일을 당한 건지 도저히 알 수가 없었다.

"죄송합니다, 공작님. 모든 게 제 탓입니다."

덜덜 떠는 손으로 얼굴을 감싸는 루벤을 가만히 응시한 후, 카리브디스는 차분히 주위를 훑었다. 그의 시선이 향하는 곳에 있는 사람마다 모두 침통한 얼굴로 고개를 숙였다. 카리브디스는 그중에서 유독 고개를 숙이고 있는 한 여인을 주시했다. 시선을 느꼈는지 고개를 든 그녀가 카리브디스와 눈이 마주치자 숨을 크게 삼키고는 얼른 시선을 피했다. 앞치마를 꼭 움켜쥔 두 손이 심하게 떨고 있었다. 단순히 겁을 먹은 것과는 다른 반응이었다. 카리브디스의 눈빛이 날카로워졌다.

"너, 뭔가 알고 있군."

"저, 저……."

"리에! 그게 사실이냐? 레이 도련님이 어디 계신지 아는 거야?"

깜짝 놀란 루벤이 황급히 그녀를 다그쳤다. 리에라 불린 하녀는 울 것 같은 얼굴로 마른침을 삼켰다. 단단히 겁을 집어먹은 상태였지만 카리브디스에겐 그녀가 진정할 때까지 기다려 줄 인내심이 남아 있지 않았다.

"똑바로 대답하지 않으면 죽이겠다."

뚜렷해진 살기에 기겁한 리에가 그대로 바닥에 주저앉았다. 그러나 정신을 놓고 있을 상황이 아니었다. 이대로 미적거리면 그는 진심으로 자신을 죽이고도 남을 터였다. 리에는 나오지 않는 목소리를 억지로 쥐어 짜냈다.

"저, 정확히 본 것은 아닙니다. 그, 그저……."

"그저?"

"정원에서 대공…… 전하가 지나가시는 것을 본 것 같았습니다.

뭔가를 들고 계시는 걸로 보였습니다. 하, 하지만 이곳에 대공 전하가 계실 리가 없으니 제, 제가 잘못 본 거라고 생각을…….”

들어야 할 답은 그것으로 충분했다. 뒤에서 자신을 부르는 음성을 무시한 채, 카리브디스는 그대로 말머리를 돌렸다. 이번에 그가 향한 곳은 황궁이었다. 정문을 박차고 들어가자마자 그는 곧바로 대공을 찾아갔다. 이 시간에 그가 있을 만한 곳은 전부 파악하고 있었기에 걸음에 망설임은 없었다. 살벌한 기세로 빠르게 걸어가는 그를 제지하는 자들이 나왔지만 모두 무시했다.

콰앙!

만류하는 자들을 물리치고 거칠게 집무실 문을 열었다. 안으로 들어서자 의자에 깊숙이 몸을 묻고 있던 대공이 허리를 펴고 몸을 세웠다. 그 시선에 놀란 빛은 전혀 없었다. 마치 그가 올 줄 이미 알고 있었다는 듯이.

“이런, 이런. 파이, 그대가 왜 이곳에 있는 거지? 내가 따로 맡긴 일이 있었던 거로 아는데. 언제나 부지런하던 그대도 이제 게을러진 건가?”

느긋하게 건네 오는 말을 받아줄 여력 따윈 없었다. 사방에서 역한 냄새가 풍겼다. 평생을 맡으면서도 적응되지 않았던, 그렇기에 그에게서만은 결코 풍기지 않기를 바랐던 향이었다.

“……당신에게서 피 냄새가 납니다.”

“그래?”

“제 아들을, 레이를 어찌하셨습니까?”

냉기가 뚝뚝 흐르는 음성에 대공이 놀란 얼굴을 하며 눈을 동그랗게 떴다. 그의 태도가 평소와 달라서가 아니었다.

"그대의 아들이라니. 그 꼬마에게 벌써 그렇게까지 마음을 주었었나? 유감이로군, 파이. 진즉 알았다면 조금 더 재고해 볼 것을 그랬어. 물론 결과는 크게 다르지 않았겠지만 말이야."

"……그 아이를 어떻게 하셨습니까?"

"너무 상심할 것 없어. 아무리 아끼는 감정이 생겼다곤 하나 얼마 되지 않은 일 아닌가. 어차피 주워 온 아이일 뿐이지. 말했다시피 혼인해서 진짜 자식을 보는 것만 못할 거야. 혹시 선호하는 여인 취향이 있나? 마침 그대에게 혼사가 들어왔는데 말이야……."

"그 아이를, 어떻게 하셨습니까?"

재차 반복되는 질문에 대공이 이어가던 말을 멈췄다. 약간 짜증이 담긴 듯한 눈동자에 기이한 광기가 감돌았다. 카리브디스는 주먹을 꾹 움켜쥐었다. 처음으로, 그의 진짜 얼굴을 본 것 같은 기분이 들었다.

"파이, 난 그대를 믿었어. 하지만 그대는 그렇지 않은 것 같군."

"……저도 전하를 믿고 있습니다."

"아니, 날 믿었다면 내게 모든 것을 맡겼어야지. 내가 무슨 짓을 하든. 모든 것을 버리고 지켜주겠다고 했었지 않나. 설마하니 전부 다 잊었다는 건가?"

"아닙니다. 지켜드릴 겁니다. 이 목숨을 걸고 반드시 지켜드릴 겁니다. 그렇게 맹세했습니다. 그러나 전하, 이건 아닙니다. 이런 건 결코…… 옳은 길이 아닙니다."

내뱉는 목소리가 떨렸다. 지금 자신이 무슨 표정을 짓고 있는지도 알 수 없었다. 진작 그에게 이렇게 말했어야 했던 게 아닐까. 하지만 이미 늦었다는 걸 본능적으로 알았다. 모든 게 제 탓이라며, 자책하던 집사 루벤의 모습이 떠올랐다. 그게 아니었다. 진짜 탓할 사람은 그가 아니라 자신이었다. 대공에게서 느껴지는 미묘한 균열을 이미 감지했으면서도, 그저 괜찮을 거라고 눈을 감고 외면하고 있었기 때문에. 그래서 모든 것들이 손쓸 수 없도록 망가져 버린 거다. 그 탓에 애꿎은 아이가 말려들었다. 아름답고 좋은 것들만 보여 주어도 부족할, 그 착하디착한 아이가.

"후후, 하하하하!"

대공은 배를 움켜쥐고 웃었다. 정말 즐거워서 견딜 수 없다는 듯이.

"지금 내게 옳고 그름을 가르치는가? 내가 그걸 몰라서 이러는 것 같아? 아니지. 옳은 길이 아니라는 건 나도 알아, 내 충직한 기사."

"……전하."

"하지만 난 기꺼이 그 길을 걷기로 했지. 그대가 내 편이라 늘 호언장담하기에 당연히 내 뒤를 따라와 줄 거라 생각했는데. 아무래도 아니었던 모양이군. 그래. 내가 사람을 잘못 봤어. 난 항상 믿는 사람에게 배신을 당하지. 이번에도 마찬가지였던 모양이야."

"전하, 제발!"

"뭣들 하는가? 내 눈앞에서 저자를 끌어내라! 날 배반한 반역자다!"

가슴 속에서 버석거리는 소리가 울렸다. 다리가 많이 달린 벌레들이 피부를 뚫고 튀어나와 온몸을 기어 다니는 것만 같았다. 망연히 대공만을 바라보고 있는 그를 양옆에서 누군가 붙잡았다. 뿌리치기도 전에 팔목에 차가운 금속이 채워졌다. 마나를 제어하는 구속구라는 사실은 한눈에 파악했다. 그걸 제게 채운 사람의 얼굴이 낯익었다. 애꾸눈의 남자, 일리야의 대장이었다. 그가 레이를 찾아 자택으로 향하는 동안, 그들은 대공에게 상황 보고를 하러 온 모양이었다. 눈이 마주치자 일리야의 대장이 비릿하게 웃었다.

"공작 각하. 어리석은 선택을 하셨군요. 레이라는 그 아이는 이미 죽었을 겁니다. 이미 짐작하셨겠지만 말입니다."

"너……."

"지금까지 온갖 잡다한 더러운 일들을 다 맡아왔으면서 왜 그것 하나 참지 못하셨습니까? 고작 피붙이도 아닌 꼬마 아이 하나 진상하는 것뿐이지 않습니까. 그냥 눈 한 번만 딱 감으면 이제까지 그래 왔던 것처럼 모든 영광이 주어졌을 텐데요. 참으로 아쉽게 됐습니다."

하, 헛웃음이 터져 나왔다.

이런 말을 듣기 위해 지금까지 대공의 곁에 있었던 것이 아니었다. 그는 맹세코 자신의 영광과 허영심을 위해 대공을 섬긴 적이 없었다. 그저 하나뿐인 주군을 지키고자 했다. 그를 지탱하는 든

든한 기둥이 되고 싶었다. 그런데 왜 이렇게 틀어졌을까. 왜 틀어져 버리고 만 걸까.

—내가 도와줄까?

머릿속에서 누군가 말을 걸었다. 카리브디스는 멍하니 고개를 들었다. 몸에서 이상한 울림이 느껴졌다. 어디선가 바람이 부는 것 같았다. 전신이 붕 뜨는 감각과 함께 머리카락이 크게 휘날렸다. 사방에서 비명이 들리는 것 같다는 생각을 했다.

—이미 말하지 않았나. 틀어진 것은 바로잡으면 돼.

조금 전까지 묵직했던 팔목이 가벼워진 것이 느껴졌다. 채워져 있던 구속구가 사라진 상태였다. 상황을 이해할 수 없어서 주위를 잠시 돌아보았다. 그러나 이해하지 못한 건 그 자신만이 아닌 듯했다. 조금 전까지 끌려가는 저를 느긋하게 지켜보고 있던 대공이 왠지 놀란 표정을 하고 있었다.

"막아! 당장 붙잡으란 말이다!"

험악한 목소리가 들려왔다. 멀찍이서 일리야의 대장이 고함을 치고 있는 것이 보였다. 그게 조금 이상했다. 분명 저자는 자신을 붙잡고 있었을 텐데 지금은 굉장히 멀리 떨어져 있었다. 게다가 꽤 크게 다친 채였다. 깔끔하던 공간도 온통 엉망으로 뒤집혀 성한 곳을 찾을 수가 없었다.

그러나 곧 사방에서 한꺼번에 공격이 쏟아졌기 때문에 생각을 진득하게 이을 틈이 없었다. 얼핏 세어 본 숫자만도 수십 명이 넘었다. 아무래도 황궁의 경비가 전부 달려온 듯했다. 이런 곳에서 전력을 다했다간 건물이 무너져 그대로 깔리게 될 거다. 카리브디스는 일단 이 자리를 피하기로 했다. 그러자 순식간에 시야가 바뀌었다. 어수선하던 집무실이 치워지듯이 사라지고 그 대신 전혀 다른 광경이 펼쳐졌다. 주변을 인식했을 때 그는 어느 한적한 골목길에 서 있었다. 출타가 잦았기에 이곳이 어딘지는 금방 깨달았다. 수도 외각에 위치한 민가였다. 황궁에서 그리 멀리 떨어진 장소는 아니었지만 결코 눈 한 번 깜빡할 사이에 오갈 수 있는 거리는 아니었다.

"……!"

카리브디스는 머리를 크게 흔들었다. 제게 무슨 일이 일어나고 있는 건지 도저히 모르겠다. 머릿속이 온통 엉망이었다. 기억이 드문드문 끊긴 듯, 제대로 생각나는 것이 없었다. 내가 왜 이곳에 있지? 조금 전까지 무슨 생각을 하고 있었지? 그는 차분히 기억을 되짚어 보려고 노력했다.

무언가를 애타게 찾았던 것 같다. 그걸 간절히 지키려고 했었던 것 같은데, 그게 뭐였는지 잘 떠오르지 않았다. 내가 누굴 찾고 있었던 걸까. 아아, 그래. 주군을 지키려고 했었지. 하지만 그는 이미 망가져 가고 있었다. 단단히 틀어진 것들을 다시 되돌려야 했다.

그러려면 무엇을 해야 했던가.

"……원인을 없애야 해."

스스로 묻고 스스로 결론을 내렸다. 그게 정말로 자신이 내린 결론인지는 확실하지 않았다. 하지만 다른 방법이 떠오르지 않았다. 하루라도 빨리, 지금 당장 주군을 괴롭히고 있는 원인을 없애야 했다. 그러면 그는 다시 원래대로 돌아올 것이다. 이전의 강건하고, 아름다웠던 저의 주군으로. 누구에게나 사랑받고, 존경받을 수밖에 없었던 고결한 모두의 제왕으로.

"그러니 황제를 죽여야 한다."

그런데 그가 어떻게 생겼었더라? 아마 금발에 푸른색 눈동자였던 것 같다. 나이가 어떻게 되었었지? 기억이 맞다면 지금 십 대 후반쯤 되었을 터다.

카리브디스는 홀린 듯이 몸을 일으켜, 비척비척 걸음을 옮겼다. 자신이 어디로 향하는 건지 본인도 몰랐다. 제 손에 어느새 검이 쥐어져 있다는 것도 깨닫지 못했다. 그 검신이 시리듯이 새하얀 빛을 품고 있다는 것 역시.

모든 것을 당신을 지키기 위해서.

당신이 슬퍼하지 않았으면 좋겠어요.

당신을 위해서라면 난 무엇이든 해요.

……그렇지요, 미네르바 님?

*　　　*　　　*

"아."

내딛던 발걸음이 멈췄다. 앞서 걷는 이를 따라가던 여인이 이동을 멈추고 돌아보았다. 그러나 그 뒤에는 지금까지 걸어온 길 외에는 아무것도 존재하지 않았다. 누군가 자신을 부른 것 같았는데, 착각이었을까? 여인이 고개를 갸웃거렸다.

"왜 그러십니까?"

앞서 있던 남자가 여인의 걸음이 멈춘 걸 느끼고 물었다. 여인은 어떻게 설명할지 망설이다 그냥 솔직하게 대답했다.

"……무언가가 저를 부른 것 같았습니다."

"아아."

남자는 상황을 바로 이해한 듯 고개를 끄덕였다.

"이제부터는 한동안 그런 느낌을 계속 받으실 겁니다. 당신의 영향을 받아 신관들이 태어나고 있을 테니까요."

"아, 그런 거군요."

"예, 상급신은 영향력이 크다 보니 사명을 받는 신관의 숫자도 그만큼 많습니다. 그래서 임기 초반에는 그 감각에 적응하시느라 고생하신다고 들었습니다. 당신도 그 점은 미리 각오해 두시는 게 좋으실 겁니다."

그 말과 함께 남자가 여인의 모습을 새삼 다시 살폈다. 우유처럼 티끌 없이 새하얀 피부. 그와는 반대로 어깨 아래까지 내려온 긴 머리카락은 밤하늘보다 깊은 검은색이었다. 단아하게 드리운 속눈썹 아래 투명하게 반짝이는 화려한 눈동자는 라벤더를 연상시키는 보라색. 모양 좋은 입술은 잘 익은 복숭아보다 더 깨끗한 분홍빛을 머금었다. 우아하고 기품 있는 그녀의 성정을 고스란히 드러낸 조합이라고, 남자—아레히스는 속으로 남몰래 생각했다.

"페르데스 님."

아직은 익숙하지 않은 이름에 여인의 표정이 어색해졌다. 사실 이름만이 아니라 자신을 이루고 있는 모든 것들이 낯설었다. 얼마 전까지만 해도 그는 다른 호칭으로 불리는 것이 더 익숙한 존재였다. 바람의 정령왕 미네르바. 자연을 관장하는 최고위 지체 중 하나이자, 정령계를 다스리는 네 명의 왕 중 하나. 인간에게는 영겁에 가까운 세월을 살면서 꽤 많은 것들을 보고 경험했었다. 그런 그도 신이 된 것은 처음이다 보니 생경한 기분이 들 수밖에 없었다. 그 탓에 긴장하고 있는 그녀와는 달리, 안내를 맡은 아레히스는 시종일관 싱글벙글한 얼굴이었다.

'죽음과 망자(亡子)의 여신 페르데스.'

신으로 다시 태어나면서 새로운 직함을 갖게 된 그녀는 부여받은 명칭에 걸맞게 명계에 배속되었다. 정령왕 출신의 상급신이다 보니 중급신인 아레히스보다 당연히 직분도 높았다. 그에겐 모셔야 할 상사가 늘어난 셈이었지만 지금은 그런 것 따윈 아무래도 좋았다.

“미네르바 출신은 대체로 명계에 배속되시죠. 요즘 같은 때에 임기가 끝난 정령왕이 마침 미네르바라니. 제가 당신을 뵙고 얼마나 기뻤는지 모르실 겁니다. 지금 명계는 손 하나가 아쉬울 지경이라고 말씀드려도 과언이 아니거든요.”

“일이 꽤 많나 보군요.”

“말도 마십시오. 원래도 바쁜 편이긴 합니다만 최근엔 정말 심각할 정도입니다. 이유는 페르데스 님도 아실 겁니다. 현 엘퀴네스 님의 탄생이 늦어진 것과 관계된, 모종의 일들 말입니다.”

한층 진지해진 음성에 맞춰, 페르데스 역시 무겁게 고개를 끄덕였다. 정령왕으로서 마지막 남은 기간. 누군가와 거의 어울리는 일 없이 온종일 바람의 영역에서만 머무르긴 했지만 시야를 아예 닫아 두고 있던 건 아니었다. 아크아돈을 장악하고 있는 큰 사건들과 동료들에게 벌어지고 있는 상황 정도는 어느 정도 파악해 두고 있었다. 부족한 부분은 명계에 도착한 이후에 아레히스가 직접 설명해 준 바였다.

“정말 악신이 태어나는 겁니까?”

“저도 자세히 알지는 못합니다. 다만 돌아가는 상황이 그다지 좋다고는 할 수 없는 것 같습니다. 일단 최고신들이 상급신분들과 협력하여 포획 봉인진을 구축하는 중이긴 합니다.”

“소멸이 아니라 봉인진인가요?”

“사로잡아 정화한 후에 제거하는 것이 우선 목표입니다. 그게 실패하면 소멸진을 짜겠지만요.”

"그렇군요."

"가급적이면 지금 준비하는 것이 통하길 바라고 있습니다. 악신을 소멸시키는 건 저희 쪽에서도 실이 매우 크거든요. 듣기로는, 상급신 하나가 희생되어야 한다는 것 같습니다."

"……그럴 수가."

"그 때문에 얼마 전 만약을 대비해 적합자를 선정하는 자리가 있었습니다. 운명의 여신이 직접 주관하셨고, 몇 가지 해당 조건을 추려내셨죠. 그렇다 해도 워낙 추상적인지라 많은 것들이 불분명하긴 합니다만."

설명하는 아레히스의 표정이 급격히 어두워졌다. 좋지 않은 기억을 떠올린 표정이라 페르데스는 의아해졌다.

"아레히스?"

"아, 죄송합니다. 잠시 생각이 많아져서……."

"뭔가 문제가 생겼습니까?"

"아뇨, 그런 게 아니라……."

"아마 적합자 조건 중에 '아버지'가 들어가서 그런 것 같은데."

대답을 이은 건 다른 목소리였다. 놀라서 고개를 돌린 페르데스는 기둥 뒤에 서 있는 한 남자를 발견했다. 훤칠하게 큰 키며, 여러모로 풍채가 좋은 남신이었다. 어깨를 살짝 덮은 새카만 흑발, 그보다 더 짙은 흑안이 몹시 강렬해서 멀리서도 눈에 띌 것 같았다.

"카, 카노스 님."

당황한 아레히스가 외친 말이 아니었더라도, 페르데스는 그의 정체를 곧바로 알아볼 수 있었다. 전신에서 느껴지는 섬뜩하리만치 거대한 신력. 이만큼이나 강대한 권능을 가진 건 마신뿐일 테니까.

"새로운 상급신이군. 만나서 반가워, 페르데스."

"……반갑습니다."

유쾌하게 건네 오는 인사에 페르데스도 마주 화답했다. 마신 카노스는 워낙 두문불출하여 만나기가 쉽지 않다고 들었다. 그런 그를 신계에 오자마자 보게 되다니 얼떨떨한 마음이 컸다. 조금 전에 그가 했던 말도 이해할 수 없었다. 하지만 그에 대해 묻는 것보다 카노스의 용건이 이어지는 것이 더 빨랐다.

"오자마자 미안한데, 힘 좀 보태줬으면 좋겠어."

"예?"

"상황은 들었을 거 아냐. 봉인진에 들어가야 하는 신력이 좀 많이 부족하거든."

"헉! 잠시만 기다려 주십시오, 카노스 님! 설마 이제 갓 태어나신 페르데스 님까지 합류해야 하는 겁니까?"

흘러가는 사태를 짐작한 아레히스가 황급히 끼어들었다. 상사들의 대화에 끼어들 생각은 없었지만 지금은 그도 필사적이었다. 이미 그 봉인진에 수많은 인력을 빼앗긴 참이었다. 페르데스가 나타나 겨우 한숨 돌리나 했더니 그나마도 다시 빼앗길 위기에 처한 것이다.

"그렇게 됐어. 그러게 그전의 정령왕들도 신이 되도록 잘 설득해 주지 그랬어. 그럼 상급신 숫자가 이렇게 부족하진 않았을 거 아냐."

"아니, 하지만 그땐 권고사항이 아니었는걸요. 상황이 갑자기 이렇게 될 줄 누가 알았겠습니까."

"안 되겠으면 지금이라도 흩어져 있는 놈들을 모아오든가."

"모아오라니! 인세에 있는 신의 영혼들의 생명부를 강제로 지워서 데려오란 말씀이십니까? 그 원망을 어떻게 감당하라고요!"

"안 돼?"

"당연한 말씀을 하십니다!"

"그럼 어쩔 수 없네. 역시 페르데스를 데려가는 걸로 합의할 수밖에."

"……!"

두말할 여지 없는 아레히스의 패배였다. 비틀거리면서 무너지는 그를 안쓰럽게 바라보는 페르데스를 향해, 카노스가 빙글거리고 웃었다.

"그래서 어떻게 할래? 도와줄 거야?"

"……알겠습니다. 제가 할 수 있는 일이라면."

"착한 아이로군. 협조적이라서 다행이야. 뭐, 아니어도 해야 했을 테지만. 내가 요즘 인내심이 짧아져서 쓸데없는 데 시간 소비하고 싶진 않았거든."

필요하다면 강제로 끌고 갔을 거라는 말이군. 그 말뜻에 들어 있는 의도를 모를 수가 없었기에 페르데스는 어색한 표정을 지었다. 마신의 드높은 악명은 이미 잘 알고 있었지만, 실제로 본 그는 생각한 것보다도 위험할 것 같다는 예감이 들었다.

"그럼 이 기특하고 쓸모 많을 것 같은 망자의 여신은 내가 인계받는 걸로 하지. 딱히 쓸데없는 아레히스 넌 이만 가 봐도 좋아. 명계 인력이 가장 많이 빠졌으니까 지금 엄청 바쁠 거 아냐."

"그걸 알고 계시면서 이러시는 법이 어디 있습니까? 정말 너무하십니다."

"흐음. 잊고 있는 모양인데, 아레히스. 지금 봉인진의 중심핵을 만들고 있는 게 섀넌이거든? 얠 데려가야 걔가 더 편해져. 지금도 거의 다 죽어가고 있는데 완전히 골로 보내주고 싶어? 뭐, 어떤 의미에서는 예언이 맞아떨어지는 셈이겠네."

"……그럼 페르데스 님, 부디 잘 부탁드리겠습니다."

넙죽 인사를 한 아레히스가 그대로 몸을 돌려 걸어나갔다. 그 빠른 태세 전환에 어리둥절해 하던 페르데스는 곧 '섀넌'이 누군지 깨닫고 상황을 이해했다. 그는 마신 카노스, 천신 이오웬, 운명의 신 라데카와 더불어 모를 수가 없는 최고신의 일원이자, 명계의 신이었다. 명계에서는 왕이면서 상징이기도 한 존재이니 아레히스가 누구보다 최우선으로 생각하는 것도 당연했다.

"지금 상관을 위하는 마음이 지극하다고 생각했지?"

"네? 아……."

웃음기 섞인 목소리에 페르데스는 고개를 들었다가 카노스와 시선을 마주하고 흠칫했다. 인상이 차가운 편이라 그런지 표정은 부드러운 데 비해 그다지 온화한 느낌은 아니었다. 짓고 있는 미소조차 내심을 감추는 수단으로만 보였다. 거기에 타고난 기세 자체가 날카로워 시선을 맞출 때마다 날에 베이는 기분이 들었다. 상급신인 그가 이럴 정도면 다른 자들은 그 앞에서 발언하는 것도 힘겨울 것이다. 조금 전까지 따박따박 말대꾸를 하던 아레히스가 대단하게 느껴질 정도였다. 꺼림칙한 기분이 드는 것을 억누르기 위해 페르데스는 생각을 몇 번이나 정리해야 했다. 그녀의 굳어 있는 표정을 보고 카노스가 묘하게 웃었다.

"내가 불편한가 보네."

"죄송합니다."

"아니, 괜찮아. 오히려 미안하지. 요즘 내 기분이 좀 안 좋아. 그래서 평소보다 기운을 잘 제어하지 못하고 있어. 이해해 주면 고맙겠어."

양해를 구하긴 하지만 딱히 이해 안 해 주면 뭐 어쩌겠냐는 투였다. 페르데스는 그 점을 지적하고 싶었지만 구태여 말씨름을 하고 싶지는 않아 차분히 인내했다. 그녀는 몰랐지만, 카노스가 무엇보다 가장 환영하는 자세였다.

"미네르바들은 이래서 좋아. 본인이 감당할 수 있는 선 밖으로 일을 키우지 않거든. 아레히스도 그 성정을 물려받아서 그런지 눈치가 꽤 좋은 편이지."

"……물려받았다고요?"

"역시 모르고 있었구나? 아레히스 저 녀석, 중급신치고는 담력이 꽤 크지 않아? 다 믿는 구석이 있어서 그래."

"무슨……."

"섀넌의 아들이야."

"……!"

생각지도 못한 사실에 페르데스는 자기도 모르게 입을 벌렸다. 섀넌에게 아들이 있다는 것도 처음 알았지만, 그 아들이 아레히스라니 더 충격이 컸다. 그러고 나니 카노스가 처음에 등장하면서 했던 말도 이해가 되기 시작했다.

"그래서 적합자 조건에 '아버지'가 들어간다는 것에……."

"라데카의 운명의 시계가 점지한 마지막 사항이라더군. '아버지'라고는 하지만 딱히 성별을 지정한 의미는 아닐 거야. 누군가의 부모에 해당하는 자들은 지금 다 찝찝한 기분이겠지. 누군가를 부모로 둔 이들도 그렇고. 그걸 전혀 신경 쓰지 않는 빌어먹을 녀석도 있긴 하지만."

"……?"

마지막 문장에 사감이 깊게 서렸다고 느낀 건 페르데스만의 착각이 아닐 터였다. 의아해져서 고개를 들자 싸늘하게 식어 있는 카노스의 얼굴이 들어왔다. 그린 것처럼 의식적으로 짓고 있던 미소는 어느새 지운 채였다.

"너, 엘뤼엔과 동시대의 미네르바지?"

"네, 그렇습니다."

"지금 그 녀석, 엘을 찾으러 떠난 거 알아?"

"……네?"

"엘은 악신과 가장 밀접하게 엮여 있는 존재나 다름없어. 그 녀석은 엘을 지키려고 간 거야. 그 거침없는 성격에 무슨 짓이든 불사할 게 분명해."

"그 말뜻은……."

"부모라는 게 꼭 핏줄이 이어진 관계만을 의미하는 것도 아닐 테지."

가만히 숨을 멈춘 페르데스의 눈동자에 동요가 일었다. 카노스가 무엇을 말하고자 하는지 그녀 또한 알 것 같았다. 아마도 엘이 가장 바라지 않는 결과일 것이라는 것도.

"그건, 안 됩니다. 엘은 크게 상처받을 거예요. 대체 엘뤼엔은 무슨 생각으로……."

"그 말, 엘뤼엔을 만나면 꼭 해줘."

씩 웃은 카노스가 페르데스의 머리를 문질렀다. 기특한 꼬마 아이를 대하는 듯한 태도에 페르데스는 눈살을 찌푸렸지만, 항의로 이어가진 못했다. 곧 이어진 나직한 음성 때문이었다.

"염려할 거 없어. 그렇게 놔두진 않을 테니. 나도 더는 잃을 생각 없거든."

속삭이듯이 울리는 목소리는 몹시 작아서 귀를 기울여도 잘 들리지 않았다. 그저 혼잣말일 뿐, 애초에 누군가에게 전하려고 하는 말이 아닌 것 같았다. 그 자신에게 하는 다짐 같기도 했다.

"……카노스?"

조심스러운 부름에 그가 씁쓸하게 웃었다. 하늘을 향하는 시선이 텅 빈 것처럼 공허했다.

"잃어가는 건 이제 지긋지긋해."

2.

타미아 마을은 험난한 첩첩산중을 거쳐야 겨우 나타나는 외진 마을이었다. 관할하는 영주조차 순방 지역에서 제외할 정도이다 보니 외부인이란 희귀 동물 수준으로 만나기 힘들었다. 그런 이 마을이 오랜만에 외지에서 온 방문자를 맞이했다. 여러 명의 남녀로 구성된 일행은 자신들을 용병이라 소개했다. 그들 중 단장이라는 남자의 입에서 황당함이 역력한 목소리가 터져 나왔다.

"예? 여기가 어디라고요?"

얼빠진 얼굴로 같은 질문을 묻고 또 묻던 남자는 주민들이 짜증을 낼 지경이 되어서야 간신히 물러섰다. 기운 없이 어깨를 늘어트린 그—휴센을 향해 나머지 샴페인 동료들이 몰려들었다.

"뭐래, 단장? 여기가 어디래?"

"타미아라는 마을이래."

"뭐야. 그런 이름은 들어본 적도 없어. 지도에도 없는 마을이잖아. 관할 영이 어딘데?"

"스텔스라고는 하던데."

"스텔스에 이런 곳이 있었다고? 대체 어디서부터 잘못 들어선 거야?"

지도를 뚫어질 듯이 들여다보며 아는 길과 대조해 보던 마이티가 얼굴을 처참히 구겼다. 그들은 요 며칠간 계속 일진이 사나웠다. 시작은 산을 타기 시작하면서부터였다. 본래 이용하는 노선으로는 시간이 너무 더뎌지는 것 같아 그들은 평소와는 다른 방식의 지름길을 택했다. 처음에는 분명 아는 장소, 아는 길이었다. 그런데 언제부터인가 낯선 광경들이 더 많이 나오기 시작하더니, 정신을 차렸을 땐 여기가 어딘지도 모를 만큼 처음 보는 곳에 떨어져 있었다. 제대로 된 길도 사라지고 까마득한 첩첩산중만 하염없이 이어지는 시간이었다. 온종일 근방을 들쑤신 끝에 겨우 인가를 발견했다 했더니 이번엔 지도에도 없는 마을이란다. 대충 거리를 가늠해 보자 본래 가려던 길과 완전히 정반대 방향으로 왔다는 결론이 내려졌다. 마치 뭔가에 홀린 기분이었다.

"정말 미안하다. 대체 뭐가 어떻게 된 건지……."

이 말도 안 되는 사태에 휴센은 단장으로서 깊은 책임감을 느꼈다. 침통한 얼굴로 사과하는 그를 향해 매튜가 부드러운 어조로 다독였다.

"이게 어떻게 단장만의 탓이겠어요. 다들 길을 잃은 건 마찬가지인데."

"맞아, 단장. 일단 해가 저물기 전에 마을을 찾은 게 어디야. 긍

정적으로 생각하자고.”

“그래. 오늘은 여기서 묵고 내일부터 다시 길을 찾아보자.”

다른 단원들도 서둘러 그를 위로했다. 이미 틀어진 상태에선 서로를 타박해 봤자 상황만 더 악화할 뿐이다. 어차피 이렇게 된 거, 며칠 이색적인 경험을 한다 치고 쉬어가는 것도 나쁘지 않았다. 다만 그들 앞엔 조금 더 현실적인 과제가 떨어졌다. 타미아 마을은 주민 수가 채 백 명도 되지 않을 만큼 작은 촌락이었다. 용병 생활을 하면서 별별 외지에는 다 가 봤다고 자부하던 그들조차 처음 들어보는 이름일 정도로 외부와 단절된 환경이기도 했다. 당연히 객을 위한 숙박 시설이나 식당 같은 것이 있을 리 만무했다.

“죄송합니다, 사제님. 일단 하룻밤 신세 질 수 있는 곳이 있는지 알아보고 오겠습니다.”

상황을 판단한 즉시 휴센은 뒤편에 서 있는 남자를 향해 양해를 구했다. 온종일 산중을 헤매기만 하는 사나운 일정을 내내 묵묵히 따라주고 있던 금발의 사제가 이번에도 별다른 말없이 고개를 끄덕였다. 잔뜩 긴장했던 용병들이 그 고갯짓에 크게 안도했다.

‘……정말 무슨 생각을 하는지 알 수 없는 분이라니까.’

그렇게 중얼거리면서도 휴센은 이게 변명에 불과하다는 걸 잘 알고 있었다. 사실 사제는 그리 까다로운 동행자는 아니었다. 조금 과묵한 편이긴 하지만 달리 요구 사항 같은 것도 없었고, 불만을 표시하지도 않았다. 기가 죽을 만큼 아름다운 외모도 이젠 꽤 익숙해져서 괜찮았다. 일행이 다치면 치료를 해 주기도 하고 필요하면 금전적인 보탬을 해 주기도 했다. 조건으로 치면 오히려 이보다도 완벽한 동행자가 있을 수 없었다. 그런데도 이상하리만치 그를 대할 땐 늘 지나치게 몸이 긴장했다. 눈이라도 마주치면 세상에서 자신이 가장 보잘것없는 존재가 된 것 같은 초라한 기분에 사로잡혔다. 차라리 그래서 꺼림칙한 거면 그나마 괜찮았을 텐데, 정반대라서 문제였다. 기꺼이 무릎을 굽히고 그를 숭배해야 한다는 이상한 감정이 차오르는 것이다.

그건 정말로 낯간지러운 감각이라 견딜 수가 없었다. 그들은 불편한 자리를 피하는 것처럼 곧 후다닥 마을 안으로 흩어졌다. 떠나지 않고 사제와 함께 자리에 남은 단원은 매튜가 유일했다. 그는 동료들이 황급히 사라지는 이유를 누구보다 정확히 알고 있는 존재이기도 했다. "신의 은총을 바로 옆에서 상시 누리는 게 흔한 경험은 아니지. 조만간 죄다 개종하겠는걸." 빙글빙글 웃으며 중얼거리는 다갈색 피부의 소년을 향해, 사제—엘뤼엔의 서늘한 시선이 향했다.

"대체 무슨 생각이지?"

"뭐가?"

"네가 있는데 길을 잃는다니. 썩은 고목에 달라붙은 벌레가 들어도 웃을 일이지."

"뭐, 가끔은 그럴 때도 있는 거 아니겠어? 천하의 형벌의 신도 방향 감각을 상실하는 세상인데."

추궁하는 쪽만큼이나 받아치는 대답도 물러섬이 없었다. 엘뤼엔은 쓸데없는 신경전을 벌이는 대신 바로 결론을 내렸다.

"날 방해하고 있군."

"음, 역시 들켰네."

돌아온 대답엔 긴장감이라곤 전혀 없었다. 속셈이 발각되었으면서도 태연하기만 한 소년을 향해 다시금 차가운 시선이 쏟아져 내렸다. 트로웰은 상큼하게 웃어 보였다.

"미안."

"……이제 평균 수명을 반 정도 채웠지, 트로웰. 벌써 정령왕의 임기를 끝내고 싶어졌나? 그래도 이런 방법은 쓰지 않는 게 네게는 더 이로웠을 텐데."

"으음, 잠깐만 기다려. 화내도 되는데, 그전에 변명부터 먼저 들어 줘."

음산하게 다가서던 엘뤼엔이 그 말에 걸음을 멈추고 고개를 가볍게 까닥였다. 유언을 남길 아량 정도는 베풀어 줄 테니 일단 해보라는 뜻이었다. 역시 관대해졌다고 하면 이 관계에 평화가 찾아올 일은 두 번 다시는 없겠지. 스스로 기회를 걷어찰 생각이 없는 트로웰은 안도의 한숨을 내쉬었다.

"나도 이러고 싶었던 건 아냐. 정말 어쩔 수 없었어."

"어쩔 수 없었다?"

"왠지 너랑 엘을 만나게 하면 안 될 것 같았어."

"……혜안인가?"

어떤 말에도 변하지 않을 것 같던 살벌한 기세가 옅어졌다. 그저 분탕질을 치는 게 목적이었다면 용납해 줄 일이 아니었지만 혜안이 관여한 거라면 상황이 조금 달랐다. 미래를 내다보는 트로웰의 능력은 운명의 여신과도 엇비슷할 만큼 강력하다. 아크아돈 내부에 한해서는 그녀보다 더 큰 효과를 발휘하기도 했다.

"비슷해. 정확히 보이는 건 없는데 그냥 느낌이 좋지 않아. 꽤 나쁜 일이 벌어질 것 같아."

"나와 엘, 어느 쪽이지?"

"네 쪽이라고 하면 망설임 없이 날 협박해서 제대로 안내하라고 할 기세네?"

"내 쪽이군."

진실에 가까울수록 다른 쪽으로 말을 돌리는 트로웰의 화법은 질릴 만큼 잘 알았다. 이 문제에 관해서 짐작 가는 부분이 아예 없는 것도 아니었다. 그가 고민 없이 단언하자 난처해진 건 트로웰 쪽이었다.

"글쎄, 꼭 그렇게만 볼 순 없을 것 같은데."

"뭐?"

"너한테 무슨 일이 생기면 엘이라고 괜찮을 리가 있어? 물론 그 반대의 경우도 마찬가지겠지. 결국 어느 쪽의 문제든 둘 다 관련 있는 셈이라는 거야."

"……."

의아하게 바라보던 눈빛이 차분히 가라앉았다. 동요가 일지 않는 건 이미 거기까지 짐작하고 있다는 뜻이었다. 트로웰은 내내 담아 두고 있던 말을 건네야 할 순간이 바로 지금이라고 판단했다.

"이쯤에서 그만 신계로 돌아가, 엘뤼엔. 엘은 네가 생각하는 것만큼 나약한 어린애가 아니야. 이 세계를 관장하는 왕이고, 동료이자 가족인 다른 정령왕들도 곁에 있어. 네가 이렇게까지 무모하게 나설 필요는 없어."

그러나 진지한 충고에 돌아온 것은 가벼운 비웃음뿐이었다.

"넌 뭘 걱정하는 거지? 설마 날 염려하는 건 아닌 것 같고. 나로 인해 엘이 상처받을 걸 우려하는 건가?"

"그거야……."

"너야말로 엘을 어린애 취급하고 있는 것 같군. 세상에 관여하는 자라면 누구든, 살아가는 이상 상처를 받지 않을 수는 없다. 숨기고 감추는 것만이 능사가 아니라는 건 누구보다 네가 제일 잘 알고 있을 텐데. 그때의 뼈아픈 체험이 교훈으로 남지는 못했나?"

"……일부러 최악의 상황을 자초할 건 없잖아."

"최악이 아니라 그게 최선인 건지도 모르지. 네가 보는 미래도 결국 단편적인 정보일 뿐, 전체를 전부 파악하고 있는 건 아니지 않나? 만나면 나쁜 일이 벌어질 것 같다니, 나로선 오히려 엘을 만나야 할 이유가 더 확고해지는데."

"대체……."

"적어도 제 자식이 위험한 상황에 처해 있는데 태평하게 구경만

하는 건 아버지라 할 수 없지."

"……."

"다들 나와 엘의 관계를 소꿉놀이쯤으로 치부하는 것 같은데. 멍청한 걸 봐주는 것도 지겨우니 이제 그만 착각에서 깨어났으면 좋겠군. 난 이름뿐인 장식용 따위가 되려고 그 아이를 아들로 삼은 게 아니다."

그러니 허튼수작은 그만 부리고 제대로 안내해. 고압적으로 이어지는 다음 말에 트로웰은 잠시간 할 말을 잃었다가 이내 헛웃음을 터트렸다.

"정말 너답기는 한데. 부탁하는 태도가 너무 당당하다고 생각하지 않아?"

"왜. 공손히 빌어주길 바라나?"

"아니. 고맙지만 그건 사양할게. 뒷감당이 좋지 않을 것 같거든."

"현명하군."

무미건조하기만 하던 얼굴에 처음으로 미소가 감돌았다. 부드러운 표정이었으나 누가 봐도 즐거운 의미는 아니었다. 트로웰은 그러라고 했으면 벌어졌을 일련의 상황들을 상상해 보다가 고개를 설레설레 저었다. 과거 엘퀴네스였을 때, 그는 작심하고 심술을 부리려고 하면 어디로 튈지 알 수 없는 폭탄의 파편 같은 존재였다. 저처럼 남의 생각을 읽는 것도 아닌데 상대가 가장 싫어하고 기피하는 방법을 소름이 돋을 만큼 잘 알았다. 심기가 틀어진 그와 타협하려면 말 그대로 수단과 방법을 가리지 않아야 했다. 그래서 생전 해 본 적도 없는 애교를 피워야 했던 적도 있었지. 그때를 생각하면 지금도 등허리에 식은땀이 흐르는 기분이었다. 아무리 관대해졌어도 기본적인 그 기질이 달라질 리가 없었다.

"아무튼 의외네, 엘뤼엔. 생각보다도 더 멋진 아버지였잖아. 네가 그렇게까지 엘에게 진심일 줄은 몰랐어."

"난 네가 더 의외인데."

"무슨 말이야?"

"동료이자 가족인 정령왕들이라……. 언제부터 네가 정령왕들을 가족이라고 여겼지? 내가 엘퀴네스였을 때 그런 애틋한 대접을 받아본 적은 없었던 것 같은데."

"……음."

"하긴, 그것 외에도 많이 변하긴 했군. 한때는 인간들 사이를 스치는 것도 싫어하던 녀석이 이젠 버젓이 그들 안에서 멀쩡한 신분을 갖고 유희를 할 정도이니. 심지어 특별하게 대하는 동료까지 만들고."

그건 지금까지 일부러 서로 거론하지 않았던 부분이었다. 괜한 화제를 꺼내는 바람에 오히려 추궁을 당하게 생겼다. 되로 주고 말로 받았군. 트로웰은 깊이 후회했지만, 겉으로는 아무렇지 않은 척 평온한 태를 유지했다.

"인간을 다 죽이고 싶다는 생각은 이제 사라졌나?"

"……."

물론 그 상태를 그리 오래 유지하지는 못했다. 그린 듯이 미소를 짓고 있던 트로웰의 얼굴에서 빠르게 표정이 사라졌다. 눈빛이 식고 서늘한 기운이 차올랐지만 엘뤼엔은 전혀 신경 쓰지 않았다. 오히려 지금 이쪽이 그에게 더 익숙한 모습이었다. 트로웰 또한 거침없이 정곡을 찌르고 들어온 무례한 발언에 항의하지 않았다. 그게 틀림없는 사실이었기에.

쏴아아—

과거를 읽어내는 그의 능력이 눈앞에 짙은 잔상을 흩뿌리기 시작했다. 그건 까마득히 오래된 옛 시절의 기억이었다. 창공을 가르고 포효하는 거대한 몬스터 무리. 붉게 타들어 가는 대지 위에 시커멓게 피어오르는 검은 연기와 먼지들. 괴로움에 몸부림치는 인간들과 그들의 육체를 집어삼키는 수많은 정령의 향연. 그 가운데 서서 즐겁게 웃고 있는 한 소년이 있었다. 흐트러진 흑발 사이 섬뜩한 한기를 흩뿌리는 황금색의 눈동자. 지금과 동일한 모습이면서도 결코 동일하지 않은, 과거 자신의 모습이었다.

"인간은 추악하고 더러워. 저런 건 이 아름다운 세상에 필요 없어. 내 눈 앞에서 전부 사라졌으면 좋겠어."

비틀린 입술 안에서 새어 나오는 낮은 음성 또한 자신의 것. 그동안 돌아보지 않던 것이 무색할 만큼 선연하게 떠오르는 기억에 트로웰은 잠시 숨을 멈추었다.

'아아, 그래. 그랬던 적이 있었지.'

인간에게 오직 적대감만 품고 있던 시절. 다른 종족들을 충동질하면서까지 이 땅을 피로 물들이려고 했던 적이 있었다. 그때의 일로 죄책감을 느끼는 건 아니었다. 아니, 오히려 지금도 얼마든지 다시 반복할 수 있는 일이었다. 단지 이제는 그럴 마음이 들지 않았다. 부푼 공에서 바람이 빠진 듯, 그냥 모든 것들이 시시하고 무의미해졌다. 트로웰은 그렇게 느끼는 자신이 조금 신기하다고 생각했다. 그건 결코 쉽게 퇴색할 감정이 아니었기에.

'시간이 많이 흘러서? 이젠 미워할 가치도 느끼지 못하게 된 건가. 아니, 그보다…… 난 어째서 그때 그만둔 거지? 왜 인간들을 그대로 내버려 둔 걸까.'

그때 그는 분명히 인간 종족을 세상에서 완전히 지울 생각을 하고 있었다. 내버려 둬도 그들 스스로 멸망 길에 오를 예정이었지만 그 잠시간을 견디는 것도 역겨웠다. 게다가 그렇게 멸망해 봤자 어차피 인간은 다시 번성하기로 되어 있었다. 그가 바란 건 그런 잠깐의 멸망이 아닌, 그들 존재의 완전한 소멸이었다. 인간 종족이 존재하지 않는 아크아돈. 그런 세상을 원했다.

종족 대다수가 그가 추진하는 일에 협력해 왔다. 신들은 그를 막아설 권한이 없었고, 다른 정령왕들은 그러거나 말거나 관심이 없었기에 이미 시행하는 순간부터 결과가 정해진 거나 마찬가지였다. 그럼에도 그 계획은 끝까지 성사되지 못했다. 정작 자신이 중간에 마음을 바꿨기 때문이다. 결정을 돌린 이유는 뚜렷하지 않았지만, 어쨌거나 그 덕분에 지금도 여전히 이 땅을 가장 많이 차지하고 있는 다수 종족은 인간이었다.

그때 나는 왜 멈췄을까?

때늦은 위화감이 머릿속을 장악하기 시작했다. 왜 이제야 이런 의문을 가지는 건지 이해가 되지 않았다. 모든 것이 불분명한 상태로 흐지부지 끝났다. 그럼에도 지금까지 그 점을 깊게 생각해본 적이 한 번도 없었다. 마치 처음부터 없었던 일이라는 것처럼.

"트로웰은 나쁘지 않아."

문득 귓가에 희미한 목소리가 스치고 지나갔다. 그것은 가슴을 저밀 만큼 서글픈 울림이었다. 흐트러진 호흡 속에 가느다란 흐느낌이 섞여 있었다. 억지로 눌러 참으려 할수록 그 흐느낌은 서러운 듯이 더 크게 차올랐다.

"넌 누구보다 다정하고 상냥한 사람이야. 그래서 더 가슴 아파. 이렇게 다정한 널 분노하게 한 게 인간이라는 사실이. 그리고 나 역시…… 네게 그런 인간 중 하나일 수밖에 없는 이 현실이."

두 눈 가득 담은 눈물을 차마 떨구지도 못하고 자신을 향해 억지로 웃으며 울던 그는 대체 누구였을까? 아무리 애써도 떠오르지 않는 얼굴에 트로웰은 잠시 미간을 찌푸렸다.

정령왕은 망각의 영향을 받지 않는 존재였다. 그에게 기억이란 잠시 흐릿해질 수는 있어도 다시 떠올리려고 하면 얼마든지 선명해지는 그런 것이었다. 그런데 그 과거의 장면만은 달랐다. 아무리 되짚어 보려고 애써도 머릿속에 안개가 낀 듯, 뿌연 잔상이 좀처럼 뚜렷해지지 않았다. 이렇게까지 아무것도 생각나는 것이 없다니 뭔가 이상했다. 단지 알 수 있는 거라곤 그 목소리의 주인이 그때의 자신을 멈추게 한 존재라는 것뿐.

"난 트로웰이 정말 좋아. 넌 내 가족이야. 네가 있었기 때문에 나는 이 낯선 장소에서 행복할 수 있었어. 그거 알아? 이곳에서 나한테 친절하게 대해 준 것도 네가 처음, 나를 일으켜 세워준 것도 네가 처음, 내가 가족이라고 생각하게 한 것도, 전부 네가 처음이야."

상냥한 속삭임이 음률처럼 다채로운 빛깔이 되어 쏟아져 내린다. 트로웰은 이미 지난 기억임을 알면서도 가슴이 벅차오르는 것을 느꼈다. 눈이 부신 것 같아 그대로 눈꺼풀을 떨어트렸다. 그때 자신이 무어라 대답했던가. 벌써 한참이나 지나버렸지만 지금이라도 뒤늦은 화납을 해야 했나.

"나도."

자신도 모르게 무심코 입이 열렸다.

"그건 나도 마찬가지야. ……엘."

그건 비밀의 문으로 향하는 열쇠였다. 찰칵, 잠겼던 빗장이 벗겨지면서 보이지 않던 틈새가 엿보였다. 강제로 지워진 기억들, 그와 함께했던 수많은 광경이 눈앞에서 춤을 추듯 넘실거리기 시작했다. 잊혔던 것들이 떠오르자 모든 것들이 선명해졌다. 그러나 거의 동시라고 할 만큼, 잠시 열렸던 세상이 곧바로 닫히고 순식간에 그에게서 멀어졌다. 모든 것이 찰나에 가까운 시간이었다.

"엘이라니?"

"응?"

불쑥 들려온 목소리에 트로웰이 눈을 깜빡이며 돌아보았다. 엘뤼엔이 묘한 눈으로 응시하고 있었다.

"방금 너, 엘을 불렀잖아."

"내가? 아니. 그런 적 없는데."

"……이제 우기기만 하면 속아 줄 거라 생각하는 건가? 내가 그동안 확실히 너그러웠나 보군."

"아니, 난 정말로 그런 적이 없다니까?"

당혹감을 여실히 드러낸 얼굴에 엘뤼엔은 눈을 가늘게 떴다. 노골적인 의심의 눈길에도 마주한 금안은 흔들림이 없었다. 속내를 감추는 데 능숙한 녀석이긴 하지만 거짓말을 하는 표정은 아니었다. 그러고 보니 조금 전에는 표정이 조금 멍했던 것도 같았다. 엘뤼엔은 얼굴을 찌푸렸다.

"……균열인가."

"균열?"

"설마 그게 정말로…… 아니, 아무것도 아니다. 지금 한 말은 그냥 잊어버려."

빠르게 말을 마친 엘뤼엔이 그대로 몸을 돌려 걸어나갔다. "잊으라니, 불가능한 소리를 아무렇지 않게 하네. 망각이 없는데 어떻게 잊으라는 거야?" 황당함을 감추지 못한 트로웰이 뒤에서 조그맣게 투덜거렸다.

제4화

1.

주변의 광경이 한순간에 달라지는 건 좀처럼 익숙해지지 않는 감각 중 하나다. 내가 아닌 다른 사람에 의해 겪는 일이라면 더욱 그렇다. 갑자기 바뀐 시야에 적응하기 위해 나는 천천히 눈을 감았다가 떴다. 단조로운 흑갈색 색조로 뒤덮인 겨울 숲. 앙상한 가지를 드러낸 나무들 사이로, 그보다 더 많은 바위가 사방을 빼곡하게 채우고 있었다. 인적이 드문 장소라는 건 바닥을 무성히 뒤덮고 있는 거친 나무뿌리와 낙엽 더미만 봐도 알았다. 꽤 넓은 숲이었는데도 제대로 길이 나 있는 곳이 없었다. 실제로 대부분은 있는지도 모르고 있거나, 알아도 들어올 수 없는 장소일 터였다.

"여기, 이쯤이 맞아?"

천천히 주위를 훑어보는 동안 나직한 음성이 들려왔다. 조금 전 이동 마법을 실행한 라피스가 내게 확인을 구하는 질문이었다. 이 여정에 동행한 아스와 데르온이 그 말에 돌아보는 것이 느껴졌다.

"……그래."

대답을 기다리는 일행을 향해 나는 차분히 고개를 끄덕였다.

"여기 맞아."

뱉어낸 숨이 입술 위에서 새하얗게 흩어져 갔다. 가장 기다렸으면서도, 기다리지 않았던 시간이 다가오고 있었다.

*　　*　　*

"황성으로 간다니?"

상황이 달라졌다. 그 사실을 인정하자마자 내가 찾아간 건 이사나였다. 한창 회의가 진행되고 있던 장소에 거침없이 들어가 모두를 쫓아내다시피 나가게 하고는 그와 독대하는 시간을 마련했다. 이사나는 나답지 않은 거친 방식에 당황했고, 이어진 말에는 더 크게 당황했다. 지금까지 그의 계획에 장단을 맞추던 내가 느닷없이 황성으로 가겠다고 하니 당황스러울 만도 했다. 마음 같아서는 처음부터 끝까지 자세하게 설명하고 싶었지만 지금은 시간이 없었다. 그래서 나는 곧장 본론으로 들어갔다.

"대공이 인신 제사를 계속하고 있는 것 같아."

"……!"

"감시 때문에 그가 진행하는 주술은 멈췄다고 생각했는데 그게 아니었어. 내 눈을 피해 은밀한 곳에서 야금야금 제물을 만들고 있었어. 전부 내 잘못이야. 내가 너무 방심했어."

"그걸, 어떻게 알게 된 거야?"

"이번 희생자 중에 물의 정령사가 있었어. 나이아스의 고통이 전해졌는데, 그 덕분에 잠깐 그곳의 상황이 보였어."

이사나의 입에서 긴 숨이 흘러나왔다. 잠시 멈췄던 호흡이 탄식으로 이어지는 소리였다. 그의 심정을 모르는 바는 아니었지만 헤아려 주기에는 내게도 여유가 부족했다. 지금도 전신을 사로잡던 끔찍한 감각이 고스란히 몸 안에 남아 있는 채였다. 방심하면 손끝이 덜덜 떨릴 것 같아 주먹을 꽉 움켜쥐고 있어야 했다.

"미안해, 이사나. 더는 대공을 내버려 둘 수 없게 됐어."

지금까지 대공을 그냥 놔두었던 건 그가 마왕과 더는 접촉하지 않는 것처럼 보였기 때문이다. 마왕은 몰라도 그는 인간이니까. 내 시야를 피해 움직일 방법은 없다고 판단했고, 그래서 얌전히 숨어 지내는 모습을 의심 없이 믿었다. 지금까지 저지른 짓만으로도 이미 천벌을 받기엔 충분했지만, 굳이 내가 나설 필요까지는 없었다. 이생에서 그를 단죄하는 건 온전히 이사나에게 맡겨도 괜찮다고 생각했다.

하지만 그가 여전히 마왕을 돕고 있다면 이야기가 완전히 달라진다. 그 주술은 인간들 안에서 해결할 문제가 아니었다. 악신이 태어나면 이 세계는 그대로 멸망하는 거나 다름없었다. 주술이 완성되기 전에 반드시 막아야 했다. 방해되는 대공은 이제 하루빨리 처리해야 할 대상이 됐다. 이 전쟁이 허무하게 끝나 이사나에게 아무것도 남기지 못하게 되더라도. 제 손으로 완성하지 못한 복수를 그가 평생의 한으로 삼게 되더라도, 말이다.

"미안해."

재차 건넨 사과에 창백한 얼굴로 굳어 있던 이사나가 고개를 들었다. 그가 복잡한 표정을 지우고 차분히 나를 응시했다.

"사과하지 마, 엘. 당연히 해야 하는 일이잖아. 오히려 그동안 내 철없는 욕심을 들어준 것에 감사하기만 해도 모자란걸. 난 여기까지 진행할 수 있었던 것만으로도 충분히 만족해. 게다가 황제로서의 내 역할은 이제부터 시작일 거야. 내 적이 숙부만 있었던 건 아니니까. 이 전쟁은 그저 초석인 셈이지. 차라리 빨리 끝나는 게 나은 건지도 몰라."

"하지만……."

"정말 괜찮으니까 난 신경 쓰지 마. 그럼 황성에는 언제 갈 생각인 거야?"

"……조금 후에."

"그렇구나. 알겠어. 그럼 며칠 이내로 끝날지도 모르겠네. 수장을 잃은 군대가 어떻게 나올지 흥미진진해지는걸? 여러 가지 시안을 고려해서 다음 일정을 짜봐야겠어."

웃으며 말하는 이사나는 깨끗한 눈빛을 하고 있었다. 아무런 아쉬움도, 미련도 담지 않은 눈동자였다. 서운해하는 것보다도 그게 더 안타까워서 나는 무심코 입을 열었다.

"상황이 앞으로 어떻게 흘러갈지 알 수 없어서 장담하기는 어렵긴 한데."

"응?"

"내 목적은 대공을 죽이는 게 아니야. 그가 더는 허튼짓을 하지 못하도록 막으려는 거지. 그러니 최대한 제압하는 쪽으로 갈 거야. 그의 처분 자체는 네게 맡길게. 네가 바라던 그림과는 조금 다르겠지만. 그자와 마지막으로 대화할 시간은 마련해 볼 수 있을 거야."

내내 담담하던 이사나의 표정이 그 말에 조금 흔들렸다. 얻어맞은 사람처럼 당혹감을 드러낸 얼굴을 보며, 나는 그가 내심 바라던 부분을 짚었다는 것을 깨달았다. 머뭇거리던 이사나가 이내 허탈하게 웃었다. 내 앞에서 뭘 숨길 수 있겠냐는 듯이.

"……고마워."

"남이 차리고 있는 상에 재를 뿌리는 셈인데 이 정도는 해야지. 아, 그리고 설명이 조금 부족했는데. 가자마자 바로 일을 진행하진 않을 거야. 오늘 황성으로 가려는 건 대공 때문이 아니거든."

"그게 아니면?"

이사나의 의아한 시선이 닿았다. 나는 쓰게 웃었다. 주먹을 가볍게 쥐었다 펴 보았다. 아까보다는 한결 떨림이 잦아들어 있었다. 이젠 그 앞에 가도 맨정신을 유지할 수 있을 것 같았다.

"……그보다도 먼저 해결해야 할 일이 있어."

*　　*　　*

"그래서, 여긴 왜 오자고 한 건데?"

머리 위에서 떨어지는 음성에 정신이 들었다. 회상에서 깨어나자 다시 현실이 펼쳐졌다. 막사로 가득하던 군부대 대신 울창한 바위 숲이 주위를 가득 채우고 있는 광경이. 황제의 숲이라고 하던가. 아마도 황궁 어느 부근에 자리 잡은 비밀 장소 중 하나로, 황제만 들어올 수 있는 금역이라는 것 같았다.

그 고요한 정경을 배경으로 라피스가 고개를 기울인 채 나를 바라보고 있었다. 지긋이 응시하는 눈동자가 노려보는 것처럼 느껴지는 게 그저 착각만은 아닐 거다. 어색하게 웃어 보이자 안 그래도 불타는 것 같던 시선이 더 강렬해졌다.

"다짜고짜 '황궁 안에 있는 비밀 숲에 가야 한다'고 날 닦달한 이유를 말해 보시지. 내가 남들보다 매우 뛰어나기는 해도 트로웰은 아니거든? 남의 생각 같은 건 못 읽는다고. 설명은 똑바로 해야 할 거 아냐."

"……그래도 용케 알아듣긴 했네. 그렇게 대충 말했는데 제대로 도착하다니. 대단하다, 라피스. 굉장해."

"대충 말했다는 걸 알기는 해?"

어처구니없다는 듯이 응시하는 시선에 마땅히 대꾸할 말이 없었다. 사실 내가 생각해도 참 황당한 상황이기는 했다. 내게도 공간

이동 능력은 있었고, 황궁까지 이동하는 데 굳이 다른 사람의 도움이 필요하진 않았다. 그런 걸 강요하듯이 부탁했으니 그로서는 이해할 수 없는 일이었을 거다. 솔직히 말하면, 오히려 그에게 맡긴 탓에 원래 가야 할 지점보다 조금 떨어진 곳에 도착한 참이었다. 정확한 위치를 설명할 수가 없어서 대강 유추한 곳으로 이동해야 했기 때문이다. 이건 사족인데, 여기가 황제의 숲이라 불리는 장소라는 것도 그 과정에서야 알았다.

"내가 황궁 내부를 알고 있었으니 망정이지, 보통은 그냥 그렇게만 말하면 절대 이동 못 하거든? 하다못해 방위 정도는 알려줘야 할 거 아냐. 넌 부탁하는 처지의 기본자세가 안 되어 있어."

"음, 난 그런 거 몰라도 그냥 이동할 수 있어서……."

"그게 지금 이 와중에 할 말이냐?"

"대부한테 너무 뭐라고 하지 마, 은인. 덕분에 난 대부를 따라올 수 있어서 좋은데. 대부는 다른 사람을 데리고 이동하진 못하잖아. 대부 혼자 가버렸으면 은인은 그것대로 화냈을 거면서."

옆에서 듣고 있던 아스가 기특하게도 옳은 소리를 했다. 그 뒤에서는 데르온이 열렬히 고개를 끄덕이고 있었다. 두 마족은 내가 황궁으로 간다는 언급을 하기 무섭게 따라가겠다고 나선 참이었다. 놔두고 가도 자력으로 따라올 기세라 할 수 없이 데리고 왔는데, 이렇듯 적극적으로 내 편을 들어주는 걸 보니 내심 그러길 잘했다는 생각이 들었다.

"결국 옮겨야 할 사람이 있다는 말이네."

그리고 역시 라피스는 똑똑하긴 했다. 지나가는 거나 다름없는 아스의 말에서 정확히 이 사태의 윤곽을 잡아낸 거다. 아스조차 놀라서 눈을 동그랗게 뜨는데 정작 나를 돌아보는 라피스는 태연했다.

“내가 네 꿍꿍이에 한두 번 당해 보냐. 너 혼자 처리하지 못할 상황이니 날 끌어들인 거잖아. 그리고 네가 혼자서 해결하지 못하는 일은 몇 개 안 되지.”

“……미안. 말로 하는 것보다 직접 상황을 보는 게 나을 것 같아서.”

“그때 울던 거랑 관계있는 일이야?”

“어…… 그렇긴 한데…….”

“흐음. 내가 뭘 하면 되는데?”

의외로 라피스는 선선한 태도였다. 아무리 싫은 소리를 퍼부어도 의연히 감내하리라, 단단히 각오하고 있었는데 쉽게 넘어가니 어안이 벙벙할 정도였다.

“가는 길은 아는 거지? 여기서 어느 쪽으로 가?”

“일단 직진하면 되긴 하는데…… 웬일로 협조적이야?”

“그게 불만이면 비협조적으로 굴어 주지. 그냥 이대로 돌아가 줄까?”

“하하하, 그럴 리가요. 어서 가시죠, 라피스 님!”

불퉁한 표정을 짓는 녀석을 냉큼 달래며 나는 서둘러 길을 안내했다. 사실 본능대로 방향을 짚어 가는 것뿐이라 제대로 된 길이라고 볼 수는 없었다. 그나마 지금 일행 중에 가파른 경사나 절벽 같은 것에 곤란을 겪는 사람이 없다는 게 다행이었다.

"거의 다 왔어."

이윽고 도착한 곳은 바위가 무더기로 쌓여 있는 듯한 형태의 석림(石林)이었다. 그나마 다른 곳은 나무들과 일정한 비율로 섞여 있었는데 이 부근부터는 크고 높은 바위밖에 존재하지 않았다. 다 비슷비슷한 모양이라 어느 하나가 더 특별할 것도, 눈에 띄는 것도 없었다. 그럼에도 도착하자마자 일행들은 미리 짜 맞추기라도 한 듯이 한 바위 앞으로 걸어갔다. 알려주기도 전에 다들 먼저 가는 바람에 오히려 내가 마지막 순서로 따라가야 했다. 가장 먼저 도착한 라피스가 손바닥을 펴고는 바위의 표면을 천천히 매만졌다. 진지하게 응시하는 눈빛이 차분히 가라앉았다.

"봉인 마법이 걸려 있군. 속에 뭐가 있나 본데. 여기에 들어가려는 거야? 이 안에 옮겨야 할 사람이 있고?"

"응. 혹시 안으로 들어갈 수 있겠어? 나 혼자서는 들어갈 수 있긴 한데, 마법 이동은 안 되려나?"

"까다롭긴 하지만 아예 불가능하진 않아. 그리고 못 들어갈 게 뭐 있겠어. 정 안 되면 그냥 봉인을 깨면 되지. 너도 그 정도는 할 수 있잖아? 내 봉인도 깼으면서."

마지막 말에 유난히 힘이 실리는 걸 보니 아직도 그때 일을 마음에 두고 있는 게 분명했다. 남을 새장 속의 새처럼 취급하려고 했던 주제에, 그걸 부수고 나온 게 어지간히도 자존심이 상했었나

보다. 굉장히 오랜 시간을 투자해서 만든 봉인이라고 하긴 했었지. 물론 내가 신경 쓸 일은 아니라 가뿐히 무시하고 넘어갔다.

"생각을 안 해 본 건 아닌데, 자칫 잘못하면 그대로 동굴이 무너질 수도 있을 것 같아서. 사실 그땐 어떻게 한 건지도 기억이 잘 안 나거든."

"하긴, 네 언령은 폭격에 가까웠지. 그런 걸 여기에 시도했다간 일대가 다 무너지고도 남긴 하겠어."

"넌 어때? 주위에 영향을 주지 않고 봉인만 풀 수 있겠어?"

"상급 마법이라 조금 까다롭긴 하겠네. 뭐, 그래도 내가 풀지 못할 봉인 같은 건 없거든."

오만하게 웃는 얼굴이 이 순간만큼 든든하게 보인 적이 없었다. 이윽고 라피스가 바위 위에 손가락으로 뭔가를 낙서하듯이 그리기 시작했다. 아마도 마법진을 만드는 것 같았다. 간단한 형식이나마 그가 마법진을 그리는 경우는 흔하지 않아서 나는 조금 숨을 삼켰다. 상급 마법이라고 하더니, 확실히 평소와는 임하는 자세가 다른 것 같았다.

"300에스나의 20데카. 기의 밀데시. 500의 알포라."

놀랍게도 생전 잘 외우지도 않는 주문을 읊기까지 했다. 라피스는 그 상태에서 손바닥으로 마법진을 덮었다. 그러자 그 아래서부터 붉은빛이 터져 나오더니 마치 물이 흐르는 것처럼 바위 표면 위에 퍼져나가기 시작했다.

"파괴."

무심하게 응시하던 그에게서 명령 같은 한마디가 떨어졌다. 단조로운 음성이었으나, 그 효과는 전혀 단조롭지 않았다. 마치 유리가 깨어지는 것처럼 바위가 그 자리에서 금이 가더니 와르르 부서져 내렸기 때문이다.

"자, 됐어."

가벼운 식후 운동을 한 것 같은 얼굴로 라피스가 돌아보며 말했다. 나만 대단하게 여기는 건가 싶었는데 얼빠진 데르온과 아스의 표정을 보니 그건 아닌 모양이다. ……이쯤에서 생각하는 거지만 그와 계약한 건 내게 더 행운이었던 건지도 모르겠다. 물론 그걸 내 입으로 말해 줄 일은 결코 없을 예정이었다.

두꺼운 바위가 사라진 자리엔 뻥 뚫린 동굴이 자리 잡고 있었다. 어차피 짐작한 부분이었기 때문에 나와 일행들은 망설임 없이 안으로 들어갔다. 내부는 한밤처럼 어두웠으나 시야를 방해할 정도는 아니었다. 그보다 더 거슬리는 건 주위를 맴돌고 있는 냄새였다. 쓰레기 처리장에서나 풍길 것 같은 지독한 냄새가 온 사방에 가득 차 있었다. 악취의 원인은 오래지 않아 드러났다. 모르려야 모를 수가 없었다. 눈을 두는 곳마다 선명히 알 수 있을 만큼, 그 원인이 동굴 안을 한가득 메우고 있었으니까.

"……."

"……."

그건 부패한 사체의 산이었다. 어림잡아도 몇백 구는 되어 보이는 사체들이 질서 없이 한데 뒤섞여 썩어가고 있었다. 형체도 알 수 없이 흐물흐물해진 형태와 부위를 알 수 없는 뼈대들. 뻥 뚫린 구멍마다 구더기와 들쥐가 들끓었다. 간간이 온전한 것도 있었지만 그래 봤자 사체라는 사실이 변하진 않았다. 그러나 형태를 제대로 갖추었든 그렇지 않든, 이곳에 쌓인 사체들엔 한 가지 공통점이 있었다. 모두 골격이 현저하게 작다는 것. 대부분이 성인이 되지 못한 어린아이였다는 증거였다.

"제물의 사체를 여기다 처리하는 거였군."

천하의 라피스도 이 광경엔 기가 질렸는지 표정이 딱딱하게 굳어 있었다.

"대부, 괜찮아?"

비틀거리는 나를 아스가 얼른 붙잡았다. 정작 여기서 가장 어린 건 그인데도, 눈앞의 끔찍한 광경에 전혀 영향을 받는 것 같지 않았다. 태연한 모습에 내심 안심하면서도 이걸 어린애한테 보여도 되는 건지 불안해졌다. 사실 우리 중에서 가장 이 상황을 견디기 힘들어하는 건 나인 것 같았다. 썩은 내와 사체에서 풍겨 나오는 독기에 속이 몹시 역해져서 견딜 수가 없었다. 당장 돌아 나가고 싶은 마음이 굴뚝같았지만 나는 꾹 참고 침착하게 주위를 훑었다.

"……찾았다."

원하던 것을 찾는 덴 그리 오랜 시간이 걸리지 않았다. 사체들이 쌓인 산에서 조금 떨어진 구석에 한 소년이 눕혀져 있었다. 이곳에 들어온 지 얼마 되지 않았음을 증명하듯, 부패하지 않은 온전한 모습이었다. 천천히 걸어가 그 앞에서 멈췄다. 잠들어 있는 듯 눈을 감고 있는 아이의 모습은 역시나 익숙했다. 그 목에 걸려 있는 목걸이의 형태도. 틀림없이 그때 물을 주어 살렸던 그 아이였다.

"레이."

조심스럽게 입 모양으로만 아이의 이름을 불러보았다. 아이는 가슴 부근에 상처를 입은 듯, 붉은 핏자국을 지니고 있었다. 기실 아이만이 아니라 이곳에 있는 모든 사체에 공통으로 존재하는 상흔이었다. 몸을 굽히고 앉은 다음 떨리는 손으로 아이의 가슴 위를 매만졌다. 닿은 피부 위에 싸늘한 한기가 맴돌았다.

"뭐야. 그 시체를 찾으러 온 거였어?"

내가 하는 양을 가만히 지켜보던 라피스가 떨떠름한 말투로 물었다. 나는 천천히 고개를 저었다.

"시체 아니야."

"뭐?"

"시체 아니라고."

아니, 어떤 의미에서는 비슷한 걸지도 모르지. 대답과 동시에 눈가가 간지러워졌다. 한동안 멈췄던 눈물이 다시 솟아오르고 있었다.

—왕이시여, 부디 그를…….

—제 하나뿐인 소중한 친우를…….

간절한 바람을 담아 속삭이던 목소리가 떠올랐다. 아득한 감각 속에서 나이아스가 내게 남긴 마지막 전언이었다. 일부가 떨어져 나가는 상실감에 고통스러웠지만, 그렇기에 결코 외면할 수 없는.

아이의 가슴에 손을 얹고 숨을 불어넣었다. 그러자 미동 없이 굳어 있던 몸이 크게 들썩이더니 창백하던 얼굴에 생기가 감돌기 시작했다. 지켜보던 일행들의 눈이 크게 부릅떠졌다.

"봐. 아직 살아 있잖아."

"……뭘 어떻게 한 거야?"

"글쎄. 어떻게 한 걸까."

자조적인 웃음이 흘러나왔다. 사실 내가 한 일은 별거 없었다. 그저 약하디약한 결합을 제대로 이어준 것뿐이다. 그건 내 작은 아이가 이뤄낸 결과에 비하면 정말 아무것도 아니었다.

작은 정령과 소년은 사이좋은 친구였다. 어느 날 소년이 악마에게 끌려가 심장을 빼앗겼다. 심장을 잃은 친구를 살리기 위해, 작은 정령은 중대한 결정을 내렸다. 자신의 삶을 통째로 바치는 결정을.

—그 자신이 소년의 심장이 되기로.

눈물이 자꾸만 떨어져서 힘들었다. 나는 이제 막 제대로 숨을 내뱉기 시작한 아이를 끌어안고 한참을 울었다. 내가 준 힘 때문에 심장을 잃어야 했던 불쌍한 소년을 향한 탄식이자, 그 소년을 위해 기꺼이 죽음을 택한 내 가여운 정령을 애도하는 눈물이었다.

2.

동굴 안이 매캐한 연기로 가득 차오르기 시작했다. 여기저기 방치되어 있던 수많은 시신은 야금야금 번져 가는 새빨간 불꽃 속에 삼켜진 지 오래였다. 피부에 닿는 공기 온도가 달궈진 화로만큼이나 더워졌다. 앞으로 당분간은 꺼지지 않을 열기였다.

"이러면 됐어?"

단어 한마디로 이 모든 광경을 만들어 낸 라피스가 확인을 구하듯 나를 돌아보았다. 나는 멍하니 바라보고 있던 것에서 시선을 떼어내고 천천히 고개를 끄덕였다.

"응. 고마워."

그에게 부탁해 동굴 안을 전부 불태우게 한 건 나였다. 이 나라에는 시신을 화장하는 풍습이 없었다. 무덤도 지하에 공동을 만들어 넣어 두는 것일 뿐 완전히 땅에 파묻는 구조는 아니었다.

그러니까 이건 그저 나만의 장례 절차였다. 마음 같아서는 시신을 한 구 한 구 전부 수습해 주고 싶었지만 수가 너무 많은 데다가 형태가 온전하지 못한 것도 많아 건드리기가 어려웠다. 그렇다고 이대로 버려진 모습으로 썩어가게 내버려 둘 수는 없을 것 같았다.

짐작이긴 하지만 아이들의 연고지를 찾기는 아마 어려울 거다. 대공은 자국만이 아니라 국외에서도 희생자를 끌어 모아왔다. 국제적으로 얽힌 상황이니 이번 일이 세상에 밝혀지면 스왈트는 더는 제국으로서 기능하지 못하게 될 게 분명했다. 막대한 피해보상은 둘째 치고 그걸 빌미로 전쟁이 일어날지도 몰랐다. 지배자가 잘못을 저지르면 그 땅에 사는 백성들까지 죄인의 낙인을 받는 세계였다. 앞으로 스왈트 제국민이 받게 될 취급도 뻔했다. 아무리 이사나라도 이것만은 묻을 수밖에 없을 거라는 생각이 들었다. 출정식에서 대공이 저지른 죄를 낱낱이 공표할 때도 악신에 대한 건 언급하지 못했다. 그걸 옳다고 할 수는 없겠지만, 이해하는 마음도 컸다. 이사나는 이미 그 때문에 아버지를 잃었으니까. 지금도 무거운 어깨를 더 짓누르게 하고 싶진 않았다. 그러니 지금 여기서는 내가 할 수 있는 일을 해야 했다. 조금이라도 아이들의 넋을 달랠 수 있도록. 그 죽은 모습이 마냥 쓰레기처럼 방치되지 않게.

"모두 편하게 잠들길. 미안해. 무엇으로도 보상이 되진 않겠지만, 너희를 죽인 사람은 반드시 죗값을 치르게 될 거야. 약속할게."

동굴 속에 덕지덕지 달라붙어 있던 사념들이 꿈틀거렸다. 내 말을 이해한 듯한 반응이라 쓰게 웃었다. 품 안에서 잠들어 있는 아이의 곤한 숨소리가 느껴졌다. 그것만이 이 지독한 상황 속의 유일한 위안이었다.

*　　*　　*

동굴이 완전히 전소한 것을 확인한 뒤 나와 일행들은 마을로 이동했다. 수도인 만큼 분위기가 활기찰 거라는 예상과는 다르게 의외로 거리가 한산했다. 오가는 사람들도 어딘가 경직된 듯 불안해 보이는 모습이었다. 대공이 철저하게 정보를 단속하고 있다고 들었는데, 그럼에도 이곳 역시 전운의 영향이 미치기 시작한 듯했다. 여관을 잡아 아이를 눕혀 두고 나니 진득한 피로가 한꺼번에 밀려드는 기분이 들었다. 의자에 걸터앉는 나를 따라 일행들도 착석했다. 데르온은 잠들어 있는 레이를 연신 힐끔거리기에 바빴다. 심장을 잃고도 살아남게 된 아이가 신기한 모양이었다.

"정령이 인간의 심장이 되다니. 그럴 수도 있다는 건 처음 알았습니다."

"정확히는 심장이라기보다는 마나 덩어리죠. 그게 심장의 역할을 하는 것뿐이에요. 정령검도 만들어지는 원리는 비슷해요. 정령이 스스로의 의지로 기존의 모습을 포기하고 전혀 다른 형태가 되는 거죠. 하지만 독립된 개체인 정령검과는 다르게 신체 일부가 되는 건 쉬운 일이 아니거든요. 힘만 남기고 모든 걸 다 버려야 해요. 자아와 영혼까지 전부."

"결국 죽는다는 말이군요."

"맞아요. 쉽게 할 수 있는 결정이 아니었을 텐데, 정말 대단하지 않아요? 이 아이가 나이아스를 정말 귀하게 대했나 봐요. 기꺼이 자신을 희생해도 아깝지 않을 만큼."

"그럼 너도 저런 걸 할 수 있다는 말이네?"

가만히 듣고 있던 라피스가 대뜸 끼어들었다. 왠지 못마땅해하는 표정이라 의아했지만 선선히 대답했다.

"뭐, 그렇지. 근데 아마 내가 심장이 되면 드래곤의 마나 하트보다 더 강할 거야. 오히려 그 힘을 버틸 수 있는 인간이 있을까 모르겠네."

"야, 너……."

"어? 왜?"

"……아냐, 됐어. 그냥 물어본 말에 진지하게 대꾸하지 마."

그럼 처음부터 묻지 않으면 되는 거 아닌가? 기껏 대답해 줬더니 질문한 쪽에서 저런 태도로 나오는 게 어이가 없었다. 그래도 묘하게 불쾌해 보이는 녀석과 입씨름을 하고 싶지는 않아서 나는 잠자코 기존의 대화를 이어갔다.

"아무튼 레이는 몸 안에 나이아스의 힘을 품게 된 거나 마찬가지예요. 앞으로 평범하게 살 수는 없겠죠. 솔직히 이게 정말 이 아이를 위한 결정인지는 모르겠네요. 나이아스는 어떻게든 친구를 살리고 싶었겠지만."

"원래도 정령사였을 텐데요. 그것과는 다른 겁니까?"

"많이 달라요. 아예 종족이 바뀐 거나 다름없으니까요. 이 아이는 이제 더는 인간이라 할 수 없을 거예요. 그렇다고 해서 정령도 아니지만요."

"그렇군요."

레이를 응시하는 데르온의 표정이 더 짙어졌다. 이쯤에서 그가 할 만한 생각이야 뻔해서 별로 궁금하지는 않았다. 성장하면 얼마나 더 강해지는 건지, 자신과 힘을 겨뤄볼 수 있는 건지, 그런 비생산적인 의문 정도일 터였다. "하급 정령 수준이에요. 데르온보다는 많이 약할걸요." 예상대로 그 말에 그는 바로 어깨를 축 늘어트렸다. 정말로 알기 쉬운 마족이었다.

"이제 어떻게 하실 생각이십니까?"

데르온이 내게 물어왔다. 사실 그건 내가 내내 고심하고 있던 부분이기도 했다.

이제부터 어떻게 해야 할까. 머릿속을 장악한 의문을 끌어안은 채로 나는 창문 밖을 바라보았다. 공교롭게도 황궁이 정면으로 보이는 방향이었다. 가장 정경이 좋은 방이라며 여관 주인이 적극적으로 추천했었는데, 그게 바로 이런 뜻이었나 보다. 실제로 멀찍이 보이는 황궁은 제법 아름다웠다. 상아와 붉은 산호를 섞은 듯한 색감. 섬세하게 새겨진 석상과 조각들. 장식마다 두른 금테가 빛에 반사될 때마다 눈부신 느낌을 주었다. 호화로우면서도 고급스러운 건축물은 수도의 자랑이기도 하다고 들었다. 황궁을 그린 그림까지 비싼 값에 거래될 정도였다. 나도 다른 때였다면 느긋하게 감상하고 싶어졌을 것이다. 그 안에 있는 누군가만 없었다면 말이다.

저 안 어딘가에는 지금도 대공이 살아 숨 쉬고 있을 거다. 그 동굴 안의 수많은 아이를 죽이고, 내 작은 정령으로 하여금 죽음을 택하게 한 원흉이. 그것만 생각하면 잔인한 충동이 끓어오르기 시작한다. 그를 해치우는 건 제법 간단한 일이다. 지금 이대로 찾아가서 목을 움켜쥐고 그대로 꺾어버리면 된다. 그 추악한 인간은 저항 한 번 제대로 하지 못하고 버둥거리다가 곧 마지막 숨을 토해내게 될 거다.

인간의 목숨은 고작 몇 번의 손짓에도 허무하게 사그라질 만큼 나약했다. 그래서 지금은 안 된다. 지금 나는 지나치게 머릿속이 차가운 상태였다. 그를 보면 반드시 죽이고 말 거다. 처리해도 아무런 문제는 없겠지만, 이사나에게 대공과 대화할 수 있는 마지막 시간을 주겠다고 했었다. 그 약속을 지키려면 조금은 마음을 가라앉힐 필요가 있었다. 게다가 그런 끔찍한 짓을 저지른 놈을 그냥 죽이는 것도 아닌 것 같다. 목이 부러져서 죽는 건 너무 편하잖아. 그자는 살아서 받을 수 있는 모든 고통을 다 받은 후에 가장 비참한 모습으로 죽어야 한다. 반드시.

“야, 너 살기(殺氣) 나온다.”

툭 내뱉는 듯한 라피스의 음성을 듣고서야 한없이 뻗어가던 생각이 멈췄다. 눈을 몇 번 깜빡이고 나니 내가 꽤 험악한 충동에 기분을 맡기고 있었다는 자각이 들었다. 아무래도 본성이 깨어나 있었던 모양이다. 이젠 새삼 돌아보지 않으면 의식하지 못할 정도로 이 감정을 자연스럽게 여기게 됐다. 나를 빤히 응시하는 아스의 눈빛이 왠지 평소보다 초롱초롱한 것 같아서 괜히 더 죄책감이 들었다.

때마침 스치는 바람이 울컥거리는 속을 진정시켰다. 정확히는 더는 생각할 수 없도록 만들었다고 하는 편이 맞을 것이다. 창문으로 바짝 다가가 고개를 내밀었다. 올려다본 하늘은 오늘따라 희뿌연 색깔을 띠고 있었다. 세차게 휘몰아치는 바람의 조짐이 그리 좋지 않았다.

"대부, 왜 그래?"

하늘을 주시하는 내 표정이 많이 심각했는지 아스가 걱정스러운 얼굴로 물어왔다. "아니, 별거 아니야." 바로 대답하면서도 여전히 하늘에서 시선을 뗄 수가 없었다. 솔직히 말하면 별거가 아니라고는 할 수 없었지만 그렇게 말해야 속이 나아질 것 같았다. 팔자에 액운이 끼었나? 요즘 들어 연달아 되는 일이 없는 것 같다. 한숨을 내쉰 다음 다시 의자에 걸터앉았다. 표정이 굳어 있는 나를 다들 유심히 지켜보는 것이 느껴졌다. 금방이라도 터질 것 같은 폭탄을 대비하는 모습이라 입 안이 씁쓸했다.

"일단 레이의 보호자를 찾아봐야겠어."

"보호자?"

"레이한테 어머니가 있었어. 남편 없이 홀로 아들을 키우고 있던 여인이었지. 하지만 이미 죽었을지도 모르겠어. 아니, 아마 죽었을 거야."

"그걸 어떻게 아는데?"

"레이가 너무 빨리 나이아스와 만났어. 내가 계획한 대로라면 조금 더 성장한 후에 계약해야 했거든. 아무래도 그사이에 무슨 일이 있었던 것 같아. 봉인이 풀릴 정도면 꽤 큰 충격을 받았다는 뜻인데, 이만한 아이가 그렇게 놀랄 만한 일이라면 부모의 죽음 정도가 되지 않을까 싶어서."

"그럼 고아라는 거잖아. 보호자를 찾을 것도 없는 거 아냐?"

"근데 또 그런 것치곤 영양 상태가 꽤 좋아. 어머니와 있었을 때보다도 더 건강해진 것 같아. 치아와 손톱도 관리가 잘 되어 있어. 입고 있는 옷도 고급스럽고."

"따로 보살피는 사람이 있었다는 말이군."

어렵지 않게 이어진 결론에 고개를 끄덕였다. 데르온이 이해할 수 없다는 표정으로 물어왔다.

"아이를 원래 보호자에게 보내시려는 겁니까? 귀한 정령이 희생해서 살려낸 아이인데, 그냥 돌려보내시는 건 아쉽지 않으시겠습니까?"

"그야 아쉽기는 하죠. 마음 같아선 내 쪽에서 거두고 싶어요. 하지만 레이도 그걸 원할지는 모르는 거잖아요. 내가 마음대로 결정할 수 있는 일은 아닌 것 같아요."

"하지만……."

"깨어나면 분명 보호자부터 찾을걸요? 정령도 잃었는데 또다시 소중한 걸 잃게 할 순 없어요. 아무래도 낯선 사람보다야 아는 사람하고 지내는 게 정서적으로도 더 좋을 거고요."

"흠, 그건 틀린 말씀은 아니긴 합니다만."

수긍하는 표정을 지으면서도 데르온은 내키지 않아 하는 얼굴이었다. 왠지 나보다 그가 더 아쉬워하는 기색이 역력했다. 북공작이 되어서 그런가, 양육 문제에 상당히 예민해진 것 같았다.

"그리고 지금 내겐 따로 해야 할 일이 있으니까요."

"대공 쪽 말씀이십니까?"

"뭐, 그것도 그렇지만."

휘이이—

다시금 스치는 바람이 뺨을 간질였다. 얼굴이 저절로 굳어지려고 해서 나는 길게 한숨을 내쉬었다.

"……이제부터 굉장히 바빠질 것 같거든요."

3.

"블레스터?"

되묻는 말에 고개를 끄덕였다. 창문 밖으로 고개를 내미는 것만으로는 부족한 느낌이라 아예 지붕 위에 올라선 참이었다. 가장 높은 곳에서 바람을 맞고 있으려니 이질감이 더 확실히 느껴졌다. 내 옆에서 덩달아 바람을 맞고 있는 라피스도 한가득 얼굴을 찌푸리고 있었다.

"그 바람의 검이 폭주를 시작했다는 말이지?"

"응, 공기의 흐름이 심상치 않아. 자연스러운 느낌이 아니야."

"확실히 날카로운 느낌이긴 해. 이건 바람이라기보다는 살기에 더 가깝네. 이보다 더 강해지면 사람도 벨 수 있을 것 같은데?"

"같은데? 정도가 아니라 그게 정말 현실이 된다는 게 문제야. 내버려 두면 걔가 지나는 곳마다 다 쑥대밭이 될걸. 그야말로 움직이는 재해가 되는 셈이지."

"그럼 그 전에 잡으면 되잖아."

뭐가 문제냐는 시선에 나는 한숨을 푹 내쉬었다. 그게 말처럼 쉬우면 애초에 내가 이런 고민을 하고 있지도 않을 거란 걸 왜 모르는 거냐고 말해 주고 싶었다.

"어딨는지 알아야 잡지. 이 기운이 어디서 시작되고 있는 건지도 모르겠는데 잡을 수 있을 리가 있나."

"그게 말이 돼?"

"숨어 있단 말이야! 걘 지금 미네르바의 고유 능력을 공유하고 있다고! 그것도 정령들의 눈을 피하는 쪽으로 특화됐어! 차라리 폭주가 완전히 진행된 상태면 드러날 텐데, 지금은 그 정도가 아니라서 오히려 안 보여!"

"그럼 폭주가 완전해질 때를 기다렸다가 잡으면 되겠네."

"안 돼! 그럼 완전히 오염돼서 더는 손 쓸 수 없는 상태가 된다고! 정화고 뭐고 시도할 기회도 없이 그냥 소멸시켜야 한단 말이야!"

"어쩌라는 거야."

"나도 몰라! 그래서 지금 화내는 거잖아!"

분을 못 이긴 외침에 라피스는 할 말을 잃은 얼굴을 했다. 이 순간에도 바람 속에 섞인 미묘한 이질감이 나를 마구 자극하고 있었다. 왕이 아닌 존재가 왕의 힘을 사용한다는 것. 그에 대한 본능적인 거북함이 일면서 온몸에 소름이 돋았다. 왜 그동안 정령들이 블레스터를 멀리했는지 알 것 같았다. 자신과 기본적인 형태가 다른 것에 대한 태생적인 거부감. 인간이 벌레를 보면서 혐오감을 느끼는 것과 거의 비슷한 심리였다. 전생에 바퀴벌레를 끔찍하게 싫어했던 기억이 떠오르면서 부득부득 이가 갈렸다.

"아, 젠장. 지금쯤이면 미네도 느꼈을 거야. 가만히 있어도 모자랄 판에 있는 대로 왕을 자극하다니! 아무리 전대의 부탁이 있어도 미네가 마음을 바꿔서 멸하기로 결정하면 나도 어쩔 도리가 없단 말이야. 하긴, 제정신이 아니니까 폭주한 거겠지만! 지금까진 기미도 없더니 왜 갑자기 진행이 빨라진 거야?"

"걱정하는 건지 화를 내는 건지 모르겠는데. 네 성격이 점점 더 거지 같아진다는 건 알겠어."

"죽을래?"

싸늘하게 노려봤지만 라피스는 시큰둥한 얼굴로 어깨를 으쓱일 뿐이었다. 약삭빠른 녀석은 상황을 수습하는 것도 능숙했다. 곧바로 질문을 건네어 화제를 전환하는 바람에 응징할 겨를도 없이 대화가 이어져 나갔다.

"숨어 있으면 지금은 얌전하다는 소리야? 아직은 괜찮다는 뜻?"

"어? 으음, 아니. 이미 충분히 위험한 상태야. 폭주를 가속하기 위한 행동을 하려 테니까."

"그게 뭔데?"

"살인."

의외의 대답이었는지 라피스의 눈이 살짝 커졌다.

"피를 묻힐수록 사기가 더 강해지니까. 마검화된 정령에겐 최고의 먹이지. 본능적으로 사람을 죽이려고 할 거야."

"그럼 그 흔적을 찾아가 보면 되겠군요."

설명은 라피스에게 했는데 반응은 전혀 다른 쪽에서 돌아왔다. 돌아보자 그림처럼 고요히 서 있는 데르온의 모습이 보였다. 그 옆에는 아스도 함께한 채였다. 바람에 섞인 기운을 쫓아다니느라 어느새 두 마족이 지붕 위로 올라온 것도 모르고 있었다.

"도심이니 살인 사건이 일어나면 소식이 빠르게 퍼질 겁니다. 어쩌면 저희 쪽으로 유인해 볼 수도 있을 것 같습니다."

"유인이요?"

"마족의 기운은 사기와 제법 비슷하니까요. 흩뿌리고 있으면 기운을 느끼고 홀려서 올 수도 있습니다."

"아."

그런 방법은 생각해 보지 못했다. 나도 모르게 탄성을 내뱉자 아스가 빙긋 웃었다. 그가 보란 듯이 손바닥을 펼쳐 기운을 끌어올렸다. 섬뜩한 한기가 스치는 듯한 느낌이 확실히 사기랑 많이 비슷했다. 이 정도면 반 미쳐 있는 정령 정도는 충분히 속일 수 있을 것 같았다.

“지금부터 저희가 주위를 돌아다니면서 기운을 흘려 보겠습니다. 정령검 쪽도 지금쯤이면 감각이 상당히 예민해져 있을 테니 조금 떨어져 있더라도 반응해 올 겁니다. 흔적을 찾는 대로 소식을 전해드리겠습니다.”

“아, 그럼 나도 같이…….”

“아뇨. 이 계획에서는 엘 님이 떨어져 계시는 게 나을 겁니다. 정말 성공할지도 확신할 수 없고, 그쪽에서 왕의 기운을 느끼고 달아날 수도 있으니까요. 그리고 레이라는 소년 곁에 있을 사람도 필요하잖습니까?”

확실히 그게 맞는 말이긴 했다. 나는 억지를 부리지 않고 얌전히 물러나는 쪽을 택했다. 신세를 지는 상황에서 민폐까지 될 생각은 없었다.

“라피스. 드래곤의 마력도 사기만큼이나 훌륭한 자극제죠. 당신은 협조해 줘야겠습니다. 빠져나갈 생각은 하지 마십시오.”

“……쳇.”

은근슬쩍 물러서고 있던 라피스가 덜미를 잡히곤 나직하게 혀를 찼다. 그 모습에 피식 실소가 흘러나오는데 옆에서 누군가가 나를 폭 끌어안는 것이 느껴졌다. 누군지는 굳이 돌아보지 않아도 알았다. 내게 이런 식으로 접촉해 오는 사람은 아스뿐이었으니까.

“그럼 다녀올게, 대부. 좋은 소식 들고 올게.”

"응, 고마워, 아스. 혹시 모르니까 다치지 않게 조심하고."

"응응. 성공하면 칭찬해 줘야 해?"

"당연하지. 성공 안 해도 칭찬할 거야."

"헤헤."

귀엽게 웃는 아스의 머리를 마구 쓰다듬어 주었다. 이젠 제법 큰 상태다 보니 더는 어린아이로 보이는 모습은 아니었다. 아마 정신 연령 또한 그럴 것이다. 그럼에도 여전히 내 앞에선 귀여운 대자로 남아 있어 주는 아스가 기특하고 대견했다.

"잘들 논다. 야, 빨리 안 와? 날 부려먹는 만큼 너희들은 두세 배로 힘써야 할 줄 알아."

멀찍이서 라피스가 팩 소리를 질렀다. 떨떠름하게 아스를 떨어트린 뒤 나는 불만스럽게 중얼거렸다.

"지금 생각난 건데, 다른 사람은 몰라도 라피스만큼은 내 성격에 대해 뭐라고 하면 안 돼. 지가 제일 성격 더러우면서."

"대부도 참. 그런 당연한 소리를 왜 하고 그래."

"그치? 너도 그렇게 생각하지?"

"당연하지."

아스가 반짝거리는 얼굴로 상큼하게 웃었다. 보는 사람마다 감탄할 것 같은 천사의 미소였다.

"은인은 솔직히 말해서 재수 없어."

……아무래도 우리 중에서 가장 최강은 아스인지도 모르겠다.

*　　*　　*

기세 좋게 나선 것과는 다르게 세 사람은 며칠간 아무 소식도 전해 오지 않았다. 한동안은 근방에서 얼쩡거리는 것 같더니 어느새 더는 기척이 느껴지지 않는 걸 보면 꽤 멀리까지 나간 것 같았다. 그동안에도 레이는 계속 잠들어 있었다. 신체 기능엔 모두 아무런 이상이 없는데 좀처럼 의식을 차리지는 못했다. 아무래도 새로운 심장을 받아들여야 하기 때문인지 깨어나는 데 시간이 걸리는 것 같았다.

레이가 의식을 차린 건 일행들이 블레스터의 행방을 찾아 떠난 뒤, 사흘째가 된 날이었다. 옅은 신음이 들려서 침대 쪽으로 다가가자 꿈틀거리고 있는 레이가 보였다. 평온하던 얼굴이 한껏 찌푸려지더니 눈꺼풀이 파르르 흔들렸다. 천천히 올라가는 속눈썹 밑으로 드러나기 시작한 눈동자는 새순을 닮은 녹색을 띠고 있었다. 회갈색인 아이의 머리색과 상당히 잘 어울리는 색이었다. 초점 없이 흐릿하기만 하던 눈동자가 점차 선명해지는 것을, 나는 잠자코 지켜보았다. 이윽고 완전히 떠진 커다란 눈동자가 나를 똑바로 응시해 왔다.

"안녕."

"……."

웃으며 말을 걸었지만 돌아오는 반응은 없었다. 처음 레이는 이 상황을 제대로 인지하지 못하는 듯 보였다. 멍한 표정으로 눈을 몇 번이나 깜빡이던 아이가 내게서 시선을 떼어내고 천천히 주위를 두리번거렸다. 천장과 벽면 쪽을 한 번씩, 발끝 쪽도 내다보고는 마지막으로 다시 나한테 다시 시선을 보내왔다.

"……누구세요?"

"난 엘이라고 해. 네 엄마 친구야."

"엄마…… 친구?"

경계하는 듯 보였던 아이가 그 말에 눈을 크게 깜빡였다. 뚜렷하게 흔들리는 표정 위에 그리움과 슬픔이 차오르는 걸 보고 나는 내 짐작이 맞았음을 확신했다.

"정말, 우리 엄마 친구예요?"

"응. 네 이름은 레이지? 엄마랑 단둘이 살았었고."

"……네."

"우리 예전에 한 번 본 적 있어. 넌 기억 못 하는 것 같지만."

"그렇구나. 근데 제가 왜 여기에 있어요?"

"혹시 잠들기 전에 뭐 했는지 생각나는 거 있어?"

"잠들기 전에요?"

레이는 조금 당황한 듯한 표정을 짓더니 이내 곰곰이 기억을 되짚어갔다. 깊은 잠에서 막 깨어난 참이라 그런지 생각을 정리하는 게 힘들어 보였다.

"아저씨 친구가…… 데리러 왔었는데."

"아저씨 친구?"

"네에. 아저씨가 급하게 절 찾는다고 했어요. 데려다준다고 해서 따라갔었어요. 마차를 탔는데…… 그동안 린이랑 같이 있어도 된다고 했거든요. 그래서 린이랑 같이 놀았어요. 근데 아저씨 친구가 캄캄한 곳으로 데려갔어요."

설명하는 어조는 차분했지만 두서없는 내용이라 제대로 이해가 되지 않았다. 그래도 캄캄한 곳으로 데려갔다는 자가 대공 쪽이라는 것만은 알 것 같았다. 데려다주겠다며 꾀다니. 정말 뻔한 수법의 납치였다.

"으음. 아저씨는 누구고, 린은 누구야?"

"아저씨는 날 구해 준 사람이에요. 나중에…… 아, 아버지가 되어 준댔어요."

"역시 보호자가 있었구나. 그럼 린은?"

"린은 내 친구예요! 요정이에요. 엄청 예쁘게 생겼어요."

굳어 있던 레이의 얼굴에 처음으로 환한 웃음이 피어올랐다. 요정이라는 말을 들으니 누구를 말하는 건지 감이 잡혔다. 아마도 나이아스에게 붙인 이름인 듯했다. 이름을 언급하는 것만으로도 행복해지는 얼굴을 보니 얼마나 깊은 애정을 주었는지 알 것 같았다. 씁쓸한 기분을 삼키는데 레이가 나를 빤히 응시해 왔다. 초롱초롱한 눈빛이 아스를 떠올리게 해서 웃음이 나왔다.

"왜?"

"린이랑 닮은 것 같아요."

"나 말이야?"

"네. 진짜 많이 닮았어요. 머리카락이랑 눈 색도 똑같이 파랗고.

요정처럼 예뻐요. 린이 보면 신기해할 거예요. 린 불러도 돼요?"

"응? 아니, 그건……."

"린! 나와 봐! 린, 어딨어? 린!"

벌떡 몸을 일으킨 아이가 열심히 주위를 향해 소리쳤다. 물론 그 대답에 린이 나타나는 일은 없었다. 해맑던 레이의 표정이 점점 굳어가기 시작했다.

"……린?"

"레이. 미안해. 린은 이제 오지 못할 거야."

더는 지켜볼 수가 없어서 나는 곧 사실을 털어놓았다. 레이가 멍한 표정으로 돌아보았다.

"린이 못 와요?

"응."

"……왜요?"

"린이…… 바쁜 일이 생겼거든. 그래서 멀리 가야 했어."

내 딴에는 충격을 덜 주기 위해 돌려 말한 거였다. 하지만 레이에겐 그렇지 않았던 모양이다. 동요를 담은 눈이 빠르게 깜빡거리더니 잠깐 사이에 구슬 같은 눈물이 뚝뚝 떨어지기 시작했다. 갑작스러운 반응에 당혹감을 느끼고 있는데, 이어지는 말이 더욱 당황스러웠다.

"혹시요. 린이, 죽었어요?"

"……!"

"엄마가 죽은 거 나도 알거든요. 근데 사람들은 자꾸 엄마가 바빠서 멀리 간 거라고 해요. 그래서 알아요. 그거, 죽었을 때 쓰는 표현 맞죠?"

"……."

솔직히 말해서, 어린아이니까 적당히 상황을 무마할 수 있을 거라 생각했었다. 하지만 전혀 아니었다. 날카롭게 정곡을 찔러오는 말에 변명할 말이 없어서 나는 그냥 입을 다무는 쪽을 택했다. 똑똑한 아이는 그 표현이 무엇을 뜻하는 건지도 알아차린 듯했다. 레이의 얼굴이 더 크게 일그러졌다.

"생각났어요. 캄캄한 곳에서…… 아저씨 친구가 나한테 누우라고 했어요. 왜냐고 물었더니 억지로 눕혔어요. 손발을 묶고 움직이지 못하게 했어요. 린이 방해하려고 주위를 맴돌았는데……. 그 뒤로는 아무것도 모르겠어요."

"……."

"린이…… 계속 불안해했었는데. 무서워하는 것 같았는데. 내가 괜찮다고 달랬거든요. 내가 아저씨 친구 따라가서 이렇게 된 거죠? 내가……."

"아냐, 레이. 그런 게 아니라……."

가까이 다가서려 하자 레이가 움찔거리며 뒤로 물러섰다. 올려다보는 시선에 조금 전에는 없던 두려움이 서려 있었다.

"레이?"

"진짜 누구세요? 린이 못 오는 거 어떻게 알아요? 진짜 엄마 친구 맞아요? 엄마 친구가 왜 여기 있어요? 거기 되게 캄캄했는데.

날 어떻게 찾았어요?”

잔뜩 움츠린 어깨가 부들부들 떨고 있었다. 아는 사람의 친구라는 사람으로부터 이 모든 일이 시작되었으니 비슷한 방식으로 접근한 나도 믿을 수가 없어진 거다. 모든 게 혼란스럽고 두려울 만한 상황이었다. 더 감추는 건 역효과인 것 같아서 나는 그냥 솔직하게 말하기로 했다.

“미안해, 레이. 내가 거짓말을 했어. 네 엄마를 아는 건 맞지만 친구는 아니야. 정확히 말하면 난 린이 불러서 온 거야.”

거짓말이라는 단어에 경직되던 아이가 다음 말에 어리둥절한 표정을 지었다.

“……린이요?”

“그래, 린. 원래 이름은 나이아스야.”

“나이아스……?”

“린이랑 내가 닮았다고 했지? 그 말이 맞아. 린은 내 가족이었거든. 우연히 너희 엄마를 만났는데, 네가 너무 아파서 도움이 필요해 보였어. 그래서 내가 린을 너한테 보냈어. 목걸이 안에 넣어서.”

“……!”

흡— 숨을 삼키는 소리가 터져 나왔다. 지금까지 본 반응 중에서 가장 크게 동요하는 모습이었다. 레이는 귀신이라도 보는 듯한 얼굴로 나를 올려다보았다.

“목걸이…….”

"그래, 목걸이. 지금도 네 목에 걸려 있는 거 말이야."

눈짓으로 가리키자 흠칫 놀란 아이가 황급히 두 손으로 목을 더듬어 갔다. 헛손질을 반복하던 손가락이 목걸이의 메달을 찾아내곤 질끈 부여잡았다. 머물고 있던 정령이 사라져서 이제 고정되는 기능은 없지만, 일부러 떼어 놓지 않고 놔둔 참이었다.

"이거…… 린이 여기에 사는 거 아무도 모르는데. 아저씨랑 나 말고는. 아무한테도 말 안 했는데."

"그래? 그럼 이제 날 믿을 수 있겠어?"

"정말 린의 가족이에요?"

끝까지 신중한 아이를 위해 나는 가장 확실한 증거를 선보이기로 했다. 손바닥 위에 물을 만들어 떠올리는 것으로. 아무것도 없던 허공에 차가운 물이 솟아오르자 레이가 다시금 헛숨을 들이켰다. 더는 커질 수 없을 만큼 부릅떠진 눈을 보니 정말 많이 놀란 것 같았다. 나는 생성한 물을 공처럼 둥글게 만든 다음 천천히 레이 앞으로 흘려보냈다. 둥실둥실 제 앞으로 다가오는 물공을 멍하니 바라보던 레이가 조심스럽게 손을 내밀어 그것을 매만졌다. 손이 닿는 순간 마른침을 삼키는 모습이 귀엽기도 하고 안쓰럽기도 했다.

"……진짜다. 진짜 물이에요. 린이랑 같네요."

"그렇다고 했잖아."

"그럼 진짜 린이 불러서 온 거예요?"

"응. 린이 내게 널 부탁했어. 도와달라고."

크게 숨을 내쉬는 소리가 울렸다. 푹 숙여진 고개 밑으로 물방울이 뚝뚝 떨어져 내렸다. 더는 슬픔을 참지 못한 레이가 흘리기 시작한 눈물이었다. 나는 조심스럽게 다가가 울고 있는 얼굴을 닦아주었다. 드디어 경계를 풀었는지 아이는 이제 가까이 다가가도 더는 움츠리지 않았다.

"네가 원하는 대로 해 줄게. 어떻게 하고 싶어? 다시 아저씨라는 사람한테 데려다줄까?"

"정말요? 그럴 수 있어요?"

"그럼 물론이지."

"그러면 저, 아저씨한테 갈래요. 아저씨가 보고 싶어요. 린, 린이 죽은 것도 알려줘야 해요. 근데 아저씨는 지금 집에 없어요. 한동안 돌아오지 못한다고 했어요."

"그래? 어디로 갔는데?"

"그건 저도 모르겠어요."

"흠, 위치는 알아야 할 텐데. 그럼 그동안 넌 어디에 있었어? 집에 아무도 없이 혼자 있었던 거야?"

"아뇨. 집사 할아버지가 있어요. 로란 누나도요. 그리고 다른 형이랑 누나들도……."

"집사가 있을 정도면 집이 꽤 크겠구나."

입고 있는 옷을 봐서 제법 부유한 사람이 거뒀다는 건 짐작했지만 어쩌면 귀족일지도 모르겠다. 예상대로 레이가 크게 고개를 끄덕였다.

"아저씨는 귀족이라고 했어요. 그래서 성도 가지고 있고요. 나한테도 그 성을 준다고 했어요."

"그럼 집을 찾아갈 수는 있겠다. 일단 거기로 가서 집사라는 사람부터 만나자. 그 사람은 아저씨가 어디로 갔는지 알 거야. 내가 물어봐 줄게. 혹시 아저씨의 성이 뭐였는지 기억하니?"

이번에도 레이는 고개를 끄덕였다. 두 눈에서는 여전히 눈물이 솟고 있었지만 집에 갈 수 있다는 희망 덕분인지 조금 전보다는 표정이 밝았다. 안심하도록 상냥한 웃음을 지어 주면서도 머릿속이 어느 때보다도 바빠졌다. 조금 전까지만 해도 레이를 보호자에게 보내야겠다는 생각이 확고했었는데, 막상 상대가 귀족이라고 하니 가시가 걸린 듯 마음이 껄끄러웠다. 신분 차가 명백한 세계에서 귀족이 평민 아이를 입양하려는 건 흔한 일이 아니었다. 그러기로 결정한 것은 아마도 레이가 '정령사'라는 사실을 고려했기 때문인지도 모른다. 이능자는 가문의 이름을 드높일 수 있는 존재일 테니까. 그래서 생각해 볼 수밖에 없었다. 이번 일로 정령을 잃게 된 레이를, 그 가문에서 여전히 받아들이려고 할까?

나이아스의 힘을 품게 된 탓에 레이는 누구보다 정령에 가까워졌지만 이제 다시는 정령과 계약할 수 없었다. 정령들끼리는 서로 계약하지 않는 것과 같은 이치다. 그러나 진짜 정령이 아니므로 정작 정령의 힘을 쓰지도 못한다. 결국 아무런 능력 없는 평범한 아이가 된 셈이다.

물론 겉보기에만 그렇게 여겨질 뿐, 실제로는 특별한 점이 더 많다. 이제 막 변화가 시작된 셈이니 아마 앞으로 자라면서 점점 더 인간과는 달라질 거다. 그게 어떤 형식으로 나타날지는 모르겠고, 반드시 좋은 쪽으로 발현할 거라 장담할 수도 없지만. 어쨌든 어지간한 인간들보다 뛰어난 존재가 될 거라는 것만은 확실했다. 그렇다 해도 보호자가 원하던 양자의 조건에 부합하지 않으면 아무런 의미 없는 얘기였다. 레이의 정서를 위해 보내려는 건데 오히려 그로 인해 더 깊은 상처를 주게 되는 건 아닌지 염려스러웠다. 그러나 이런 생각들도 그리 오래가지는 못했다. 곧 이어진 한마디를 듣는 순간 모두 머릿속에서 깨끗이 증발해 버렸으니까.

"카리브디스."

"……!"

바쁘게 흘러가던 사고가 일시에 멈췄다. 나는 멀거니 아이를 돌아보았다. 이쪽의 동요를 깨닫지 못한 레이가 거리낌 없이 다음 말을 이었다.

"파이런 드 카리브디스. 그게 아저씨 이름이에요."

4.

유명인사의 좋은 점은 정보를 얻기가 쉽다는 점일 거다. 카리브디스 공작저를 찾아가는 과정은 굉장히 간단히 해결됐다. 여관 쪽에서 마차를 수배해 주었기 때문이다. 처음 마차를 오를 때만 해도 불안한 기색을 감추지 못하던 레이는 어느 순간부터 아는 길이 나오자 차츰 진정하기 시작했다. 반대로 도착할 시간이 다가올수록 나는 점점 더 심란해졌다.

카리브디스 공작이라니!

길을 떠난 지도 벌써 수십 분이 지난 상태였지만 아직도 그 이름을 들었을 때의 충격에서 벗어나기가 힘들었다. 제국에 존재하는 수많은 귀족 중에서 설마 그 이름이 나올 줄은 몰랐다. 같은 이름이 또 있을 리가 없는 이상, 카리브디스라면 분명 내가 알고 있는 그 공작이 맞을 거다. 대공의 오른팔이자 충신이라는 소드 마스터. 지금 내 일행들이 열심히 찾아다니고 있는 바람의 검 블레스터의 계약자 말이다.

그 공작과는 언젠가 한 번 스치듯이 지나쳤던 적이 있어 얼굴을 알았다. 사자의 갈기처럼 휘날리던 거친 머리칼. 전신이 흉기처럼 단련되어 있어서 갑옷이 따로 필요하지 않을 것 같은 남자였다. 안 그래도 사나운 분위기에 무뚝뚝한 얼굴까지 더해지니 누구도 선뜻 접근하기 힘들 것 같은 위압적인 분위기를 풍겼다. 한마디로 육아와는 전혀 관계가 없어 보이는 인상이었다. 그런 그가 레이를 거두게 될 줄이야. 사람을 인상만으로 판단해선 안 된다고는 하나, 아무리 생각해도 의외라는 기분을 감출 수가 없었다. 사실 걸리는 게 그것 하나만은 아니었지만.

"레이. 물어볼 게 있어. 린이 목걸이에 사는 걸 알고 있는 사람이 너와 아저씨뿐이라고 했었지?"

"네. 아저씨가 아무한테도 말하지 말라고 했었어요."

선뜻 돌아온 대답에 머릿속이 더 복잡해졌다. 레이가 지닌 목걸이는 이사나가 준 걸로, 황실의 문양이 새겨져 있다. 그 문양을 카리브디스 공작이 알아보지 못했을 리가 없었다. 분명 누가 준 건지도 전부 파악했을 거다. 그런데 그는 사실을 밝히는 대신 은폐하는 쪽을 택했다. 집안의 식솔들에게조차 린의 존재를 함부로 공개하지 못하게 한 것 같았다.

사실 처음엔 공작이 대공에게 바치기 위해 레이를 거둔 거라고만 생각했었다. 오른팔이라는 자이니 그 또한 대공의 일에 협력하고 있을 가능성은 얼마든지 있었으니까. 레이가 겪은 험한 일들이 부정할 수 없는 증거로 보였다. 그런데 되짚어 볼수록 뭔가가 다른 것 같았다. 일단 레이가 '아저씨'를 많이 따랐다. 이건 평소에 잘해 줬다는 말인데, 대공에게 바칠 아이라면 굳이 환심을 사 둘 필요까진 없었다. 본인이 직접 데리고 살면서 보살피던 것이나 양자로 삼겠다고 했다는 것도 그렇다. 아저씨 친구라는 자가 굳이 속여서 아이를 유인한 것도 이상했다.

'그러고 보니 '아저씨'가 카리브디스 공작이라면, 그 '친구'라는 사람은 설마…….'

거기까지 생각한 후, 나는 다시 급히 레이를 돌아보았다.

"널 데리러 왔다는 아저씨 친구 말인데. 혹시 그 전에도 본 적 있었어?"

"딱 한 번이요."

"어디서?"

"집 정원에서요. 린이랑 놀고 있는데 갑자기 나타났었어요. 그 사람을 보고 아저씨가 굉장히 난처해 했던 것 같아요. 인사하라고 해서 인사했어요."

"그 사람 어떻게 생겼어?"

재차 건넨 질문에 막힘없이 대답하던 아이가 표정을 살짝 찡그렸다. 예기치 못한 사태를 맞이한 사람처럼 당황해하는 얼굴이었다.

"으음. 이상하다."

"왜?"

"그 아저씨 얼굴이 잘 기억 안 나요. 분명히 똑바로 봤는데."

"얼굴만? 다른 것도 다 기억 안 나?"

"다른 거요? 아! 하얀 옷을 입고 있었어요. 드레스처럼 긴 옷이요. 엄마가 그랬는데요. 그런 옷은 신관이 입는 거랬어요."

"……그렇구나."

납치범의 정체가 명확해졌다. 설마설마했더니 정말로 대공이 직접 나선 거였다. 그러고 보니 레이는 린의 죽음을 바로 깨달을 만큼 눈치가 빠른 아이였다. 똑똑한 아이가 모르는 사람을 선뜻 따라가려고 했을 리가 없었다. 데려다주겠다는 뻔한 수법에 속은 건 이미 본 적이 있는 사람이었기 때문이다.

저택의 정원에서 우연히 만났다면 공작 쪽에서 의도한 만남은 아닐 거다. 적어도 불쑥 나타난 대공을 보고 난처해할 만큼, 그가 레이를 거두려 했던 건 진심이었던 것 같았다. 어쩌면 그는 아무것도 몰랐던 게 아닐까.

……블레스터의 폭주가 왜 갑자기 빨라졌나 했더니.

그 모든 상황을 결합하여 도출한 결론에 입 안에서 탄식이 흘러나왔다. 왜 하필 이런 시기에 일이 벌어지나 했는데 그 이유가 여기에 있었다. 정말 생각지도 못한 인과라 돌아가는 정황을 이해하면서도 믿기지 않는 마음이 더 컸다. 공작의 행보도 상당히 의외였지만, 결과적으로는 대공이 어디까지 추락했는지 그의 악행을 재확인한 셈이었다. 다른 사람도 아니고 저를 따르는 수하의 아이까지 건드린 거다. 이제 그는 사람으로서 남아 있던 마지막 가면마저 전부 벗어던지기로 한 듯했다.

"손님, 다 왔습니다. 바로 저 앞이 공작저입니다."

수많은 생각들로 번민에 빠져 있는 동안 어느새 목적지에 닿은 마차가 이동을 멈췄다. 삯을 치르고 내리자 높게 둘러쳐진 울타리가 눈에 들어왔다. 그 너머로는 넓은 숲이 펼쳐져 있었는데, 이어지는 방향을 따라 쭉 올라가 보니 가장 높은 지점에 화려하고 웅장한 건물이 세워진 것이 보였다. 저택이라기보다는 거의 성에 가까운 모습이었다.

'……일단 여기까지 오긴 했는데 말이지.'

정문이 어딘지도 알 수 없을 만큼 까마득히 이어지는 담장을 보고 있으려니 절로 한숨이 흘러나왔다. 막상 도착하긴 했는데 이다음 일을 생각하면 막막해졌다. 찾아와도 공작을 만날 수 없다는 건 이미 확인된 바였고, 집사라고 해서 주인의 행방을 알 리가 없었다. 그의 소재를 파악하려면 차라리 지금 한창 블레스터를 추적하고 있을 내 일행들을 찾아가는 편이 더 빨랐다. 그래도 레이를 위해서는 지금 당장 안심할 수 있는 장소로 데려다주는 게 맞는 것 같았다.

힐끔 시선을 내려 아래를 확인했다. 주위를 두리번거리고 있는 아이는 잔뜩 긴장한 얼굴이었다. 이미 친구가 없다는 사실을 알면서도, 동아줄이라도 되는 듯이 두 손 가득 목걸이를 꼭 움켜쥔 채였다. 어쩌면 아직도 린의 부재를 실감하지 못하는 걸지도 모르겠다.

"여기 맞아?"

불안해하는 걸 달래기 위해 조심스럽게 말을 걸었더니 레이가 천천히 고개를 끄덕였다. 함께 정문을 향해 걸어가는 동안 이제부터 어떻게 해야 할지 고심해 봤다. 공작저이니 대단할 거라는 건 알았지만 예상했던 것보다도 부지가 더 컸다. 이대로는 문을 통과하는 것 자체가 난관일 것 같았다. 하지만 그건 쓸데없는 염려였다.

"맙소사! 도련님! 레이 도련님!"

정문에 이르기도 전에 멀리서 비명 같은 외침 소리가 들려왔다. 누군가가 이쪽을 발견하고 달려오고 있었다. 아마도 저택 사람일 거라 짐작되는 장년의 남자였다. 그 뒤로 하인들로 보이는 사람들이 우르르 따르고 있었다.

"루벤 할아버지!"

그를 발견한 순간 내내 굳어 있던 레이의 얼굴이 처음으로 온전히 환해졌다. 드디어 아는 사람을 만났다는 사실에서 기인한 안도감이었다. 후다닥 달려나간 레이가 품에 뛰어드는 것을 남자가 얼른 두 팔 벌려 받아냈다. 아이를 살피는 그의 얼굴엔 믿을 수 없다는 표정이 역력했다.

"아아, 세상에! 신이시여, 영광을 받으소서! 정말 레이 도련님이 맞으시군요! 이게 대체 어떻게 되신 겁니까? 그동안 어디에 계셨어요? 제가 얼마나 도련님을 찾아다녔는지 아십니까?"

"죄송해요. 잘못했어요."

"아뇨, 아닙니다. 도련님이 잘못하신 게 아니에요. 무사하셔서 다행입니다. 정말 다행입니다."

작은 어깨를 부둥켜안은 남자의 몸에서 희미한 떨림이 느껴졌다. 찾아다녔다는 것이 빈말은 아니었는지, 그는 한동안 잠들지 못한 사람처럼 눈 밑이 까맸다. 거칠고 푹 꺼진 피부라든가 엉망으로 흐트러져 있는 차림새만 봐도 그간 겪은 마음고생을 알 것 같았다. 그건 다른 사람들의 상태도 크게 다르지는 않아서, 모두 병자처럼 안색이 퀭한데 표정만은 환했다. 그런 모습들 하나하나가 이 저택에서 레이가 어떤 위치였는지 말해 주는 듯했다. 진정으로 사랑받는 귀한 도련님이었노라고.

"도련님!"

"레이 도련님!"

감격한 사람들이 앞다투어 눈물을 쏟았다. 레이 역시 서러움을 토해내듯 참았던 눈물을 터트리기 시작했다. 그들은 한동안 그렇게 서로를 끌어안고 엉엉 울었다. 그 모습을 보고 있으니 내내 얹힌 것처럼 묵직하던 기분이 조금은 가벼워지는 것 같았다. 적어도 이 순간만큼은, 레이는 사랑받는다는 감각 속에서 행복할 수 있을 것이다. 그게 앞으로 이어질 아이의 인생을 조금이라도 순탄하게 이끌어갔으면 하는 바람이었다.

*　　　*　　　*

“알폰프 제국 남부의 마룬 섬에서 들여온 홍차입니다. 입에 맞으실지 모르겠습니다.”

눈앞에 내려진 찻잔 안에서 달콤한 향기가 풍겼다. 호기심에 한 모금 넘겨 보니 입 안을 감도는 느낌이 놀라울 정도로 부드러웠다. 차에 대해서 잘 모르는 나도 상당히 좋은 찻잎을 썼다는 것만은 알 것 같았다. 귀족들은 다 이런 것만 마시는 건가? 지금까지 접해 왔던 차들은 대체로 시중에서 흔히 구할 수 있는 기성품 위주였다. 어차피 맛을 느끼지 않다 보니 딱히 어떤 게 더 좋은지 나쁜지를 생각해 본 적도 없었는데, 재료의 질 차이가 이렇게까지 클 줄은 몰랐다. 이래서 라피스가 유난히 고급품만 고집하던 건가 싶다. 세대로 이해하지 못했던 심리를 처음으로 정면에서 마주한 기분이었다. 아마 나도 제대로 된 육체를 가지고 있었다면 그 못지 않게 유난스럽지 않았을까. 돌아가는 대로 이 찻잎부터 구해 봐야겠다는 생각을 하는 걸 보면, 어쩌면 그보다 더했을지도 모르겠다.

"맛이 좋네요. 감사합니다."

예의를 갖춰 인사를 건네자 내 반응을 살피고 있던 집사 루벤이 안심한 얼굴을 했다. 차라리 마주 앉아주면 좋을 텐데. 옆쪽에 기립한 상태에서 내가 차를 마시는 것을 가만히 지켜보기만 하니 부담스러울 지경이었다. 조금 전에는 왜 앉지 않느냐고 물었는데 돌아오는 표정이 굉장히 미묘했다. 그런 걸 묻는 내가 오히려 더 이상하다는 듯한 시선이었다. 그럼에도 앉을 것을 요청했지만, 한사코 이런 구도가 더 편하다고 거절하는 바람에 더는 권할 수도 없었다.

'틀림없이 날 귀족으로 오해한 거겠지.'

선이 가늘고 화려한 편인 내 외모가 귀족으로 보일 수 있다는 건 익히 알고 있는 바였다. 이럴까 봐 용병이라고 소개했건만, 아무래도 저쪽에선 그 말을 믿지 않기로 한 모양이다. 이럴 줄 알았으면 미리 그럴듯한 용병패라도 준비해 봤을 텐데. 늦은 후회라는 걸 알면서도 입맛이 썼다. 사실 둘러댈 신분 같은 건 생각해 두지도 않았었다. 애초에 저택까지 들어올 생각은 없었으니까.

'대체 왜 이렇게 된 건지.'

한숨을 속으로 삼키면서 주위를 돌아보았다. 겉에서 보기에도 화려하던 저택은 안으로 들어오니 훨씬 더 웅장한 크기를 자랑했다. 대리석으로 다져진 바닥이며 금실로 수를 놓아 짠 대형 융단과 실크로 된 커튼들. 벽면을 가득 채운 유리창과 그 위를 장식하고 있는 화사한 스테인드글라스까지. 눈을 두는 곳마다 비싸 보이지 않는 것이 없었다. 유지하는 비용만도 상당할 것 같은, 제법 구경하는 재미가 있는 저택이었다.

그러나 말했다시피 나는 정말로 이 안에 들어올 생각이 없었다. 원래는 아이를 데려다주는 걸로 내 역할을 끝마칠 예정이었다. 만나지 못했다면 모를까, 이미 레이가 식구들 품에 돌아간 상황이었다. 애타게 찾던 아이가 돌아왔으니 철저하게 보호할 테고, 외부인인 나는 이쯤에서 빠져주는 게 낫겠다고 생각했다. 하지만 집사가 돌아서려는 나를 한사코 저택 안으로 초대했다. 아이를 발견한 경위를 더 자세히 듣고 싶다는 이유에서였다.

"그러니까, 노예 시장에서 발견하셨다는 말씀이시군요."

"네. 정확히는 제가 아니라 제가 아는 용병단이 찾은 거예요. 의뢰를 받고 실종된 아이를 찾는 중이었는데 불법적으로 경매가 열린다는 걸 알고 현장을 급습했거든요. 그 안에서 함께 구조한 아이라며 데려왔더라고요."

울다 지친 레이는 그대로 깊은 잠에 빠져 방으로 옮겨진 상태였다. 덕분에 나는 누구의 눈치를 볼 것도 없이 편하게 적당한 이야기를 지어냈다. 집사 루벤은 내가 하는 말들을 두꺼운 책자 안에 열심히 옮겨 적었다. 너무 열중하고 있어서 거짓말이라는 게 미안할 지경이었지만, 사실대로 말할 수는 없으니 눈을 질끈 감고 모른 척했다.

"레이가 충격이 컸는지 납치된 전후 상황을 잘 기억 못 해요. 그래도 보호자의 이름만은 확실히 말하더군요. 마침 제가 가는 길이라 데려다준 것뿐이에요. 그러니까 저한테 감사하실 건 없어요."

"아닙니다. 여기까지 도련님을 무사히 모셔와 주신 것만 해도 몇 번을 감사해도 부족합니다. 주인님께서 계셨다면 크게 사례하셨을 텐데, 지금 출타 중이신지라……."

"아뇨! 괜찮아요. 말씀드렸다시피 저는 정말로 한 일이 없어서요. 사례는 이 차 한 잔으로 충분해요. 다른 건 주신다고 해도 받을 생각도 없고요. 그러니 신경 쓰지 마세요."

"으음. 그러시다면 실례지만 도련님을 구해 준 용병단이 어디인지 여쭤 봐도 되겠습니까? 그분들께라도 찾아가서 따로 감사 인사를 드리고 사례하고 싶습니다."

"네? 어, 으음. 그건 소용없어요. 아마 만나기 어려울 거예요. 의뢰를 끝마치자마자 바로 다른 의뢰를 하러 떠났거든요. 꽤 먼 곳으로 간다는 것 같았어요."

"저런, 그건 무척 유감이군요. 그래도 일단은 단명을 알려 주시지 않겠습니까? 은인 되시는 분들이 누구신지는 알고 있어야 할 것 같습니다."

"아하하, 워낙 공로를 내세우기 싫어하는 사람들이라……. 게다가 경매장 급습과 관련된 의뢰가 비공개적으로 은밀하게 수행하던 거라서요. 그래서 제가 마음대로 밝혀도 좋을지……."

억지로 웃는 얼굴과는 달리 속으로는 식은땀이 흘렀다. 역시 어영부영 지어낸 이야기로는 한계가 드러날 수밖에 없는 모양이다. 아무리 요청해도 그냥 돌아갔어야 했다는 후회가 다시금 가슴을 쳤다. 그러나 이미 일은 벌어진 상태였고, 어떻게든 수습해 보려는 시도는 집사 루벤에게 전혀 통하지 않았다. 그럴수록 그의 표정은 점점 더 단호해지기만 할 뿐이었다.

"무슨 말씀이신지는 알겠습니다만, 저희의 마음도 헤아려 주셨으면 합니다. 공작가의 체면도 있는데 이런 큰 도움을 받고 그냥 가만히 넘어갈 수는 없습니다."

"으으음. 하지만……."

"이렇게 부탁드리겠습니다. 귀하는 물론, 그분들을 곤란하게 만드는 일은 결코 없을 겁니다. 제발 말씀해 주십시오."

"……하아, 어쩔 수 없죠. 그럼 그냥 알려드릴게요. ……인 용병단이에요."

"예?"

"샴페인. 샴페인 용병단이요."

미안해요, 휴센.

결국 나는 눈앞에 도래한 위기를 모면하기 위해 아는 이름을 팔기로(?) 했다. 헤어진 뒤로는 소식을 알지 못하는 가장 친숙한 용병단의 이름을. 공로를 넘기는 거니까 설마 뒤탈이야 있겠냐는, 다소 태평한 생각에 의거한 판단이었다. 설령 문제가 생긴다 하더라도 다들 뛰어난 능력자들이니 괜찮을 거란 믿음도 있었다. 특히 그곳엔 트로웰이 있으니까. 눈치 빠른 그라면 순식간에 상황을 파악하고 알아서 잘 수습해 줄 거다. 아마도.

이런 생각을 알 리가 없는 집사는 불러준 이름을 적어 넣기 바빴다. 한층 신중해진 얼굴을 보아하니 당장 오늘부터 사람을 수배해서 찾아볼 기세였다. 용병들이야 워낙 동에 번쩍 서에 번쩍하는 사람들이니 다소 거리가 많이 어긋나더라도 이상하게 생각하진 않을 거다. 그러나 마음이 찔리다 보니 안 그래도 불편하던 자리가 더 가시방석 같아졌다. 더는 머물 수가 없을 것 같아서 나는 서둘러 몸을 일으켰다.

"전 이만 가볼게요. 차 잘 마셨습니다."

"예? 벌써 가십니까? 저녁 식사까지는 하시고……."

"죄송해요. 급하게 해야 할 일이 있어서요. 말씀드렸다시피 가는 길에 들른 것뿐이라 더는 지체할 수가 없네요."

"그러시군요. 바쁘신 분을 붙잡을 수도 없으니……. 더 대접해야 하는데 그러지 못하는 것이 아쉽습니다. 도련님도 많이 아쉬워하실 겁니다."

"대접은 충분히 받았어요. 아, 가기 전에 레이를 잠시 봐도 괜찮을까요? 자는 얼굴만이라도 보고 가고 싶어서요."

사실 보려고 하면 얼마든지 몰래 보러 갈 수 있었지만, 서둘러 달아난다는 인상을 주지 않으려고 일부러 연출해 본 상황이었다. 그게 퍽 마음에 들었는지 집사가 흔쾌히 고개를 끄덕였다. 그는 2층 가장 끝에 있는 방으로 나를 안내했다. 복도 양옆으로 수많은 방이 이어지는 구조였지만, 도착한 곳은 그중에서도 가장 문이 컸다. 누가 보더라도 특별한 사람이 머무는 방이라는 걸 알 수 있는 배치였다. 집사는 나만 방 안으로 들어가도록 했다. 움직이는 사람이 많으면 자는 아이가 깰지도 모른다는 염려 때문이었다. 덕분에 홀로 들어오게 된 실내는 커튼을 쳐둔 탓에 전체적으로 어둑했다. 탁 트인 공간 속엔 응접실과 드레스 룸을 비롯하여 티 테이블 공간까지 각자 마련되어 있었다. 이만한 규모의 저택이니 당연한 걸지도 모르겠지만, 아이 하나가 쓰기엔 지나치게 넓다는 느낌이었다. 안쪽에 놓인 침대의 크기도 덩치 큰 성인 여러 명이 굴러다녀도 거뜬할 만큼 거대했다. 바로 그 가운데에 작은 그림자가 드리워 있었다.

"……레이?"

예상하지 못한 건 그 모습이었다. 당연히 잠들어 있을 거라 생각한 아이가 멀뚱히 일어나 앉아 있었다. 두 눈에서는 눈물이 뚝뚝 떨어지는 중이었다. 나는 당황해서 얼른 레이에게 다가갔다.

"왜 그래, 레이? 왜 울고 있어?"

얼굴을 살피며 묻자 나를 발견한 레이의 눈동자가 흔들렸다. 망설이듯 몇 번이나 벙긋거리던 입술 속에서, 이윽고 낯익은 단어가 흘러나왔다.

"……린이."

"어? 린?"

"린이…… 안 나와요."

"……."

뜻밖의 말에 조심스럽게 숨을 삼켰다. 이게 무슨 말인지, 의미를 파악하기도 전에 다음 말이 이어졌다.

"린은 항상 나 혼자 있을 때 불렀거든요. 그래서 이번에도 혼자 있으면 나올 줄 알았어요. 근데 안 나와요. 아무리 불러도 나오지 않아요."

"……레이."

탄식이 흘러나왔다. 그럴지 모른다 생각하긴 했지만 역시 린의 죽음을 실감하지 못했던 모양이다. 익숙한 장소에 돌아가서 늘 부르던 방식으로 찾으면 예전처럼 만날 수 있을 거라 생각한 걸지도 모르겠다. 그런데 지금 그 믿음이 깨지고 만 거다. 아마도 처음으로 린의 죽음을 실감한 순간일 터였다. 꼭 감은 레이의 눈에서 다시금 서러운 눈물이 쏟아져 내렸다.

"린이 진짜로 죽었어요? 이제 다시는 못 만나요? 왜요? 나…… 린한테 인사도 못 했는데……."

"……."

"안 되는데. 린 죽으면 안 돼요. 나…… 린한테 못 해 준 게 너무 많단 말이에요. 아저씨가 린을 숨겨야 한다고 해서. 그래서 사람들 있는 곳에서는 부르지도 못했는데. 린이 목걸이에만 있는 거 갑갑해 했는데. 맨날 아무도 없는 곳에서, 조용한 곳에서만 부르고…… 마음껏 돌아다니지도 못했는데. 예쁜 정원, 다 구경시켜 주지도 못했는데."

중얼거리는 소리가 이어질수록 흐느낌도 더 짙어져 갔다. 숨이 넘어갈 듯이 우는 아이를 더는 두고 볼 수가 없어서 나는 레이를 꼭 끌어안았다.

"아냐. 아니야, 레이. 안 죽었어. 린은 지금도 너와 함께 있어."

"……거짓말."

"정말이야. 그냥 네가 린을 볼 수 없게 된 것뿐이야."

"제가……요?"

눈물을 머금은 녹색 눈동자에 동요가 일었다. 나는 크게 고개를 끄덕여 보였다.

"린은 물의 정령이거든. 정령은 원래 이곳에 사는 존재가 아니야. 그래서 사람들한테 안 보여."

"하지만 보였는데요……?"

"응. 그건 린이 특별한 약을 먹어서 그래. 그런데 이제 그 약효가 다 떨어졌대. 그래서 보이지 않게 된 거야."

"진짜요? 그럼 정말 제 옆에 있어요?"

"그래. 너와 함께 있어. 누구보다도 너랑 가장 가까운 곳에."

"그걸 어떻게 알아요?"

"말했잖아. 난 린의 가족이라고. 내 눈에는 정령이 보이거든."

진실만을 말했지만 진정한 답은 아니었다. 순진한 아이는 그 말에 감춰져 있는 이면을 알아보지 못했다. 굳어 있던 얼굴이 서서히 밝아지는 것이 보였다. 구슬처럼 떨어지고 있던 눈물도 어느새 그친 상태였다.

"그, 그럼 어떻게 해야 저도 다시 린을 볼 수 있어요? 저 뭐든 할게요! 아무거나 다 할 수 있어요!"

"……음, 아마 레이가 지금보다 많이 자라면. 그러면 스스로 깨닫게 될 거야."

"깨달아요?"

"응. 린이 항상 곁에 있다는 걸."

아마도 자랄수록 점점 인간과 달라지는 자신의 모습을 알아가겠지. 그러면 싫어도 깨닫게 될 수밖에 없을 거다. 린이 왜 사라져야 했는지. 왜 늘 함께 있다고 말해 줘야 했는지도.

그때에도 레이는 또 울게 될까. 아니면 이미 지나버린 추억이라 무덤덤하게 받아들이게 될까. 아니, 어쩌면 지금의 그리움조차 원망으로 변하게 될지도 모르겠다. 그게 조금 가슴 아팠다.

"그러니까…… 앞으로 한 가지만 기억해 줄래, 레이? 린은 널 정말 많이 좋아했어."

"저도 린을 좋아해요."

"……그래. 고마워."

그러나 지금의 망설임 없는 대답 또한 후회가 될지도 모른다. 비관하고 싶지 않은데 지금은 생각이 그런 쪽으로만 기울었다. 나는 쓰게 웃으며 레이의 머리를 가볍게 쓰다듬었다.

"난 이만 가 봐야겠다. 다음에 또 보자, 레이."

"다시 볼 수 있어요?"

"그럼 물론이지."

선뜻 고개를 끄덕이자 불안해하던 아이의 얼굴이 환해졌다. 나는 다시금 그 머리를 쓰다듬어 준 다음 발길을 돌렸다. 왔던 길을 그대로 따라 나가자 문 앞에서 기다리고 있던 하녀가 고개를 숙여왔다. 집사 루벤은 어디로 갔는지 보이지 않았다. 내가 의아해하는 걸 알아차린 듯 하녀가 곧바로 상황을 설명했다.

"집사님은 먼저 자리를 비우셨습니다. 손님께 죄송하다고 전해 달라 하셨어요. 제가 정문까지 배웅해드리겠습니다."

"아, 그냥 혼자 가도 되는데……."

"아닙니다. 저택 안이 생각보다 넓어서 길을 잃으실지도 몰라요."

아무리 넓어 봤자 공간 이동을 하면 그만이다. 그럴 일은 없다고 답하고 싶었지만 오늘 처음 방문한 손님이 할 만한 대답은 아닌 것 같았다. 할 수 없이 나는 하녀의 안내를 받으며 길을 따라갔다.

"그런데 갑자기 자리를 비우시다니, 뭔가 급한 일이라도 생기셨나요?"

"죄송합니다. 공작저 내부 규정에 따라, 저택 안에서 일어난 일은 외부인에게는 말씀드릴 수가 없게 되어 있습니다."

"아, 그래요."

뭐, 말해 주지 않으면 스스로 알아보면 되지. 딱히 수고로울 것도 없는 일이라 불쾌하지도 않았다. 저택 안에서 일어난 일이라니 어차피 근방에 있다는 소리였다. 얌전히 입을 다물고 걸어가면서 눈에 살짝 힘을 실었다. 가볍게 주위를 의식하는 것만으로 훤하게 곳곳의 상황이 보이기 시작했다.

집사는 저택 뒤쪽 마구간 앞에 있었다. 하인들로 보이는 몇 사람과 함께한 채였는데, 왠지 다들 표정이 굳어 있었다. 마주 서서 묻고 대답하는 모습이 한창 취조 중인 것처럼도 보였다.

"목격자는?"

"없습니다. 비명을 듣고 달려와 봤더니 이미……."

"그렇군. ……일단 경비대 쪽에 신고를 넣게. 뜬소문이 나지 않도록 주의해야 하네."

"예, 알겠습니다."

딱딱한 표정만큼이나 오가는 대화 소리 역시 매우 침울했다. 한눈에도 심각한 분위기의 이유는 금방 알 수 있었다. 한구석에 무언가가 긴 천으로 덮여 있었다. 삐죽 튀어나와 있는 팔이라든가 머리털이 아니었더라도, 그 형체가 사람이라는 건 한눈에 알아볼 수 있었다.

'……누가 죽은 건가?'

과연 집사가 손님 배웅을 미루고 급히 달려갈 만한 일이었다. 게다가 돌아가는 정황을 보니 사고가 아니라 살인 사건인 것 같았다. 시신을 덮어둔 천이 붉은 피로 얼룩덜룩했다. 난자를 당하지 않고서야 저렇게 피가 흥건히 묻어날 리 없었다.

"제기랄. 결국 이렇게 되다니……."

하인 중 한 명이 팔뚝으로 거세게 눈물을 훔쳤다. 참고 있던 감정이 표출되자 물꼬가 트인 듯 다른 사람들도 모두 따라서 울기 시작했다. 집사만이 침통한 표정으로 시신이 있는 쪽을 말없이 응시할 뿐이었다.

살해당한 동료를 애도하는 비통한 현장이었다. 딱히 구경할 만한 일은 아니었지만 나는 시선을 떼지 않고 상황을 주시했다. 조금 전 하인이 뱉은 말에서 묘한 위화감을 받았기 때문이다. '하필'도 아니고 '결국'이라고 했다. 마치 이런 사건이 일어날 거라는 걸 이미 예측한 것처럼.

"그 소문이 사실이었습니다, 루벤 님. 네이의 시신 보셨죠? 알려진 방식 그대롭니다."

"이렇게 되면 로란도 위험한 거 아닙니까?"

"쓸데없는 소리. 아직 확실하다고 밝혀진 것도 아니지 않은가."

"하지만 네이가 죽었습니다! 이런 시기에 다른 사람도 아니고 네이가 죽은 걸 어떻게 우연으로 보겠습니까? 이 녀석이 누군가에게 원한을 살 성격이 아니라는 건 루벤 님이 더 잘 아시잖아요!"

"으으음."

이어지는 대화 내용은 더 묘하기만 했다. 아무래도 살해 사건이 일어났다는 사실 자체보다는 죽은 사람의 정체가 더 문제가 되는 것 같았다. 자세한 상황은 알 길이 없었지만, 무언가 내가 알지 못하는 배경이 있는 것만은 분명해 보였다.

"에, 에리나 언니."

그때 귓가에서 가는 음성이 들려왔다. 건너편 집사의 상황이 아니라 지금 내가 있는 곳에서 들려오는 소리였다. 나는 급히 확장해 두었던 시야를 거두고 정면을 응시했다. 맞은편 꺾어지는 복도 쪽에서 한 하녀가 불안정하게 서서 고개를 내밀고 있었다. 금발에 푸른 눈동자를 지닌, 꽤 귀여운 인상의 소녀였다. 앞서가던 하녀가 놀라서 걸음을 멈췄다.

"로란."

불린 이름은 내게도 익숙했다. 레이가 한 번 언급한 적도 있었고, 조금 전 하인들의 대화 속에서도 등장했었다. 이름만 알던 소녀를 실제로 만나게 되니 유명인을 만난 것처럼 반가운 기분이 들었다. 그러나 로란은 겁먹은 사람처럼 얼굴이 잔뜩 굳어 있었다. 에리나라고 불린 하녀가 당황한 표정을 지었다가 힐끗 내 쪽을 돌아보았다.

"이게 무슨 실례되는 일이니, 로란. 보다시피 지금은 손님을 배웅하는 중이야. 할 얘기가 있으면 나중에 이야기를……."

"어, 어떡해. 네이가 죽었대."

"……!"

에리나가 차분하게 주의를 주었지만 로란은 용건을 기다리지 못했다. 토해내듯 뱉어진 말에 엄격한 표정을 짓고 있던 에리나가 헉하고 숨을 삼켰다. 그 솔직한 반응이 울어도 된다는 신호처럼 여겨졌는지, 로란이 눈물을 뚝뚝 떨어트렸다.

"정말로 네이가 죽었어. 나 어떡해, 에리나 언니. 정말 그 소문이 사실이었나 봐."

"로, 로란. 일단 진정해. 네이가 죽다니? 그럼 사고가 났다는 게 설마……."

"수 언니가 다음은 내 차례라고……. 그래서 다들 나랑 같이 안 있으려고 해. 나, 너무 무서워서…… 흐으윽."

"뭐야? 수, 그 계집애가 정말……! 이런 상황에서 할 말 못 할 말이 따로 있지!"

혼란에 빠져 있던 에리나가 그 말에 분을 드러내며 이를 갈았다. 로란은 더 크게 흐느꼈고, 이번엔 에리나도 그녀를 야단치는 대신 다가가서 끌어안고 달래기 시작했다. 이미 두 사람 다 뒤쪽에 서 있는 내 존재는 까맣게 잊어버린 것 같았다. "괜찮아. 괜찮을 거야." 다짐하듯이 연거푸 이어지는 위로를 가만히 듣고 있으려니 궁금증이 더 커졌다. 조금 전 묘했던 대화도 그렇고, 네이라는 사람의 죽음이 로란에게도 영향을 미치고 있는 것만은 분명한데, 단편적인 정보뿐이라 흐름을 파악하기가 어려웠다. 어차피 이대로 마냥 지켜보고 있을 수도 없는 일이라 나는 분위기를 환기할 겸 그냥 대놓고 물어보기로 했다.

"소문이라는 게 뭐예요?"

"……!"

예상대로 두 사람은 그제야 내 존재를 상기한 듯 보였다. 화들짝 놀라서 돌아보는 얼굴들에 낭패감이 가득했다.

"죄, 죄송합니다. 손님 앞에서 이런 결례를……."

"아뇨, 괜찮아요. 보아하니 상황이 꽤 심각한 것 같네요. 많이 놀란 것 같은데, 그럴 수 있죠. 그보다는 그 소문이라는 것에 대해서 자세히 알고 싶은데요."

"그건……."

"소문이라는 건 이미 퍼져 있는 이야기라는 거잖아요. 그 정도는 관계자가 아니라도 괜찮지 않나요?"

복잡한 표정을 짓고 있던 에리나가 이내 한숨을 내쉬었다. 어차피 다 알려진 상황, 숨겨 봤자 의미가 없다고 판단한 것 같기도 했다.

"그 소문을 모르시는 걸 보니 수도에 오신 지 얼마 되지 않으셨나 봅니다. 며칠 전부터 내성 안에서 기괴한 살인 사건이 연달아 일어나는 중입니다."

"연쇄 살인인가요?"

"예."

고개를 끄덕인 에리나는 자신이 아는 것들을 설명했다. 시작은 어느 한 가게의 비극을 통해 알려졌다. 손님이 적은 편인 작은 식당이었는데, 비명을 듣고 가보니 주인이 죽어 있었다고 했다. 사인은 검상. 여러 번 난자한 흔적이 몸에 남아 있었다. 피해자는 평소 여기저기 빚을 지고 잘 갚지 않는 사람이었다. 다들 돈으로 인한 원한 살인이라고 생각했다. 그런데 바로 몇 시간 후, 두 번째 피해자가 발생했다. 이번엔 잡화점에서 허드렛일을 하는 여자아이였다. 마찬가지로 사인은 검상. 첫 번째 피해자와 같은 부근에 베인 자국이 존재했다. 동일범의 소행이라고 판단한 경비대는 수색 범위를 더 크게 확대했으나 몇 분도 되지 않아 세 번째 피해자가 나타났다. 그렇게 연달아 일어난 사건이 벌써 다섯 건이 넘어가고 있다고 했다.

"대체로 정해 둔 목표물만 살해하지만, 여러 사람과 함께 있을 땐 모두 한꺼번에 몰살한다고 합니다. 그래서 지금까지 목격자가 아무도 없습니다."

"범인이 목표물을 선정한다는 걸 어떻게 알아요? 설명만 들어보면 성별과 나이도 가리지 않는 것 같은데요."

"정확한 건 아니지만…… 피해자들에게 한 가지 공통적인 특징이 있다고 들었습니다."

"공통적인 특징?"

"모두 금발에 푸른 눈이었습니다."

"……!"

아, 그래서 로란더러 다음 차례라고 한 거구나. 나는 머뭇거리고 서 있는 금발의 소녀를 새삼스럽게 돌아보았다. 그러고 보니 천에 덮여 있어서 제대로 보진 못했지만, 죽은 네이라는 사람도 금발이었던 것 같다.

'블레스터……가 아닌가.'

지금 상황에서 느닷없이 벌어지는 연쇄 살인이라면 유력한 범인은 하나뿐이라고 생각했다. 그러나 특정인을 노린다는 점이 마음에 걸렸다. 이성을 잃은 검에게 대상을 선정할 이지가 남아 있을 리가 없었다. 본능적으로 다니면서 보이는 것들을 무작위로 죽이려고 할 테니까.

"아니지. 아직 이성이 남아 있다는 뜻인지도."

"예?

"아니, 아무것도 아니에요."

의아한 시선에 얼른 웃어 보이자 두 여인의 표정도 편안해졌다. 그런데 그 순간, 오싹한 감각이 피부를 타고 지나갔다.

—금발…… 푸른 눈.

"……!"

단조롭고 나직한 음성이 들려왔다. 마치 머릿속에서 직접 울리는 것 같았다. "이런, 미친!" 머리가 판단을 내리기도 전에 반사적으로 몸을 틀었다. 빠르게 물의 장벽을 펼쳐내기 무섭게 묵직한 충격이 내리꽂혔다.

콰직! 콰아아앙!

"꺄아악!"

요란한 소음에 기겁한 여인들이 비명을 내질렀다. 둔탁한 소리가 들린 걸 보면 폭발로 일어난 풍압에 나가떨어진 것 같기도 했다. 두 사람의 상태가 염려되었지만 지금은 그쪽을 돌아볼 수 있는 상황이 아니었다. 바로 눈앞에 내가 상대해야 할 사람이 서 있었으니까. 한 손에 새하얀 검을 드리운, 카리브디스 공작이.

쏴아아—

창문도 열리지 않는 실내에 때아닌 거센 바람이 불었다. 그가 이곳에 나타난 의미를 모를 수가 없었다. 예상했던 대로, 수도 안에 파다한 소문의 주인공이 바로 그였던 모양이다.

"……하. 대체 저게 무슨 꼴이야."

그림처럼 고요히 서 있는 모습에 욕설이 저절로 흘러나왔다. 본래 노란색이었던 그의 머리칼이 투명할 정도로 새하얗게 탈색되어 있었다. 보라색이었던 눈동자도 마찬가지였다. 전신에서는 싸늘한 바람의 기운이 강하게 느껴졌다. 솔직히 말하면 사람이 아니라 그냥 바람의 정령으로 보였다. 블레스터와 거의 동화된 상태임이 분명했다.

그는 자신의 검을 내려다보며 고개를 기울이고 있었다. 공격이 막힌 것이 의아하다는 표정이었다. 이 상황은커녕, 눈앞에 있는 내가 누군지도 알아보지 못하는 것 같았다.

"고, 공작님?"

뒤쪽에서 혼란스럽게 중얼거리는 음성이 들렸다. 주저앉아 있던 로란이 충격에 빠진 표정을 짓고 있었다. 정령의 색을 입었어도 기본적인 체구나 이목구비는 공작 그대로였다. 이 저택의 주인이기도 한 만큼, 식솔인 그녀가 카리브디스의 외모를 알아보지 못할 리가 없었다.

"공작님이…… 어째서……."

에리나 역시 그를 알아보고 부들부늘 떨었다. 그때까지 자신의 검만 응시하고 있던 공작이 천천히 고개를 들었다. 초점 없이 탁한 눈이 로란을 응시하자 시린 빛을 담았다.

"금발……."

달싹거리는 입술 안에서 낮은 음성이 흘러나왔다. 로란과 에리나의 얼굴이 더 창백해졌다. 그가 한 걸음 내딛자 두 여인은 숨을 그대로 멈추고 굳었다. 위급한 상황에서는 잽싸게 피하는 순발력이 필요하겠지만, 이 순간에는 달아나려 했다면 오히려 그를 더 자극했을 테니 차라리 다행인 셈이었다. 하지만 그것과는 별개로 카리브디스의 행동 자체는 당황스러웠다. 로란이 있는 곳으로 가려면 우선 그들 앞에 있는 나를 지나쳐야 한다. 당연히 이길 수 없는 상대라는 것 정도는 판단했을 거다. 사실 나는 공격이 막히는 대로 그가 뒷걸음치다가 곧장 달아날 거라고 생각했다. 그런데 반대로 그는 아무렇지 않은 표정일 뿐만 아니라 이쪽을 향해 걸음을 내딛기까지 했다.

"멈춰."

그가 겁도 없이 걸어오는 게 황당해서 나는 일단 경고부터 했다. 그런데 그는 전혀 알아듣지 못한 것 같았다. 응시하는 시선에 내가 닿지 않았다. 아무리 내가 기운을 드러내지 않고 있다지만, 블레스터라면 이렇게까지 아무것도 인지하지 못할 리가 없었다. 아직 그의 의식이 카리브디스에 더 가깝다는 의미였다. 그가 그냥 스쳐 지나가려 해서 나는 황급히 팔을 붙잡았다. 그 탓에 강제로 이동이 멈추자 카리브디스가 다시 의아한 표정을 지었다. 처음으로 제대로 닿은 시선이 내 얼굴에 한 번, 머리카락 쪽에 한 번 머물렀다.

"푸른 머리. 푸른 눈. 넌 아냐……."

"너 대체……."

"황제는…… 금발에 푸른 눈……."

"……!"

"그를…… 죽여야 한다……."

"뭐, 이 미친놈아?"

속에서 울컥 열이 치밀어 올랐다. 왜 굳이 금발에 푸른 눈만 노린 건가 했더니, 그게 이사나를 겨냥한 거였던 모양이다. 정화고 뭐고 그냥 확 소멸시켜 버릴까? 강렬한 충동이 치솟으려는데 이어지는 다음 말이 실행으로 옮겨지는 걸 막았다.

"황제가…… 죽어야…… 끝난다."

"하?"

"그만 죽으면…… 주군이 원래대로…… 돌아오실 거야."

"……미치겠다, 정말."

어처구니가 없어서 한숨만 쏟아졌다. 화는 나는데 그가 무슨 의도로 이런 짓을 벌인 건지 알 것 같아서 심란한 기분이 더 컸다. 이 충직한 신하는 마지막까지 대공을 믿고 싶었나 보다. 이사나만 죽으면 이 모든 일이 전부 다 끝난다고 생각할 정도로. 그러면 차라리 정확히 목표를 노리기나 할 것이지, 그가 누군지, 이디에 있는지조차 기억하지도 못해서 그냥 무작정 돌아다니며 애먼 사람들을 살해한 거다. 폭주한 블레스터의 광기와 카리브디스의 남은 의식이 뒤섞여 만들어낸 참사였다.

"저쪽입니다! 저쪽에서 비명이!"

"……!"

그때 멀리서 다수의 인기척이 느껴졌다. 이쪽의 소음을 들은 사람들이 몰려들기 시작한 모양이었다. 잠깐이나마 느슨해졌던 공기가 급격하게 당겨지면서 얼굴이 바로 굳어졌다. 지금까지 카리브디스는 목표 대상은 물론, 그와 함께한 사람들까지 전부 다 죽였다고 했다. 이 소란이 블레스터의 광기를 자극할 가능성이 상당히 컸다.

아니나 다를까. 비교적 얌전했던 공작의 눈에 서슬 푸른 한기가 서리기 시작했다. 마치 멈춘 동력의 스위치가 켜진 것 같았다. 선명히 달아오르는 살기에 붙잡고 있는 부분이 따끔해졌다. 기운이 날처럼 솟아나 사방의 모든 것을 베어낼 것처럼 사납게 휘몰아치고 있었다.

"방해가 되는 건…… 모두 없앤다."

사납게 흘러나오는 음성은 짐승이 으르렁거리는 소리를 연상시켰다. 그와 동시에 손 안의 감각이 허전해졌다. 그의 모습이 눈앞에서 사라졌다는 걸 깨달은 건 그보다 조금 뒤였다. 공작이 공간이동을 한 거다. 가볍게 혀를 찬 후 나는 곧바로 그의 공격 방향으로 이동했다.

쿠우웅!

이번에도 물로 장벽을 만들어 공격을 막아냈다. 사납게 떨어지던 칼날이 로란의 코앞에서 멈췄다. 으득 이를 가는 소리와 함께 맞은편으로 착지한 공작이 나를 노려보았다. 두 번이나 공격이 가로막히자 드디어 나를 제대로 인지한 것 같았다. 떨고 있던 소녀는 충격을 이기지 못하고 그대로 혼절했다. "로란!" 울음을 터트린 에리나가 얼른 그녀를 받았다. 다행히 에리나는 조금 전보다는 상황을 판단하기 시작한 것 같았다. 내가 눈짓을 보내자 그녀는 얼른 로란을 부축해서 틈새의 공간으로 물러섰다.

"크으으!"

울분의 신음을 터트린 공작이 내게 사나운 살기를 보내왔다. 하지만 잔뜩 성이 난 그만큼이나 나 역시 더는 그를 지켜볼 여유가 없었다. 상대하기 어려울 것 같아서가 아니라 다른 이유 때문이었다. 조금 전 공간 이동을 시작으로 그의 전신에서 본격적으로 바람의 힘이 개방되고 있었다. 그 때문에 스멀스멀 기분이 나빠졌다. 감정에 치우치면 손속이 지나쳐질 게 뻔하다. 실수로 소멸시키기 전에 얼른 제압해야 할 것 같았다.

"감히 내 앞에서 왕의 힘을 써? 넌 정신 차리면 한 대로 안 끝날 줄 알아."

가볍게 웃어 준 다음 슬슬 몸을 풀었다. 꽤 느닷없는 조우이긴 했지만 덕분에 찾는 시간을 아끼게 됐으니 어떤 의미에서는 행운이었다. 자신을 앞에 두고 여유로운 내 모습이 이상했던 걸까? 검을 겨누고 있던 공작의 표정이 갑자기 흐트러졌다. 새삼스럽게 경계하는 시선에 조금 전에는 없던 초조함이 깃들어 있었다. 그 반응이 의미하는 바가 뻔했다.

"이제야 날 알아봤나 본데. 이미 늦었어."

손을 들어 올리자 굳어있던 공작이 움찔하더니 황급히 뒤로 물러났다. 이번에야말로 예상했던 반응과 같아서 헛웃음이 나왔다. 역시나 그대로 달아나려는 모양이었다.

"날 화나게 하지 마, 진. 지금도 엄청 참고 있거든?"

그러니까 그냥 얌전히 잡혀라. 눈으로 보낸 경고에 공작의 몸이 더욱 움찔거렸다. 그러나 어리석게도 녀석은 편한 길을 택할 마음이 없는 듯했다. 이를 악문 공작이 그대로 검을 치켜들더니 바닥을 강하게 내리찍었다. 그러자 우르릉 울리는 진동과 함께 바닥이 쩌저적 갈라지기 시작했다. 그 사이에서 쏟아지는 바람의 폭풍이 온 사방을 휘몰아쳤다.

"어디서 이딴 허접한 수작을!"

당연한 말이겠지만 내게는 아무런 의미가 없는 시도였다. 그러나 미처 생각하지 못한 부분인데, 힘을 겨루기에 건물 안은 그리 좋지 않은 장소였다. 여러 사람이 사는 곳이라면 더욱 그렇다. 그건 곧 예기치 못한 복병이 일어날 가능성이 크다는 의미이기도 했다. 이어진 상황이 바로 그런 경우 중 하나였다. 공격 범위 안에서 뜻하지 않은 기척이 느껴진 것이다.

'이런!'

익숙한 기척은 다름 아닌 레이였다. 낭패감에 돌아보자 문을 열고 나오는 아이의 모습이 보였다. 아마 근처에서 소음이 일어나니 궁금해서 나와 본 것 같았다.

"……아저씨?"

이쪽을 발견한 아이가 느릿하게 눈을 깜빡였다. 수초가 흐르는 동안 나는 빠르게 판단을 내렸다. 어차피 다른 선택의 여지가 없었다. 조금 떨어진 상태이긴 하나 충분히 크게 다칠 만한 거리였다. 연약한 아이의 몸으로는 죽을지도 몰랐다. 나는 빠르게 이동해서 레이를 잡아챈 다음 몸을 감싸 안고 굴렀다. 놀란 아이가 나를 꽉 붙잡는 것이 느껴졌다.

"레이, 괜찮아?"

거센 폭풍은 곧 잦아들었다. 바람이 흐려지는 것이 느껴지자마자 곧바로 아이의 상태부터 살폈다. 품 안에 안겨 있던 레이가 멍하니 고개를 끄덕였다. 다행히 조금 놀라기만 했을 뿐 별다른 이상은 없는 것 같았다. 그에 안심하고 나니 이번엔 한숨이 흘러나왔다. 이미 예상했던 일이라도 쓰린 기분을 감출 수 있는 건 아니었다.

"하아아."

공작의 모습이 보이지 않았다.

머릿속에서 1차전 패배를 알리는 경적이 울리는 것 같았다. 아주 잠깐의 틈이었지만 바람의 검이 다시 몸을 꽁꽁 숨기기엔 충분한 시간이었다. 아무래도 그를 잡는 건 다음을 기약해야 하는 모양이다. 그게 언제가 될지는 몰라도 상황이 더 골치 아파진 것만은 분명했다.

제5화

1.

"바보냐, 너?"

머리 위에서 가차 없이 떨어지는 냉소에 속이 뜨끔해졌다. 평소였다면 울컥했을 말이었지만, 이번만큼은 나도 반박의 여지가 없었다.

"팔까지 잡고 있었다며. 그럼 일단 제압부터 했어야지. 빠져나가는 걸 그냥 가만히 보기만 하는 것도 모자라서 놓치기까지 해? 방심하는 것도 정도가 있지. 아예 그놈한테 미리 서신이라도 보내지 그랬냐? 너 잡으러 왔으니까 얼른 멀리 달아나라고."

사실에 근거하여 쏟아지는 타박은 구구절절 옳기만 해서 한없이 작아지는 기분이었다. 물론 맞는 말이라고 기분이 안 나쁜 건 아니라서 굳은 표정까지는 숨기지 않았다. 차마 (싸우게 될까 봐) 시선을 들지도 못하고 애꿎은 바닥만 노려보는 나를 한심하다는 듯이 응시하던 라피스가 한숨과 함께 머리를 쓸어 넘겼다.

"솔직히 말해. 그냥 잡을 생각이 없는 거지?"

"아, 아냐. 물론 처음에 내가 좀 방심하기는 했어. 솔직히 걔가 그렇게까지 날 무시하고 행동할 줄은 몰랐단 말이야."

"그게 자랑이냐? 왕씩이나 돼서 하위 정령한테 우습게 보인 게 자랑이야?"

"우습게 보인 거 아니거든! 걔가 날 못 알아본 거라고! 그 녀석이 이상한 거야! 알아본 후에는 몸 사렸어! 그러니까 도망을 갔지!"

"아, 그러세요? 알아보고 달아나서 참으로 뿌듯하시겠습니다?"

"비꼬지 마. 나도 충분히 열 받으니까."

사실 상황이 이렇게 돼서 가장 많이 화가 난 사람은 바로 나일 거다. 잡을 수 있는데도 놓쳤다. 그건 생각보다 더 억울하고 허탈한 기분이었다. 지금도 그 순간만 생각하면 속이 부글부글 끓었다. 라피스 말대로 보자마자 바로 제압부터 해야 했다. 날 알아보지 못하는 게 당황스러워서 좀 더 지켜보려던 게 괜히 사건만 더 키웠다. 대체 왜 그렇게 여유를 부렸을까. 놈이 빠져나갈 틈을 내어 준 것도 황당했고, 대응해 오기 전에 미리 선수를 치지 못한 것도 어이없었다. 방심이 가장 큰 적이라더니. 그걸 이렇게 온몸으로 실감하게 될 줄이야. 아무래도 오늘 일은 두고두고 창피한 기억으로 남게 될 것 같았다.

"그래도 흔적을 찾아낸 게 어딥니까. 지난 며칠간 저희 중 아무도 성공하지 못한 일을 엘 님은 바로 해내셨네요."

한숨만 푹푹 쉬고 있으려니 덤덤한 목소리가 이어졌다. 라피스가 잔소리를 퍼붓는 동안, 문 옆에 서서 귀를 후비고 있던 데르온이었다. 위로하려고 하는 말은 아닌 것 같았지만, 오히려 그래서 더 위안이 됐다.

"맞아. 우린 아예 도움도 되지 않았잖아. 계속 엉뚱한 곳만 찾아다니고 있었는걸. 그러니까 은인도 이제 그만해."

내 옆에 앉아 있던 아스도 본격적으로 내 편을 들고 나섰다. 그에 대해서만은 라피스도 할 말이 없었는지 얌전히 입을 다물었다.

흩어져 있었던 일행의 재회는 불과 몇 분 전에야 이뤄졌다. 장소는 기존에 머무르고 있던 여관 안. 내 쪽에서 모두의 위치를 찾아낸 다음 시큐엘을 전령으로 보내 귀환하도록 연락했다. 아직 수도에 있는 공작을 며칠간 잡아내지 못했다는 건 지금 쓰는 방법이 통하지 않는다는 의미였으니까. 굳이 아까운 기력을 낭비해 가며 지금의 방식을 지속할 이유가 없었다.

공작저에서는 혼란한 틈을 타 적당히 빠져나왔다. 레이는 마침 달려오던 집사에게 떠넘기듯이 맡겼다. 다행히 다들 상황을 파악하는 것에만 정신이 팔린 상태였기에 아무도 내게는 관심을 두지 않았다. 부서진 곳이 많은 데다가 공작을 본 목격자가 있으니 한

동안은 쉽게 정리가 되지 않을 거다. 나중에 레이에게나 한번 들러 보기만 하면 될 것 같았다.

"아저씨였어요."

토끼 눈을 한 상태로 멍하니 말하던 아이가 생각나서 다시 한숨이 흘러나왔다. 상당히 정신없는 상황이었는데도 레이는 공작의 모습을 정확히 알아보았다. 공작 쪽에서 레이를 알아봤을지는 알 길이 없지만. 멈칫하는 기색도 없이 그대로 달아난 걸 보면 미처 못 봤을지도 모르겠다.

"방금 그거 아저씨가 한 거예요?"

저택을 파괴할 만큼 강렬한 공격을 퍼부은 사람이 제가 아는 아저씨라는 사실에 레이는 상당히 큰 충격을 받은 것 같았다. 공작의 편을 들 생각은 없었지만, 아이의 안정을 위해서 나는 얼른 고개를 저어야 했다.

"네가 잘못 봤을 거야."

"그치만 얼굴이 같았는걸요."

"머리 색이랑 눈동자 색도 같았어?"

"그건…… 아니요."

"그것 봐. 다른 사람이야. 세상엔 닮은 사람이 얼마든지 있거든."

거듭 강조하는 말을 듣고서야 레이는 겨우 안심한 표정을 지었다. 아마 다른 목격자인 로란과 에리나도 최종적으로는 그저 닮은 사람이라고 여기게 될 가능성이 컸다. 사람은 믿고 싶은 대로 생각하고 싶어지는 법이니까. 기존과 다른 새하얀 머리 색과 눈동자가 훌륭한 핑계가 되어 줄 것이다.

"그래서 이제 어떻게 할 건데?"

"그거야 다시 찾아야지."

이어진 라피스의 질문에 어깨를 으쓱여 보였다. 당연한 걸 왜 묻냐는 의미를 담아 바라보자 그가 얼굴을 찌푸렸다.

"사기로 유인하는 방법은 안 된다며. 다른 방도가 있는 거야?"

"보아하니 공작 쪽의 의식이 좀 강한 것 같더라고. 경계가 더 심해지긴 했겠지만 본래 목적을 금방 내려놓지는 않을 거야. 그걸 이용해 보면 되지 않나 싶어."

"흐음, 금발 벽안을 노린다고 했나? 뭐, 그건 그렇다 쳐도…… 수도 안에 같은 조건을 갖춘 사람만 해도 수두룩할 텐데. 그중 누구에게 나타날지 어떻게 알고?"

"그거야 나도 모르지. 그래도 이 시기에 대놓고 거리를 활보하고 있는 목표가 있다면, 그쪽을 노리려고 하지 않을까?"

"그 말인즉."

"라피스, 마법으로 머리랑 눈 색 바꿀 수 있지?"

웃으며 묻는 말에 라피스가 그럴 줄 알았다는 듯이 한숨을 내쉬었다.

"결국 또 미끼가 되라는 말이군. 뭐, 마력으로 유인하나 외형으로 유인하나 그게 그거니까 아무래도 상관없긴 한데. 나만 부려

먹히는 건 싫은데?"

"그게 무슨 말이야?"

"뭐긴. 저 마족들 건 변형이 안 된다는 뜻이지."

"어? 정말?"

놀라서 돌아봤더니 데르온이 난처한 얼굴로 고개를 끄덕였다.

"마족의 머리카락과 눈 색은 일종의 표식 같은 거라서요. 어떤 방법으로도 바뀌지 않습니다. 머리야 가발로 덮을 수 있다 쳐도, 눈동자 색은 건드리기 어려울 겁니다."

"아, 그렇군요. 그건 생각하지 못했네요. 할 수 없지. 일단 두 명으로 시도해 보죠, 뭐."

"두 명?"

"나 말이야. 내 머리 색은 바꿀 수 있어?"

의아하게 돌아보던 라피스가 잠시 입을 닫았다. 당황해서가 아니라 곧장 계산부터 해 보는 것 같았다. 데르온과 아스가 흥미진진한 눈으로 이쪽을 주시했다.

"안 돼?"

"아니. 가능성을 묻는 거라면 가능하긴 해. 그리 오래가진 못하겠지만."

"얼마나 지속할 수 있는데?"

"길어봤자 반나절 정도."

"흠. 그 정도면 괜찮을 것도 같은데. 일단 바꿔 줘."

우선은 다녀보다가 마법이 풀리면 다시 걸어달라고 하면 될 거다. 나름의 결론을 내린 후 부탁(이라기보다는 요구 같았지만)하자 라피스가 미간을 살짝 찌푸렸다.

"근데 넌 그 녀석이 알아보지 않겠어? 이미 한 번 접촉도 했다며."

"괜찮을 거야. 블레스터가 살짝 맛이 간 상태라 그런지 내 기운도 얼굴도 확실히 인지하지 못하는 것 같더라고. 머리 색만 바꿔도 느낌이 좀 달라지잖아? 지금 그 녀석이라면 속일 수 있을지도 몰라."

"흐음. 대책 없는 말이긴 한데, 일리는 있네."

혼잣말처럼 중얼거린 이후 라피스가 가볍게 자신의 머리카락을 쓸어올렸다. 변화는 그 즉시 일어났다. 그의 손이 마치 붓이라도 되는 것처럼, 닿은 부분에서부터 붉은 머리카락이 천천히 화사한 금색으로 물들어 가기 시작했다.

누군가를 이루고 있는 색이 눈앞에서 서서히 다른 색으로 바뀌어 가는 건 기대 이상으로 신비로운 광경이었다. 머리 위에서 시작된 변색이 순식간에 아래로 뻗어 나가며 머리카락 한 올 한 올 빈틈없이 금색으로 채웠다. 얼굴을 쓸어내리자 눈썹과 속눈썹 또한 같은 색으로 변했다. 대미를 장식한 건 그 아래 자리 잡은 눈동자였다. 손끝이 스치는 것과 동시에, 루비처럼 붉디붉은 눈동자가 짙푸른 사파이어의 색으로 변한 것이다.

일련의 과정을 끝마친 라피스는 조금 전과는 완전히 다른 인상이 되어 있었다. 그저 머리와 눈 색만 바뀌었을 뿐인데 심하다 싶을 정도로 느낌이 달랐다. 이제까지가 화려하고 강렬한 태양의 군주였다면, 지금 눈앞의 그는 우아하고 고결한 달의 기사 같았다. 한참을 빤히 바라본 끝에 나는 진지한 결론을 내렸다.

"……마법 소녀 변신 과정 같네. 아니지, 이 경우에는 마법 소년인가. 소년치곤 너무 크니까 마법 청년……?"

"뭐?"

"아무튼 놀라워. 왜 사람들이 변신한 마법 소녀를 못 알아보는지 알겠어. 안면인식장애라고 비웃었는데 지금은 이해할 수 있을 것 같아."

"뭔 소리야?"

"너 분위기가 엄청 달라져서 몰라보겠다고."

황당하다는 표정을 짓고 있던 라피스가 그 말에 피식 웃었다. 내 위대함을 이제야 깨달았냐는 듯한 표정이라 나는 감탄하던 기분을 빠르게 날려버렸다. 저 녀석은 기껏 쌓은 점수를 왜 유지하지 못할까. 저것도 재주라면 재주인 것 같다.

"자, 너도 바꿨어."

"아, 고마워."

그나마 인정할 수밖에 없는 녀석의 장점을 꼽자면 실행력이 빠르다는 점일 거다. 그의 말에 돌아보니 어느새 내 머리카락 색이 변해 있었다. 하늘을 닮은 푸른색이 사라지고 펄을 뿌린 것처럼 반짝반짝 빛나는 연한 꿀 색이 그 자리를 대신했다. "대부는 금발도 잘 어울리네." 아스의 칭찬에 기대감이 솟았다. 마침 근처에 큰 전신 거울이 있어서 그 앞에 서 보니 평소의 푸른 머리칼이 아닌 금발을 한 내 모습이 보였다. 둘 다 밝은 계열이기 때문인가? 내 경우엔 머리 색이 바뀌어도 라피스만큼 극단적으로 다른 느낌은 아니었다. 그래도 어느 정도는 분위기가 변하긴 한 것 같았다. 금발의 나는 이런 느낌이구나. 머리카락을 조금 매만져 보고 있으려니 가슴 속이 근질거리는 것 같았다. 결국 참지 못하고 웃어 버렸다.

"헤헤."

"뭘 그렇게 기분 나쁘게 웃어?"

"이렇게 하니까 나 엘뤼엔이랑 좀 닮지 않았어?"

어리둥절하게 보고 있던 라피스가 그 말에 얼굴을 왕창 찌푸렸다.

"머리랑 눈 색이 같다고 다 닮았다고 하는 게 아니거든. 왜, 이사나도 그 녀석이랑 닮았다고 하지? 그렇게 치면 지금의 나도 닮은 거겠네."

"……칫."

역시 그렇게까지는 아닌가.

머쓱해지는 기분을 감추기 위해 나는 거울 속의 내 모습에 시선을 집중했다. 솔직히 내가 생각해도 엘뤼엔과 나는 이목구비가 완전히 다른 편이었다. 빈말로도 닮았다고 하는 건 양심이 없는 것 같긴 했다.

'그런데 묘하게 익숙한 기분이…….'

뭐지? 왜 이런 기분이 드는 거지? 고개를 갸웃거리고 있는데 데르온이 묘한 표정으로 말했다.

"그 모습을 보니 그때 '그분'이 떠오르네요."

"네? 아……."

무슨 말인지는 금방 깨달았다. 나는 쓰게 웃으며 거울 속의 내 모습을 손으로 쓰다듬어 내렸다.

"그렇네요. 어디서 봤나 했더니. '엘'이랑 닮았구나."

비록 카노스가 연기했던 가짜였지만, 모습만은 시벨리우스의 기억을 그대로 본떴다고 했었지. 조금 들떴던 기분이 천천히 가라앉았다. 미궁 속에 빠지는 바람에 억지로 묻었을 뿐, 완전히 그 존재를 잊고 있던 건 아니었다. 때때로 이렇게 기억을 되짚어 볼 기회가 생길 때마다, 나는 여전히 그가 궁금했다. '엘'은 정말 시벨리우스의 망상 속에 불과한 존재일까? 그게 아니면…….

'아니, 더는 생각하지 말자. 아무렴 어때. 지금은 내가 엘이잖아.'

거울에 비친 나를 향해 중얼거렸다. 내 아들은 너밖에 없다고, 엘뤼엔이 그렇게 말했다. 그 말을 믿었다. 시벨리우스와도 엘이 쌓은 것만큼의 유대감을 만들어냈다고 생각한다. 설령 진짜 엘이 나타나더라도, 그가 이전처럼 나를 밀어내지 않을 거란 자신도 있었다.

……그래도 지금 이 자리에 그가 함께하지 않아서 다행이다. 시벨리우스가 지금 내 모습을 봤다면 굉장히 심란해 했을 것 같았

다. 그리고 그런 그를 보고 나는 또 상처받았겠지. 그런 경험은 이제 그만하고 싶었다.

일어나지도 않은 일을 두고 미리 전전긍긍하지 말아야지. 그때 일은 그때 가서 생각하자. 머리로는 늘 다짐하면서도 실천이 잘 되지 않는 부분을 다시금 굳게 되새겼다.

기분을 전환하기 위해 입꼬리를 씩 들어 올렸다. 거울 안에 있는 내가 후련한 듯 아닌 듯 묘한 웃음을 짓고 있었다. 그 모습이 다른 사람인 것처럼 느껴져서, 조금은 씁쓸했다.

2.

본격적으로 블레스터를 낚기 위한 작전이 시작됐다. 사실 작전이라고 해 봤자 그저 무작정 거리를 돌아다녀 보자는 것밖에 없었기 때문에 딱히 작전이라고 할 만한 건 아니었다. 수도가 상당히 넓은 편이라는 걸 참작하면 오히려 대책이 없는 거나 다름없었다. 다만 마족의 힘이 미끼를 더 강화할 수 있을 거라는 판단에 따라, 두 명씩 팀을 나눠서 행동하기로 했다.

그 결과 나는 데르온과, 라피스는 아스와 각각 한 팀이 됐다. 본인의 의사와는 상관없이 힘의 균형만을 생각한 결정이었다. 정령왕인 나야 여차하면 왕의 권능으로 블레스터를 굴복시킬 수 있겠지만, 라피스의 경우에는 그게 아니니 그쪽에 좀 더 강한 힘을 몰아주는 게 맞았다. 그런 점을 고려하면 아스가 함께하는 게 더 적합했다. 이미 데르온보다도 아스가 강하다는 건 숨길 수도 없이 당연한 사실이었으니까. 물론 아스는 불만스러워했지만 말이다.

“내가 대부와 가고 싶었는데. 하지만 이렇게 해야 효율이 더 높다면 그렇게 할게.”

투덜거리면서도 아스는 고집을 피우지는 않았다. 갓 태어날 때부터 기특하던 대자는 성장한 후에도 대견하기 그지없어서 나는 감동하지 않을 수가 없었다. 다시 생각해도 흐뭇한 기분에 실실 웃고 있자니 옆에서 데르온이 땅이 꺼지게 한숨을 내쉬었다.

“나중에 절 얼마나 괴롭히실지.”

“네? 뭐가요, 데르온?”

“아아, 별거 아닙니다. 주군이 갈수록 마족다워지셔서 대단히 감격스럽다는 뜻이었습니다.”

뜻 모를 대꾸에 어리둥절해졌지만 데르온은 그 뒤의 말을 아꼈다. 표정은 자긍심이 넘치는데 어째선지 안색은 좋지 않았다. 그보다 마족다워진다는 말은 칭찬이라고 할 수 없지…… 않나? 마족이 마족다워진다는 거니까 칭찬이라고 봐야 하는 건가. 왠지 돌이켜볼수록 기묘한 기분이 들어서 더는 웃을 수가 없었다.

“그나저나 이렇게 다닌 지도 벌써 시간이 꽤 흘렀군요. 슬슬 반응이 오면 좋을 텐데 말입니다.”

데르온의 말에 나는 동의의 뜻으로 고개를 끄덕였다.

나와 그는 몇 시간째 사람이 많은 번화가만 골라 다니는 중이었다. 외모를 최대한 많이 노출해서 주변의 이목을 끌려는 생각이었다. 바람은 소문에 민감하니 분명 어디선가 숨어서 정보를 얻고 있을 거다. 이런 시기에 금발과 푸른 눈을 지닌 사람이 거리를 돌아다니면 쉽게 사람들의 화제에 오르내릴 거고, 그러다 보면 블레스터에게도 소식이 전해질 가능성이 컸다.

예상대로 내가 지나는 곳마다 사람들은 수군거리기에 바빴다. 그래서 알게 된 건데, 공작저에서 느꼈던 것보다 바깥의 분위기가 훨씬 더 심각했다. 저택 안의 사람들이 들려오는 소문에 긴가민가해 하는 느낌이었다면, 이곳은 이미 현실적인 공포에 잠식된 상태였다. 원래 머리 색일 땐 몰랐던 분위기가 금발이 되고 나니 확연하게 와 닿았다.

평소엔 손쉽게 호감을 사는 편인 내 외모가 오늘은 껄끄러운 눈길을 더 많이 받았다. 역병이라도 되는 듯 기겁해서 물러서는 사람까지 있을 정도였다. 범행이 주변까지 전부 다 몰살하는 방식이다 보니, 아무래도 다들 지나치게 몸을 사리게 된 것 같았다.

거리에서나 집 안에서나 금발을 편하게 드러내고 있는 사람이 아무도 없었다. 모두 모자를 눌러쓰거나 안경 비슷한 것을 써서 모습을 가리고 다니기 바빴다. 내게는 잘된 일이긴 했다. 블레스터의 표적이 더 좁혀진다는 의미였으니까. 그런 것치곤 너무 오랫동안 반응이 없긴 했지만.

"어디서 뭘 하는 거람. 얼른 나타날 것이지."

"며칠은 각오해야 할지도 모르겠군요. 왕과 마주친 직후니 한

동안은 숨어 있지 않겠습니까? 경솔하게 움직이면 잡힌다는 걸 알 테니까요."

"아뇨. 평소라면 그렇겠지만 지금은 그런 이성적인 판단은 내리지 못할 거예요. 오히려 초조해져서 더 빨리 목표를 달성하려고 할걸요?"

"아, 그럴 수도 있겠습니다."

크게 깨우쳤다는 표정을 지은 데르온이 묵묵히 고개를 끄덕였을 때였다.

"이보시오, 거기."

누군가가 부르는 소리에 돌아봤더니 한 사람이 서 있었다. 후드를 깊이 눌러써서 얼굴까지 거의 다 가린 차림을 한 남자였다. 반사적으로 그가 금발에 푸른 눈동자를 가지고 있다는 걸 알 것 같았다.

"저한테 할 말 있으세요?"

용건이 짐작됐지만 일부러 모른 척 묻자 남자는 끄응 하고 신음을 삼켰다. 화를 내고 싶은데 나와 데르온의 분위기 때문에 쉽게 입을 떨어트리지 못하는 것 같았다. 주위에 있는 사람들이 그런 그를 응원하듯이 응시했다. 그들의 눈길에 용기를 얻었는지 남자가 딱딱한 어투로 말했다.

"내가 웬만해서는 참견하지 않으려고 했는데 말이오. 아까부터 자꾸 이 근방을 배회하는 것 같아서 아무래도 안 되겠소. 지금 이런 시기에 왜 머리를 가리지 않고 다니는 거요? 다들 서로를 배려하고 있는데 이렇게 되면 아무런 소용이 없잖소! 당신 하나 때문에 모두에게 피해가 돌아온단 말이오!"

"머리가 왜요?"

"당신은 금발에 푸른 눈이잖소. 설마 아무런 소문도 듣지 못했소?"

"아, 뭔지 알아요. 어느 미친 녀석이 금발에 푸른 눈을 가진 사람을 죽이러 다닌다는 거요?"

"그걸 알면서 그러고 있단 말이오?"

"당연히 알죠. 오히려 아니까 이러고 있는 건데요."

"그게 무슨……."

"그 녀석을 제가 좀 만나보고 싶어서요."

남자가 말문이 막힌 듯 입을 벙긋거렸다. 지켜보는 다른 사람들의 반응 역시 마찬가지였다. 나는 그 반응을 돌아보는 대신 데르온을 응시했다. 그가 고개를 끄덕이는 것을 보니 조금 전부터 마음에 걸리던 감각에 확신이 생겼다. 우리 둘 사이에 오가는 신호를 알아보지 못한 남자는 버럭 화를 냈다.

"살인마를 만나고 싶다니! 만용을 부려도 정도가 있지! 보아하니 젊은 날의 호기로 뭔가 해 보려는 모양인데, 그자를 잡는 건 경비대가 할 일이오! 그 살인마는 표적만이 아니라 주변인까지 전부 다 죽인다고 했소! 괜히 당신 때문에 이곳에 피해가 생기면 어떻게 할 거요? 정말 그자가 나타나기라도 하면……!"

"흠. 그쪽도 금발에 푸른 눈인가 봐요. 그렇게 얼굴을 다 가리고 있는 걸 보면."

"그, 그렇소! 그러니 당신도 속히 그 모습을 가려 주시오!"

"음, 그전에 확인 좀 더 해보구요."

"뭐, 뭐요?"

"당신 머리랑 눈 색이 뭐라고요?"

"나도 금발에 푸른 눈이라고 했잖소! 미친 살인마가 노리고 있는 색이라고 해서 내가 요즘 계속 가리고 다니느라 얼마나 고생을……!"

됐다.

웃음이 지어지려는 걸 간신히 억눌렀다. 아무리 나라도 이런 분위기에서 웃는 게 눈치 없어 보인다는 건 알고 있었으니까. 대신에 나는 검지를 들어 입술에 가져갔다. 한창 따지려 들던 남자가 그 동작에 당황한 기색을 보였다. 나는 고개를 슬쩍 틀었고, 남자 또한 내가 응시하는 방향을 따라 시선을 돌렸다가 어깨를 흠칫 떨었다. 그곳에 서 있는 사람을 그제야 발견한 것이다. 머리끝부터 발끝까지 온통 새하얀 색을 지닌, 사람보다는 혼령에 가까워 보이는 남자의 모습이.

"뭐, 뭐야, 저건."

마찬가지로 뒤늦게 알아차린 구경꾼들이 술렁거리기 시작했다. 파랗게 질리는 얼굴들을 보아 한눈에 심상치 않은 존재라는 걸 알아차린 것 같았다.

"……금발. 푸른 눈."

새하얀 남자—카리브디스 공작의 입에서 나직한 중얼거림이 흘러나왔다. 바람이 불지도 않는데 머리카락이 흩날리고 있었다. 사실 그 자체가 이미 바람이나 다름없었지만.

"그래. 그게 키워드였구나."

뒤늦은 깨달음에 쓴 웃음이 나왔다. 조금 전부터 저 단어가 언급될 때마다 주위의 기류가 미묘해지는 것이 느껴졌었다. 그래서 일부러 더 많이 언급되도록 유도해 봤는데 정말로 짐작이 맞았다. 아무래도 그는 '금발'과 '푸른 눈'이라는 말이 언급되는 장소를 주로 찾아다니는 모양이었다. 그러고 보니 공작저에서 나타났을 때도 한창 연쇄 살인범이 노리는 특징을 말하고 있을 때였었지. 여관에서 일행들과 대화할 때는 아무런 반응이 없었던 것 같은데. 아마 본인보다 약한 존재의 음성만 감지하는 걸지도 모르겠다. 소가 뒷걸음질 치다 쥐를 잡은 격의 성과였지만, 이제라도 알아내서 다행이었다.

공작의 텅 빈 눈동자가 스산하게 주위를 훑다가 나를 발견하더니 날카로운 빛을 품었다. 뚫어질 듯한 시선이 내 머리카락과 눈동자를 차례대로 응시했다. 금방이라도 베어낼 듯이 선명한 살기가 닿았다. 예상은 했지만 역시 내 정체는 알아보지 못하는 것 같았다. 데르온이 옆에서 자신의 마력을 강하게 풀어내는 중이라 기운이 뒤섞여 있긴 할 거다. 안 그래도 감각이 흐려진 상태니 인지하지 못할 만도 했다.

"곧 올 거예요. 데르온, 주위에 피해가 번지지 않도록 방어 좀

해 줘요."

"네, 알겠습니다."

말이 떨어지기가 무섭게 눈앞에서 공작의 모습이 사라졌다. 정확히는 사라졌다고 느낀 건 찰나였다. 곧바로 내 눈앞에 다시 나타났으니까.

"……!"

위에서부터 세찬 바람이 쏟아져 내렸다. 순식간에 거리를 좁혀 온 그가 높이 치켜든 검을 나를 향해 내려쳤다. 피할 만한 거리도, 시간도 부족했기 때문에 나는 맞서는 쪽을 택했다. 즉석에서 물로 검을 만들어낸 후, 그대로 묵직한 공격을 막아냈다.

콰지직! 쿠우웅!

코앞에서 두 개의 검 날이 아슬아슬하게 교차했다. 둘 다 금속이 아니라서 그런지 날이 부딪치는 소리가 이상하게 울렸다. 마치 번개가 치는 소리 같았다.

실제로도 부딪힌 부분에서 잠시간 강렬한 빛이 튀었다. 터져 나온 압력에 의해 양쪽으로 거센 바람이 퍼져나갔다. 바닥의 감각이 달라진 걸 보면 땅도 같이 파인 것 같았다. 그나마 데르온이 수습을 잘해 준 덕분에 뻗어간 기세가 사방에 피해를 주는 건 막았다. 아니었다면 온 지대가 파괴되고 물건들이 전부 다 날아갈 뻔했다. 덕분에 상황을 늦게 파악한 사람들이 한 발짝 나중에 술렁거렸다.

"뭐, 뭐야!"

"대체 무슨 일이 벌어지고 있는 거야?"

모두가 눈을 휘둥그렇게 뜨고 이쪽을 바라보았다. 조금 전까지 멀찍이 떨어져 있던 하얀 남자가 어느새 내 앞에서 검을 들이밀고 있는 것도, 우리가 대치한 곳이 움푹 가라앉아 있는 것도 이해하지 못하는 표정이었다.

"금발……. 푸른 눈을……죽인다."

그러나 다음으로 공작이 하는 말은 비교적 똑똑하게 들린 것 같았다. 이미 동요하고 있던 사람들의 낯이 한순간에 흙빛이 됐다. "히이익! 살인마다!" 누군가가 비명을 지른 것을 시작으로 그들은 혼비백산해서 달아나기 시작했다. 이쯤에서는 차라리 달아나 주는 게 고마웠기 때문에 안도감이 들었다. 단지 경비대가 신고를 받고 달려오기 전에, 상황을 빠르게 해결해야 한다는 숙제가 떨어지긴 했지만.

검에 가해지던 압력이 떨어졌다. 살짝 뒤로 물러난 공작이 다시금 재차 공격을 이어왔다. 파직, 파지직! 서로 힘이 부딪칠 때마다 계속해서 전류가 튀었다. 날 공격하는 건 블레스터의 본체만이 아니었다. 이미 뺨을 스치는 바람조차 무기나 다름없이 날카로워진 상태였다. 피해자들이 전신에 난도질당해 죽은 것처럼 보였던 것도 이 때문이었던 모양이다. 나는 아슬아슬한 간격으로 공격을 막아내면서 조금씩 공작과의 간격을 좁혀 나갔다. 이번엔 같은 실수를 반복할 생각이 없었기 때문에 달아날 여지를 주지 않을 예정이었다. 한동안 막아내는 쪽에만 집중하다가 그가 이 패턴에 적응할 때쯤 불쑥 앞으로 치고 들어갔다. 내가 갑자기 바짝 다가선 것에 당황한 공작이 한순간 균형을 잃었다. 나는 그 틈을 놓치지 않고 그의 멱살을 움켜쥔 다음, 다리를 꺾어 바닥에 매쳤다.

쿠웅!

바닥에 눕혀진 공작은 제게 일어난 일을 잠시 이해하지 못한 듯했다. 멀뚱멀뚱 눈만 깜빡이고 있는 그를 내려다보며 빙긋 웃어 주었다.

"안녕, 진. 또 만나네."

"……."

미간을 찌푸리던 공작이 그 말에 멍하니 눈을 깜빡였다. 곧 그 눈동자에 빛이 들어오면서 기색이 단숨에 변하는 것이 느껴졌다. 내가 누군지 알아본 것이다.

그건 진이 차지한 의식이 공작보다 더 커졌다는 의미이기도 했다. 당혹감을 드러낸 공작, 아니, 진이 재빠르게 몸을 일으키려고 해서 나는 다시 움켜잡고 있던 부분을 내리눌렀다. "큭!" 나직한 신음과 함께 그의 몸이 재차 바닥에 처박혔다. 여기서 얌전히 항복을 선언해 주면 더 좋았겠지만, 상대도 그리 호락호락한 성격은 아니었다. 이미 다 붙잡힌 거나 다름없는데도 그는 도주를 포기하지 않았다. 바람이 더 강해진다 싶더니 공작의 몸이 흐릿해졌다. 이번에도 왕의 힘을 쓰려는 거다.

"어딜!"

정령왕의 자존심이 있지, 같은 수법에 두 번 당해 줄 생각은 없었다. 무엇보다 이번에도 눈앞에서 놓치면 평생 미네의 눈을 똑바로 바라볼 수 없게 될 것 같았다. 나는 곧바로 물을 일으켜 공작의 몸을 얽매었다. 잠시 흐릿해졌던 육체가 내 기운에 붙잡혀 다시 선명해졌다. 물론 거기서 만족할 생각은 없어서, 얼음 사슬을 만들어 그의 목을 비롯한 팔과 다리, 발목까지 채운 후 바닥에 단단히 고정했다.

"흐으윽!"

온몸에 가해지는 압력이 버거웠는지 그가 거친 숨을 토해냈다. 저항하는 힘이 생각보다 거셌지만, 그를 제압하고 있는 내가 더 강했다. 시간이 좀 더 흐르자 그도 더는 의미가 없다는 걸 깨달은 것 같았다. 버둥거리던 몸에서 차츰 힘이 빠져나갔다. 사방에 몰아치듯이 부는 바람은 여전했지만, 조금 전만큼 날카로운 느낌은 아니었다. 한층 기세가 수그러진 그를 확인한 후 나는 다시 웃어주었다.

"그 힘으로 날 공격하려고 하지 않은 건 기특한데 말이야. 이제 그만하지? 네가 그 힘을 쓰려고 할 때마다 진짜 기분 나쁘거든. 온몸에서 소름이 돋아서 끔찍한 느낌이야. 날 그렇게 화나게 하고 싶어?"

"크……. 절…… 놔……주십……."

"아니. 놔야 할 건 네 쪽이지. 그 몸의 지배를 풀어, 진. 이만 공작을 놓아줘."

진의 눈동자가 파르르 떨렸다. 보처럼 기회를 줬건만 그는 내 말을 따를 생각이 없는 것 같았다. 간절한 눈빛이 와 닿는 걸 무시한 채, 나는 가볍게 한숨을 내쉬었다.

"네가 안 하겠다면 내가 강제로 할 수밖에 없어."

정령인 진이라면 조금 더 까다로웠겠지만 지금 진은 공작의 몸으로 움직이고 있으므로 인간에 더 가까웠다. 그리고 인간에겐 쓸 방법이 아주 많았다. 혈액의 이동을 느리게 하는 즉시, 신의 얼굴이 창백해지더니 경련을 일으켰다.

"커, 커흑! 커허헉!"

동공이 확장되고 벌어진 입에서 신음이 터져 나오기 시작했다. 나는 그 틈을 타 손을 억지로 벌리게 했다. 그가 움켜쥐고 있는 진의 본신, 블레스터를 떼어내기 위해서였다. 마치 달라붙는 것처럼 기운이 얽힌 것을 강제로 분리해서 떨어트리자, 헉— 하고 간헐적인 숨이 터져 나왔다. 이윽고 부들부들 떨고 있던 몸이 그대로 축 늘어졌다. 투명하도록 새하얗던 육체에 점차 본래의 색이 돌아오기 시작했다. 블레스터가 분리되면서 그의 지배에서 벗어난 것이다.

"끝난 겁니까?"

데르온의 질문에 고개를 끄덕였다. 완전히 의식을 잃은 공작을 잠시간 시선으로 살핀 후, 나는 내게 붙잡힌 블레스터를 내려다보았다. 아마 상아처럼 새하얀 검이어야 할 텐데, 긴 검신이 오물이 묻은 것처럼 시커먼 검댕으로 가득했다. 느껴지는 기운도 청명한 바람이 아니라 피 냄새 섞인 사기에 더 가까웠다. 다만 전체적으로 기운이 많이 약해져 있어서 그다지 위협적인 느낌은 들지 않았다.

날은 잔뜩 무뎌지다 못해 듬성듬성 이가 나가 있는 볼품없는 모습이었다. 조금 전 겨룰 때까지만 해도 멀쩡했던 것 같은데. 아마도 억지로 분리된 충격 탓에 다친 것 같았다.

"안 그래도 못난 녀석이 더 못나게 됐네. 그러게 순순히 지배를 풀라니까. 말로 할 때 들었으면 서로 고생할 필요도 없고 좋았잖아."

쯧쯧 혀를 차 주자 검신이 부르르 떨렸다. 이 와중에도 발끈하는 것이 가소로워서 나는 그대로 힘을 불어넣었다. 치이익, 기름이 끓는 것 같은 소리가 퍼지면서 녀석의 몸에서 수증기가 피어올랐다. 동시에 내가 잡은 부분에서부터 검 끝까지 빠르게 서리가 내려앉기 시작했다. 요동치던 녀석은 하얗게 얼어붙고 나서야 다시 얌전해졌다.

"너 정말 학습 능력이라는 게 없구나? 내가 화나게 하지 말라고 했던 것 같은데. 여러 번 경고하게 하지 마. 너도 아픈 건 싫을 거 아냐."

다행히 이번엔 말귀를 알아들었는지 반발이 돌아오지 않았다. 기세도 조금 전보다 한층 수그러진 것 같았다. 진작 이럴 것이지. 만족하면서 시선을 거두는 데 찌르는 듯한 시선이 느껴졌다. 데르온이 묘한 얼굴로 나를 바라보고 있었다.

"왜요?"

"음, 아뇨. 요즘 들어 엘 님이 점점 더 박력 있어지시는 것 같아서 말입니다. 특히 오늘 모습은 그저 탄복할 수밖에 없네요. 과연 마신께서 정하신 아스 님의 대부답다는 느낌입니다."

"……성격 더럽다는 말을 그렇게 거창하게 하지 않아도 돼요."

"더럽다뇨! 그저 마족의 귀감이 될 만하다고 생각했을 뿐입니다."

그러니까 그게 바로 더럽다는 거잖아!

울컥거리려는 속을 억누르고 크게 심호흡했다. 기분이 거칠어졌다는 자각은 있었지만, 다른 사람까지 내 상태를 알아볼 정도인 줄은 몰랐다. 돌이켜 보니 평소에는 잘 하지 않는 언동을 많이 하긴 한 것 같다. 화가 나서 그런 거라 생각했는데, 이런 상태라서 화가 더 많이 났던 걸지도 모르겠다. 사실 닭이 먼저냐 알이 먼저냐 만큼이나 의미 없는 순서이긴 했다.

"그나저나 이게 말로만 듣던 블레스터군요. 폭주가 진행되었다고 하더니, 과연 정령검이라고는 믿을 수 없을 만큼 살기가 굉장합니다. 이 정도면 수천은 잡아먹었겠네요."

호기심을 가득 드러낸 데르온이 내 옆을 기웃거리며 검을 살폈다. 나는 씁쓸하게 웃으며 이 빠진 검을 다시 내려다보았다.

"4천 년 전에 만들어진 검이니까요. 그보다 더 많은 피를 묻혔을지도 몰라요. 진작 폭주하지 않고 지금까지 버티고 있었던 게 오히려 천운인 셈이죠."

"한번 만져 봐도 됩니까?"

"건드리지 않는 게 좋아요. 앤 지금 피를 취하려는 본능이 더 강한 상태예요. 내 손에 있어서 얌전해졌지만, 다른 자가 닿으면 다시 육체를 장악하려고 할 거예요."

"흠, 그래도 전 마족인데. 제가 이기지 않겠습니까?"

"앤 진이거든요? 저기 쓰러져 있는 남자도 정신력이라면 남부러울 것 없는 소드 마스터라고요. 상급 정령의 힘을 우습게 여기면 큰코다쳐요."

"그거 꽤 도전 의식이 생기는데요?"

약간의 흥미만 담겨 있던 눈빛이 본격적으로 반짝거리기 시작했다. 조심하라는 당부가 오히려 쓸데없는 승부 근성을 자극해버린 듯했다.

"뭐, 굳이 겪어 보겠다면 말리진 않을게요. 장악당하면 또 분리하면 되니까요."

"정말이시죠? 그럼……."

"다만 데르온의 몸이면 제압하는 게 더 어려울 테니 내가 좀 많이 거칠게 대하더라도 이해해요. 혹시 다치더라도 치료하면 되니까요. 내 치료 실력은 알죠? 숨만 붙어 있으면 살릴 수 있는 거. 마족은 머리가 떨어져 나가도 한동안은 숨이 붙어 있다고 들었는데 이 기회에 시험해 볼까……."

"……안 건드리겠습니다."

성큼 가까워졌던 손이 슬그머니 내려갔다. 무모해 보이면서도 결과가 뻔히 보이는 승부는 피하는 게 지극히 그다웠다. 피식 웃은 후, 나는 블레스터를 응시했다. 정확히는 그 몸을 이루고 있는 진의 영혼을.

"진, 너도 하고 싶은 말이 많겠지. 우리 잠시 대화 좀 할까? 내가 도와주면 잠시나마 원래의 모습으로 돌아갈 수 있을 거야. 네가 모습을 찾는 걸 허락할게."

블레스터를 쥐고 있던 손을 앞으로 뻗은 후 내 기운을 실었다. 그러자 검신에서부터 바람이 일더니, 색이 빠져나가는 것처럼 블레스터가 천천히 흐려지기 시작했다. 거의 투명한 형태만 남기고 빠져나간 기운들은 그대로 내 눈앞에서 뭉쳐져 하나의 형태를 만들어냈다. 어깨 아래까지 풍성하게 흩날리는 달빛의 머리칼. 그만큼이나 화사한 색감을 담은 눈동자. 수려한 얼굴 아래, 길고 곧은 남성의 체형이 차례대로 완성을 이루었다. 내가 아는 것보다는 매우 흐릿해 보였지만, 분명한 진의 모습이었다.

—물의 왕을 뵙습니다.

진이 한쪽 팔을 가슴 위까지 들어 올리는 자세를 취하며 경례했다. 정중한 인사였지만 마냥 웃으며 반길 수가 없었다. 폭풍이 정신없이 휘몰아치듯이, 진들은 대체로 씩씩하고 기운찬 존재들이었다. 그런데 눈앞의 진은 그저 고요하기만 했다. 표정은 건조했고, 눈동자도 공허했다. 다른 진에게서 느껴지는 생명력 넘치는 활기가 그에게서는 거의 느껴지지 않았다. 그는 움직이지 않는 바람이었다. 바싹 말라붙어 사그라지는 낙엽처럼, 그대로 소멸해도 전혀 이상하지 않을 것 같은.

—제가 다시 이 모습을 할 수 있게 되다니. 이런 날이 올 거라고는 생각하지 못했습니다. 기회를 내려 주신 물의 은혜에 감사드립니다. 더불어, 저

지른 무례에 용서를 구하고 싶습니다.

"……아냐. 지금까지 많이 힘들었지? 고생 많았어."

—제게 주어진 의무를 다했을 뿐입니다.

담담하게 답하는 얼굴에 지난 세월을 원망하는 기색은 없었다. 그게 오히려 더 서글픈 느낌이라 표정이 좋게 지어지지 않았다. 자꾸만 굳어지려는 얼굴을 억지로 내색하지 않으려니 더 울상이 되는 것 같았다. 진이 그런 나를 가만히 지켜보다가 살짝 고개를 옆으로 기울였다.

—제가 언제부터인가 많은 것들을 잘 느끼지 못하게 됐습니다. 결례인 줄은 압니다만, 질문을 드려도 되겠습니까?

"얼마든지."

—물의 왕께서 지니고 계신 모습이 제가 아는 분과 다르신 것 같습니다. 혹시 제 착각입니까?

"아니, 착각 아니야. 얼마 전에 세대교체를 했거든."

—아, 역시 그렇군요.

"응. 그리고 나만 바뀐 게 아니야. 바람도, 세대가 바뀌었어."

—……!

그 말에 잔잔하던 진의 표정이 동요를 드러냈다. 그는 무슨 말이냐고 되묻는 대신 천천히 고개 들고는 가만히 눈을 감았다. 정보를 실감하는 가장 빠른 방법으로, 주변의 공기를 느껴 보려는 것 같았다.

—느껴집니다. 바람이…… 달라졌군요. 다른 왕의 기운이라는 걸 알겠습

니다.

그리 오래지 않아 그는 내가 말한 사실을 받아들였다. 다시 눈을 뜬 진은 조금 서글픈 얼굴을 했다.

—그분께서는 드디어…… 안식을 얻으셨군요.

그럼에도 나직하게 중얼거리는 음성은 진심으로 안도하고 있었다. 그가 말하는 '그분'이 누구를 말하는 건지 모를 수가 없었다. 이 마음 착한 정령은 끝까지 미네르바를 위하는 마음만 가득한 것 같았다. 아무런 내색 없이 묵묵히 감당하고 있는 진을 보고 있으니 다시금 마음이 뭉클해졌다. 나는 이 순간을 위해 준비해 왔던 말을 꺼냈다.

"그 미네르바가 떠나면서 내게 널 부탁했어."

—왕께서…… 저를?

"너를 많이 걱정했어. 미안하다고 전해 달라고 했어."

—…….

전달받은 말이 의외였던 걸까. 진은 당황한 표정을 숨기지 않았다. 모르는 사이에 왕이 바뀌었다는 사실보다, 미네르바가 남긴 전언에 더 크게 놀란 것 같았다.

—왕께서 왜 그런 말씀을 전하셨는지 모르겠습니다. 저는 감히 그런 말씀을 들을 주제가 못 됩니다. 오히려 저는 그분의 흠이자 치부였습니다. 바람의 명예를 위협하는…… 변절자와 다름없었을 것인데…….

"난 충분히 이해되는데. 네가 왜 그런 결정을 했는지 알아. 미네르바를 도와주고 싶었던 거잖아."

—하지만…….

"넌 네가 사랑하는 사람을 위해서 가장 힘든 역할을 한 것뿐이야. 그건 누구도 부정할 수 없는 사실이지. 지난 시간 동안 매우 괴롭고 힘들었잖아. 그러니까 이제는 편해져도 돼. 넌 그럴 자격 있어."

그건 그를 만나면 꼭 해 주고 싶었던 말이었다. 홀로 다치고 비난받는 길을 걷느라 정말 고생이 많았다고. 그러니 이제는 모든 책무에서 벗어나 편해져도 된다고. 그동안 외면받고 상처받았던 만큼, 누구라도 한 명쯤은 그런 말을 해 줘야 할 것 같았다. 앞으로 이어질 그의 삶은 행복한 일만 있기를 바랐다. 지금 눈앞에 서 있는 지치고 고된 기색이 가득한 정령의 모습을 보니 그런 마음이 더 간절해졌다.

—이번 물의 왕은, 무척 다정하신 분이시군요.

진의 무표정하던 얼굴에 희미한 미소가 떠올랐다. 그의 눈가에서 빛이 떨어지는가 싶더니, 눈물이 흘러내렸다. 본인도 의식하지 못했던 것인 듯 조금 놀란 표정을 지은 그가 황급히 눈물을 닦아 냈다.

—미네르바께서는…… 어떠셨습니까?

이어진 목소리는 한층 잠겨 있었다. 의아한 시선을 보내자 그가 망설이다가 말을 이었다.

—왕께서는…… 믿었던 연인에게 배신당하신 충격으로 상심이 크셨습니다. 제가 아는 건 그것뿐입니다. 그 뒤로 그분은 어떻게 지내셨는지, 늘 염

려되고 궁금했습니다. 그분께서는 평온하셨습니까? 외롭게 계시지는 않으셨습니까?

"……난 이전의 미네르바는 잘 몰라. 하지만 내가 봤던 그라면, 평온해 보였어. 잘 웃지는 않았지만 가끔은 미소 지었고, 모두와의 자리에도 곧잘 어울렸어. 적어도 외롭지는 않았을 거라고 생각해."

—그렇군요. ……그거면 충분합니다. 알려주셔서 감사합니다.

다시 고개를 들었을 때 진은 모든 근심을 떨쳐낸 후련한 얼굴을 하고 있었다. 한결 나아진 표정에서, 이제야 바람의 정령다운 활기가 감돌았다. 그 모습이 보기 좋아서 나도 같이 따라 웃었다.

"질문은 다 끝났어?"

—예. 물의 왕께 진심으로 감사드립니다. 이제야 제가 맡은 소명을 끝낼 수 있게 되었습니다. 홀가분하게 떠날 수 있을 것 같습니다. 다만, 왕께서 괜찮으시다면 떠나기 전에 한 가지 전언을 남기는 것에 대해 허락을 구하고 싶습니다.

"응? 떠나긴 어딜 떠나?"

—예? 아, 그러니까…… 명계로요?

"누구 마음대로 명계로 가는데?"

—……저는 이제 소멸하는 거 아닙니까?

진은 오히려 어리둥절하다는 표정을 지었다. 저항이 유독 심하다 했더니, 내가 자신을 소멸시키기 위해 붙잡았다고 생각한 모양이다. 사실 이대로 검의 봉인을 해지하면 내가 따로 건드리지 않아도 그는 그대로 소멸의 궤도를 걷게 될 거다. 전대 미네르바가 처음 부탁했던 내용도 그것이긴 했다. 그 뒤로 상황이 많이 달라져서 그렇지.

"음, 혹시 소멸하고 싶었다면 미안한데. 너 아직 소멸 못 해."

—네?

"네 상사한테 부탁을 받은 게 있거든. 아, 예전 상사 말고 지금 상사를 말하는 거야."

—……예?

상황을 이해하지 못한 진이 멍한 어조로 반문했다. 뭐라고 설명을 해 줄까 고심하고 있는데 문득 스치는 바람 속에서 기척이 느껴졌다. 멀리서 웅성거리는 소리가 들려오고 있었다. 달아났던 사람들이 다시 돌아오고 있는 것이 분명했다. 일이 복잡해지기 전에 슬슬 이 자리를 벗어나야 할 것 같았다. 그밖에 먼저 해결해야 할 기척도 있기는 했지만.

"이대로 정령계로 가져가시는 겁니까?"

때마침 옆에서 지켜보고 있던 데르온이 물었다. 나는 그 질문에 어깨를 으쓱여 보였다.

"원래는 그러려고 했는데. 안 그래도 될 것 같아요."

"……? 검을 회수해서 보내셔야 하는 거 아닙니까?"

"네, 맞아요. 근데 회수자가 직접 온 것 같거든요."

"……!"

"그렇지, 미네?"

웃으며 하늘을 바라보았더니 기다렸다는 듯 가벼운 돌풍이 불었다. 조금 전 내 주위를 감돌았던 바로 그 바람이었다. 이윽고 바람결을 타고 있던 새하얀 소녀가 사뿐히 내려앉는 듯한 자세로 모습을 드러냈다. 기분 좋게 부는 바람 속, 은실 같은 머리카락이 춤을 추듯이 흩날렸다.

—아…….

나직하게 앓는 소리가 흘러나왔다. 한눈에 소녀의 정체를 알아본 진이 자기도 모르게 내뱉은 신음이었다. 그 소리가 신호라도 되는 것처럼, 감겨 있던 소녀의 눈이 반짝 떠졌다. 풍성한 속눈썹 밑에 자리 잡은 은백색 눈동자가 나를 똑바로 향했다.

"안녕, 미네."

"안녕하세요, 엘."

머리부터 발끝까지, 온몸이 달빛으로 이뤄진 듯한 소녀가 특유의 무심한 어조로 화답했다. 왠지 난처해 보이는 것 같아서 의아했는데 그 이유는 곧 알 수 있었다.

"두 번째 같은 변명을 드리지만, 염탐하려던 건 아니었습니다."

"하하, 괜찮아. 블레스터가 대놓고 활동하기 시작했는데 미네가 느끼지 못할 리가 없지. 궁금해할 거라고 생각했었어."

"이해해 주셔서 감사합니다."

정중한 인사를 건넨 미네가 입술을 오므리면서 눈매를 가늘게 떴다. 평소에 잘 짓지 않는 표정인 걸 보면 뭔가 의미를 담은 것 같은데, 그게 어떤 건지는 파악하기가 힘들었다. 빤히 쳐다보았더니 미네의 눈동자가 반짝거렸다.

"알아보시겠습니까? 눈웃음이라는 걸 연습했습니다."

"……아, 그래?"

"네. 눈웃음을 지으면 표정이 좀 더 부드러워 보인다고 하더군요. 계약자인 아네아가 조언해 줬습니다."

확실히 찌푸린 표정보다야 부드럽기는 했다. 절대 웃음의 종류로 보이진 않았지만.

아무리 봐도 신 걸 먹은 표정이었는데. 그게 눈웃음이었구나. 나만 이런 생각을 하는 게 아닌지 데르온도 눈동자가 격하게 흔들리고 있었다. 아네아라는 그 계약자도 설마 이런 결과가 나올 줄은 몰랐을 거다. 역시 미네에 대해서는 아직 연구가 필요한 것 같다. 어쨌든 입술을 모으며 눈을 가늘게 뜨는 건 눈웃음이란 말이지? 실수하면 안 되니까 잘 기억해 둬야겠다. 공식을 암기하듯 머릿속에 단단히 집어넣고 있을 때였다.

—아네아……?

누군가가 멍하게 중얼거리는 음성이 들렸다. 우리가 대화를 나누는 동안 잠시 잊혔던 진이었다. 뭔가에 놀란 듯 눈을 부릅뜨고 있던 그는 미네의 시선이 제게 닿자 크게 당황하여 고개를 숙였다.

—미, 미천한 몸이 새로운 바람을 뵙습니다.

정령왕은 모두 동등한 존재지만, 하위 정령에겐 직속 상관의 존재가 더 특별할 수밖에 없을 것이다. 나를 대할 때는 그나마 의연했던 진이 미네 앞에서는 완전히 굳은 표정이었다. 미네는 긴장하고 있는 진의 모습을 천천히 훑어 내렸다.

"그대가 말로만 듣던 블레스터군요. 실제로 보니 생각했던 것보다 상태가 더 좋지 않네요."

—……송구합니다.

"탓하려던 건 아닙니다. 오히려 아직 이성을 유지하고 있다는 것만으로도 칭찬받아야 할 일이죠. 그러고 보니 아네아의 이름에도 반응하는 것 같더군요. 그녀를 기억하는 것도 칭찬해 주겠습니다."

—왕께서, 아네아를 어떻게…….

"실버 드래곤 아네아는 지금 내 계약자입니다."

동요로 굳어 있던 진의 얼굴이 천천히 풀어졌다. 그리운 기억을 떠올린 아련한 표정이었다. 미네의 계약자가 진과도 개인적으로 아는 사이인 건가? 그것도 굉장히 친했던 인연이었던 것 같다. 이름을 언급하는 것만으로도 저렇게 다정한 표정이 되는 걸 보면. 진은 지금까지 봤던 얼굴 중에서 가장 편한 표정을 짓고 있었다. 옛 지인의 안부를 확인하게 되어 진심으로 안도한 것 같았다.

—그렇군요. 아네아가 왕의 계약자가 되었군요. 그 아이는 늘 미네르바님과 계약하고 싶어 했습니다. 정말 다행입니다.

"그렇습니까? 내가 알고 있던 사실과는 조금 다른 것 같긴 합니다만, 일단은 그렇다고 하죠. 혹시 마지막으로 남기고 싶다고 한 전언의 수신인이 그녀였습니까?"

—소, 송구합니다. 짐작하시는 것이 맞습니다.

“뭐라고 남기려 했는지는 묻지 않겠습니다. 그러나 그게 무엇이든 내가 전할 말은 아닌 것 같습니다.”

—아…….

상기되어 있던 진이 그 말에 표정을 살짝 흐렸다. 아마도 거절의 의사로 받아들인 듯했다. 하지만 미네의 말은 거기서 끝난 것이 아니었다.

“용건은 만나서 직접 전하는 게 좋겠습니다. 다행히 시간은 충분할 겁니다. 드래곤은 수명이 긴 종족이니까요.”

—그게 무슨 말씀이신지.

“그대를 바람의 영역으로 데려가 정화할 예정입니다.”

이어진 말에 진의 입이 벌어졌다.

—……예?

“그대에게 정령으로 살아갈 기회를 한 번 더 부여하겠다는 뜻입니다. 시간이 얼마나 걸릴지는 알 수 없고, 아마도 꽤 많은 인내심이 필요한 일이겠지만. 이대로 소멸하면 쌓은 업을 그대로 안고 가게 될 테니, 그대에게도 그편이 더 나을 겁니다.”

설명이 끝났지만 진은 아무런 말도 하지 않았다. 정확히는 이 상황 자체를 실감하지 못하고 있는 것 같았다. 불시에 얻어맞은 사람처럼 눈만 깜빡거리던 그가 멍하니 나를 돌아보았다. 그 얼굴이 확인을 구하는 것처럼 보여서, 나는 씩 웃으며 고개를 끄덕여 주었다.

"그래서 말했잖아. 너 아직 소멸 못 한다고."

—……대, 대체…….

"미네가 먼저 제안한 거야. 네게 다시 이전의 생활을 돌려주고 싶다고 했어. 블레스터가 되기 전의, 자유롭던 정령으로 말이야."

—하, 하지만 제가 어떻게 감히……. 왜 저 같은 자한테 이런…….

진의 얼굴이 와락 일그러졌다. 자신이 감당한 무게를 알고 있는 만큼, 그는 갑자기 찾아온 행운을 믿지 못하고 있었다. 동요를 고스란히 드러낸 모습을 안타깝게 지켜보고 있는데 미네가 그를 향해 걸어갔다. 왕이 제 앞에 서자 당황한 진이 그대로 무릎을 꿇었다. 덕분에 눈높이가 맞게 되니 미네가 손을 뻗어 그의 뺨을 매만졌다. 흐르고 있는 눈물을 닦아내고는 걸인처럼 흐트러져 있는 머리카락을 쓰다듬었다.

"많이 변질해서 완전히 멀어졌다고 생각했는데, 이렇게 보니 확실히 진이군요. 다치고 잔뜩 곪아 있을 뿐. 틀림없는 진입니다. 내게 속한, 내 정령."

—미네르바 님.

제게 닿는 손길을 믿을 수 없다는 표정으로 받아들이고 있던 진이 당황해서 눈을 깜빡거렸다.

"처음부터 그대에게 호의적이었다고는 말하지 못합니다. 그대를 정화하기로 한 건 그저 내 사람들을 기쁘게 하기 위한 결정이었습니다. 하지만 진, 그대야말로 누구보다 가까운 내 가족이죠. 구제하는 것에 이유를 찾을 필요가 없었던 거였습니다."

—아, 아닙니다, 미네르바 님! 부디 뜻을 거두어 주십시오. 저는 감히 이런 은혜를 입을 자격을 가진 존재가 못 됩니다. 저는 이렇게도 비천한……!

"자격을 정하는 건 왕인 내 권한입니다. 그리고 난 그대가 내 정령이라고 분명히 말했습니다. 아무리 그대 자신이라 해도, 왕이 아끼는 것을 비천하게 여길 순 없습니다."

—미네르바 님…….

"그리고, 그대가 돌아가지 않으면 기다리는 이가 서운해할 겁니다."

—……예?

"아네아 말입니다. 내내 그대를 기다리고 있습니다. 항상 그대와 어울리던 바로 그 장소에서."

아아아— 울고 있던 진이 더는 견디지 못한 듯 눈을 감았다. 후두둑 흘러내린 눈물이 그의 뺨을 타고 쉴 새 없이 떨어져 내렸다. 바람의 눈물은 허상이라 형태를 오래 유지하지 못한 채 그대로 빛으로 변했다. 툭툭 떨어질 때마다 그만큼의 작은 빛이 터져 나와서 주위가 반짝거렸다. 마치 별이 쏟아지는 듯한 광경이라, 나도 모르게 상황과 어울리지 않는 탄성이 흘러나왔다.

"언젠가도 비슷한 일이 있었죠. 그대를 정화하겠다고 했을 때, 아네아도 당신처럼 펑펑 울었습니다. 그때 그녀에게 해 줬던 말을 그대에게도 해 주고 싶습니다."

미네가 다시금 진의 머리카락을 부드럽게 쓰다듬었다. 우는 아이를 달래듯, 나긋하고 단조로운 손길이었다. 완전히 무너져 내린 진이 그 아래 엎드리며 흐느꼈다.

"진심으로, 그대의 삶이 행복해지길 바랍니다."

*　　*　　*

이후 블레스터는 검의 형태로 미네에게 인계됐다. 정령의 모습을 잃고 다시 초라한 검이 된 진을, 미네는 소중하게 품에 안아 들었다.

"약속을 지켜주셨군요. 정말 고맙습니다, 엘."

"별말씀을. 잘 해결돼서 다행이야."

"네, 모든 게 엘 덕분입니다. 엘은 정말 치유의 정령왕 그대로인 것 같습니다."

"응? 그게 무슨 말이야?"

"전에도 비슷한 대화를 한 적이 있을 겁니다. 블레스터는, 바람의 곪고 썩은 부분이었습니다. 엘이 나서 주지 않았다면 그는 그대로 방치된 상태에서 예정된 폭주의 길을 걸었을 겁니다. 나는 그를 잘라내는 걸 당연하게 여겼겠죠. 모두에게 상처만 남았을 결과를 엘이 치유해 준 거라고 생각합니다."

"어, 너무 과분한 칭찬을 받으니까 민망한걸. 나는 그냥 전대의 부탁을 받은 것뿐이라……."

"그러나 그건 상대가 엘이었기에 가능한 부탁이었습니다. 제가 그랬듯이요."

그 순간 미네의 얼굴에 선명한 미소가 그려졌다. 금방 사라지긴 했지만. 멀쩡하게 웃는 얼굴은 처음 봐서 나도 모르게 입이 벌어졌다.

"미네, 너. 편하게 웃을 수 있었네."

"제가 방금 웃었습니까?"

"……음, 그래. 의식하면 안 되는 거구나."

"무슨 말인지 모르겠지만 좋은 뜻으로 이해하겠습니다. 아, 그리고 말하는 걸 잊었습니다만. 금발, 잘 어울립니다."

"응? 아하하, 고마워."

그러고 보니 아직 금발이었지. 반나절 정도 유지된다고 했으니 사라지려면 시간이 더 있어야 했다. 머쓱해져서 머리칼을 만지작거리고 있으려니 미네가 신기한 시선으로 응시했다.

"마법입니까?"

"응. 라피스가 걸어 줬어."

"저도 아네아한테 부탁해 봐야겠습니다. 재밌어 보입니다."

"미네라면 다른 머리 색도 잘 어울릴 거야."

"바꾸면 제일 먼저 보여드리러 오겠습니다."

"그래, 기대할게."

기대감을 한껏 드러낸 얼굴에 피식 웃음이 나왔다. 동생이 있다면 이런 기분이겠지. 한 번도 동생이 있었으면 좋겠다고 생각해 본 적이 없었기 때문에 그런 관계성을 상상해 본 적도 없었다. 그런데 미네를 만나면서 새로운 감정을 알게 되니 이런 것도 좋은 것 같았다. ……또 언니라고 불리는 건 사양이지만.

이윽고 작별 인사를 마친 미네가 정령계로 귀환했다. 돌아가자마자 곧바로 블레스터의 정화 작업을 시작할 예정이라고 하니 한동안은 얼굴을 보기가 힘들어질지도 모르겠다.

그 뒤로는 본격적으로 사람들이 몰려들기 시작했기 때문에 나와 데르온도 여유를 부릴 수가 없었다. 웅성거리는 소리가 지척에 이른 걸 느끼고 부리나케 자리를 피했다. 여전히 의식이 없는 카리브디스 공작도 함께 챙겼다. 대공의 수하로 알려진 자를 데려가려니 그리 내키지 않았지만, 일단 이번 사건에서는 그도 피해자였다. 게다가 레이의 보호자이기도 했으니 선택의 여지가 없었다. 그가 잘못돼서 레이가 슬퍼하게 되느니, 일단은 공작을 살리는 게 백번은 나았다.

이동할 만한 장소는 달리 없었기에 또다시 여관으로 돌아오게 됐다. 내가 생각해도 참 개성 없는 결정이었으나 어쩔 수 없었다. 의식이 없는 공작을 야외에 버려둘 수도 없는 노릇이고, 그렇다고 공작저로 갈 수도 없으니까. 새로운 여관을 구하자니 그건 그것대로 눈에 띌 가능성이 컸다. 그동안은 상황이 상황이다 보니 크게 생각해 본 적이 없었는데, 정해진 거처가 없다는 게 생각보다 불편한 부분이 많았다. 나중에 여유가 되면 제국 곳곳에 내 소유의 저택이나 마련해 둬야겠다. 정령왕이라서 좋은 점은 넘치는 게 돈이라는 사실이니까! 모름지기 장점이란 활용해 주라고 있는 법 아니겠는가.

하지만 그건 어디까지나 나중의 일이고, 지금은 여관을 은신처로 애용할 수밖에 없었다. 미동 없이 늘어진 공작을 침대에 눕힌 후 신발을 비롯해 거추장스러운 겉옷을 벗겨냈다. 그다지 작은 침대가 아니었는데도 덩치 큰 공작이 누우니 그대로 꽉 찬 느낌이 들었다.

"의식이 돌아오지 않는군요. 뭔가 문제가 있는 걸까요?"

"치료해 둔 거라 그렇진 않을 거예요. 정신 지배에서 강제로 풀려난 충격이 좀 컸나 봐요. 내버려 두면 곧 깨겠죠."

"흠, 그렇군요. 그런데 어쩌다 보니 저희만 돌아오게 되었습니다만. 아스 님 쪽에도 상황을 알려야 하지 않겠습니까?"

"아참, 그래야죠. 시큐엘을 보내봐야겠네요."

나는 그 자리에서 즉시 시큐엘을 나타나게 한 후, 라피스를 찾아가 소식을 전하도록 했다. 그런데 사라진 지 얼마 되지도 않아 시큐엘이 금방 다시 나타났다. 왠지 난처한 표정이었다.

—죄송합니다, 엘키네스 님. 접근할 수 없었습니다.

"접근할 수 없었다니?"

—주변에 사람이 너무 많았습니다.

사람이 많았다니. 생각지 못한 이유라 당황스러웠다. 그 정도는 라피스 선에서 충분히 따돌리고 접촉할 수 있었다. 바로 일전에 전인을 보냈을 때도 그런 식으로 전달했으니까. 시큐엘도 내 의문을 느꼈는지 재빠르게 설명을 덧붙였다.

—계약자분과 시선이 마주치긴 했습니다만. 그가 그냥 돌아가라는 눈짓을 했습니다. 빠져나올 수 없는 상태이거나, 그럴 의지가 없는 상태로 보였습니다.

"아스는?"

—그분도 같이 계셨습니다.

"……대체 뭘 하는 거야, 그 녀석들?"

어이가 없어서 데르온을 바라보자 그 역시 당황한 얼굴을 했다. 블레스터를 유인하라고 보내놨더니 아무래도 엉뚱한 일을 벌여두고 있는 것 같았다.

"제가 가서 상황을 알아보고 오겠습니다."

서둘러 말한 데르온이 창문을 열고 창턱에 다리를 디딜 때였다.

"이봐! 들었어? 엄청난 소식이야!"

열린 창문 밖에서 우렁찬 고함이 들려왔다. 여관에 뛰어들어 온 누군가가 몹시 흥분해서 내지른 소리였다.

"연쇄 살인범이 잡혔어! 드디어 그 살인마가 잡혔다구!"

"……!"

살인마가 잡혔다니? 나는 반사적으로 침대를 돌아보았다. 그곳에 멀쩡히 누워 있는 공작은 여전히 의식을 차리지 못했다. 범인이 이곳에 있는데 대체 누가 잡혔다는 건지 모르겠다. 나와 동시에 같은 동작을 실행한 데르온도 얼굴을 잔뜩 찌푸리고 있었다.

"이게 대체 무슨 일일까요?"

"그러게 말입니다."

사방이 온통 시끌시끌했다. 가만히 들어보니 대로에서 잡힌 살인범과 그를 붙잡은 용감한 시민에 관한 내용이었다. 이럴 때 돌아오지 않는 두 사람이 마음에 걸리는 건 그저 내가 너무 과민한 거겠지. 애써 외면하려다가도 푹 한숨이 쉬어졌다.

"확인해 보죠. 무슨 일이 벌어지고 있는 건지."

3.

결과부터 이야기하자면, 굳이 라피스와 아스를 찾으러 나갈 필요는 없었다. 위치를 알아보기 위해 시야를 확장하기 무섭게 여관으로 돌아오고 있는 두 사람을 발견했기 때문이다. 그것도 웬 사륜마차를 탄 채로, 심지어 근위대인지 경비대인지 정복 차림을 한 병사들의 극진한 호위를 받는 상태였다.

하지만 그 사실보다 나를 더 당황하게 한 건 전혀 다른 부분이었다. 라피스의 모습이 내가 알고 있던 것과 달랐다. 그러니까 그게 어떻게 달랐느냐 하면…….

"다 왔습니다."

현관에서 기다리고 있으니 곧 도착한 마차가 여관 앞에 멈춰 섰다. 아스가 먼저 내려섰고, 그 뒤를 따라 라피스가 내렸다. 아니, 정확히는 내리려고 했다. 그런데 그가 내리기에 앞서 병사가 손을 먼저 내밀었다.

"발밑을 조심하십시오."

"……."

앞서 내린 아스에게는 주어지지 않았던 친절이었다. 잠시 침묵하던 라피스가 무슨 생각인지 그 손을 잡았다. 그의 화사한 머리카락이 드러나자 병사들의 분위기가 달라지는 것 같았다. 마치 첫사랑의 열병을 앓는 것처럼 다들 수줍어하는 기색이라 지켜보는 내가 더 당황스러웠다. 그러나 그 이유는 곧 명확해졌다. 이윽고 조각상처럼 아름다운 소녀가 완전히 모습을 드러냈으니까.

그래. 소녀였다.

"……헐."

이미 확인했던 부분이지만 다시 본다고 해서 어처구니없는 기분이 가시는 게 아니었다. 오히려 생생한 실물을 직접 눈으로 보게 되니 충격이 더 컸다.

"저거…… 혹시 라피스입니까?"

나와 같은 광경을 목격한 데르온 역시 얼빠진 목소리로 물었다. "그런가 봐요." 나는 멍하니 고개를 끄덕였다. 얼굴이 달랐다면 다른 사람이라고 외면이라도 해 봤을 텐데. 이목구비가 같아도 너무나 똑같으니 차마 부정하려는 시도조차 하지 못했다. 누가 봐도 남자였던 얼굴이 지금은 천생 여자로 보인다는 게 조금 많이 어이없긴 했지만. 어쨌든 라피스인 게 확실했다.

"대부!"

차마 아는 척도 하지 못하고 지켜만 보고 있는데 아스가 먼저 나를 알아보고 달려왔다. 소녀의 미모에 넋을 잃고 있던 병사들이 그 외침을 듣고 돌아보았다가 나를 발견하곤 눈을 휘둥그렇게 떴다. 라피스도 이쪽을 보고는 피식 웃었다.

피식?

네가 지금 웃음이 나오냐?

품 안에 폭 안기는 대자를 기분 좋게 쓰다듬어 주면서도 어이가 없어서 얼굴이 찌푸려졌다. 이 극진한 호위는 대관절 무엇 때문이며, 나갈 땐 훤칠한 성인 남성이던 라피스가 무슨 연유로 여자애가 되어 돌아왔는지도 도저히 모를 일이었다. 때마침 나와 그를 번갈아 바라보던 병사가 급히 이쪽으로 달려왔다. 한껏 상기된 그 얼굴만 봐도 무슨 생각을 하는지 알 것 같아서 기분이 더 가라앉았다.

"시, 실례합니다. 혹시 이분들의 일행분 되십니까?"

"으음, 네에. 이쪽은 확실히 제 일행이 맞고. ……저쪽도 그런 것 같긴 하네요."

"하하, 그 부분은 굳이 말씀하실 필요도 없는 것 같습니다. 이렇게 닮으신 걸 보니 한눈에도 자매분인 걸 알겠는걸요. 두 분 다 정말 아름다우십니다."

그래, 그런 걸로 오해할 줄 알았지.

머리와 눈동자 색만으로는 닮았다고 하는 거 아니라더니. 왜 이런 예감은 항상 들어맞는 건지 모르겠다. 아스가 대놓고 대부라고까지 불렀는데 듣지 못한 건지, 아니면 들었는데도 깔끔하게 무시한 건지. 게다가 다짜고짜 아름답다는 거는 뭐야. 지금 그걸 칭찬이랍시고 하는 거야? "푸핫!" 이제는 대놓고 폭소를 터트리는 소리가 들렸다. 라피스가 배를 움켜쥐고 웃고 있는 걸 노려보는 사이 들뜬 병사가 말을 이어나갔다.

"오늘 자매분께서 정말 대단한 일을 해주셨습니다. 경비대를 대표해 다시금 감사 인사를 전합니다."

"……재가 뭘 했는데요?"

"수도의 골칫거리였던 흉악한 살인범을 체포하는 데 큰 공헌을 하셨습니다."

"……."

자랑하듯 밝힌 말에 나는 이번에도 떨떠름한 표정을 감추지 못했다. 뜬금없이 살인범이 잡혔다는 이야기를 들었을 때부터 연관되어 있을 거라고 생각하긴 했지만, 설마하니 붙잡은 쪽이었다니. 대체 뭐가 어떻게 돌아가는 건지 모르겠다. 나는 말없이 라피스를 노려보았다. 시선을 느낀 라피스가 걸어오면서 손을 휘휘 흔들었다.

"자세한 얘기는 내가 하도록 하죠. 당신들은 이만 가보도록 해요."

"아아, 예! 알겠습니다. 실례가 많았습니다. 그럼 내일 모시러 오겠습니다."

'모시러 와?'

이해하지 못할 말에 당황하는데 라피스는 그저 고개를 끄덕일 뿐이었다. 이미 사전에 맞춰진 이야기인 듯, 따로 오가는 설명은 없었다.

“자매분도 함께 오셔서 자리를 빛내 주십시오. 같이 준비해 두겠습니다.”

경례하고 돌아서던 병사가 나를 향해 말했다. 그리곤 내 대답을 기다리지도 않고 그대로 훌쩍 말에 올랐다. 주위를 가득 채우고 있던 병력이 마차와 함께 우르르 물러나기까지는 순식간이었다.

“이봐, 들었어? 외모를 보니 귀족 맞겠지? 저분들이 살인범을 잡은 거래!”

“굉장하군! 저렇게 어려 보이는 분들이!”

여관 안팎에서 현장을 구경 중이던 사람들이 그제야 마음 놓고 술렁거리기 시작했다. 그 소리를 한 귀로 듣고 흘려내며 나는 라피스를 똑바로 응시했다. 머쓱한 기색이라도 보이면 그나마 기특하게(?) 여길 텐데, 이 뻔뻔한 도마뱀은 이런 상황에서도 그저 느긋하게 웃고 있을 뿐이었다. 남자일 때도 사방을 압도하던 미모가 소녀의 몸에서 발산되니 주위에서 다들 숨을 쉬지 못했다. 나는 머리를 부여잡고 싶은 심정을 참으며 한숨을 내쉬었다.

“……똑바로 설명해. 뭐가 어떻게 된 일인지.”

*　　*　　*

라피스가 설명한, 이 모든 황당한 사건의 전말은 이러했다. 블레스터를 유인하기 위해 흩어진 이후 그와 아스는 으슥한 골목길과 술집을 비롯한 윤락가를 중심으로 탐색을 시작했다. 번화가 위주로 돌아다녔던 나와 데르온과는 정반대의 노선이었다. 두 사람은 꽤 오랜 시간을 돌아다녔지만 딱히 별다른 소득을 얻지 못했다. 나중에는 사람이 많은 쪽으로 이동해 보기도 했으나 결과는 마찬가지였다. 눈이 마주치는 사람마다 슬금슬금 피해 다니기만 할 뿐, 말을 걸거나 접근하는 이도 없었다. 그때쯤 아스가 한 가지 의문을 제기했다.

"은인이 너무 강해 보여서 못 건드리는 건 아닐까?"

"뭐, 내가 척 봐도 강해 보이긴 하지."

라피스는 당연하게 수긍했다. 사실 나도 그 부분은 인정할 수밖에 없는 게, 그는 키가 크고 짜 맞춘 듯이 단단한 체형이라 한눈에도 무인으로 보였다. 명검이 보기에도 아름답듯이, 그 화사하고 압도적인 미모조차 강함을 드러내는 것처럼 느껴질 만큼. 화려한 색을 지닐수록 독을 품고 있다는 말이 그대로 적용되는 예라고 할 수 있었다. 한마디로 말해, 어딜 가도 만만해 보이는 인상이 아니었다. 아스는 이 점을 지적했다.

"공작은 어쨌든 이사나를 찾는 거잖아. 예전의 모습만 기억할 테니 강한 사람보다는 어리고 약한 쪽을 더 주시해서 노릴지도 몰라."

"흠, 일리 있네."

"은인의 외형을 바꿔보는 건 어때? 연령대를 대폭 낮춰본다든가.”

“그러지 뭐.”

여기까지는 나쁘지 않은 발상이었다. 그런데 바로 이때 문득 아스의 호기심이 발동했다.

“근데 은인, 드래곤은 양성이라는 게 사실이야?”

“사실인데.”

“나 양성은 처음 봐.”

“네가 처음 보는 게 어디 그것뿐이겠냐? 태어난 지 몇 년도 안 된 놈이.”

“그럼 은인은 여자도 될 수 있어?”

“당연한 걸 왜 물어.”

“은인은 여자일 땐 어떤 모습이야?”

“그야 지상 최고의 미녀지. 아니, 미의 여신도 나보다는 안 예쁠걸.”

“와, 궁금해. 보여 주면 안 돼?”

“보여 줘?”

“응!”

“반하지나 마라.”

그리하여 라피스는 앞선 계획과 맞물려지는 최종 완성본을 내놓았다. 한마디로 말해서, 어린 여성의 모습으로 폴리모프 했다는 뜻이다.

“그게 남자 모습이랑 뭐가 달라?”

"체형이 다르잖아. 목소리도 달라졌고."

"……."

아스가 다소 실망했다는 결과는 둘째치고. 여하튼 이왕 외형을 바꾼 김에 두 사람은 그 모습 그대로 거리를 활보했다. 그러면서도 별로 기대하지는 않았는데, 예상 밖의 성과가 곧 나타났다. 어느새인가 희미한 살기가 따라붙기 시작한 거다. 블레스터인지 확실치는 않았으나 누군가의 표적이 된 것만은 확실했다.

"이대로 대부가 있는 쪽으로 유인해 가자."

이번에도 아스가 제안했고, 라피스는 고개를 끄덕였다. 그래서 두 사람은 내가 있는 곳, 정확히는 데르온의 마력이 느껴지는 방향을 짚어 이동하기 시작했다. 그런데 그들이 으슥한 골목을 벗어나려고 하니 상대가 다급해진 듯했다. 광장 쪽으로 막 나서던 순간, 뒤쪽에서 살기가 기습적으로 튀어나왔다. 정확히는 단검을 움켜쥔 복면의 남자들이.

"생각보다는 빨랐어. 그래 봤자 꽤 어설펐지만."

당시를 회상한 라피스의 평가였다. 어설프다고는 했으나 라피스의 입에서 '빠르다'는 표현이 나올 정도면 꽤 능숙한 자들이었다는 뜻이다. 아마도 탈주병이거나 용병 출신일 가능성이 컸다. 블레스터인 줄 알고 돌아봤던 라피스는 그들이 인간이라는 사실을 금방 파악하고 실망할 수밖에 없었다. 아스도 마찬가지였다.

처음엔 행인을 노리는 평범한(?) 강도라고 생각했다. 그런데 그들은 정확히 라피스를 노리고 공격했다. 강도라면 우선 협박해서

흥정하려고 들 텐데, 살기가 더 짙었다. 다짜고짜 죽이려는 의도가 한눈에 읽혔다.

"야, 저건 죽이기 좀 아깝지 않아?"

"그래도 금발에 벽안이잖아. 예쁜 게 대수냐? 죽어서 썩으면 다 똑같아."

"그건 그렇지만."

그들끼리 수군거리는 소리가 들렸다. 라피스는 곧 돌아가는 상황을 판단했다. 모방 범죄였다. 범인을 알 수 없는 연쇄 살인이 일어나기 시작하자 웬 할 짓 없는 놈들이 범행을 따라 하기 시작한 거다. 원래도 봐줄 생각이 없던 두 사람은 그 한심한 의도에 더 불쾌해졌다. 그래서 복면 남자들을 곧바로 제압한 후, 사정없이 두들겨 팼단다. 그들이 요란하게 비명을 지르는 통에 근처에 있던 사람들이 전부 그 상황을 목격했다. 소식은 빠르게 퍼졌고, 구경꾼들이 구름떼처럼 몰려들어 환호성을 질렀다.

"연쇄 살인범이 잡혔다! 이들이 살인범을 잡았어!"

"……그렇게 된 거야."

"……."

소파에 느긋하게 몸을 파묻은 채, 라피스가 모든 설명을 끝마쳤다. 여전히 여성의 모습이다 보니 가늘고 높은 목소리가 생경했지만, 지금은 그런 걸 따질 때가 아니었다. 나는 잠시간 말을 잇지 못하다가 차분히 고개를 끄덕였다.

"일단 상황은 알겠어. 근데 그 병사들은 뭐야?"

"수도 치안대라던데. 소식을 듣고 달려오는 바람에 붙잡혔어."

"치안대가 올 때까지 왜 거기에 가만히 있었는데? 범인들은 적당히 아무한테나 인계하고 그냥 빠져나올 수 있었을 거 아냐."

"생각보다 너무 빨리 나타나서 그럴 틈이 없었어. 마침 살인범이 나타났다는 신고를 받고 달려가던 중이었다던데. 그 중간에서 우리가 걸린 거지."

"……."

나 때문이구나!

신고를 받았다는 쪽이 어딘지 알 것 같아 찔끔했다. 그러고 보니 생각보다 사람들의 등장이 늦는 것 같다 싶었다. 그게 중간에 라피스 쪽으로 빠져서 그랬던 거였구나! 눈치 빠른 라피스는 그 표정을 한눈에 간파한 것 같았다. 그의 눈이 대번에 가늘어졌다.

"너였냐?"

"내, 내 쪽은 진짜 블레스터였거든? 갑자기 나타나는 바람에 주변을 수습하고 뭐고 할 만한 상황이 아니었어."

"쯧. 그래서 해결은 했고?"

"응, 제대로 회수했어. 검은 미네가 와서 가져갔고. 공작은 의식이 없는 상태라 안에 눕혀 놨어."

현재 우리가 잡은 숙소는 이 여관에서 가장 좋은 방으로, 거실과 침실이 분리된 구조였다. 들어오자마자 곧장 거실에 자리 잡고 앉아 이야기를 시작했기에 침실 쪽에 있는 공작을 보일 기회가 없었다. 그래도 약간만 신경을 기울이면 방 안에 숨소리가 하나 더 있다는 건 쉽게 알아차리는 자들이니, 이미 일찌감치 눈치채고 있었을 것이다. 예상대로 아스나 라피스나 새삼 관심을 기울이는 표정은 아니었다.

"뭐, 그럼 됐네."

결과가 좋아서인지 이렇다 할 만한 타박은 돌아오지 않았다. 다시 소파에 몸을 파묻는 라피스를 힐끔 바라봤다. 얼굴은 똑같은데 소녀의 모습이라 그런가. 다른 사람을 마주하고 있는 것처럼 그를 대하는 게 좀 더 어려워진 기분이었다. 게다가 그는 성별이 바뀐 자신을 전혀 어색해하지도 않는 것 같았다. 마치 처음부터 여성이었다는 듯 태가 자연스러워서 위화감이 전혀 느껴지지 않았다. 드래곤이 양성이라는 건 알고 있었지만 그런 점을 이렇게 확실히 느껴보는 건 처음이었다. 물론 조심스러운 기분도 그리 오래가지 않았다. 모습이 바뀌어 봤자 라피스는 역시 라피스라는 걸 금방 깨달았기 때문이다. 그것도 매우 심란한 방식으로.

"근데 아까 그 말은 뭐야? 내일 데리러 온다는 거."

"아아, 수도를 공포에 몰아넣은 사악한 살인범을 잡았으니 공로를 치하해야겠대. 황실에서 축하 연회를 열 거라는데?"

"……왜 얘기가 그렇게 진행돼?"

대수롭지 않게 뱉은 내용이 너무나도 충격적이라 나는 그대로 얼이 빠질 수밖에 없었다. 연회라니. 그것도 황실에서 열리는 연회라고? 황당해하는 나를 보고 라피스가 피식 웃었다.

"재밌지 않아? 그거 그 자리에서 바로 결정된 거다? 누군가랑 통신하는 것 같더니 곧바로 연회를 열 거라더라?"

"그게 왜 재밌는데?"

"지금 대공으로선 내전이 불리하게 풀리는 상황이지. 민심을 살 만한 상황이 필요하긴 할 거야. 사기를 높이기 위해 좋은 일을 떠들썩하게 과장하는 건 있을 수 있다 쳐. 하지만 황실 연회가 그렇게 금방 열리는 건 줄 알아? 준비 과정에서 얼마나 할 게 많은데. 아무리 가볍게 마련해도 기본적으로 며칠은 걸리게 되어 있어. 그런데 바로 내일? 말이 되는 소리를 해야지."

"……무슨 의미가 있는 거야?"

"뭐긴. 대공이 우리를 만나려고 그만큼 몸이 달았다는 뜻이지."

"……어?"

"제물로 적합해 보였겠지. 나이도 어려, 외모도 출중해, 살인범을 단숨에 잡을 정도로 능력도 뛰어나. 꽤 고급품으로 보이지 않았겠어? 나나 이 꼬맹이나."

"……!"

"난 이미 비슷한 경험도 있거든. 전에 말했잖아. 제물로 잡혀갔던 적 있다고."

표정이 굳는 것이 절로 느껴졌다. 벼락을 맞은 것 같은 충격에 나도 모르게 자리에서 벌떡 몸을 일으켰다. 반대로 라피스는 소파에 더 느긋하게 몸을 파묻었다.

"하나, 둘, 셋……. 흐음, 한 여섯 명쯤 되나. 빠져나갈까 봐 주위에 감시인도 붙여 놨군. 이쯤 되면 어떻게든 붙잡아 가겠다는 의지가 확고하게 느껴지는데. 아주 애간장이 닳고 있는 모양이야."

재밌다는 듯 중얼거리는 말을 듣고서야 나 역시 주변을 살폈다. 설마설마했더니 정말로 근처에서 배회하고 있는 기척이 있었다. 조금 전 돌아갔던 치안대의 기척과 크게 다르지 않은 걸 보면 그들 중 일부가 몰래 다시 돌아온 것 같았다.

"당장 대공을 잡아야겠어."

잠시간 묻어 두었던 현실이 다시금 선명해졌다. 레이와 블레스터 문제를 처리하는 데 서두르느라 미뤄두고 있던 일을 드디어 시작해야 할 때가 된 것 같았다. 그러나 라피스가 고개를 가로저었다.

"일단 연회에 가."

"굳이 뭐하러?"

"넌 내가 왜 이제껏 그놈들 장단에 맞춰 주고 있었다고 생각하는 건데? 심심해서?"

"그야 주변의 시선을 신경…… 쓸 리가 없지."

"잘 아네."

뻔뻔하게 고개를 끄덕이는 그를 보고 있으려니 말문이 막혔다. 그러고 보니 라피스는 치안대가 아니라 근위대가 달려왔더라도 순순히 상대해 줄 녀석이 아니었다. 후환이나 뒷수습 같은 걸 신경 쓰는 성격도 아니고, 웬만한 무력은 뿌리칠 완력도 있는 데다, 이동 마법까지 할 수 있다. 마음만 먹으면 그 자리에서 달아나는 게 그리 어려운 일은 아니었을 거다. 그런데 이번엔 어째선지 얌전히 조사에 응해주었을 뿐만 아니라 호위까지 받으면서 귀환했다. 그들을 대하는 태도도 그답지 않게 정중하고 우아했었다. 마치 정말 귀족 아가씨라도 된다는 것처럼.

"대공이 어떻게 나올지 궁금했거든. 우리를 궁으로 불러들이기 위해 연회를 열 수도 있겠다 싶었지. 그랬더니 정말 예상대로 흘러가더라고."

"……라피스. 그렇게 연회에 가고 싶었어?"

"지금 장난해?"

"농담이야, 농담. 아무튼 그래서? 대공의 반응을 보고 싶었다는 것까진 알겠어. 하지만 그가 유도하는 대로 따라줘서 뭘 어쩌자는 건데?"

"놈을 활용해 숨어 있는 진범을 끌어내야지."

"진범?"

"마왕 말이야. 아니지, 이제는 마왕이었던 녀석이라고 해야 하나?"

"……!"

정신이 번쩍 드는 느낌에 얼굴이 굳었다. 양편에 앉아 흥미진진하게 듣고 있던 아스와 데르온도 표정이 달라져 있었다. 경직된 우리를 돌아본 라피스는 한심하다는 표정을 숨기지 않았다.

"잊은 모양인데, 이 모든 일의 배후는 대공이 아니라 그놈이야.

대공은 그저 놈이 부리는 꼭두각시에 불과하다고. 잔챙이 따위를 잡아서 뭐해? 이왕이면 머리를 노려야지."

당연히 그걸 몰라서 이러고 있었던 게 아니다. 단지 마왕을 찾을 방법이 없었을 뿐. 인정하고 싶지는 않지만 그자의 은신은 완벽했다. 대략적인 위치나 기운조차 짚이지 않는 걸 보면 아마도 결계를 쳐둔 것 같다. 어쨌거나 하급 정령들의 눈으로는 그를 찾는 게 불가능했다. 그래서 일단 한패인 대공부터 잡아야겠다고 생각한 거다. 라피스라고 이 점을 모르진 않을 텐데 이상론을 들먹이는 것이 이해가 되지 않았다. 눈을 가늘게 뜨고 바라보자 그는 어깨를 으쓱여 보였다.

"한 가지 써 볼 만한 방법이 있어. 아마 이게 통하는 것도 지금뿐일 거다."

"……그게 뭔데?"

"그 의식이라는 게 결국 타인의 생기를 빼앗아 흡수하는 주술이거든. 아무리 거창해 봤자 그런 종류의 주술은 기본 원리가 같아. 고정된 바닥에 방진(方陣)을 깔아야 하지. 그걸 활용하면 놈을 이쪽으로 불러낼 수 있을지도 몰라. 설령 실패하더라도 밑져야 본전일 테고."

"한 마디로 의식 장소를 찾아야 한다는 거네."

"그래. 하지만 거긴 놈이 보호하고 있을 거야. 지금 놈을 찾을 수 없는 것처럼, 마찬가지로 결계를 쳐서 가려뒀겠지. 그러니 대공을 활용하자는 거야. 그 녀석은 그 안에 들어갈 수 있을 테니까.

필요한 제물을 얻으면 바로 직행하지 않겠어?"

"그 말은……."

"우리가 미끼가 되자는 거지."

즉, 대공에게 사로잡힌 척하자는 소리였다. 혼탁했던 머리가 맑아지는 것 같았다. 확실히 꽤 나쁘지 않은 방법이었다. 성공 가능성이야 불확실하다지만 시도할 수 있는 게 있는데 활용하지 않는 건 아까웠다. 대공을 잡는 건 그 뒤에 해도 늦지 않을 터였다. 고개를 끄덕이다 말고 나는 라피스를 빤히 바라보았다. 시선을 느낀 그가 고개를 기울였다.

"왜."

"조금 의외라서. 네가 먼저 적극적으로 계획을 짜는 일은 드물잖아. 아니, 거의 처음 아닌가?"

"다른 것도 아니고 악신이니까. 그런 게 태어나는 건 나도 사양이야."

하긴, 악신은 개인적인 일로 치부하기 어려운 존재이긴 했다. 아무리 세상 혼자 사는 라피스라도 차원의 존속을 위협하는 재앙을 모른 척할 수 없었던 모양이다.

신계 쪽은 여전히 잠잠한 상태다. 하지만 언제까지고 그들 쪽에서 연락이 오기만을 얌전히 기다릴 수만은 없었다. 이번 일이 실패하면 대대적으로 전 종족에게 상황을 알리고 대처방안을 본격적으로 모색해야 할지도 모르겠다. 그 전에 흩어져 있는 정령왕들부터 한 자리에 모아야겠지만.

'근데 왠지 뭔가 이상한 기분이…….'

문득 느껴지는 위화감에 얼굴을 찌푸렸다. 무언가가 갑자기 없어진 것처럼, 왠지 모르게 허전한 느낌이 들었다. 나도 모르게 주위를 살펴 일행들의 얼굴을 확인했다. 라피스와 아스, 데르온까지. 모두 빠짐없이 그 자리에 있다는 것을 파악하고 나서야 불현듯 떠오르는 부분이 있었다.

"아……."

"왜 그러십니까, 엘 님?"

신음을 흘리는 나를 보고 데르온이 물었다. 나는 대답 대신 자리에서 몸을 일으켜 걸음을 옮겼다. 일행들의 시선이 좇아오는 것이 느껴졌지만, 지금은 사실을 확인하는 게 더 급했다.

벽면 뒤쪽을 넘어가 침실로 향했다. 유감스럽게도 드러난 광경은 예상을 벗어나지 못했다. 그곳에 원래 누워 있어야 할 남자가 온데간데없이 사라진 상태였다. 어떻게 된 건지는 궁금하지 않았다. 침대 바로 옆, 활짝 열린 창문이 그 이유를 말해 주고 있었으니까.

"도망쳤네."

뒤따라온 아스가 상황을 파악하고 중얼거렸다. 지금의 내 심경을 고스란히 닮아 있는, 황당해하는 표정이었다. 대체 언제 깨어나서 사라진 거지. 너무 기가 막히니 오히려 헛웃음만 나왔다. 소드 마스터이니 기운을 제어하는 데 능하긴 하겠지만 이렇게까지 완벽하게 기척을 죽일 수 있을 줄은 몰랐다. 어쩌면 그가 내 시선을 피해 도망 다녔던 게 블레스터의 도움 덕분만은 아닐지도 모르겠다.

그나마 다행인 건 지금의 그에겐 바람의 힘도, 보호하는 결계도 없다는 거다. 시야를 확장해서 살피자 으슥한 골목을 걷고 있는 카리브디스 공작을 곧 찾을 수 있었다. 탈출의 귀재답게 그 사이 꽤나 멀리도 간 상태였다. 공작저와는 반대 방향인 걸 보면 자택으로 돌아갈 예정은 없는 모양이다. 오히려 가려는 방향에 있는 건 황궁이었다. 그걸 확인하고 나니 머리가 차가워지는 것 같았다.

"……대공하고는 틀어진 줄 알았는데. 그게 아닌 건가."

블레스터의 폭주가 진행된 건 레이의 죽음에 충격을 받은 탓이라고 생각했다. 하지만 지금 다시 생각해 보면 정신을 잃은 상황에서도 그가 대공을 생각하는 마음은 여전했었다. 이사나가 죽어야 끝난다고 여겼을 뿐, 대공을 향해 분노의 감정을 품은 건 아니었던 것 같다. 이대로 가서 다시 붙잡아 와야 하는 걸까. 하지만 그가 무슨 계획을 지닌 건지 궁금하기도 했다. 복잡한 기분을 삼키고 있는데 상황을 파악한 데르온이 다가오며 말했다.

"일단 제가 지켜보겠습니다."

"그래 줄래요, 데르온?"

"예, 맡겨 주십시오."

간결한 대답과 함께 데르온의 모습이 그 자리에서 사라졌다. 그가 공작의 근처에 자리 잡고 감시를 시작한 것을 확인한 후에도 나는 그쪽의 상황에서 시선을 떼지 못했다.

공작이 여전히 대공의 검이라면, 그에게 레이를 맡기는 건 곤란하다. 그가 깨어나면 그걸 가장 먼저 확인하고 싶었는데 시작부터 계획이 틀어져서 허탈했다. 이럴 때 내가 트로웰이었다면 일이 한결 편해졌을 텐데. 말하지 않는 속내를 먼저 읽어내는 그의 능력이 이 순간만큼은 몹시 부러웠다.

4.

쏴아아—

드넓게 펼쳐진 초원에 달콤한 바람이 불었다. 춤을 추는 나뭇가지와 어린 풀잎들. 그 사이에서 멋대로 날아오르는 눈꽃을 닮은 꽃잎들의 향연. 새파란 하늘 위에서 울려 퍼지는 정령들의 맑은 웃음소리. 이미 오래전 일이 되어 버린, 살아 있는 모든 것들이 아름다웠던 황금시대.

바로 그곳에 '그'가 있었다.

"넌 대체 누구지?"

자신의 물음에 그가 눈을 크게 떴다가 난처한 얼굴로 웃었다. 무표정할 땐 차가워 보이는 외모가 미소를 지으면 완전히 달라진다는 걸, 그는 알고 있을까. 곤란해하면서도 끝까지 제게 단호해지지 못하는 점이 좋았다. 사랑스러웠다. 이런 기분을 인간을 향해 느낄 수 있을 거라곤 상상도 하지 못했다.

솔직히 말하면 이제 와 새삼스러운 감정은 아니었다. 처음부터, 많은 것들이 달랐었다. 누구나 자신의 앞에서는 손쉽게 껍질을 벗었건만 그에 대해서만은 아무것도 읽어내지 못했다. 보이고 들리지 않는 것이 이렇게나 답답한 기분이었음을 그를 통해 처음으로 깨달았다. 하지만 그런 게 아니라도 그는 특별한 존재였다. 아마도 본능적인 이끌림이었을 것이다. 홀리는 기분이 이와 비슷할지도 모른다고 생각했다.

그가 은밀한 장난을 치는 어린아이처럼 한 손가락을 입가에 가져간다. '쉿!' 하고 짧게 내뱉은 입술이 망설이듯 조심스럽게 속삭였다.

"어쩔 수 없지."

"너한테만 가르쳐 줄게."

아직 성년이 채 되지 못한 어린 미성. 그리고 점점 더 짙어지는 바람의 향기.

"……러 왔어."

"뭐?"

놀란 표정을 짓는 자신에게 '그'는 또다시 미소 짓는다.

"……서도 ……였어."

이어지는 진실들이 머릿속을 온통 헝클어 놓기 시작했다. 멍하니 그를 바라보다 곧 허탈하게 따라 웃었다. 아아, 그랬구나. 그랬던 거였구나. 모든 걸 깨닫고 나니 오히려 안도감이 일었다. 저도 모르게 사랑스럽게 느껴졌던 마음도, 그를 보면 결국은 풀어지고 말던 기분의 정체도 드디어 알았다. 이런 걸 알려줘도 되는 거냐고. 염려하며 건넨 질문에 그가 괜찮다며 어깨를 으쓱였다.

"상관없을 거야. 이 정도는."
"하지만……."
"정말 괜찮아. 그리고……."

안심하라는 듯 그가 손을 내밀어 가볍게 어깨를 쉬어온다. 마주한 얼굴은 여전히 미소를 머금고 있는 채다. 왠지 그 표정이 서글퍼 보인다고 생각했다.

"어차피, 전부 잊을 테니까."

"……헉!"

가슴에서 심한 격통이 일었다. 추락하는 듯한 아찔한 감각이 전신을 사로잡았다. 트로웰은 자신도 모르게 옷깃을 부여잡고 숨을 크게 삼켰다. 균형을 잃은 느낌이 들더니 다리에서 빠르게 힘이 풀렸다. 그대로 무너지는 것을 누군가가 받아내 지탱했다.

"매튜! 왜 그래? 무슨 일이야!"

"뭐야, 어디가 아픈 거야?"

생전 약한 모습을 보인 적이 없는 어린 단원의 낯선 행동에 주변에 있던 일행들이 부산을 떨기 시작했다. 귓가에서 익숙한 목소리들을 들으니 멀어졌던 현실감이 빠르게 돌아왔다. 이마에 서늘한 손길이 닿으면서 정신이 한층 더 선명해졌다. 눈을 빠르게 깜빡거리자 흐릿했던 시야가 천천히 정상으로 돌아오기 시작했다. 그러고 나서야 긴 금발의 남자가 자신을 빤히 응시하고 있다는 사실을 자각했다. 이마에 닿아 있는 손이 그의 것이라는 것도.

'엘퀴엔.'

사람들 앞에서는 부를 수 없는 남자의 이름을 속으로 삼켰다. 아마도 쓰러지는 자신을 붙잡았던 이도 그일 것이다. 빛이 돌기 시작한 금안을 가만히 살핀 엘퀴엔이 주위를 돌아보며 말했다.

"잠시 현기증이 있었던 것 같군. 몸을 따뜻하게 하는 게 좋겠는데, 일단 불부터 피우지."

"아, 예! 알겠습니다! 불 말이죠!"

"덮을 만한 모포와 덥힌 물도. 아니, 이왕이면 우유나 수프 같은 것이 더 나을 것 같군."
"옙! 지금 당장 마련하겠습니다!"
주위는 숲이었고, 당장 준비된 것은 아무것도 없었다. 돌려 말했지만 결국은 야영에 들어가라는 지시나 다름없었다. 옆에서 안절부절못하던 일행들이 그의 요구에 맞춰 흩어지기 시작했다. 모두가 멀찍이 떨어진 것을 확인한 후 엘뤼엔은 트로웰에게 다시 시선을 보냈다. 조금 전까지만 해도 창백했던 얼굴이 한층 안정되어 있었다.
"갑자기 혜안이 열렸나? 네가 의식을 잃다니 별일이군."
"……그러게."
천천히 고개를 끄덕이면서 트로웰은 조금 전의 상황을 되짚었다. 조금 전까지 그는 엘뤼엔의 거듭되는 재촉(을 빙자한 협박)을 못 이겨 엘의 상황을 확인하던 중이었다. 시야를 멀리까지 전개했었는데, 머릿속이 갑자기 아득해지더니 전혀 다른 장면들이 떠오르기 시작했다. 간혹 그가 의도하지 않아도 느닷없이 미래나 과거가 보이는 경우가 있다. 그럴 때 흔히 겪는 일이라 처음엔 익숙하게 받아들였다. 그러나 그런 현상에서 이렇게까지 정신이 혼란해진 적은 없었다. 이 정도로 기운이 소진된 것도 처음이었다. 그 자체도 매우 당황스러운데, 그보다도 그를 황당하게 만드는 부분은 따로 있었다.
"뭘 봤지?"
"……모르겠어."

"뭐?"

"생각이 안 나. 뭔가를 보긴 했던 것 같은데."

그토록 강렬한 충격에 시달렸건만 기억에 남은 것이 하나도 없었다. 움켜잡아도 손가락 사이에서 흩어지는 사풍처럼, 처음부터 잡을 수 없는 것을 쥐려고 했던 것 같았다. 스스로 생각해도 어이가 없어서 트로웰은 실소했다. 그런 그를 묘한 시선으로 바라보고 있던 엘뤼엔이 가볍게 혀를 찼다.

"네가 제대로 짚어내지 못하는 걸 보면 악신에 관계된 걸지도 모르겠군."

"그거 참 위안이 되는 말이네. 기분이 더 나빠졌어."

"그래서, 엘은 지금 어디서 뭘 하고 있지?"

곧바로 이어지는 질문에 트로웰은 눈썹을 찌푸렸다. 잠깐에 불과하긴 했지만 의식을 잃었다가 이제 막 안정된 상태였다. 그런 상대에게 곧바로 제 용건부터 확인하다니. 역시 본성은 달라지지 않는다. 인간이든 신이든 고쳐 쓰는 게 아니라는 걸 그는 이 순간 굳게 확신했다. 물론 그 말을 입 밖으로 꺼내 굳이 화를 자초할 생각은 없었다. 게다가 지금은 엘뤼엔이 예민해질 만한 상황이기도 했다. 한동안 엘의 위치를 제대로 짚어낼 수 없었기 때문이다. 수도에 있다는 것까지는 확인했는데, 그의 모습이 제대로 보이지 않았다. 이것 또한 드문 경험이다 보니 내색하진 않았어도 트로웰 역시 꽤 초조해져 있었다. 어쩌면 그 때문에 그런 이상한 경험을 한 걸지도 몰랐다.

트로웰은 다시금 정신을 집중하고 시야를 전개했다. 이제야 때가 된 것일까. 늘 허탕만 치던 시야가 다행히 이번엔 깨끗하게 뻗어가기 시작했다. 낯선 광경 속에서 찾고 있던 이가 보였다. 여느 때처럼 밝게 웃고 있는 엘의 모습이.

"아, 찾았……."

드디어 발견했다는 기쁨과 무사하다는 안도감에 그가 무심코 미소 지으려던 순간이었다. 트로웰이 웃으려던 얼굴 그대로 굳었다. 뜻밖의 상황을 마주한 듯, 당황한 기색이 그의 얼굴 위로 번져나갔다. 그 미묘한 반응에 지켜보던 엘뤼엔이 얼굴을 찌푸렸다.

"이번엔 또 뭐지?"

"……엘이 금발을 하고 있어."

"마법의 힘이라도 빌렸나 보군."

정령왕의 머리칼은 염색되지 않지만, 일시적인 눈속임 정도는 가능하다. 대수롭지 않게 상황을 판단하는 엘뤼엔과는 다르게 트로웰의 표정은 여전히 굳어 있었다.

"엘뤼엔."

"……?"

"엘이…… 원래 금발이었나?"

"……그 멍청한 질문에 내가 답을 해야 하는 건 아니겠지."

가차 없는 독설에 트로웰은 설핏 웃었다. 스스로 생각해도 황당한 질문이긴 했다. 엘이 금발이었냐니. 그의 머리 색이 뭐였는지는 자신이 가장 잘 알았다. 탄생한 그 순간부터 지켜보지 않았던

가. 그게 아니라도 원래 엘퀴네스는 고유색인 푸른색 머리카락만 타고났다. 트로웰이 대대로 흑발에 금안을 지니는 것처럼. 너무나 당연한 사실이라 새삼스럽게 확인할 만한 일도 아니었다.

그런데 왜 금발인 엘이 익숙하게 느껴진 걸까. 더구나 오랜만에 보는 것처럼 반갑기까지 했다. 분명 금발을 한 엘은 오늘 처음 보는 걸 텐데도.

머릿속을 헤엄치는 수많은 생각들 때문에, 그는 좀처럼 멍한 상태에서 벗어나지 못했다. 그런 그를 응시하던 엘퀴엔이 가만히 한숨을 내쉬었다. 가급적 관여하고 싶지 않았지만, 외면할 수만도 없는 일이었다.

"이봐, 트로웰. 일단 말해 두겠는데."

"음?"

"지금 그거. 엘한테는 말하지 마라."

"……흐음?"

잠시간 의미를 이해하지 못한 트로웰이 의아한 표정을 지었다가 이내 얼굴을 굳혔다. 선명해진 금안에 황당하다는 감정이 떠올랐다.

"뭐야, 엘퀴엔. 설마 내가 그런 걸 본인에게 확인할 거라고 생각하는 거야? 혹시 원래 금발 아니었냐고? 너무하네. 날 그렇게까지 바보 취급하다니."

"하지만 이미 마음에 의심이 심어졌지."

"……."

"네가 그런 위화감을 가볍게 넘어갈 리 없고."
"너……."
"어디서 굴러먹다 온 건지 모를 놈들의 말에도 쉽게 흔들렸는데, 네가 하는 말이라면 더 영향이 클 거다. 그 녀석은 또 쓸데없는 생각에 빠질 거야."
"또?"
"아무튼 난 분명히 말했다."
끝까지 담담한 말투였으나 안에 담긴 의미는 경고에 가까웠다. 트로웰의 얼굴이 진지하게 가라앉았다. 그는 돌아서려는 엘뤼엔의 팔을 급히 붙잡았다.
"기다려, 엘뤼엔. 그러고 보니 너, 이전에 '균열'이니 뭐니 이상한 말을 했었지. 대체 뭘 알고 있는 거야?"
"아무것도."
"거짓말하지 마. 아무런 의미 없이 할 수 있는 말이 아니잖아."
"정말 모른다. 내 기억엔 없는 일이니까. 하지만, 그래, 넌 기억해 내기 시작한 것 같군."
"지금 무슨 말을……."
"그건 아마도 네가 '트로웰'이기 때문이겠지. 너희는 처음부터 진실을 들여다볼 수 있는 눈을 가지고 태어나는 존재니까. 감춰진 것을 탐색하는 분야에선 나보다도 네 힘이 더 쓸 만할 거다. 그러니 궁금하다면 네가 직접 알아내도록 해. 그게 가장 빠를 테니."
동요를 담은 금안이 흔들렸다. 풀리지 않은 의문을 담은 눈빛이 더 자세한 설명을 요구하고 있었지만 엘뤼엔은 더는 관여할 마음이 없었다. 다시금 한숨을 내쉰 후, 그는 곧 붙잡힌 부분을 떼어내려 했다. 그러나 이번에도 트로웰은 물러나지 않았다. 그는 떼어내려는 손을 오히려 붙잡아 강하게 움켜쥐었다. 그걸 느낀 엘뤼엔이 얼굴을 찌푸릴 때였다.

"엘이 기억나지 않아?"

"……뭐?"

"안 되지, 엘퀴네스. 그래서는 안 돼. 엘이야. 다른 사람은 몰라도 너는, 너만은 엘을 잊어선 안 되잖아."

"너, 지금 날……."

"네가 엘을 잊었다는 말을 어떻게 그리 가볍게 할 수 있는 거지? 그 애는 네 아들이었는데."

"……."

찡그리고 있던 엘뤼엔의 얼굴에서 표정이 사라졌다. 그대로 입을 다문 그는 트로웰의 얼굴을 유심히 살폈다. 집요할 정도로 시선을 맞추고 있는 상태인데도 눈빛이 어딘가 멍했다. 조금 전까지 지니고 있던 화려하고 선명히 빛나는 금안이 아니었다. 자신을 향해 말하고 있으나, 자신을 보고 있는 것이 아니다. 살짝 혀를 찬 후 엘뤼엔은 붙잡히지 않은 쪽의 손을 들어 그의 머리를 강하게 내리쳤다. 방심한 상태라 기습을 그대로 허용한 트로웰은 몸이 쪼개지는 듯한 고통에 신음했다.

"윽, 너 이게 무슨 짓……!"

"그래, 네 말마따나 엘은 내 아들이지. 난 엘퀴네스가 아니지만."

"……!"

머리를 부여잡고 끙끙 앓던 트로웰이 그 말에 어깨를 흠칫 떨었다. 방금, 내가 뭐라고 했던 거지? 안개가 낀 것처럼 흐렸던 정신이 맑아지면서 인지하지 못했던 현상을 자각했다. 그가 혼란스러운 표정으로 고개를 들었다.

"엘퀴엔, 나 지금……."

"이제 정신이 들었나?"

물빛을 닮은 시린 눈동자를 마주하니 지나간 상황이 더 뚜렷하게 느껴졌다. 트로웰은 크게 숨을 삼키곤 두 손으로 머리를 천천히 쓸어 올렸다. 지나치게 현실성이 높게 구현된 탓에 온몸이 식은땀에 젖어 가는 감각이 몹시 불쾌했다. 도대체 무슨 일이 벌어지고 있는 걸까. 제 몸에서 일어난 현상임에도 이해가 되는 것이 하나도 없었다.

"하고 싶은 말이 있겠지. 하지만 지금은 생각하는 걸 멈추는 게 나을 거다. 전부 쓸데없는 것들일 테니까."

여전히 차분한 음성을 듣고서야 들끓던 마음이 차츰 가라앉았다. 물론 진정했다고 해서 머릿속을 장악하고 있는 의문이 사라지는 건 아니었다. 트로웰은 노려보다시피 엘퀴엔을 바라보았다.

"넌 전혀 아무렇지 않은 것 같네, 엘퀴엔. 네가 말한 균열이란 게 이거였어? 확실히, 이런 건 엘에게 알릴 수 없는 내용이긴 하지."

"알아들었다니 잘됐군. 두 번 당부하지 않아도 되겠어. 이왕 상황 판단을 한 김에 중단된 이야기나 계속했으면 하는데. 엘을 찾았다고 했나? 지금 어디서 뭘 하고 있지?

다시금 두 시선이 허공에서 얽혔다. 고요한 공방에서 먼저 체념한 쪽은 트로웰이었다. 이미 침묵을 택한 엘퀴엔이 그에게 원하는 답을 내주는 일은 천지가 개벽해도 일어나지 않을 터였다. 하릴없이 시간을 소비하느니 조금이라도 건설적인 대화를 하는 게 더 나았다.

"엘은 일행들과 대화하고 있었어. 황궁이랑 가까운 위치의 여관에서 머무는 중인 것 같았고. 머리 색을 바꾸긴 했지만 별다른 일은 없어 보였어."

"미네르바가 만든 그 정령검 때문에 보이지 않았던 거라고 했었지. 해결하는 데 상당히 오래도 걸렸군."

"바람의 고유 힘을 나눠 가진 검이니까. 나도 그 힘을 제대로 실감한 건 이번이 처음이야. 지금이라도 회수한 게 다행인 건지도 몰라."

씁쓸하게 답한 후 트로웰은 나직이 혀를 찼다.

지난 시간은 그에겐 고행이나 마찬가지였다. 엘이 이사나와 헤어져 수도로 떠났다는 사실을 확인하는 것까지는 어렵지 않았다. 블레스터를 회수하려고 한다는 것까지도 쉽게 파악했다. 문제는 그다음부터였다. 폭주한 블레스터의 기운은 미네르바가 분노한 느낌과 매우 흡사했다. 그 기운이 수도 전체를 장악하는데 하위 정령들이 그 안에서 제대로 활동할 수 있을 리가 없었다. '눈'이 닿지 않는 곳은 등불이 꺼진 밤이나 매한가지. 엘의 기운조차 거친 바람에 뒤섞여 정확히 집어내기가 여의치 않았다. 그런 현상이 며칠이나 이어졌다. 처음엔 그러려니 했지만, 그쪽의 상황을 계속 확인하지 못하게 되니 걱정이 될 수밖에 없었다.

내내 옆에서 베어 버릴 듯한 시선으로 노려보는 엘뤼엔의 존재는 더 난처하기만 했다. 지금은 신이 되었으나 한때는 그 역시 정령왕이었던 존재. 아무리 성격이 나빠도 이런 상황을 이해하지 못할 리는 없었다. 단지 초반에 길 찾기를 방해하는 바람에 신용을 잃은 것이 원인이었다. 한번 속아 준 신은 이후로는 어떤 말을 해도 순순히 믿으려 들지 않았다. 차라리 그의 감각이 멀쩡했다면 스스로 상황을 파악했을 텐데, 오로지 남에게 의지하는 상황이다 보니 의심이 더 깊었다. 그러게 왜 마신의 신물 따위를 착용해서 고생을 사서 하느냐는 타박은 이 상황에서는 이미 아무런 의미가 없었다.

의외인 건 그럼에도 그가 트로웰의 말을 적당히 따라 주고 있다는 사실이었다. 그 결과 그들은 여전히 황제군을 찾아가는 본래의 일정을 그대로 유지하고 있었다. 엘과의 만남을 피해야 한다는 처음의 조언을 받아들인 건 아니었다. 이렇게 된 것엔 조금 다른 배경이 있었다.

"내일 새벽이라고 했나?"

"그래."

재차 확인해 오는 엘뤼엔의 질문에 트로웰은 고개를 끄덕였다. 지금까지는 모든 일정이 순조로웠다. 예정일을 앞둔 상태에서 엘의 안부도 확인했으니 시기 또한 나쁘지 않았다. 때마침 흩어져 있던 용병들이 돌아왔기 때문에 대화가 자연스레 중단됐다. "매튜, 몸은 좀 어때?", "데운 우유를 가져왔어. 이것 좀 마셔 봐." 막내를 챙기느라 부산을 떠는 일행들 틈에서 트로웰은 어쩔 수 없이 그들과 행동을 맞췄다.

"아, 사제님. 이제 곧 황제군 진영에 도착할 것 같습니다. 언덕 아래쪽에서 횃불이 보이더군요."

불쏘시개를 구하러 갔다 온 헤롤이 자신이 보고 온 사실을 전달했다. 이미 파악해 두고 있던 부분이었지만 엘뤼엔은 묵묵히 고개를 끄덕였다. 그가 앉아 있던 자리를 털고 일어나자 모두의 시선이 모여들었다. 엘뤼엔은 그들을 돌아보지 않은 채 말했다.

"이제 그만 각자의 길을 갈 때가 된 것 같군. 너희들은 이곳에서 밤을 보내고 내일 아침에 내려가라."

갑작스러운 이별 통보였다. 예상치 못했던 상황에 샴페인 용병들이 눈을 휘둥그렇게 떴다.

"예? 설마 이렇게 가시는 겁니까?"

"그래."

"아니, 사제님. 왜 이리 갑자기……. 이미 날도 저물어 가는데요. 그냥 내일 저희와 함께 내려가시는 게 낫지 않겠습니까?"

"마, 맞아요! 밤중의 산길은 위험하다고요!"

앞다투어 만류하는 말들에 엘뤼엔이 피식 웃었다. 그 입가에 떠오른 미소를 본 샴페인 용병들은 곧 머쓱해졌다. 전부 쓸데없는 염려에 불과하다는 건 사실 말을 꺼낸 그들이 더 잘 알고 있었다. 그는 결코 평범한 사제가 아니었다. 마신전의 신관들과 병사들을 손짓 하나로 쓰러트린 적도 있었고, 웬만한 사람들은 음성만으로도 제압할 수 있었다. 강행군에서 지친 기색을 보인 적도 없었으며 독주를 물 대신 마셔도 취하지 않았다. 산에 들어가면 흔히 마주치게 되는 몬스터나 사나운 짐승들조차 그와 함께하고 난 이후부터는 한 번도 만난 적이 없었다. 반대로 사냥감으로 적합한 온순한 초식 동물들은 잘도 나타났다.

처음엔 우연인가 싶었지만 그런 일이 계속 반복되다 보니 알 수 있었다. 그에게는 악운이 피해 가고 행운이 찾아드는 힘이 있었다. 흡사 신의 축복으로 빚어진 듯한 그에게 밤길 따위가 위협일 리 없다. 단지 만류하는 건 본인들이 아쉬웠기 때문이었다. 그사이 정이 깊어진 건지, 대하는 게 어렵고 불편하기만 하던 존재였는데 막상 헤어진다고 생각하자 안타깝고 서글픈 기분이 밀려들었다. 그들로서도 이런 감정이 드는 게 당황스럽기만 했다. 용병이란 본래 방랑하는 일이 많아 잠시 어울리다 헤어지는 관계에 익숙한 존재였다. 전선에서 만나 서로의 목숨을 맡기던 사이라도 당장 다음날이면 남이 되는 것이 일상이었다. 그런데 어색하기만 했던 사제가 떠나는 것이 왜 이렇게 아쉽단 말인가. 마치 어미 새를 잃어버린

병아리가 된 기분이었다. 이런 상실감을 차마 말로 표현할 수 없던 탓에 샴페인 용병들은 그대로 시무룩해졌다. 그들을 돌아본 엘퀴엔이 다시금 짧게 웃었다.

"나쁘지 않은 시간이었다. 아아, 그래. 한 가지 좋은 걸 알려 주지."

"예?"

"해거름을 살피려는 날에 나시크가 마넬의 품에 안길 거다. 붉은 금환이 페르마의 손가락을 장식하면 동쪽으로 가서 푸른 날개를 만나도록 해라. 너희는 좀 더 올라갈 수 있을 거다."

눈앞에서 신탁이 떨어졌으나 아무도 그 사실을 알아차리지 못했다. 그렇기에 이게 얼마나 엄청난 일인지 실감하는 이도 없었다. 용병들이 한 일이라곤 멀어지는 그의 뒷모습을 그저 한없이 응시하는 것뿐이었다. 그 모든 광경을 혀를 차며 지켜보던 트로웰이 곧 따라서 몸을 일으켰다.

"나도 이만 가야겠어요."

"어, 어? 매튜, 너도 가겠다고?"

"네. 난 처음부터 참전은 안 한다고 했잖아요. 오랜만에 만난 게 반가워서 잠깐 동행한 것뿐."

"그렇다고 이렇게 빨리…… 게다가 지금 넌 몸도 좋지 않잖아."

"그냥 잠시 현기증이 났던 거예요. 지금은 멀쩡해요."

"하지만……."

"정말 괜찮다니까요. 그럼 나중에 봐요. 다들 몸조심하구요."

본인이 괜찮다고 하는데 더는 말릴 수가 없어서 샴페인 용병들은 어쩔 수 없이 고개를 끄덕였다. 멀어지는 뒷모습이 곧 눈앞에서 사라지기까지는 그리 오래 걸리지 않았다. 한꺼번에 두 사람이 빠져나간 자리가 유독 쓸쓸하게 느껴져, 그들은 모두 심란한 표정을 지었다.

“거참. 마음이 되게 허전하네.”

“그러게 말이야.”

“이번 일이 끝나면 개종이나 할까? 왠지 형벌의 신전을 방문하고 싶어졌어.”

“그거 괜찮은 생각이네. 마침 나도 그러고 싶었는데.”

“너희도? 나도.”

“굉장한걸. 나도 그런 생각을 했는데.”

“우리가 한솥밥 먹고 산 지 오래되긴 했나 봐. 이렇게 뜻이 잘 맞는 걸 보면.”

마지막 이릴의 말에 모두가 동의하며 웃음을 터트렸다. 그들은 이 느닷없는 심경의 변화가 형벌의 사제와 함께 지낸 덕분에 그에게 감화된 탓이라 여겼다. 어느 정도는 맞는 말이긴 했다. 그러나 그 사제가 형벌의 신 엘뤼엔 본인이라는 것. 자신들이 누구보다 가까이에서 신의 은총을 마음껏 누리고 있었다는 것. 그리하여 영혼이 맑게 정화된 그들이 고귀한 운명을 시니게 되었다는 사실은 끝끝내 깨닫지 못했다.

제6화

1.

유격전에서 큰 성과를 거두지 못한 대공군은 결국 후퇴를 택했다. 한동안 지지부진하던 황제군의 진군 속도에 박차가 가해지면서, 양 진영의 전투도 한층 더 치열해졌다. 나날이 격화되어 가는 전장의 선봉엔 늘 황제 이사나가 있었다. 처음 병사들을 독려하는 차원에서 방문했던 황제가 그대로 선발에 남아 직접 지휘하는 쪽을 택한 것이다.

수많은 이능을 보여 준 여신의 딸도 든든했지만, 누구보다 존귀한 존재가 가장 앞에 나가 있다는 사실은 병사들의 사기를 고무시키기에 충분했다. 반대로 이는 대공군 쪽엔 상당한 압박이 되었다. 그들의 주인인 유카르테 대공은 내전이 가속화된 상황에서도 여전히 황궁에서 꼼짝도 안 하고 있었기 때문이다. 수도 검문 앞에 상비군만 두고는 이제껏 얼굴 한 번 내비친 적이 없었다. 가세하면 누구보다 큰 전력이 될 소드 마스터 카리브디스 공작조차 그저 자신을 지키는 개인 호위로 두고 있을 뿐이었다. 풍문으로는 매일같이 산해진미를 즐기며 연회를 연다고도 했다. 그에 비해 황제는 그의 기사들과 더불어 기꺼이 최전방에 나와 있었다. 아직 성인식도 치르지 않은 소년 황제는 전투를 조금도 두려워하지 않았다. 당연히 비교될 수밖에 없었다.

그런데도 전황이 완전히 기울지 않은 건, 대공이 게으름을 피워도 그것을 만회하는 인재가 많았기 때문이었다. 황궁의 수호령이라고 불리는 웨칸 공작을 비롯하여 위기의 순간마다 제국을 지키던 공신 가문의 수장들이 여전히 대공의 편에 있었다. 시행하는 작전마다 거듭 죽을 쑤고 있으나 세트니오 백작이 지닌 군사력도 무시할 수 있는 수준은 아니었다.

"어제 새벽에 웨칸 공작의 기병대가 합류했다고 합니다. 총력전을 준비하는 것 같습니다."

늦은 밤까지 이어진 작전 회의에서 이사나는 심각한 얼굴로 보고서를 검토했다. 웨칸 공작은 카리브디스 공작과 더불어, 대공이 지닌 가장 강력한 패였다. 카리브디스 공작이 단신으로 천 군의 힘을 내는 자라면 그는 천 군을 활용해 십만 군의 역할을 해내는 장수였다. 대공의 가장 큰 조력자이자 그를 물심양면으로 뒷받침하고 있는 지주이기도 했다. 사실상 그를 무너트리면 이 내전은 끝나는 거나 다름없었다.

"붉은 매 쪽의 소식은 어떻습니까?"

"모두 준비되었다고 합니다. 언제든 바로 시작할 수 있습니다."

"잘됐군요. 형님은 어디쯤 도착했습니까?"

"카웰 공작님은 저녁쯤에 랄프령을 지나고 있다고 하셨습니다. 내일 아침이면 도착하실 겁니다."

"알겠습니다. 일단 주변 정찰을 더 늘리도록 하세요. 붉은 매는 대기하고, 비둘기들은 움직이라고 하십시오. 오늘 회의는 이것으로 파합니다."

"예, 폐하."

명을 받은 자들이 일사불란하게 자리에서 흩어졌다. 그제야 한숨을 돌리던 이사나가 시선을 느끼고 고개를 들었다. 회의가 끝났는데도 자리를 떠나지 않은 알리사가 묘한 표정으로 그를 바라보고 있었다.

"왜, 알리사?"

"아니, 뭐…… 이사나 씨가 황제는 황제구나 싶어서."

"황제인 나는 싫어?"

"누, 누가 싫대? 그냥 그렇다는 거지."

"그렇구나. 다행이야."

빙긋 웃는 얼굴에 알리사의 얼굴이 새빨개졌다. 요즘 그는 자신만 보면 웃었다. 자신이 저의 웃는 얼굴에 약하다는 걸 알고 일부러 그러는 것이 분명했다. 목소리는 왜 또 저리도 간드러진단 말인

가. 날마다 남자가 되어 가는 황제는 갈수록 요망해지는 법만 배우는 것 같았다. 물론 전부 근거 없는 오해에 불과했으나, 알리사는 제 생각을 굳건히 확신했다.

"그러고 보니 알리사, 왜 오늘은 회의에 혼자 왔어? 시벨 형님은?"

"응? 아~ 시벨 씨는 아셀을 가르치는 중이야. 바빠 보여서 그냥 혼자 나왔어."

"그러면 안 돼. 위험하잖아."

"바로 옆인 걸 뭐. 내 천막에서 여기까지 고작 스무 발자국도 안 된다고."

"그래도 안 돼. 다음부터는 꼭 같이 다녀. 걱정되니까."

"별걱정을……."

"알리사, 부탁이야."

"알았어, 알았다고!"

"고마워."

눈가가 스르르 풀리면서 다시금 미소가 지어졌다. 알리사는 자기도 모르게 숨을 삼켰다. 저것 봐! 역시 일부러 그러는 게 틀림없다니까! 너무 빤히 쳐다보고 있었던 걸까. 지켜보던 친위 기사들이 흠흠 헛기침을 내뱉고 나서야 그녀는 겨우 정신을 차렸다. 이사나는 그저 어리둥절해 하는 표정이었다. 그걸 보니 혼자만 휘둘리고 있다는 생각이 들어 몹시 억울해졌다. 노려보는 눈길에 움찔하는 이사나를 뒤로한 채 알리사는 자리를 박차고 나섰다. 부르는 음성이 따라왔지만 부러 돌아보지 않았다.

'정말 열 받아. 맨날 어린애 취급만 하고.'

이사나가 자신을 아끼고 있다는 건 알고 있었다. 그가 선봉에 서게 된 것도 알리사가 선발대를 떠나지 않겠다고 한 탓이 가장 컸다. 그녀의 가장 강력한 보호자였던 엘과 라피스가 군을 떠나게 되면서 이사나는 부쩍 예민해졌다. 시벨리우스가 남아 있긴 하지만 전처럼 완전히 마음을 놓을 수는 없게 된 모양이다. 덕분에 군의 사기가 충만해졌으나, 알리사의 입장에서는 과보호를 받는 기분이라 영 달갑지만은 않았다.

나는 왜 이렇게 성장 속도가 느릴까. 이사나는 하루마다 키가 커지는 것 같은데, 자신의 키는 여전히 그대로인 것 같았다. 또래보다 작은 손발도, 연약해 보이는 체구도 싫었다. 얼른 크고 싶었다. 훌쩍 자라서 자신도 한 사람의 몫을 제대로 한다는 걸 증명해야 했다. 그렇게 되면 지금 이 관계도 뭔가 조금은 달라지지 않을까.

"응?"

툴툴거리며 걷던 알리사는 곧 진영 아래쪽에 홀로 앉아 있는 뒷모습을 발견했다. 꽃물을 들인 듯 특이한 머리카락 색 때문에 그의 정체를 알아보는 건 어렵지 않았다. 카터스 제국의 라온휘젠 황태자였다. 아셀을 해임한 이후로 그의 일행은 매우 조용하게 지내고 있었다. 얼굴을 마주할 일이 없다 보니 대화를 섞는 일은 더더욱 없었다. 이렇게 지나치듯 만난 것도 상당히 오랜만이었다. 그래서일까. 그냥 무시하고 지나가도 될 법한데 오늘따라 그 뒷모습이 유난히 마음에 걸렸다. 알리사는 할 수 없이 가까이 다가가며 물었다.

"여기서 뭐 해요?"

"……!"

흠칫 놀란 황태자가 검을 움켜쥐었다가 알리사를 확인하고 눈을 크게 떴다. 동요가 일었던 얼굴에서 빠르게 경계심이 흩어져 갔다. 그 적나라한 반응에 왠지 가슴이 두근거렸다.

"……반려성."

"내 이름은 알리사거든요? 반려성이 아니라."

"아아, 실례했군, 레이디 알리사."

"그냥 알리사라고 불러 줄래요? 그거, 카터스 제국에서 귀족 여성에게 쓰는 표현이죠? 그런 거 간지러워서 싫어해요. 나한테 어울리지도 않고."

어린애 취급도 싫지만 숙녀 취급은 더더욱 사양이다. 알리사가 질색하자 라온휘젠의 표정이 묘해졌다.

"그대는 호불호를 표하는 것에 능하군. 알폰프 여성들이 솔직하다는 말은 들었지만. 귀족 여성이 대놓고 싫다고 말하는 건 처음 들어 보는 것 같다."

"그래서 불만이에요?"

"아니, 나쁘지 않다."

생각보다 순순한 대답에 알리사가 찌푸리고 있던 표정을 폈다.

그게 선부른 판단이었다는 걸, 그녀는 이어지는 말을 듣고서야 깨달았다.

“하지만 어울리지 않는다는 말은 마음에 들지 않는군. 레이디는 고귀한 여성에게 붙여지는 호칭이다. 제왕의 반려가 될 여성에게 레이디라는 호칭이 어울리지 않는다면, 아무도 그 자격을 가질 수 없을 거로 생각한다.”

“와아, 수법 좀 봐. 일단 달래고 난 뒤에 뜻을 관철하겠다, 이거예요? 능변가라고 자랑하고 싶어요? 논리를 들먹이면 내가 아예, 그러십니까, 그럼 그렇게 하십쇼, 이럴 것 같아요?”

“왜 화가 났지? 그대가 솔직하게 말하기에, 나도 내 생각을 말했을 뿐인데.”

“그래서 그 호칭으로 계속 부르겠다고요?”

“……그대가 싫다면 그만두도록 하지.”

말려 들어가는 기분을 느낀 라온휘젠이 곧바로 항복을 선언했다. 한층 시무룩해진 모습에 알리사는 피식 웃었다. 오만하고 위압적인 황태자라고만 생각했는데 오늘 본 그는 귀여운 구석이 있었다. 첫인상이 워낙 나빴던 탓에 그동안 깨닫지 못했던 일면이었다.

“그런데 혼자서 뭐 하고 있던 거예요? 황태자가 수행원도 없이 다녀도 괜찮아요?”

“그저 생각 중이었다. 거리를 두고 있을 뿐, 호위는 근처에 있고. 그러는 그대는 왜 혼자 있지?”

"뭐 어쩌다 보니."

"그대의 능력을 과신하고 있군. 방심은 위험해. 아군 진영 안이라고 해서 안전한 건 아니다. 마음에 해로운 것을 품은 자들이 어디에 도사리고 있을지 몰라. 그러니 혼자 다니지 마라."

"당신도 그 소리예요? 그만둬요. 잔소리는 이사나 씨만으로도 충분하다고요."

보호자 행세는 싫다. 안 그래도 이미 그 때문에 심기가 상한 상태였다. 노골적인 거부의 기색에 라온휘젠이 입을 다물었다. 여기서 이사나의 이름을 언급한 건 실수였을까. 뒤늦은 자책이 밀려들었지만 뱉은 말을 주워 담을 수는 없었다. 다행히 분위기가 불편하게 흘러가지는 않았다. 라온휘젠은 흘끗 그녀의 표정을 살폈을 뿐 이렇다 할 감정을 드러내지 않았다. 잠시 멈췄던 대화도 다시 유연하게 진행됐다.

"황제와는 우연히 만난 것 같던데."

"아, 맞아요. 이사나 씨가 지나는 길에 내가 살던 마을을 방문했었죠. 날 위험한 순간에서 구해 줬어요."

"그런가. 말 그대로 운명적인 만남이었겠군."

"뭐, 운명적이라면 운명적이긴 하죠."

"전부 운명 같다고 생각해."

언젠가 들었던 이사나의 목소리가 떠올랐다. 이사나는 운명을 불신하는 사람이었다. 그런 그가, 그녀와의 만남을 운명 같다고 말했었다. 아무런 마음의 망설임 없이 누구보다도 곧고 순수하게.

아마도 그때부터였을 거다. 그에게 특별한 마음을 품었다는 걸 자각했던 것이. 얼굴이 붉어지는 것 같아 알리사는 얼른 뺨을 문질렀다. 그래서 저를 보는 황태자의 시선이 어느새 차가워져 있다는 걸 깨닫지 못했다.

"그대가 그를 선택한 이유가 그래서인가?"

"네?"

"내게는 이제 기회가 없는 건가? 난 황제보다 더 오랫동안 그대를 기다렸다. 그대를 찾기 위해 내가 할 수 있는 모든 방법을 다 동원했었다. 그대가 태어나 자란 마을에도 찾아갔었지. 알고 있나? 그 마을은 그대가 떠난 이후로 완전히 황폐해졌다. 이제는 그곳에 아무도 살지 않는다."

"무슨…… 아무도 살지 않는다고요……?"

"그래. 모두 이주하고 버려진 마을이 됐더군."

"어, 어째서?"

"축복의 근원이던 반려성을 쫓아냈으니까. 당연한 일이다."

"……."

생각지 못한 사실에 알리사는 멍하니 눈을 깜빡거렸다. 나고 자란 마을은 그녀에겐 지긋지긋한 기억만 가득한 장소였다. 그리운 적도, 돌아갈 생각을 한 적도 없었다. 그러나 잘못되기를 바라지는 않았다. 그래도 고향이라고, 마을이 버려졌다는 사실은 조금 충격이었다.

"많이 놀란 것 같군. 그렇게 될 거라는 생각은 하지 못했나?"

"그거야……."

당연히 생각하지 못했다. 자신은 예감이 좋을 뿐이지 미래를 훤히 들여다보며 예측하는 능력을 갖춘 건 아니었다. 그런데 왜 저런 식으로 물어보는 걸까. 당황해서 머뭇거리는 알리사를 라온휘젠은 그저 가만히 바라보았다. 그러나 그의 군청색 눈동자엔 이제껏 보인 적 없는 격렬한 감정이 타오르고 있었다. 반사적으로 위험하다는 생각이 들었다. 알리사는 황급히 몸을 틀어 벗어나려 했다. 하지만 그보다 라온휘젠 쪽이 그녀의 팔을 붙잡는 것이 더 빨랐다. 강제로 몸이 고정되는 바람에, 알리사는 억지로 황태자와 시선을 다시 맞춰야 했다. 눈을 부릅뜬 소녀를 응시하는 라온휘젠의 얼굴이 일그러졌다.

"아무도 그대를 알아보지 못했지. 그대의 가족들도, 그대를 통해 수혜를 입은 마을 사람들도, 그대를 구해 줬다는 황제도. 심지어 그대 자신조차 그랬던 것 같군. 그래, 그대를 찾아다니고 있던 건 나뿐이었다. 그대의 가치를 알아봐 줄 수 있는 것도 나뿐이다. 그대가 온전히 필요했던 건 나였어."

"이, 이봐요."

"그런데, 왜 내가 아니지?

붙잡힌 팔이 아팠다. 뿌리치려고 했지만 꼼짝도 하지 않았다. 남자의 완력을 이렇게 적나라하게 느껴 본 건 처음이라 덜컥 겁이

났다. 평생 차별적인 시선 속에서 살았으나, 귀족으로 자란 덕에 알리사는 한 번도 거친 취급을 받아 본 적이 없었다. 이사나와 엘을 비롯한 그녀 주변의 남자들은 늘 태도가 조심스러웠기에 더더욱 이런 일을 겪을 일이 없었다. 멀든을 불러내 방어해야겠다는 것에 곧바로 생각이 미쳤을 때였다.

"그 황제는, 어째서 모든 걸 다 쉽게 얻는 거지……."

이어진 말에 절로 숨이 멈췄다. 알리사는 정령을 불러내려던 것을 멈추고 라온휘젠을 바라보았다. 입술을 악물고 있는 그는 몹시 괴로운 얼굴을 하고 있었다. 강철같이 단단하게 보이던 남자가 지금은 금방이라도 무너질 것처럼 위태롭게만 느껴졌다. 그 모습을 보니 잠시간 장악했던 두려움이 빠르게 밀려 나갔다.

"저기……."

"쉽게 보였다면 미안하게 됐군요. 그 말에 동의할 수 없는 게 유감이지만."

"……!"

뭐라도 말을 걸어 보려는데 그들 사이에 싸늘한 목소리가 파고들었다. 깜짝 놀라서 돌아본 곳엔 굳은 표정을 한 이사나가 서 있었다. 마찬가지로 그를 알아본 라온휘젠이 얼굴을 굳혔다. 잠시간 두 남자 사이에 불꽃같은 시선이 튀었다.

"태자는 운명의 반려성을 알아보는 눈은 지니고 있을지 몰라도, 귀한 인연을 맞을 자격은 없어 보이는군요."

"……무슨 의미로 하시는 말씀입니까?"

"말 그대로의 의미입니다. 태자의 눈엔 알리사가 아파하고 있는 게 보이지 않습니까?"

그제야 제 행동을 인지한 듯, 당혹감을 드러낸 라온휘젠이 황급히 손을 떼어 냈다. 덕분에 자유로워진 알리사를, 이사나가 가까이 다가와 조심스럽게 살폈다. 꽉 붙잡혔던 부분에 파란 멍이 들어 있는 걸 발견한 눈동자가 순식간에 차가워졌다.

"알리사의 가치를 알아보는 건 나뿐이다, 라니. 그런 말을 입에 담는 건 눈앞의 상황부터 신경 쓴 후에 하는 게 좋겠습니다, 황태자. 입으로만 떠드는 것은 누구나 할 수 있는 일이죠. 길가의 시정잡배라 할지라도."

"……황제 폐하께서 남의 말을 엿듣는 취미가 있을 줄은 몰랐습니다. 그런 짓은 명예가 없는 비천한 자들이나 한다고 알고 있었는데 말입니다."

"그냥 들린 걸 엿들었다고 하지는 않습니다. 상황 판단을 하는 게 좋겠다고, 바로 조금 전에 말했는데. 태자가 내 조언을 귀담아들을 생각이 없다는 건 잘 알겠군요."

다시금 강렬한 시선이 맞닿았다. 멀리서 웅성거리는 소리가 들리기 시작했다. 말다툼 소리를 들은 병사들이 하나둘씩 천막에서 나오고 있었다.

"폐하."

이사나의 뒤에서 상황을 관전하던 친위대가 걱정스럽게 불렀다. 떨어져서 호위하고 있던 황태자의 수행원들도 안절부절못하며 다가왔다. 그 산만한 분위기가 서로에게만 몰입하고 있던 정신을 환기하는 데 도움이 됐다. 결국 두 사람은 이쯤에서 물러서기로 했다.

"앞으로 다시는 이런 불미스러운 일이 없었으면 합니다, 황태자. 배려가 주어지는 건 이번뿐입니다."

"……폐하의 조언 유념하겠습니다. 결례가 많았습니다. 알리사, 그대에게도. 다치게 해서 미안하다."

설마 사과를 들을 줄 몰랐던 알리사가 머뭇거리다 고개를 끄덕였다. 평소처럼 한마디 핀잔을 주는 걸로 호탕하게 끝내면 좋을 텐데, 두 남자의 분위기가 심각해서 차마 끼어들 수가 없었다. 자신 때문에 화내는 이사나의 모습이 기뻐서 아무 말도 못 하게 된 것도 있었다. 그가 화내는 경우가 극히 드물기에 더 가슴이 벅차올랐다. 라온휘젠도 그걸 알아차리고 씁쓸한 표정을 지었다.

"아, 그리고 말이 나온 김에 한마디 더 해 두죠."

그녀를 데리고 돌아서던 이사나가 발길을 멈추고 다시 라온휘젠을 응시했다.

"내가 쉽게 가는 게 아니라, 태자가 어렵게 가는 겁니다."

"……!"

의아한 눈길을 보내던 라온휘젠이 그대로 얼굴을 굳혔다. 그의 눈동자가 시리게 타올랐으나, 이사나는 가볍게 무시했다.

"다른 사람의 삶을 쉽게만 보는 그대는 의미를 이해할 수 없겠지만 말입니다."

2.

"전부 다 봤습니다. 폐하와 아주 제대로 한 판 하시더군요. 대체 어쩌려고 그러신 겁니까?"

등 뒤에서 끊임없이 종알거리는 소리가 따라붙었다. 눈이 마주쳤을 때부터 시작되던 잔소리를 무시로 일관하던 라온휘젠은 그 시간이 삼십 분을 족히 넘어서기 시작하자 마침내 얼굴을 찌푸렸다. 기분이 좋을 때도 달갑지 않은 내용인데, 이보다 더 최악일 수가 없을 만큼 심기가 상한 상태였다. 이미 인내심은 한참 전에 바닥을 드러냈다. 없는 사람으로 취급했기에 지금까지 참았지만 그것도 이제 한계였다.

"전하가 너무 무례하셨습니다."

이어진 말이 부풀어 오른 분노에 쐐기를 박았다. 라온휘젠은 이를 갈며 뒤를 돌아보았다. 사납게 쏟아지는 그의 눈길에 지키고 있던 수행원들이 모두 몸을 움츠렸다. 그러나 단 한 사람, 정작 정면에서 시선을 받고 있는 남자는 그저 태연하기만 했다. 내내 잔소리를 늘어놓던 남자—아셀은 오히려 반가운 표정을 지어 보였다.

"드디어 대화를 할 생각이 드셨습니까?"

"뭔가 단단히 착각하고 있는 것 같군, 아셀. 넌 이제 내 보좌관이 아닐 텐데?"

마지막 경고를 위해 그가 낮은 목소리로 으르렁거렸다. 얼굴이 창백해진 수행원들이 바쁘게 시선을 교환했다. 그 속에서 아셀은 여전히 담담한 반응을 보였다.

"물론 전 이제 전하의 보좌관이 아니죠. 전하가 직접 해임하셨잖습니까. 그것도 하루아침에 갑자기. 마음의 준비를 할 겨를도 없이 말입니다."

"그래, 내가 널 해임했지. 그렇다면 이런 참견이 월권이라는 것도 알고 있겠군."

"글쎄요. 그건 잘 모르겠습니다. 지금 저는 보좌관이 아니라 전하의 친우로서 드리는 말씀이니까요."

"……뭐?"

"저를 친우라고 먼저 칭하셨던 분은 전하이십니다. 상관과 부하이기 이전에 절친한 친우로 여긴다 하셨죠. 동무 사이에 이런 얘기도 못 드립니까? 그게 아니라면 전하는 이제껏 저를 농락하셨던 거로군요."

"……."

생각지 못한 지적은 망치로 머리를 맞은 것 같은 충격을 가져다주었다. 활화산처럼 타오르던 분노가 그대로 파시식 식었다. 라온휘젠은 멍청하게 눈을 깜빡거리다가 이내 복잡한 표정을 지었다.

"……하지만 넌 나를 떠날 거잖아."

마지못해 중얼거린 목소리엔 채 숨기지 못한 원망이 깔려 있었다. 아셀은 깊이 한숨을 내쉬었다.

"그렇게 말하실 줄 알았습니다. 예, 그래요. 제가 전하가 권하던 것과 다른 진로를 정하긴 했습니다. 하지만 하는 일과 장소가 달라지는 것뿐입니다. 전하와의 관계를 끊겠다는 게 아니라요."

"내겐 의미가 같아."

"아뇨, 전혀 다릅니다. 전하는 당신을 곁에서 모시는 사람만 친우라고 여길 생각이십니까? 그럼 전하가 친우의 정의를 잘못 생각하시고 계셨던 겁니다. 세상 누구도 그런 관계는 동무로 보지 않습니다. 그저 주군과 신하일 뿐이죠."

"그건……."

"말이 나온 김에 여기서 확실히 하시죠. 정말 그렇게 생각하셨습니까? 그렇다면 전 이쯤에서 그만 나가 보겠습니다. 친우도 아닌 이와 한가롭게 대화할 시간은 없으니까요."

이번에도 라온휘젠은 아무 말도 하지 못했다. 그가 그대로 입을 다물자 노려보다시피 응시하던 아셀이 다시 한숨을 내쉬었다.

"전하는 좀 더 다양한 관점을 의식할 필요가 있으십니다. 세상은 흑과 백으로만 나뉘지 않습니다. 인간관계는 더 말할 필요가 없죠. 곁에 두지 못할 바에야 거부하고 밀어내겠다니. 그런 식으로 가시다간 끝내 전하만 외로워지실 겁니다. 늘 이 말씀을 드리고 싶었습니다."

"네가, 날 배신하지 않을 거라는 걸 내가 어떻게 확신하지?"

"그걸 왜 저한테 물으십니까?"

"왜냐니."

"제가 전하한테 친구 해 달라고 졸랐습니까? 전하가 스스로 친우로 삼으신 거 아닙니까. 그럼 전하의 판단을 믿으셔야죠."

또다시 생각지 못한 답변이었다. 아셀을 응시하던 라온휘젠의 눈동자가 감정을 감추지 못하고 흔들렸다. 동요를 고스란히 드러내고 있는 그를 보며 아셀은 대놓고 혀를 찼다.

"세상 어느 누가 타인의 속내를 전부 다 알고 사귄답니까. 그저 알고 지내는 동안 보아온 인성과 성품을 보고 믿어 주는 거죠. 전하가 보아 왔던 저는 남을 기만하는 사람이었습니까?"

"그렇진…… 않다."

"잘 말하셨습니다. 그렇다고 대답하셨으면 화내려고 했습니다."

아셀의 얼굴 가득 장난스러운 웃음이 피어올랐다. 라온휘젠은 잠시 어떤 표정을 지어야 할지 알 수 없어졌다. 자신의 앞에서 이렇게 편한 얼굴을 하는 그를 보는 건 처음이었다. 그의 보좌관이었을 때 아셀은 직무를 더 중시하는 편이었다. 때문에 허물없이 대하는 것 같으면서도 늘 라온휘젠이 태자임을 의식하여 일정 선을 지켰다. 그런 태도에 내심 서운했었는데, 지금 처음으로 그 거리감이 사라진 듯한 느낌이 들었다.

"아셀, 나는……."

"어쨌든 전하는 타인을 신뢰하는 법을 좀 배우셔야 합니다. 이사나 폐하께도 너무 날을 세우지 마십시오. 그분이 저희의 편의를 얼마나 많이 봐주시는 건지는 전하도 아실 겁니다. 배려에 보답하지는 못할지언정 부러 적으로 만들 필요는 없잖습니까? 뭐, 같은 운명의 별 아래 태어난 동갑내기 맞수. 어릴 때부터 사사건건 비교당해 왔으니 전하 나름대로 그분께 열등감이 있는 건 이해합니다만.”

훈훈하던 공기가 단숨에 흐려졌다. 라온휘젠은 먹먹하던 기분을 지운 채 그대로 불퉁한 표정을 지었다.

“열등감 같은 거 없어.”

“거짓말하지 마세요. 제가 전하를 모릅니까?”

서로 딱 붙어 지낸 기간만 몇 해가 넘었다. 그중 대다수가 그를 지켜보며 보좌한 기간이었다. 그쯤 되면 사소한 습관 같은 건 관심을 두지 않아도 저절로 알게 된다. 라온휘젠은 늘 틈만 나면 스왈트 제국 정세를 알아보며 이사나의 행적을 파고 다녔다. 그가 먹어봤다는 음식은 자신도 구해서 먹어 보고, 책이라도 읽었다고 하면 같은 책을 찾아서 읽어 볼 정도였다. 언젠가는 갑자기 몸을 단련하겠다며 검술을 익히기 시작했다. 덕분에 다방면에 관심이 많은 태자라는 칭찬을 받았으나, 사실은 이사나가 검술에 재능이 있다는 소문을 듣고 따라서 익힌 거였다. 그의 체구가 저보다 작다는 소식을 들었을 때 지었던 의기양양한 표정은 지금도 잊히지 않았다.

속속들이 들이 밀어지는 증언에 라온휘젠은 조용히 침묵했다. 지금껏 의식해 본 적이 없었는데 이렇게 들으니 상당히 노골적이었다. 뒤늦은 깨달음에 멍해진 그를 보고 아셀은 어쩔 수 없다는 표정을 지었다.

"숙명의 적수가 반려성을 먼저 찾아서 초조하신 기분은 압니다. 하지만 알리사 님은 아직 많이 어리십니다. 지금 당장 선택을 하시는 것도 아니고, 여기서 길이 정해지는 것도 아닙니다. 게다가 지금 같은 방식으로는 그분의 마음을 얻지도 못하실 겁니다."

"그게 무슨 뜻이지?"

"전하는 저를 왜 친우로 삼고자 하셨습니까? 제가 전하께 쓸모 있어서요?"

"딱히 그런 것만은……."

"마찬가지입니다. 그저 네 힘이 필요해서 원한다고 말하는 남자를 어떤 여인이 택하겠습니까?"

"……."

오늘따라 말문이 여러 번 막힌 라온휘젠은 이번에도 침묵을 택했다. 표정은 덤덤했지만 그 속은 연거푸 가해진 충격에서 헤어 나오지 못하는 중이었다. 방식은 거칠었을지 몰라도 제 나름대로는 필사적으로 매달렸던 거였다. 그게 그런 식으로 여겨질 거라는 생각은 한 번도 해 본 적이 없었다. 감춰진 표정을 읽은 아셀이 쓰게 웃었다.

"전하는 안 그래도 딱딱한 태도 때문에 오해를 많이 사는 편이 잖습니까. 미리 서두르지 마십시오. 게다가 요즘은 별의 흐름도 그리 좋지 않습니다. 이런 시기엔 작은 불씨도 산간을 태우는 법입니다. 저희는 이곳에서 이방인이니 특히 더 주의해야 합니다."

"……오늘따라 당부가 많군."

"저 바쁜 사람입니다. 전하를 염려하지 않았다면 굳이 찾아와서 이러지도 않습니다."

"그 말은, 너도 나를 친우로 생각하긴 한다는 건가?"

묘한 어조로 묻는 말에 이번엔 아셀이 입을 다물었다. 한발 늦게 의미를 파악한 그가 황당하다는 표정으로 소리쳤다.

"지금 장난하십니까? 그게 아니면요? 제가 무려 태자 전하 앞에서 건방지게 구는 이유가 뭐라고 생각하시는 겁니까?"

"이제껏 내 생각에 대해서만 떠들었지, 정작 네 감정에 대해 말한 적은 없잖아."

"그거야 너무 당연하니까 그렇죠! 제가 전하를 친우로 여기지 않았으면 그 피곤한 보좌관 자리 같은 걸 받아들였을 것 같습니까?"

"아."

"아! 가 아닙니다! 이제야 깨달았다는 그 표정은 대체 뭡니까?"

"……난 네게 잘해 준 것이 없었으니까. 네 조상에 대한 말을 믿어 주지도 않았고."

"그건 잘 아시네요. 전하에게 양심이라는 게 있다는 걸 확인해서 조금 감동했습니다."

"아까부터 너무 무례하군."

"친우끼리 그런 거 따지는 거 아닙니다."

먼저 웃은 쪽은 라온휘젠이었다. 한동안 말 한마디 섞지 않았다는 게 거짓말이었던 것 같다. 아무렇지 않게 자신을 대하는 아셀을 보니 마음속에 응어리졌던 무언가가 풀어지는 것이 느껴졌다. 다시는 이런 날이 오지 못할 거라고 생각했었다. 그제야 그는 자신이 두려워했다는 걸 깨달았다.

아셀이 떠난다는 사실에 배신감을 느꼈다는 건 그저 변명에 불과했다. 사실은 그가 언젠가는 자신의 곁을 떠날 거라는 걸 알고 있었다. 그는 늘 보좌관 자리를 탐탁지 않게 여겼고, 카터스 황실은 그의 재능을 꽃피우기에 적합한 장소도 아니었다. 이미 예감하고 있던 일이 일어났을 뿐이라 놀라울 것도 당황스러울 것도 없었다. 그런데도 굳이 밀어내려 한 건 저 혼자 그를 친우로 여기고 있던 것 같아 불안했기 때문이다. 그래서 먼저 선을 긋고 거부하는 쪽을 택했다. 그렇게 하면 괜찮은 줄 알았다. 하지만 그런 생각을 하는 것 자체가 이미 상처였던 거다. 그래서 지금 이 순간, 그는 진심으로 안도했다.

"하지만 역시 네가 그 황제에게 가는 건 마음에 안 들어. 네가 날 정말 친우라고 여긴다면 내 곁에 남아라."

"헛소리 그만하십시오. 친우라는 단어는 그런 데 쓰라고 있는 거 아닙니다. 치졸한 질투를 하시느니 차라리 친우를 더 늘리는 쪽으로 가시죠."

"친우를 늘려?"

"이사나 폐하와 친해져 보시는 겁니다. 그편이 훨씬 생산적일 것 같습니다."

"말도 안 되는 소리."

"왜 말이 안 됩니까? 투쟁심도 엄연히 관심의 일종입니다. 그동안 전하가 이사나 폐하께 보였던 그 수많은 집착, 솔직히 정상은 아니었습니다. 그 정도면 거의 사랑에 가깝다고 생각했는데요. 두 분은 분명 친해지실 수 있을 겁니다."

"……아셀. 거기서 한마디만 더 하면 화낼 거다."

얼굴을 굳힌 라온휘젠이 나직하게 경고했다. 더 자극하면 위험하겠다는 판단을 내린 아셀은 장난을 멈추고 냉큼 물러섰다. 그러자 기다렸다는 듯한 상황이 이어졌다. 때마침 안에 들어온 세리엄이 전해 온 소식이었다.

"저기, 전하. 황제께서 잠시 보자고 하시는데요?"

"뭐?"

하필 이런 순간에 거론된 황제의 존재에 황태자의 얼굴이 바로 찌푸려졌다. 바깥에 있었기에 안쪽의 상황을 알지 못하는 세리엄이 지레 겁을 먹고 어깨를 움츠렸다.

"방금 병사가 다녀갔습니다. 황제께서 전하와 긴히 의논할 이야기가 있다고 하시네요. 아셀, 너도 함께 보자고 하셨다."

"저도 말입니까?"

은근하게 웃고 있던 아셀이 어리둥절해져서 고개를 들었다. 세리엄은 고개를 끄덕였다.

"전투가 심화하니 외부인은 이만 떠나라고 하는 게 아닐까?"

"으음, 그럴 수도 있겠네요."

대충 돌아가는 전황만 보아도 이제 양측이 거의 총력전을 준비하는 상황이었다. 사상자가 얼마나 나올지, 승패조차 점을 칠 수 없는 상태다. 이럴 때 외국에서 온 귀빈의 존재는 매우 부담스러울 것이다. 라온휘젠도 그 생각에 동의했다. 불편한 언쟁 직후에 곧바로 다시 만나야 하는 상황은 마음에 들지 않았으나 그건 황제 쪽도 마찬가지일 터였다. 그가 진지한 표정으로 몸을 일으켰다.

"일단 가 보지."

* * *

"어?"

황제의 막사 앞에 도착한 아셀과 라온휘젠 일행은 그곳에서 뜻밖의 인물을 조우했다. 바로 알리사였다. 눈을 동그랗게 뜬 그녀 또한 이곳에 막 도착한 듯한 모습이었다. 당황한 라온휘젠을 대신해서 아셀이 얼른 말을 걸었다.

"알리사 님도 오셨습니까?"

"아, 응. 이사나 씨가 불렀어. 바로 좀 전에 헤어졌었는데, 다시 급하게 의논할 일이 있다나? 아셀은?"

"저희도 폐하께서 부르셨습니다."

"그렇구나."

그녀에게도 전선에서 떠나라는 말을 하려는 걸까? 굳이 다 같이 모을 만한 이유가 그것뿐이었기에 아셀은 조금 의아해졌다. 이미 알리사는 몇 번이나 참전하겠다는 뜻을 밝힌 상황이었다. 그가 아는 이사나의 성격이라면 새삼 그녀를 설득하려고 할 것 같지 않았다.

일단 그들은 황제의 기사들에게 방문을 고했다. 황제는 막사 안에서 홀로 휴식을 취하는 중이라고 했다. 그런데 막상 안으로 들어가자 당황스러운 일이 벌어졌다. 의자에 앉아 무언가를 읽고 있던 이사나가 들어오는 그들을 발견하고 놀란 얼굴로 몸을 일으킨 것이다.

"알리사? 아셀과 황태자 일행까지…… 다들 무슨 일입니까?"

"예? 폐하께서 부르셨다고 들었습니다."

"내가 불렀다고요? 난 그런 적이 없는데요."

"……!"

판단은 빠르게 내려졌다. 의아해하던 분위기가 순식간에 얼어붙었다. 주위를 지키고 있던 기사들을 비롯하여 황태자의 수행원들이 곧바로 주위를 경계했다. 이사나는 굳은 얼굴로 알리사를 돌아보았다. 알리사의 얼굴은 새파랗게 질려 있었다.

"알리사, 시벨 형님은?"

"어? 아, 미, 미안. 시벨 씨가 이상한 기운이 느껴진다고 잠시 돌아보러 나갔거든. 그냥 금방 다녀오면 될 거라고 생각해서……."

또 혼자 나왔다는 뜻이었다. 게다가 이상한 기운이라니. 이사나는 낭패감을 드러내지 않기 위해 주먹을 꾹 움켜쥐었다. 유니콘인 시벨리우스가 무언가를 감지했다면 분명 좋지 않은 징후일 터였다. 알리사의 얼굴이 울상이 됐다.

"어, 어떡하지, 이사나 씨? 지금 굉장히 무서운 느낌이 들어."

"괜찮아, 알리사. 아무 일 없을 거야. 케이! 밖에 있나!"

떨고 있는 알리사를 급히 위로한 후, 이사나가 밖을 향해 소리쳤다. 그러나 다른 때라면 즉각 대답이 와야 할 친위대에게서 아무런 반응이 없었다. 마치 외부와 완전히 단절된 듯, 경계 밖으로 떠밀려 나온 기묘한 기분이 들었다.

"단단히 걸렸군요."

라온휘젠이 허탈하게 중얼거렸다. 그때 그들 발밑으로 무언가가 툭 떨어졌다. 그건 주먹만 한 크기의 새카만 구슬이었다. 데굴데굴 구르던 구슬에서 곧 새하얀 연기가 새어 나오더니 자욱하게 퍼지기 시작했다.

"하."

미처 정령을 부를 틈도 없었다. 상황을 자각했을 땐 이미 시야가 바닥에 닿아 있었다. 어느새 자신이 쓰러져 있다는 것을 간신히 깨달았다. 빠르게 멀어져 가는 의식을 느끼며, 이사나는 헛웃음을 삼켰다. 이번엔 그도 실책을 인정하지 않을 수가 없었다. 라온휘젠이 말한 그대로였다. 그들은 지금 함정에 빠진 거였다. 그것도 황제의 막사. 가장 안전하게 지켜지는 바로 그 장소에서.

짧은 시간 수많은 생각이 파고들었지만 오래 이어지지는 못했다. 눈앞에 무언가가 다가오는 것이 느껴짐에도 저항할 수 없었다. 그는 곧 까무룩 깊은 어둠에 잠겨 들었다.

3.

주술적인 기운이 느껴져 찾아간 일은 단순한 우발 사건으로 끝났다. 근처 마을에 사는 어린이들 사이에서 귀신을 부르는 의식이 장난으로 유행했는데, 그중에 진짜 주술이 섞여 있었던 거였다. 대충 상황을 수습해 주고 다시 진영으로 돌아온 시벨리우스는 안에 아무도 없는 것을 확인하고 한숨을 내쉬었다. 벌써 밤이 깊어진 지 오래라 주위가 몹시 어두운 상태였다. 이런 시간에 알리사가 혼자서 갈 만한 곳은 그리 많지 않았다. 그는 별다른 고민 없이 이사나의 막사로 향했다. 앞을 지키고 있던 친위기사들이 그를 알아보고 경례해 왔다.

"알리사 님은 안에 계십니다."

"아, 역시."

혼자서 다니지 말라고 그렇게 말했건만. 승전이 연이어진 탓인지 최근 알리사는 지나치게 방심하고 있었다. 이번에야말로 따끔하게 당부해야겠다고 다짐을 거듭하며 시벨리우스는 나직하게 혀를 찼다.

"카터스 황태자 일행과 아셀도 폐하를 함께 알현하는 중입니다."

"그래?"

이사나가 모두를 부른 걸까. 대수롭지 않게 생각하며 시벨리우스는 막사 안으로 들어섰다. 그러나 두꺼운 천막을 젖히려는 순간 그의 얼굴이 그대로 굳어졌다.

"……뭐야, 이거."

"왜 그러십니까, 시벨리우스 님?"

심각한 분위기를 읽은 친위대장 케이가 곧바로 다가왔다. 기사들의 분위기가 변하면서 공기가 급격하게 팽팽해졌다. 시벨리우스는 설명하는 대신 품 안에서 주술문이 적힌 종이를 꺼내 들었다.

"베루스. 일루민. 스파오."

그의 손바닥 위에 놓인 종이가 푸른빛을 내면서 빠른 속도로 타들어 갔다. 시벨리우스는 그걸 그대로 움켜쥐었다.

"궤(潰)!"

콰직! 그 순간 무언가가 부서지는 듯한 소리가 들렸다. 얇은 유리가 깨지는 소리 같기도 했다. 실제로 깨진 것이 아무것도 없었기 때문에 기사들은 영문도 모른 채 당황했다. 그러나 시벨리우스는 소리의 정체를 정확히 알고 있었다. 막사를 장악하고 있던 진법이 파훼되었다는 증거였다. 그는 차가운 얼굴로 천막을 열었다. 그러자 기다렸다는 듯이 안에서부터 새하얀 연기가 쏟아져 나오기 시작했다. 지켜보고 있던 기사들의 얼굴이 더 딱딱하게 굳어졌다.

"이게 무슨……."

"숨 쉬지 마. 마취향이야."

이어진 경고에 기사들이 서둘러 코와 입을 틀어막았다. 그들을 뒤로한 채 시벨리우스는 성큼 안으로 들어섰다. 자욱한 연기로 가득한 공간 속에 이리저리 쓰러져 있는 형체가 보였다. 그러나 그들 중에 그가 찾는 사람은 없었다. 이사나와 알리사는 물론, 황태자와 아셀의 모습도 보이지 않았다. 방 안을 가득 채우고 있는 주술의 기운이 낯익었다. 마을 아이들 사이에 섞여 있던 진 주술의 기운과 똑같았다. 그제야 시벨리우스는 자신이 미끼에 걸렸다는 사실을 깨달았다. 제기랄, 욕설이 저절로 치밀었다.

"시벨리우스 님."

등 뒤에서 친위대장 케이가 굳은 목소리로 불렀다. 뒤따라 들어온 그 역시 상황을 파악하고 얼굴이 창백해진 상태였다.

"애들이 납치당했어. 수법을 보니 주술사가 있는 것 같아."

"……두 분이 계신 방향을 알 수 있겠습니까?"

"기다려 봐."

마침 이럴 때를 위해 평소 준비해 둔 것이 있었다. 시벨리우스는 빈 종이를 꺼내 손가락을 그었다.

"베루스. 일루민."

그가 주문을 읊기 시작하자 아무것도 없는 여백 위에 푸른색의 글자가 나타나기 시작했다.

"적(跡)."

마지막 명령이 떨어지자 종이가 살아 움직이는 것처럼 펄럭이며 치솟아 올랐다. 그리곤 잠시 허공을 배회하다가 막사 밖으로 빠르게 날아갔다. 시벨리우스가 그 궤적을 따라 시선을 옮기며 말했다.

"알리사에게 닿을 거야. 저걸 쫓아가."

*　　　*　　　*

몸이 흔들리는 느낌에 정신이 들었다. 눈을 떴으나 시야가 온통 뿌옇기만 했다. 처음엔 이게 무슨 상황인지 파악이 잘되지 않았다. 하지만 꼼짝도 하지 않는 팔다리와, 딱딱한 바닥의 감촉이 조금씩 주변 상황을 인지하도록 했다. 이사나는 몇 차례 눈을 깜빡이며 천천히 생각을 정리했다. 의식을 잃기 전 마지막 상황은 비교적 금방 떠올랐다. 위에서 검은 구슬 같은 것이 떨어지더니 거기서 하얀 연기가 퍼져 나왔고, 이후로는 기억이 없었다. 그는 곧 자신이 납치당했다는 사실을 자각했다. 그가 있는 공간은 온통 덜그럭거렸고, 사방에 요란한 말발굽 소리가 가득했다. 아마도 마차 같은 것에 실려 가고 있는 듯했다.

'진영에서는 얼마나 멀어졌지? 바깥에 있던 친위대가 사태를 알아차렸을까?'

상황을 파악하니 놀랍도록 머리가 차가워졌다. 죽이지 않고 납치만 하는 것이 의아했지만, 이유가 뭐든 살아 있으니 다행이다 싶었다. 살아만 있으면 형세는 언제든 뒤집을 수 있다. 물론 상황이 그에게 그리 유리하게 흘러가고 있는 건 아니었다. 이사나는 슬쩍 시선을 내려서 아래를 확인했다. 아까부터 몸이 무겁다 싶더니 팔목에 마나를 제어하는 팔찌가 채워져 있었다. 그 사실이 의미하는 바는 하나였다.

'내가 정령사라는 걸 알고 있어.'

아직 외부에 밝히지 않은 사실을 짐작하고 있는 건 대공뿐일 것이다. 그의 소행이라는 게 더욱 확실해졌다. 이사나는 우선 침착하게 주위를 살폈다. 고개를 들고 시선을 돌리자 근처에 눕혀져 있는 다른 인영들이 보였다. 가장 가까이로는 황태자 라온휘젠이, 그 너머로 알리사와 아셀의 모습도 확인할 수 있었다. 일부러 모두를 모이게 한 뒤에 진행된 작전이었다. 혼자 납치될 거라고 생각하진 않았지만 예상이 맞았다고 기뻐할 상황도 아니다 보니 입안이 썼다.

라온휘젠과 알리사에게도 마나를 제어하는 봉인구가 채워져 있었다. 다행히 다들 몸에 별다른 이상은 없는 것 같았다. 한시름 근심을 덜고 나니 이번엔 다른 의문이 머릿속을 장악했다. 황태자의 경우 한때 제거하려던 전적도 있었던 만큼 같이 노린 것도 어느 정도는 이해가 됐다. 그러나 아셀을 데려온 이유만은 좀처럼 알 수 없었다. 그 자리에 있던 자들을 전부 끌고 왔다기엔 황태자의 수행원들은 보이지 않았으니 그건 아닌 것 같았다. 게다가 아셀이 저를 방문했다는 건 그 역시 함께 부름을 받았다는 뜻이었다. 처음부터 그를 포함한 작전이었던 게 분명했다. 아마도 죽이지 않고 납치하는 것과 같은 이유일 거라는 생각이 들었다.

그때 둔탁한 소리와 함께 차가운 공기가 들어왔다. 마차 위쪽의 작은 창이 열리는 소리였다. 고개를 든 이사나는 흘끗 안쪽을 살피던 눈동자와 정면으로 마주쳤다.

"이런, 벌써 깨셨군요."

웃음기를 머금은 목소리가 키득거렸다.

"놀랍네요. 마취향에 내성이 있다고 들어서 꽤 독하게 썼는데 말입니다. 설마 이렇게 빨리 정신을 차리실 줄이야. 다른 분들은 아마 한참은 더 깨어나지 못하실 겁니다."

"……무슨 생각이지?"

이사나는 가라앉은 목소리로 물었다. 암살하지 않고 모두를 납치하는 이유를 묻는 말이었다. 상대방도 그 의미를 알아차렸다. 내려다보던 눈동자가 크게 휘어졌다.

"대공께선 합리적인 방법으로 이 내전을 끝내고 싶어 하셨습니다."

"합리적인 방법?"

"폐하가 그냥 죽어서 끝나는 건 재미없지요. 마침 요즘 대공께서 특별한 이능자들을 모으고 계시는 중이거든요. 정령사에 마법사라면 그 조건에 충분히 부합하는 존재고요. 심지어 유니콘의 혈통이라니. 그런 희귀한 피는 구하기도 쉽지 않죠."

부릅뜬 눈동자가 경련했다. 이사나는 경직된 얼굴로 주먹을 꾹 움켜쥐었다. 방금 들은 말이 무슨 의미인지 모를 수가 없었다. 지금까지 숱하게 듣고, 제 눈으로 직접 확인하기도 했던 악행이었다. 바로 얼마 전에도 소중한 친우가 그로 인해 분노하지 않았던가.

제물.

악신을 완성하기 위한 그 추악한 의식에 자신들을 바치겠다는 뜻이었다.

'숙부. 당신은 대체 어디까지 떨어질 생각입니까.'

차마 뱉어낼 수 없는 탄식이 가슴 속에서 울렁거렸다. 망연해진 그를 겁먹은 것이라 생각했는지 창밖의 눈동자가 우쭐해졌다.

"어쨌든 더 주무시는 게 좋을 겁니다. 아직 도착하려면 한참 남았으니까요. 창은 열어 두도록 하지요. 폐하께서 살아서 볼 수 있는 마지막 밤하늘일 테니 말입니다."

비웃음 소리가 요란하게 울려 퍼졌지만 전혀 와 닿지 않았다. 이사나는 그저 숨을 크게 한 번 내쉬었을 뿐, 아무런 반응도 보이지 않았다. 그게 재미없었는지 조롱하는 자의 기척이 곧 멀어졌다.

"방금 저자가 한 말이 무슨 뜻입니까?"

정신을 차린 건 낮은 목소리를 들은 이후였다. 시선을 돌린 이사나는 자신을 응시하고 있는 남자를 발견했다. 어느새 의식을 차린 라온휘젠이었다.

"일찍 깨어났군요, 황태자. 저들 말로는 더 오래 잠들어 있을 거라고 했는데 말입니다."

"마취향엔 어느 정도 면역이 있습니다. 폐하께서 저보다 더 빨리 의식을 차리실 줄은 몰랐습니다만."

"아아, 이래 봬도 독 대부분엔 내성이 있거든요."

"유일한 후계자도 내성 훈련을 받긴 하나 봅니다."

시큰둥한 대꾸에 이사나는 가볍게 어깨를 으쓱였다. 마취에서 막 깨어난 상태라 그렇지 않아도 기분이 좋지 않았던 라온휘젠이 그 성의 없는 반응에 얼굴을 찌푸렸다. 하지만 지금은 그런 문제보다도 불쾌한 부분이 따로 있었다. 묶인 손을 들어 올려본 그는 그곳에 채워진 봉인구를 확인하곤 한숨을 내쉬었다. 억지로 힘을 가해 봤으나 그런다고 단단한 물체가 깨질 리 없었다. 그래도 포기하지 않는 그를 향해 이사나가 나직이 충고했다.

"강제로 깨트리려 해 봤자 애꿎은 피부에 상처만 날 겁니다. 무모한 행동은 하지 않는 게 좋습니다."

"그렇다고 이대로 그냥 가만히 있자는 겁니까? 태평하게 자라신 분이라 누군가 도와주러 올 거라 생각하시는 모양입니다. 하지만 유감스럽게도 폐하, 현실은 그렇게 쉽게만 풀리지 않습니다."

"쉽게 풀린다라……."

"조금 전 질문의 대답이나 해 주십시오. 대공이 이능자들을 모으고 있다는 게 무슨 뜻입니까? 이제 와서 모른 척하시지 않으리라 믿습니다. 폐하께선 분명 그 의미를 알고 계십니다."

묘한 시선이 오간 후 이사나는 살짝 한숨을 내쉬었다. 라온휘젠의 말대로였다. 같이 납치된 데다 수상한 설명까지 들었으니 어떤 식으로 무마하든 의심을 피할 방법이 없게 됐다. 안 그래도 저에 대해 불만이 많은 황태자가 그냥 넘어갈 리가 없었다. 이미 상황이 이렇게 된 이상 숨겨 봤자 상황을 악화시키기만 할 거란 판단이 떨어졌다.

"대공은 암흑 주술을 쓰고 있습니다."

"……! 암흑 주술?"

"인간의 심장을 제물로 바쳐 악신을 만들어 내는 주술이라고 하더군요. 우리를 그 주술에 사용할 제물로 잡아가고 있는 겁니다."

라온휘젠은 멍하니 입을 벌렸다. 자신이 어떤 표정을 짓고 있는 건지 본인도 알 수가 없었다. 악신을 만들어 내는 암흑 주술이라니! 심각한 상황은 예상했으나, 이건 그의 상상을 훨씬 뛰어넘는 수준의 사건이었다.

"그게 정녕 사실입니까?"

"애초에 거짓말할 거였다면 좀 더 그럴듯하게 둘러댔을 겁니다. 이런 허무맹랑한 소설 같은 이야기를 할 게 아니라요."

"진실이로군요."

확실히 이런 이야기는 아무도 쉽게 믿지 못할 것이다. 현실성이 너무 떨어진 나머지 정말로 진실이라는 판단이 내려졌다. 라온휘젠은 처음 이곳에 왔을 때 만났던 유카르테 대공의 모습을 떠올렸다. 가까이하고 싶은 느낌은 아니었으나 전반적으로 꽤 반듯한 인상이었다. 그 멀쩡한 얼굴로 뒤에서 이런 엄청난 일들을 도모하고 있었다는 게 소름 돋았다. 식은땀이 솟기 시작한 얼굴을 두 손으로 쓸어내린 후, 라온휘젠이 탄식하듯 중얼거렸다.

"카일 선황제가 크나큰 실수를 하셨군요. 역시 그럴 줄 알았습니다. 그분답지 않게 후환 같은 걸 남겨 두셔서 이렇게 된 겁니다. 평소 그분의 지론대로 정적은 뿌리까지 짓밟으셔야 했습니다."

"……마치 선황제를 잘 안다는 듯한 말투로군요."

"물론입니다, 폐하. 단언컨대 카일 선황제를 누구보다 이해하고 있는 사람은 바로 저일 겁니다."

"그분의 아들인 나보다 그대가 더 선황제를 이해한다고 말하고 있는 겁니까?"

"때로는 핏줄보다 더 강한 유대감이라는 게 있는 법이죠."

"유대감이라."

"유일한 후계자로서 평화롭게 살아온 폐하께선 이 기분을 결코 모르실 겁니다. 매일 먹는 음식을 의심하고, 물 한 모금도 함부로 마실 수 없는 기분을 아십니까? 형제라는 자들이 탐욕스럽게 정탐하러 오면서, 조금이라도 실수하기만을 바라는 걸 보는 기분은요? 그들의 외척이 공공연한 자리에서 모욕을 줄 때의 기분 같은 것도 당연히 모르시겠지요. 내 사람이 하루아침에 배반하고 등을 돌린다거나, 처음부터 간자였던 경우도 겪지 못하셨을 겁니다."

"……태자는 그 모든 걸 다 겪은 겁니까?"

"아닌 것 같습니까? 가까이로는 바로 조금 전에도 겪었습니다."

"……?"

"아셀이 유니콘의 혈통이라는 건, 그가 계속 주장했음에도 이제껏 한 번도 인정받지 못했던 일이었습니다. 그런데 조금 전 그자는 당연하다는 듯이 아셀을 유니콘의 혈통이라 칭하더군요."

의아하게 바라보던 이사나가 얼굴을 천천히 굳혔다. 유니콘의 혈통임을 곧바로 인정한다는 건 그 증거 또한 이미 알고 있다는 의미였다. 아마도 시벨리우스가 유니콘으로 돌아갔던 그 현장을 보았거나, 목격한 자의 증언을 입수했을 것이다. 하지만 당시 그 자리에 있었던 건 황제의 친위대와, 황태자 일행뿐이었다.

친위대는 모두 목숨을 걸고 이사나를 지켜온 자들이었다. 그 안에 첩자가 있을 리 없었다. 그것만큼은 확신했다. 결국 황태자의 일행 중에서 누군가가 정보를 넘겼다는 말이었다. 가라앉는 그의 얼굴을 본 라온휘젠이 비틀린 미소를 지었다.

"이제 아시겠습니까? 저는 한평생 누구도 쉽게 믿을 수가 없었습니다. 아마 카일 선황제 또한 그러셨을 겁니다. 그래서, 아들만큼은 같은 길을 걷지 않게 하신 거겠지요."

이사나는 가만히 라온휘젠을 바라보았다. 울면서 웃는 것 같은 얼굴을, 배신당한 충격에 휩싸여 있는 눈동자를 빤히 응시했다. 처음엔 황태자의 모습만 보였는데, 어느새인가 그 위에 선황의 모습이 겹쳐졌다. 그는 한 번도 본 적이 없는 어린 시절의 선황이. 그 모습은 분노와 배신감에 얼룩져 있어 온통 상처투성이였다. 절망에 사로잡힌 얼굴이 슬픈 표정을 지은 채 자신을 똑바로 바라보았다.

"폐하께서는 당신이 얼마나 큰 혜택을 누리며 살아왔는지 아무것도 모르고 계십니다."

"이사나, 난 널 위해 최선을 다하고 있다. 너는 나와 같은 길을 걷게 하지 않을 거란다."

떨리는 음성 속에서 언젠가 들었던 목소리가 겹쳐 들렸다. 이사나는 크게 숨을 삼켰다. 후회와 비탄에 젖은 얼굴을 하면서도 그 말을 건넬 때 그는 자신이 옳은 길을 가고 있다는 확신에 차 있었다. 그래서 자신도 그렇게 생각했다. 하지만 그게 전부 옳았던 것만은 아니었던 거다. 내내 그를 힘들게 만들었던 것을 인정하고 나니 오히려 마음이 편해졌다. 그러자 이해할 수 없었던 것들까지 받아들일 수 있었다.

"……그래요. 난 분명히 다른 길을 걷고 있습니다. 그러나 완전히 맞는 말도 아닌 것 같네요."

"그게 무슨 말씀이십니까?"

"예를 들면 이런 겁니다. 조금 전에 내성 훈련을 받았냐고 물었었지요. 아뇨, 태사의 말대로 난 유일한 후계자라서 독에 대한 훈련을 따로 받은 적이 없습니다. 선황께서 일부러 금하셨죠. 안전한 자리에 있는 강건한 후계자의 위치를 강조하시기 위해서."

"그럼 내성이 있다는 건……."

"스스로 쌓인 겁니다."

담담한 답변에 라온휘젠은 당혹감을 드러냈다. 독에 대한 내성이 스스로 쌓일 만한 상황이란 뻔했다. 그만큼 수시로 중독 피해를 받았다는 뜻이었다. 그 솔직한 반응을 본 이사나가 피식 웃었다.

"의외입니까? 유일한 후계자는 암살 위협을 안 받을 줄 알았나 보군요. 물론 표면적으로는 그러했죠. 하지만 지금 내 상황을 보면 알 텐데요. 태자는 이 제국의 내란이 어느 날 갑자기 느닷없이 시작된 걸로 보입니까? 이 결과에 관여한 자가 과연 대공 하나뿐일까요?"

"……."

"유일한 계승권자라는 건 결국 유일한 표적이라는 말과도 같습니다. 선황께선 젊으셨고, 황후의 자리는 공석이었습니다. 귀족들은 선황께서 어린 아들 하나만을 의지하고 있는 걸 늘 못마땅하게 여겼죠. 일찍 죽은 황후의 소생이라 미련을 가진다고 보는 자들도 많았습니다. 저 황자만 죽으면 된다, 이런 생각을 하는 세력이 과연 아무도 없었으려고요."

이번에도 라온휘젠은 아무 말도 하지 못했다. 그가 목돈을 들여 사들인 정보 중에서는 그런 내용이 들어 있지 않았다. 이사나 황제는 태어날 때부터 축복받은 환경에서, 선황과 주변인들의 아낌없는 사랑을 받으며 자란 유일한 후계자였다. 숨 막히는 황비들의 암투도, 형제들의 시기도, 그 외척 가문들의 견제도 그와는 무관한 일이었다. 시시때때로 침투하는 암살의 위협도 당연히 무관한 일이었을 터였다. 그렇다고 생각했었는데.

"전에도 비슷한 말을 했었죠. 누구에게도 쉬운 삶은 없습니다, 황태자. 마음에 증오를 품기로 작정하면 누구든 그럴 수 있을 겁니다. 나라고 나보다 쉬워 보이는 삶이 없었겠습니까?"

"……그건……."

"하지만 내 길은 선황과 다릅니다. 다를 수밖에 없을 겁니다. 내가 그분과 다른 길을 택했으니까."

"……!"

"난 자기 연민에 빠져서 그보다 더 소중한 것을 놓치지는 않을 겁니다. 불행한 요소들만을 되새기며 누구보다 불행해지느니, 행복한 부분만 찾아 누구보다 행복해지는 쪽으로 갈 겁니다. 날 싫어하는 사람들이 내 삶을 망치게 놔둘 생각은 없습니다."

라온휘젠의 표정이 크게 흔들렸다. 그저 허세에 불과하다고 비웃으면 그만인 말인데 왠지 그럴 수가 없었다. 그 말을 듣는 순간 머리부터 발끝까지 온몸이 전율했다. 이제껏 저를 짓누르고 있던 무게가 일순간에 가벼워지는 것 같았다. 그 이상한 해방감의 출처를 알 수가 없어 라온휘젠은 자기도 모르게 입술을 악물었다.

"뭐, 그래 봤자 지금은 이 곤란한 상황부터 먼저 해결해야겠지만 말입니다."

가볍게 한숨을 내쉰 이사나가 묶여 있는 팔을 들어 보였다. 암울한 현실을 자각하면서, 긴장감이 감돌던 분위기가 오히려 한결

풀어졌다. 머뭇거리던 라온휘젠이 힐끔 눈동자를 굴리다가 그 손을 속박하고 있는 물체를 발견했다.

"……폐하께서도 마나 봉인구를 차고 계신 겁니까?"

"네, 보시다시피."

"이상하군요. 폐하께서는 이능자가 아니실 텐데. 왜 이런 걸 채웠을까요?"

"아아."

돌아오는 대답은 미묘했다. 아무 생각 없이 물었던 라온휘젠은 그 반응에 오히려 미간을 좁혔다. 별안간 그와 처음으로 마주쳤을 때의 일이 떠올랐다. 거대하고 화려하던 물의 늑대와 함께 신기루처럼 나타났던 황제의 모습을.

"혹시……."

덜컹! 그 순간 그들을 태운 마차가 크게 요동쳤다. 높이 울려 퍼지는 말의 비명과 함께 사방에서 검을 꺼내는 소리가 터져 나왔다. "누, 누구냐!" 겁에 질린 외침이 길게 이어지기도 전에 숨이 끊어지는 소리가 따라붙었다. 벌써 추격대가 온 걸까. 이사나와 라온휘젠은 반사적으로 서로를 바라보았다. 그게 아니고서야 지금 이 상황을 설명할 방법이 없었다.

잠시 시끄럽던 주변이 곧 쥐 죽은 듯이 고요해졌다. 다음 순간 마차의 문고리가 움직이더니 이내 문짝이 통째로 떨어져 나갔다. 엄청난 힘에 놀란 이사나와 라온휘젠이 긴장해서 뒤쪽으로 물러섰다. 그러자 안으로 들어서던 이가 쯧, 가볍게 혀를 찼다.

"꼴이 말이 아니군."

"……!"

짙은 그늘 때문에 보이지 않던 모습에 달빛이 들어섰다. 화사한 은빛 아래 결 좋은 머리칼이 천천히 드러나기 시작했다. 단아하고 깨끗한 얼굴선을 넘어 이 세상 사람 같지 않은 화려한 이목구비 또한 나타났다. 한번 보면 잊히지 않는 강렬한 인상이었으나, 그렇기에 이 자리에서 만날 거라고 생각해 본 적도 없는 존재였다. 멍해 있던 이사나가 신음과 함께 입을 벌렸다.

"……엘뤼엔…… 님?"

『정령왕 엘퀴네스』 12권에서 계속

외전:
실버 스푼

1.

대차원 중에서 가장 아름다운 곳이 정령계라면 가장 신비로운 곳은 단연코 명계라고 할 수 있다. 죽음 이후의 세상. 망자들이 모여드는 장소이자 새로운 삶을 부여받는 곳. 죽음과 삶이 공존하는 유일한 세계.

이곳의 주민인 슈레이는 주위로부터 제법 건실하다는 평을 받는 청년이었다. 연한 산호색의 머리카락과 회색의 눈동자를 지닌 그는 늘 이른 아침에 일과를 시작하고 가장 늦은 시간에 하루를 끝마쳤다.

"슈레이!"

자신을 부르는 음성에 슈레이는 가던 길을 멈추고 고개를 돌렸다. 손을 흔들며 달려오는 남자가 수험 동기인 렌다라는 것을 확인하고 그는 희미하게 웃었다.

"늦었네, 슈레이. 지금 퇴근하는 거야?"

"응, 너는?"

"나도 어쩌다 보니 늦어졌어. 집으로 바로 가는 거지? 같이 돌아가자."

"그래."

선뜻 떨어지는 허락에 렌다의 표정이 밝아졌다. 슈레이는 제 옆에 나란히 서는 남자를 힐끗 살폈다. 눈 밑이 퀭한 게 상당히 피곤해 보이는 모습이었다. 아마 자신도 그리 크게 다르진 않을 테지만, 슈레이는 의례적으로 물었다.

"요즘 많이 바쁜 모양이네."

"늘 그렇지 뭐. 최근에 11구역에서 대륙 전쟁이 터지는 바람에 일이 세 배로 늘었어. 미친놈이 독을 풀어서 대량 학살을 했지 뭐야?"

"아, 들었어."

"하긴, 넌 이것저것 일을 많이 하니 모를 수가 없겠구나. 슈레이네 일은 어때? 결정자 자리는 아직도 공석이지? 이번에 내정되어 있던 부임도 취소되었다는데 그게 사실이야?"

"아아."

"너도 참 큰일이다."

안타까운 말투엔 그를 향한 동정심이 다분히 실려 있었다. '그러게 말이다.' 차마 토하지 못하는 대답을 속으로 삼키며 슈레이는 씁쓸한 웃음을 지었다.

명계의 내부는 크게 '천도'와 '중천'으로 나뉜다. 천도는 환생을 기다리거나 하지 않아도 되는 혼들이 주민이 되어 살아가는 세계이고, 중천은 관리자들과 신들이 머무는 곳이다. 중천은 그 안에서 여러 개의 부서로 세분되는데, 혼을 수거하고 배분하는 '인도부', 혼의 업을 확인하고 처분을 결정하는 '재판부', 그 외 나머지를 전반적으로 담당하는 '관리부'가 기본 바탕이 되는 구조였다. 이 세 부서 위에 상부인 '염라'가 존재하며, 그 사이를 잇는 중간 직책이 따로 있었다. 그 중간 직책을 맡은 이를 바로 '결정자'라고 불렀다.

슈레이는 그 결정자의 직속으로 배속된 수행 보좌관이었다. 원래라면 그랬을 것이다. 하지만 명계라 해도 세상사가 전부 정해진 대로만 흘러가지는 않았다. 중간 직책이 다 그렇듯이 결정자는 가장 바쁘고, 가장 책임질 것이 많으며, 가장 수난을 많이 겪는 자리였다. 위에서는 까이고 아래에서는 치이는 위치인 데다가 악랄한 괴롭힘을 행사하는 자들도 많다 보니 부임하는 신마다 오래 견디지 못하고 사퇴하는 경우가 속출했다. 급기야는 아무도 오지 않으려 해서 강제로 떠맡기는 사태까지 벌어졌다. 물론 그렇게 눌러앉혀도 오래 유지하지 못했다. 결국 자리가 채워진 날보다 비워진 날이 더 많았다.

결정자의 자리가 매번 공석으로 남게 되면서, 슈레이가 맡은 보좌관의 역할도 무의미해졌다. 지금 그는 각 부서를 방황하며 잡다한 업무를 도와주는 상황이었다. 슈레이로서는 매우 억울한 일이었다. '주민'의 신분으로 중천에 들어가려면 매우 엄격한 심사와 시험을 거쳐야 하고, 그 결과에 따라 부서와 계급이 정해졌다. 가장 우수한 성적을 거둔 이가 결정자 밑으로 배속됐다. 주민의 신분으로 올라갈 수 있는 가장 높은 자리나 다름없었다.

슈레이는 이 자리에 오기 위해 정말 피나는 노력을 했다. 처음 배속되었을 땐 세상을 다 얻은 듯이 기뻤다. 그러나 막상 마주한 현실은 말단 사원보다도 못했다. 이제는 부서의 모든 이들이 그를 잡일꾼이라고 여길 정도였다. 슈레이 자신도 본인이 처음부터 잡무를 맡기 위해 들어온 게 아닌지 헷갈리는 상황이었으니 더 말할 필요도 없었다.

"기운 내, 슈레이."

어두워진 그의 얼굴을 본 렌다가 머리를 툭툭 쓰다듬었다. 수험 시절 동기라고 해도 원칙대로는 슈레이가 렌다보다 상사였다. 그는 그 사실을 완전히 잊고 있는 것 같지만 말이다. 슈레이는 기운 빠진 얼굴로 힘없이 웃었다.

* * *

"야, 흐리멍덩."

들려오는 음성에 슈레이는 한숨을 내쉬었다. 흐리멍덩이란 각 부서 내에서 슈레이를 지칭하는 악질적인 은어였다. 여러 부서를 전전하는 소속이 불분명한 그가 흐리멍덩하다는 뜻이었다. 그렇게 불릴 때마다 슈레이는 모멸감을 느꼈지만 항의하지도 못했다. 일단 그 별명을 붙인 상대가 문제였다.

“야, 대답 안 해? 흐리멍덩 너 부르잖아!”

빌어먹을, 내 이름은 흐리멍덩 따위가 아니라고! 욕설이 치솟아 올랐지만 슈레이는 고도의 인내심을 발휘하여 참았다. 상대는 그보다 직급이 높았고, 심지어 신이었다. 분쟁의 신, 펠마. 원래는 염라에서 일하던 자였는데, 더 폭넓은 업무를 경험하기 위해 자청해서 아래쪽으로 내려왔다고 했다. 물론 그가 하고 다니는 꼴을 보면 믿을 수 없는 말이었지만, 본인이 그렇다고 하니 그렇게 알 수밖에 없었다. 그가 바로 슈레이에게 치욕적인 별명을 붙인 장본인이었다.

하급신이라도 만만히 볼 수 없는데 중급신이기까지 하다. 신분이야 상급신이 가장 높지만 언감생심 실제로 만나보기도 드문 존재들이다 보니 피부로 잘 와 닿지 않았다. 슈레이를 비롯한 주민들에게 가장 두려운 존재는 그와 같은 중급신들이었다. 그중에서도 펠마는 성격이 악독하기로 유명했다. 누가 분쟁의 신 아니랄까 봐 허구한 날 사건 사고를 만들어대는데, 잘못 걸리는 날엔 큰 고초를 치르기 일쑤였다. 다치는 것도 두렵지만 가장 무서운 건 소멸당하는 거다. 신인 그는 얼마든지 존재를 멸할 수 있는 권능을 지니고 있었고, 그처럼 높은 이들에게 주민의 삶은 파리보다도 못했다. 그래서 슈레이는 고분고분해질 수밖에 없었다.

"……네, 펠마 님. 무슨 일이십니까?"

"차 맛이 대체 이게 뭐야?"

"예?"

"쓰레기 같은 맛이잖아! 이걸 차라고 탄 거야?"

신경질적으로 내밀어지는 찻잔에 슈레이는 얼굴을 찌푸리고 싶은 걸 다시 참았다. 그 차는 제가 탄 것도 아니고, 차를 타는 담당이 저인 것도 아니었다. 대체 왜 그 문제를 자신에게 따지는 건지 이해할 수가 없었다. 한숨을 내쉬며 주위에 시선을 돌리자 구경하고 있던 자들이 후다닥 고개를 돌렸다. 괜한 불똥을 맞고 싶지 않다는 심정이야 이해하지만, 적어도 차를 타 온 장본인이 나서서 책임을 져줬으면 싶었다. 하지만 사실 그래 봤자 의미가 없다는 건 누구보다 슈레이가 가장 잘 알고 있었다. 이런 일을 이번에 처음 겪는 것도 아니고, 오히려 일상적인 일이었다.

처음엔 제가 한 것이 아니라고 말해 봤지만 그런 건 아무런 소용이 없었다. 오히려 감히 항변한다는 이유로 더 심한 문책을 받았다. 펠마는 그저 소속이 다른 슈레이의 존재가 마음에 들지 않아 시비를 걸고 싶은 것뿐이었다. 이럴 땐 차라리 그냥 받아들이고 넘기는 편이 상황을 해결하는 데 도움이 됐다. 다른 사람들도 그걸 알기에 모르는 척하는 것이다. 끝까지 저항해 봤자 일을 크게 만든다며 눈총만 돌아올 게 뻔했다. 결국은 이번에도 자신이 뒤집어써야 할 모양이었다.

"……다시 타오겠습니다."

"너 일 똑바로 못해? 이런 거 하나도 제대로 하지 못해서 어디다 써먹겠어?"

"죄송합니다."

"죄송하다면 다야? 잡무 담당이면 잡무 담당답게! 이런 일은 재깍재깍 알아서 잘하란 말이야!"

둔탁한 소리와 함께 머리에서 강렬한 충격이 느껴졌다. 펠마가 던진 찻잔에 그대로 얻어맞았다는 것을, 그는 한발 늦게 깨달았다.

"대답 제대로 안 해?"

"……네, 죄송합니다."

부딪힌 곳이 찢어졌는지 피가 줄줄 흘러내렸다. 슈레이는 피를 닦아낼 생각도 하지 못하고 얌전히 고개를 숙였다. 그제야 만족한 펠마가 우쭐한 얼굴로 자리를 떠났다. 그가 완전히 사라지고 나서야 눈치만 보던 이들이 서둘러 슈레이 곁으로 다가왔다.

"괜찮습니까, 슈레이? 세상에, 많이 다쳤잖아요."

"괜찮습니다."

"후우, 정말 매번 왜 이리 괴롭히시는지. 억울하고 분하겠지만 참아요. 펠마 님이잖습니까. 부임했던 결정자들조차 함부로 하지 못하는 분인데 우리 같은 자들은 그저 몸을 사리는 수밖에요."

사방에서 쏟아지는 조언은 슈레이도 이미 익히 알고 있는 바였다. 사실 결정자들이 오래 버티지 못하고 떠나는 것엔 펠마의 역할이 가장 컸다. 그가 부임하는 족족 지독하게 괴롭혀댔기 때문이다. 결정자로 오는 자들은 대체로 하급신이라 펠마의 횡포에 제대로 저항하지 못했다. 가끔 중급신이 올 때도 있긴 했지만 결과는 크게 다르지 않았다. 듣기로는 그의 뒤를 봐주는 상급신이 있다고 했다. 상급신 누군가의 아들이라는 말도 있었다.

"섀넌 님의 아들일지도 몰라요."

소곤거리는 목소리에 슈레이의 얼굴이 굳어졌다. 놀라서 고개를 드는 그를 보고 언질 준 이가 어깨를 으쓱였다.

"몰랐어요? 섀넌 님께 아들이 있다는 소문이 있잖아요. 물론 소문일 뿐 실제로 본 사람은 아무도 없지만."

"……그건 압니다. 하지만 그게 펠마 님이라는 겁니까?"

"뭐, 소문이 그렇다는 거예요. 일전에 누가 펠마 님께 넌지시 물어봤었는데 딱히 부정하지는 않았다는데요? 그럼 맞는 거겠죠."

명계의 신 섀넌은 이 세계의 주인이자 창조신이었다. 대제라고 불리는 그의 아들이라면 펠마의 그 오만방자한 태도도 충분히 이해됐다. 슈레이는 허탈한 숨을 내쉬었다. 마음속에 남았던 마지막 희망이 식어가는 것이 느껴졌다. 아무래도 결정자의 자리가 채워질 일은 영원히 없을 모양이었다.

2.

슈레이가 오늘이야말로 사직서를 써야겠다고 결심했을 때, 중천에 뜻밖의 소문이 돌기 시작했다. 한동안 공석이던 결정자의 자리에 누군가가 새로 부임할 거라는 소식이었다. 처음엔 아무도 믿지 않았지만 상부에서 사람이 오가는 일이 잦아지자 점차 확신하는 분위기가 됐다.

이번에 오는 신임 결정자는 펠마와 마찬가지로 중급신이라고 했다. 내내 방치되어 있던 집무실도 정돈되고 슈레이의 소속도 다시 복귀됐다. 그리고 정말로 며칠 후, 소문의 신임이 나타났다.

"반갑습니다, 슈레이. 아레히스입니다."

짙은 흑발에 새파란 눈동자. 부드러운 인상의 남신이 웃으며 악수를 권했을 때, 슈레이는 자기도 모르게 실망하려는 기분이 들어서 탄식했다. 중급신이라는 말에 내심 기대했건만, 아레히스라는 이름은 한 번도 들어 본 적이 없었다. 명계에서 본 적이 없는 건 확실하고, 신계 어느 곳에서도 일해 본 적이 없는 신이라는 게 확실했다.

강한 신은 태어나는 즉시 여기저기서 끌어가려고 하기 때문에 이름이 알려지지 않을 수가 없었다. 저렇게 부드럽고 섬세해 보이는 남자가 펠마가 부리는 패악을 이겨낼 수 있을 것 같지도 않았다. 이번에도 달아나는 건 시간 문제겠군. 그는 속으로 씁쓸한 생각을 삼켰다. 아레히스는 그저 온화하게 웃는 얼굴이었다.

"명계에 배속되자마자 큰 직책을 맡게 돼서 부담이 크네요. 앞으로 잘 부탁합니다."

"아, 네. 저야말로 잘 부탁드립니다!"

내심 실망한 것과는 별개로 중급신이 저를 정중하게 대우하는 건 처음이었기에 슈레이는 가슴이 벅차올랐다. 인상이 좋으니 절로 호의가 싹텄다. 어차피 이번이 마지막 기회였다. 이번 결정자마저 버티지 못하고 떠난다면 슈레이도 미련 없이 사직할 생각이었다. 그래서 그는 용기를 내어 입을 열었다.

"저어, 아레히스 님. 주제넘지만 한 가지 당부의 말씀을 드려도 되겠습니까?"

"무엇이든지요."

"부디 펠마 님을 조심하시길 바랍니다."

"펠마? 재판부 부장인 분쟁의 신 펠마 님 말입니까?"

"네, 맞습니다. 그분은 몹시 독선적이시고 폭력적이신 분입니다. 지금까지 부임하셨던 결정자들이 모두 그분의 횡포를 견디지 못하고 떠나셨습니다."

"그건…… 들어본 적이 없는 말이네요. 흠, 그렇군요. 어쩐지 왜 다들 그리 금방 그만뒀나 싶었죠. 알겠습니다. 그를 예의 주시하도록 하겠습니다."

신에 대한 모함은 중죄다. 징계까지 각오하고 한 말이었는데 선뜻 수긍하는 태도에 슈레이는 오히려 당황했다.

"제 말을 그냥 믿으시는 겁니까?"

"이쪽 일에 대해서라면 나보다는 슈레이가 더 잘 알고 있겠죠. 경험자의 말을 믿지 못하면 누구를 믿겠습니까?"

되묻는 아레히스는 오히려 그런 걸 묻는 게 이상하다는 표정이었다. 슈레이는 할 말을 잃었다가 황급히 대답했다.

"제가, 개인적인 원한으로 그분을 험담하는 걸 수도 있잖습니까."

"흠, 슈레이. 신을 모략하는 게 중죄라는 건 알고 있습니까?"

"네, 알고 있습니다."

"그걸 알고 있는 그대가 그런 짓을 하지는 않겠네요."

"……."

이번에도 슈레이는 할 말을 잃었다. 빙긋 웃은 아레히스가 그 앞에서 보란 듯이 서류 꾸러미를 들춰 보였다. 슈레이는 한눈에 그 꾸러미의 정체를 알아보았다. 전임 결정자들이 남긴 업무 기록 일지였다.

"결정자 직속 수행 보좌관 슈레이. 짧게 근무하긴 했으나 전임 결정자들이 그대에 대해 내린 평가만큼은 한결같이 다 좋더군요. 성실하고, 맡은 바 책무를 다하고, 눈치와 판단력이 빠르며, 자신의 위치와 역할을 확실히 인지한다는 평이었습니다. 상사가 계속 교체되는 악조건 속에서도 지금까지 한 번도 전출을 희망하지 않았죠. 그대가 자기 일에 얼마나 큰 자부심을 지녔는지 알 수 있었습니다. 그런 자가 이제 막 새로 부임한 상사 앞에서 실없는 말을 입에 담을 리 없겠죠. 이래 봬도 신뢰를 바탕으로 한 믿음입니다."

"……."

"더 할 말이 있습니까?"

"저, 정말 조심하셔야 합니다. 펠마 님을 그저 같은 중급신이라고만 생각하시면 안 됩니다. 그분은 상급신들과도 상당한 친분을 가지신 분입니다."

"그렇습니까?"

"네, 그분이…… 섀넌 님의 아들이라는 말도 있습니다."

내내 태연하게 듣던 아레히스의 표정이 그 말에 묘하게 변했다. 역시 그도 그 말 만큼은 무시하기 힘든 것이 분명했다.

"음, 뭐. 그래요. 그렇군요. 알겠습니다. 그 점도 유념해 보겠습니다."

머쓱하게 고개를 끄덕인 그가 조금 전보다 한층 난처해하는 듯한 모습이라 슈레이는 내심 후회했다. 아직 확실하지도 않은 일인데 괜한 말을 꺼내 상관을 곤란하게 만들었다는 자책이 들었다. 하지만 너무나 태연한 그가 펠마의 심기를 건드리게 될 것 같아 염려스러웠다. 지금까지 정황을 보았을 때, 펠마가 처음부터 결정자를 괴롭히진 않았다. 그가 본격적으로 횡포를 부리는 건 결정자 쪽이 권한을 행사하려고 할 때였다. 이쪽에서 먼저 몸을 사리면 펠마도 조금은 얌전하게 지낼지도 몰랐다.

"슈레이."

"예, 예?"

"상관을 염려하는 마음은 좋지만, 조금은 절 믿어 줬으면 좋겠군요."

"죄, 죄송합니다."

모시는 이를 불신하는 기색을 비치다니 보좌관으로서 큰 실책이었다. 슈레이는 곧바로 사죄했다. 얼굴이 하얗게 질린 그를 보고 아레히스가 난감해하며 웃었다.

"사과하라는 뜻은 아니었는데…… 뭐, 지금까지 겪은 일들이 있으니 어쩔 수 없겠지요. 어쨌든 마음 놓으십시오. 슈레이가 걱정할 일은 일어나지 않을 겁니다."

"예?"

안심하기도 전에 이어지는 말에 슈레이가 눈을 깜빡였다. 이번에도 아레히스는 빙긋 웃었다. 그 표정은 여전히 부드러웠으나, 왠지 모르게 의미심장해 보였다.

"믿는 구석이라면 저도 꽤 많거든요."

3.

명계의 신 섀넌의 실제 모습을 아는 이들은 그다지 많지 않다. 그는 늘 커다란 안경으로 얼굴을 가리고 다녔고, 목 아래로는 보이는 곳마다 붕대를 감아 피부를 완전히 감췄다. 그나마 온전히 드러내고 다니는 건 양쪽으로 가볍게 땋아 내린 회색의 긴 머리카락뿐이었다. 신들마다 성향이 가지각색이다 보니 다들 다양한 복식을 즐기지만 그중에서도 섀넌의 복장은 단연 특이한 편에 속했다. 그가 그렇게 하고 다니는 것엔 여러 가지 추측이 떠돌았으나, 그가 위험하기 때문이라는 설이 가장 유력했다. 피부는 독성을 띠고 있어 닿기만 해도 살을 태우고, 눈은 마주치기만 하면 저주를 내리는 힘을 지니고 있다고 했다. 상급신들은 타고나길 축복받은 존재인지라 그럴 리 없다는 주장도 있었지만, 그러지 않고서야 굳이 감추고 다닐 필요가 없다는 주장이 더 득세했다.

"……라곤 하지만 역시 저 초상화는 별로네요."

집무실 한쪽에 걸려 있는 거대한 그림을 응시하며 아레히스가 중얼거렸다. 그 말에 슈레이도 따라 시선을 옮겼다가 움찔했다. 그림 속에서는 명계의 신 섀넌이 근엄한 모습으로 앉아 있었다. 그러나 우스꽝스러운 안경 때문에 그 모습이 전혀 근엄해 보이지 않는다는 게 문제였다.

"초상화인데 얼굴을 하나도 알아볼 수 없다니. 저럴 바에는 초상화를 왜 그리신 건지 모르겠습니다. 안경은 좀 벗으면 어때서. 웃긴 것보다는 차라리 무서운 쪽이 낫지 않습니까?"

질문하는 아레히스는 매우 심각해 보였다. 아무리 본인이 신이라고는 하지만 최고신을 상대로 하기엔 다소 용감한 발언이었다. 슈레이는 어떻게 대답해야 할지 몰라 쩔쩔매다가 결국 어색하게 웃었다. 한차례 폭풍 같은 업무가 끝나고 이제 겨우 숨을 돌리는 참이었다. 그 나름대로 분풀이를 하는 거라고 생각하니 차마 타박할 수가 없었다.

지난 며칠간은 그야말로 혼이 나가는 듯한 일정이었다. 부임 첫 날부터 아레히스의 집무실엔 수많은 업무가 밀려들었다. 결정자는 중천과 염라를 잇는 중간 자리인 만큼 빠져서는 안 되는 중요한 축에 속했다. 그런 자리가 이제껏 공석이었으니 돌아가는 체계가 멀쩡했을 리가 없었다.

밀려 있던 몇십 년 치의 서류들이 끊임없이 올라오면서 책상은 물론 집무실 전체가 거대한 서류의 바다에 파묻혔다. 마치 세상의 서류란 서류는 다 긁어모은 것처럼 압도적인 분량이라, 이미 이런 사태를 어느 정도 각오한 슈레이조차 기가 질릴 정도였다. 이제 막 부임한 아레히스의 입장에선 그야말로 날벼락이었을 것이다. 그러다 문득 한숨을 돌리게 된 상황, 뭐라도 시비를 걸어보고 싶은 마음은 충분히 이해했다. 슈레이도 비슷한 심정이었으니까. 그래도 신이 아닌 슈레이는 감히 그 말에 맞장구칠 자신은 없었다. 그래서 그는 조심스럽게 운을 뗐다.

"그…… 잘 모르겠지만, 눈을 마주하면 저주가 내린다니, 주민들을 배려하신 거겠지요."

"저런. 슈레이도 그 황당한 소문에 휩쓸린 사람이었군요. 상급신이자 최고신입니다. 존재 자체가 축복인 몸인데 설마 저주가 내릴 리가요."

"네? 아, 그럼 역시 헛소문입니까?"

"물론이죠."

"그럼 안경을 왜……."

"눈 색이 조금 특이하시거든요. 흰자위 부분이 보라색이고, 홍채는 흰색, 동공은 노란색이시죠. 그걸 보고 놀라는 자들이 많아서 가리고 다니시는 겁니다."

아레히스의 설명은 그간 들어왔던 수많은 소문 중에서도 처음 들어보는 생소한 내용이었다. 슈레이의 눈이 동그랗게 떠졌다.

"그럼 피부에 독이 있다는 말은……."

"그것도 사실일 리가 없죠. 천도에 주민이 들어오면 그분의 몸에 그 이름이 새겨집니다. 그저 그걸 가리신 것뿐입니다."

"무슨……. 섀넌 님의 몸에 천도 주민들의 이름이 새겨진다고요?"

"네. 신의 몸 자체가 천도의 장부가 되는 거죠."

"그, 그럼 제 이름도 있는 겁니까?"

"슈레이도 천도의 주민이니 당연히 그럴 겁니다."

이번에도 슈레이는 놀람을 감추지 못했다. 처음엔 즉석에서 지어낸 농담인가 싶었으나, 그러기엔 너무 내용이 상세했다. 아레히스는 신계에서 온 중급신이니 남들보다 더 많은 것을 알고 있는 건지도 몰랐다. 명계 최고위 신의 몸에 자신의 이름이 새겨져 있다니. 마치 그에게 인정받은 듯한 기분이 들어서 마음이 들떴다.

"자, 딴짓은 충분히 한 것 같으니 다시 업무를 속행할까요?"

"예, 아레히스 님."

잠시간 가벼워졌던 공기가 다시 진지해졌다. 슈레이는 일에 집중하기 시작한 아레히스를 힐끔 보았다.

시작할 때만 해도 까마득할 정도로 많았던 서류가 어느새 상당량 정리되어 있었다. 몇 날 며칠 함께 일하면서 알게 된 건 그가 생각보다도 유능한 신이라는 사실이었다. 엉망으로 뒤섞인 서류들을 순식간에 정리하고 일을 진행하는데, 대충 처리하는 것 같은데도 결과를 보면 군더더기 없이 깔끔했다. 슈레이에게 자문하거나 떠넘기는 부분도 없었으며, 그에게 지시하는 사항은 전부 정확히 알아들을 수 있는 단어들만을 썼다. 그건 슈레이에겐 몹시 이색적인 경험이었다. 결국 그는 호기심을 참지 못하고 물었다.

"저어, 아레히스 님. 명계로 부임하시기 전엔 어디서 일하셨습니까?"

"여기가 처음입니다."

"헉, 그렇습니까? 그런데 업무 파악에 상당히 능하시네요. 생소한 용어들도 많으실 텐데요."

한낱 인간들이 사는 세상도 문화권이 다르면 적응하는 것이 어렵기 마련이다. 하물며 신계와 명계의 차이는 말할 것도 없었다. 처음부터 전부 다 아는 전능을 타고나는 것은 상급신뿐. 하급신과 중급신은 배워서 익혀야 하는 존재였다. 때문에 명계 출신이 아닌 신들은 대부분 부임 초반에 상당한 진통을 앓았다.

전임 결정자는 부임하고 나서 이곳 용어를 파악하는 것에만 이틀이 걸렸다. 하다못해 펠마는 염라에서 일하다 왔는데도 중천의 일에 새로 적응하는 과정에서 고생했다고 들었다. 그런데 아레히스는 처음부터 막힘없이 해내고 있으니 의아한 기분이 들 수밖에 없었다. 그의 모습만 보면 이제 막 부임한 신임이 아니라 몇십 년 연차가 쌓인 경력자라고 해도 믿을 것 같았다. 그에 대해 아레히스는 아무렇지 않게 대꾸했다.

"아아, 전 이곳 출신입니다. 신계로 거처를 옮기기까지 한동안 여기서 살기도 했고요."

"……예?"

놀란 슈레이가 눈을 깜빡였다. 중급신은 대체로 신계에서 태어나 처음부터 그곳에 기반을 정하는 경우가 많았다. 명계에서 태어나는 중급신이 없는 건 아니었지만 극히 드문 사례였다. 만약 그게 사실이라면 이미 한참 전에 이름이 알려졌을 것이다. 하지만 아무리 기억을 되짚어도 아레히스라는 이름은 들어본 적이 없었다.

"제 경우가 여러 가지로 상황이 특수했거든요. 태어난 후에도 한동안 자각을 못 하고 무형으로 천도를 떠돌았었죠. 제 탄생을 뒤늦게 알아차린 분이 직접 데리러 올 때까지요. 그래서 신계로 건너간 후에야 이름을 받았습니다."

"그, 그러셨군요."

"뭐, 그것도 그렇지만 명계 쪽 분들과 자주 어울리는 편이었습니다. 그분들 틈에서 업무 상황을 지켜본 적도 많았고요. 아마 그래서 수월한 것 같습니다."

빙긋 웃는 얼굴에 슈레이는 어색한 웃음을 지었다. 신임이라고 무시할 생각은 없었지만 유능하다고 생각하니 정신이 더 바짝 드는 것 같았다. 이번엔 왠지 예감이 좋았다. 아레히스라면 다른 신들처럼 금방 그만두지 않고 오래 버틸 것 같다는 기대감이 들었다.

"이쪽 서류들은 전부 끝낸 거니 이만 가져가도 좋습니다."

"예!"

마음이 가뿐해지니 대답도 절로 크게 나왔다. 그러나 상쾌한 기분도 그리 오래가지는 못했다. 지시한 방향으로 가서 서류를 챙기던 슈레이는 그 종류가 두 개로 나뉜 걸 보고 의아한 표정을 지었다.

"아레히스 님, 이것은?"

"아, 오른쪽 것이 승인한 서류입니다. 왼쪽에 있는 건 부결로 처리하세요."

"예, 알겠습……."

반사적으로 대답하던 순간, 서류 겉면에 써진 제목을 확인한 슈레이가 눈을 크게 떴다.

"저어, 아레히스 님. 이 서류는 재판부에서 올라온 기소 관련 품의서입니다만."

"네, 물론 알고 있습니다."

"그…… 이걸 부결하시면 재판부 쪽에서 크게 반발할 겁니다. 부결하시는 이유를 여쭤 봐도 되겠습니까?"

"그대로 올리기에는 증거가 조금 부족하더군요. 절차대로 확인해서 다시 제출하라고 하세요. 지금 그 서류는 승인할 수 없습니다."

단호하게 말하는 동안에도 아레히스는 여전히 다른 서류에 집중하고 있었다. 이미 끝낸 일에는 전혀 관심을 두지 않는 모습이었다. 그에게 재판부 부장이 펠마라는 사실을 새삼 상기시킨다 한들 결과가 딱히 달라질 것 같지는 않았다. 슈레이는 손에 들린 서류가 사약이라도 되는 듯이 바라보다 이내 한숨을 내쉬었다. 펠마는 결코 이 건을 얌전히 받아들이지 않을 것이다. 아무래도 제 팔자엔 단단히 마가 낀 게 틀림없었다.

*　　*　　*

슈레이의 우려는 그대로 현실이 됐다. 집무실 문이 벌컥 열리더니 짙은 회색 머리를 지닌 남자가 사나운 얼굴로 쳐들어왔다. 그가 분쟁의 신 펠마라는 걸 알아본 슈레이는 바짝 긴장했다. 그 손엔 부결 처리된 서류가 쓰레기처럼 구겨진 채였다. 그때까지도 아레히스는 서류를 검토하던 중이었다. 한창 들여다보던 것에서 시선을 뗀 그가 고개를 들어 부리부리하게 눈을 치켜뜨고 있는 펠마를 응시했다. 펠마의 붉은색 눈이 잔인하게 번들거렸다.

"하! 어떤 겁대가리도 없는 새끼가 결정자랍시고 들어앉아서 내게 똥물을 튀기나 했더니! 고작 이런 샌님이었어?"

"펠마 님이시군요. 무슨 일입니까?"

"무슨 일인지는 네놈이 더 잘 알 텐데? 내가 통과시킨 재판부의 기소안을 감히 부결했겠다? 이유를 설명해 보시지!"

그가 쥐고 있던 종이 더미를 책상 위에 내던졌다. 눈동자만 굴려 힐끗 서류를 살핀 아레히스가 살짝 한숨을 내쉬었다.

"펠마 님. 이런 방법은 몹시 좋지 않다고 말씀드리고 싶습니다."

"닥치고 이유를 설명하라고!"

"……기소 사유가 진술서뿐이더군요."

"그래서?"

"모르시는 모양이니 설명해 드리죠, 펠마 님. 혼을 기소하려면 그의 과거 기록 일지와 업의 무게를 잰 기록과 인과 관계 기록이 모두 있어야 합니다. 지금 보내주신 서류만으로는 증빙이 어렵습니다."

"지금까지 그런 거 없어도 다 그냥 했어!"

"그래서 그만큼 억울한 업이 많았지요. 재판부의 무모한 진행 때문에 관리부 쪽 행정이 완전히 마비되어 있더군요."

"그래서 서류를 다시 작성하라고?"

"네."

"그렇게는 못 하시겠는데?"

"그럼 저도 서류를 승인할 수 없습니다."

그 순간 펠마의 두 눈에서 불꽃이 튀었다. 그가 그대로 달려들어 아레히스의 멱살을 움켜쥐었다.

"아레히스 님!"

깜짝 놀란 슈레이가 얼른 다가와 펠마를 만류하려 했다. 그러자 아레히스가 손을 들어 저지했다.

"거기 계세요, 슈레이. 당신은 다칩니다. 여긴 제가 알아서 하죠."

"하, 하지만……!"

"하! 이것 봐라? 알아서 해? 알아서 하기는 뭘 알아서 해? 같은 중급신이랍시고 해 볼 만하다고 생각한 모양인데! 네놈처럼 이름 하나 알린 적 없는 놈이랑 내가 같은 급인 줄 알아? 어디서 감히 내게 이래라저래라 명령이야? 모처럼 온 결정자라고 웬만하면 봐주고 넘어가려 했는데! 넌 오늘 단단히 잘못 걸렸어! 내가 왜 분쟁의 신이라고 불리는지 똑똑히 보여 주지!"

멱살을 움켜쥐고 있는 부분으로부터 붉은 불길이 치솟기 시작했다. 그 불길이 아레히스의 목에 휘감기는 것을 보고 슈레이의 얼굴이 새파래졌다. 그러나 정작 고통스러워해야 할 아레히스의 표정은 담담했다. 히죽거리고 웃던 펠마가 뭔가 이상한 것을 느끼고 천천히 미소를 거뒀다. 그때쯤 아레히스가 자신을 붙들고 있는 펠마의 손을 잡고는 그대로 가볍게 떼어냈다. 너무도 간단히 떨어트리는 힘에 펠마가 자기도 모르게 눈을 부릅떴다.

"이게 뭐……!"

"이런 방법은 좋지 않다고 말씀드렸습니다, 펠마 님. 직함 상 저는 당신의 상사이고, 상사에게 이런 태도는 합당하지 않죠. 더구나 중천 안에서는 공격적인 신력을 사용하지 못하게 되어 있는

데, 그것도 잊으신 모양이군요."

차분한 말이 이어지는 중에도 펠마의 손은 계속 밀려나고 있었다. 억지로 힘을 줘서 버티려 했지만 전혀 소용이 없었다. 얼굴을 굳힌 그가 경악의 시선으로 아레히스를 바라보았다. 그를 응시하는 아레히스의 시선은 담담했다.

"당신이 난동을 부리면 상관인 제 책임이 됩니다. 전 부임하자마자 시말서 같은 거 쓰기 싫습니다. 그러니 저희 좋게 좋게 가지요. 쓸데없이 소란 피우지 말고요."

귓가에 닿는 목소리가 조곤조곤 울렸다. 그래서일까. 머리끝까지 분노가 치솟아야 하는데 이상할 정도로 몸이 나른한 느낌이었다. 그 감각에 멍해졌던 펠마가 이내 화들짝 정신을 차렸다.

"뭐, 뭐 한 거야, 너!"

"음, 정말 쉬운 길로는 안 가시는 분이네요."

아레히스가 난처한 미소를 지었다.

"방금 무슨 짓 했냐고!"

"신력을 썼습니다. 당신이 조금 전에 제게 그런 것처럼."

"뭐?!"

"당황스러우십니까? 그러고 보니 제 이름은 아시는지 모르겠군요. 전 안식의 신 아레히스라고 합니다. 당신처럼 쓸데없이 날을 세우는 사람들을 강제로 안정시키는 게 가장 큰 특기입니다."

펠마의 표정에 당혹감이 깃들었다. 지켜보고 있던 슈레이도 놀라기는 마찬가지였다. 시종일관 부드러운 말투인데도 왠지 묘하게 저항하기 어려운 느낌이 있다고 생각했는데, 그가 안식을 주관하는 신이었기 때문이었다.

"너, 너! 내가 누군지 알고……!"

"분쟁의 신, 펠마 님이죠. 당신의 입으로 말씀하셨잖습니까."

"내, 내 뒤에 누가 있는지 알아? 너 이런 식으로 나오면……!"

"누가 있습니까?"

"지, 지옥의 신 크라제 님이 내가 형님으로 모시는 분이시다! 그분이 나를 얼마나 아끼시는 줄 알아?"

겨우 안정됐던 슈레이의 얼굴이 다시금 굳어졌다. 지옥의 신이라니! 마신과 함께 마계를 관할하는 자이자, 성격이 난폭하기로 유명한 상급신이었다. 설마 정말로 상급신이 뒷배에 있었을 줄이야! 슈레이는 여차하면 나서서 대신 빌 생각으로 주먹을 꾹 움켜쥐었다. 그러나 돌아본 아레히스는 그다지 동요하지 않은 얼굴이었다.

"크라제 님 말씀이시군요. 알겠습니다. 그럼 그분께 허락받고 오면 되는 겁니까?"

"뭐, 뭐?"

"그분을 믿고 이러시는 것 같으니 당신을 조치하는 문제에 대해 가서 의논을 드리고 오겠습니다."

"너 미쳤어?! 혀, 형님이 얼마나 무서우신 분인데! 너 같은 건 그분의 궁처에 가자마자 타 죽을걸!"

"그건 제가 알아서 할 일이니 염려하실 거 없습니다. 혹시나 해서 드리는 말씀입니다만. 크라제 님이 거짓말을 싫어한다는 건 알고 계시지요? 지금 한 말이 거짓이면, 타 죽는 건 펠마 님 쪽일 겁니다."

"……거, 거짓말 아냐! 형님으로 모시기로 한 건 사실이라고!"

"그분이 펠마 님을 아낀다는 게 거짓말이군요."

"……."

펠마의 얼굴이 와락 일그러졌다. 누가 보기에도 허를 찔려 분노한 표정이었다. 뭐야, 허세였던 거야? 잔뜩 긴장하고 있던 슈레이는 그대로 허탈해졌다. 그 모습을 펠마도 발견했다. 그가 입술을 악물며 아레히스를 노려보았다.

"그, 그것만 있는 게 아니거든! 네가 아직 내 소문을 못 들은 모양인데! 내가 섀넌 님의……!"

"섀넌 님의, 뭐죠?

"……!"

펠마가 벌렸던 입을 다시 다물었다. 내내 부드럽던 아레히스의 눈동자가 얼음처럼 차가웠다. 그러고 보니 '안식'이라는 게 영원한 잠을 뜻하기도 하던가. 펠마는 머릿속으로 멍하니 생각했다.

"부디 잘 선택하셔서 말씀하시길 바랍니다. 여기서 발을 잘못 디디면 저도 수습할 수 없어지거든요."

"나, 나는 섀넌 님의……!"

"흠, 그다음 말은 뭐지요?"

그 순간 불쑥 들려온 음성에 자리에 있던 모두가 흠칫 놀랐다.

특히 슈레이는 기절하고 싶을 정도로 경악했다. 문 앞에 기척도 없이 누군가 서 있었기 때문이다. 심지어 그 모습이 심각하게 낯익었다. 바로 집무실 안쪽에 걸려 있는 초상화를 그대로 옮겨놓은 듯한 모습이니 모를 수가 없었다.

"섀, 섀넌 님!"

가장 먼저 신음을 터트린 건 펠마였다. 슈레이는 너무 놀란 나머지 입조차 벌리지 못했다. 아레히스도 그의 등장을 예상하지 못했는지 조금 굳은 표정이었다.

"……여긴 무슨 일이십니까?"

이어진 질문 또한 너무 딱딱해서 슈레이는 당황했다. 명계의 창조신에게 방문 이유를 묻다니, 아무리 긴장했다지만 적합한 반응은 아니었다. 그런데 정작 섀넌은 아무렇지 않은 기색이었다. 그가 가볍게 어깨를 으쓱였다.

"우연히 지나가다가 보니 제 이야기가 들린 것 같아서."

"여긴 염라가 아니라 중천입니다만. 우연히 지나갈 장소는 아니지 않습니까?"

"아, 아레히스 님."

슈레이의 얼굴이 새하얗게 질렸다. 착각이 아니라면 아레히스는 지금 섀넌에게 시비를 걸고 있었다. 덩달아 상황을 파악한 펠마도 얼굴을 함께 굳혔다.

"흐음, 알겠습니다. 솔직하게 말하죠. 경력도 없이 그저 은수저를 입에 물고 태어난 덕분에 들어온 제 아들이 부친의 권세를 믿고 흥청망청 놀고 있을까 봐 감시하러 왔습니다."
"……!"
섀넌의 말에 슈레이는 반사적으로 펠마를 돌아보았다. 설마 정말로 아들이었던 건가! 세상이 무너지는 듯한 충격이었지만 각오했던 일이라 머리가 빠르게 돌아갔다. 얼른 엎드려서 빌고 제 잘못으로 덮어쓰면 아레히스의 목숨은 구할 수 있을 것이다. 그런데 한껏 의기양양해 있어야 할 펠마가 어째서인지 당황한 표정을 하고 있었다. 눈이 마주치자 그가 고개를 설레설레 저었다. 무슨 생각을 하는지 알겠는데, 그거 아니라는 소리였다.
'어? 아니라고?'
멍하니 중얼거린 생각이 다음 의문으로 이어지기까지는 오래 걸리지 않았다. 펠마가 섀넌의 아들이 아니라니. 안도감이 차오르긴 하는데 뭔가 조금 찝찝했다. 눈앞의 펠마가 아들이 아니라면, 대체 누가…….
"소처럼 일거리를 던져 주시고는 뭐가 은수저입니까? 차라리 그냥 자르세요."
싸늘한 말투로 쏘아붙인 이는 아까부터 시비조로 섀넌을 상대하고 있던 아레히스였다. 펠마와 슈레이의 눈이 동시에 부릅떠졌다.
"놀고 있는 꼴은 더 못 보겠으니 일을 드린 것뿐입니다. 이쯤에서 타협을 보는 걸로 하죠."
"제가 언제 놀았습니까? 평소에도 아버지 일을 항상 제게 다 떠넘기셨으면서!"

아버지!

마침내 터져 나온 단어에 듣고 있던 이들이 그대로 숨을 삼켰다. 설마 아레히스가 섀넌의 아들이었을 줄이야! 펠마는 물론 슈레이의 눈동자도 사정없이 떨렸다. 태연한 것은 느긋하게 말싸움을 이어가고 있는 부자(父子)뿐이었다.

"그러라고 만든 아들인데 그 정도는 해 줘야죠."

"태어난 지도 몰랐던 아들 아니었습니까?"

"그건 제 탓이 아닙니다. 설마 쉬고 싶다는 그 짧은 생각에서 태어날 줄 누가 알았겠습니까."

"몰랐던 것처럼 말씀하지 마십시오. 일부러 만드셨잖습니까."

"정말 귀염성 없는 아들이네요. 알겠습니다. 다시 솔직하게 말하겠습니다. 그랬는데, 일이 바빠서 깜빡 잊었습니다."

"그런 태도로 귀염성 있는 아들을 바라시다니. 꿈이 너무 크셨습니다."

바라보고 있는 두 부자 사이에 전류가 튀었다. 슈레이는 어찌할 바를 모르고 두 신을 번갈아 바라보았다. 그러나 살벌한 대화와는 반대로 막상 오가는 표정(섀넌의 표정은 정확히 알 길이 없었으나)은 그리 나쁘지 않았다. 섀넌은 산더미처럼 쌓여 있는 서류들을 훑어보고는 다시 아레히스를 돌아보았다.

"잘 지내고 있는 것 같으니 전 이만 돌아가겠습니다. 이틀 후에는 제 궁처로 오세요. 보고 싶을 테니까요."

"일이 너무 많아서 그때까지는 안 끝날 겁니다."

"제 아들이지만 참 무능하군요. 하나뿐인 아버지를 외롭게 만들 생각입니까?"

"……노력해 보겠습니다."

한숨과 함께 아레히스가 고개를 끄덕였다. 만족스럽게 그의 어깨를 가볍게 두드린 후 섀넌이 뒤를 돌아보았다. 그곳에 있던 펠마가 그 시선에 흠칫 놀라 그대로 얼어붙었다.

"제 아들이랑 싸우지 말고 놀아 주십시오."

"네, 네!"

"고맙습니다."

입가에 미소가 그려졌다고 느낀 순간 섀넌의 모습이 홀연히 눈앞에서 사라졌다. 긴장이 풀린 펠마가 그 자리에서 주르륵 주저앉았다. 슈레이도 마찬가지였다. 망연히 쳐다보고 있는 그들의 모습에 아레히스는 머쓱한 표정으로 뺨을 긁었다.

"……음, 그럼 다시 일하죠."

"아, 아, 넵."

"펠마 님. 서류는……."

"예, 옙! 지금! 지금 바로 다시 작성해 오겠습니다!"

부리나케 대답한 펠마가 허둥지둥 구겨진 서류를 찾아 품에 안아 들었다. 아직 충격에서 깨어나지 못한 얼굴엔 지난 시간 저지른 짓에 대한 자책과 후회가 가득했다.

"시, 실례가 많았습니다! 제가 감히 섀넌 님의 아드님을 몰라뵙고 큰 결례를 저질렀습니다!"

"그렇게 도도하시던 분이 바로 굽히시는군요."

"정말 죄송합니다! 죽을죄를 지었습니다!"

"누군가의 아들이라 받는 사과는 달갑지 않지만. 뭐, 이런 상황을 그렇게 싫어하지도 않습니다. 가끔은 귀찮은 일을 해결하는 데 도움이 되거든요. 알았으니 이만 가 보십시오."

연거푸 절하다시피 허리를 굽힌 후, 펠마는 달아나듯이 후다닥 사라졌다. 그 날렵한 후퇴에 슈레이는 감탄을 금치 못했다. 하지만 그 역시도 충격에서 헤어 나오지 못하는 상태이긴 마찬가지였다. 그는 새삼스럽게 아레히스를 바라보았다. 멀끔한 인상이긴 해도 특별히 눈에 띈다고 생각해 본 적은 없었는데, 지금은 그 주변이 화사하게 빛나는 듯했다. 그가 보내는 노골적인 눈길에 아레히스가 피식 웃었다.

"너무 빤히 쳐다보는데요, 슈레이. 제가 그렇게 신기합니까?"

"아! 죄, 죄송합니다."

"아닙니다. 미리 언질을 주지 않아서 미안합니다. 아무런 사전 설명 없이 갑자기 임명장을 받아서 온 거라 밝혀도 좋을지 알 수가 없었거든요."

"괜찮습니다. 이해합니다!"

"흠, 그럼 이왕 판이 깔린 김에 마음껏 누려 볼까요? 슈레이, 재판부에서 올라오는 서류는 한동안 받지 마십시오. 올라오는 족족 그냥 되돌려 보내세요."

“예, 예? 진심이십니까?”

“그럼 이런 걸 실없는 말로 할까요. 기간은…… 슈레이가 됐다고 할 때까지 하도록 하죠.”

“……! 제가, 말입니까?”

뜻밖의 말에 놀란 슈레이가 어안이 벙벙해진 얼굴로 자신을 가리켰다. 아레히스의 눈이 장난스럽게 휘어졌다.

“그동안 부서를 오가면서 여러 가지로 고생이 많았다고 들었습니다. 당하기만 하는 거 재미없었을 텐데요. 한 번쯤은 갚아주고 싶지 않습니까?”

“……그거 좋네요.”

“그렇죠?”

“네, 무척이나.”

진지하게 고개를 끄덕인 후 두 사람은 서로를 마주 보며 웃음을 터트렸다. 뒷배를 둔 권력자를 그리 좋아하진 않았지만, 이 순간만큼은 슈레이도 권력의 순기능을 찬양할 수밖에 없었다. 무엇보다 기쁜 건 이제 더는 결정자가 중간에서 시달리기만 하다 달아나는 일은 없을 거라는 사실이었다. 설마하니 명계의 신을 뒷배로 둔 그 아들을 함부로 대할 수 있는 이는 없을 테니까.

슈레이의 예상대로, 그날 이후 명계의 결정자가 다시 바뀌는 일은 없었다. 새로 부임한 결정자가 최고신 섀넌의 아들이라는 소문이 퍼지자 각 부의 부장들은 함부로 덤벼들지 못했고, 상부에서도 멋대로 굴지 못했다. 여기에 아레히스의 유능함과 성실함이 보태지면서 중천과 염라의 균형이 자연스럽게 이루어졌다.

오랫동안 혼란하던 명계가 안식을 얻게 된 어느 날의 일이었다.

캐릭터 프로필

이름: 데르오느빌 킬폰 (데르온)

생일: 4월 4일

키: 185cm

종족: 마족

성별: 남(男)

주력 무기: 검

외형: 짙은 남색의 머리칼, 붉은 눈동자. 회색에 가까운 흰 피부. 20대 후반으로 보이며 날씬한 체형.

동 공작 출신이자 현 카르텐의 수호자.
강한 상대와의 결투를 즐기는 승부사이지만 무모하지는 않다. 터무니없는 꿈을 꾸면서도 동시에 실리를 더 우선시하는 현실주의자.

소원: 천신과 싸우다 죽는 것(아직 포기하지 않았음).

캐릭터 복불복 Q n A

※ 인터뷰 질문은 다음 이공카(http://cafe.daum.net/shakito)카페 회원님들이 올려주신 질문 중에서 제비뽑기로 선정했습니다.

(리벨 님의 질문)

Q. 지금 당장 보고 싶은 인물을 세 명 고르라면 누구를 고를 거예요?

A. 음, 글쎄요. 아무래도 루카 님과 데자크, 그리고 카노스 님일까요. 아, 여전히 카노스 님과 루카르엠 님이 동일인처럼 여겨지지는 않아서요.

(디아엘 님의 질문)

Q. 환생해서 데자크와 만나게 된다면 어떤 종족으로 다시 만나고 싶나요?

A. 제가 데자크보다 강하기만 하면 뭐든 좋습니다.

(왕이 님의 질문)

Q. 세르피스를 묻어줄 때 어떤 마음이었나요?

A. 아무래도 기분이 좋진 않았습니다. 그렇게 남에게 이용당하고 죽을 녀석은 아니었으니까요.

Q. 가장 좋아하는 음식은 무엇인가요?

A. 튀긴 감자를 좋아합니다. 튀긴 가지도. 튀긴 건 다 맛있습니다.

Q. 아스가 성장해가는 것을 볼 때 어떤 기분인가요?

A. 솔직히 조금 무섭……아니, 기쁜 마음뿐입니다. 정말입니다.

(피카 님의 질문)

Q. 아스랑 있으면서 가장 뿌듯했던 날은 언제인가요?

A. 아스 님이 저를 봐주고 계신다는 사실을 깨달았을 때입니다. 강한 주군을 모시는 것만큼 기쁜 일은 없을 겁니다.

Q. 아스가 갑자기 "데르온, 미안해. 내가 너무 서류 안 했지?" 라고 말하면서 서류를 한다면 그때 어떨 것 같아요?

A. 그건…… 영혼이 바뀐 걸지도 모릅니다. 상상만 해도 두려워

지는군요.

Q. 아스가 “데르온, 그래도 넌 내 오른팔이니까 생일 정도는 챙겨줘야 대부도 좋아하겠지? 자, 말해 봐. 어느 정도 다 허용해 줄 테니까.” 라고 한다면 원하는 것과 하고 싶은 말은?

A. 천마 대전을 다시 일으켜보실 생각은 없으십니까, 라고 말씀드리면 엘 님이 화내시겠죠. 아쉽지만 10년 휴가 정도로 만족하겠습니다. 의외입니까? 저도 때론 놀고먹고 싶은 마족입니다.

(케향 님의 질문)

Q. 만약 마신이 된다면 무슨 일을 하고 싶으신가요?

A. 마신이요? 제가 감히 어떻게 그런 생각을…… 해보는 것도 재밌겠네요. 어차피 망상이잖습니까. 새로운 종족을 만들어보고 싶습니다. 마족과 누가 더 강할지 싸움을 붙여보는 겁니다! 둘 중에서 이기는 쪽을 존속하는 것도 나쁘지 않은 방법일 것 같습니다. 그럼 더 필사적으로 싸우겠죠!

Q. 데자크가 살아 있었던 적으로 돌아간다면 하고 싶은 말은?

A. ……당신은 정말 구제 불능의 멍청이입니다. 그래도 보고 싶더군요.

네 칸 만화

귀엽네?

마릴다 : ……?;;

소개합니다

마릴다 : 잘 먹겠습니다.

세상에나 마상에나

마릴다 : …(할 말을 잃음)

앞으로도 잘 부탁해요

〈독초 & 시연〉